Norman Manea

DIE HÖHLE

Roman

Aus dem Rumänischen
von Georg Aescht

Carl Hanser Verlag

Die rumänische Originalausgabe erschien 2010
unter dem Titel *Vizuina* bei Editura Polirom in Bukarest.

Die Rilke-Zitate auf den Seiten 359 und 360 stammen
aus: Rainer Maria Rilke, Brief an Emanuel von Bodman,
17. August 1901, und Rainer Maria Rilke an Friedrich Westhoff,
29. April 1904.

Der Verlag dankt dem Rumänischen Kulturinstitut
für die Förderung der Übersetzung.

INSTITUTUL
CULTURAL
ROMÂN

1 2 3 4 5 16 15 14 13 12

ISBN 978-3-446-23985-2

Satz: Greiner & Reichel, Köln
Druck und Bindung: CPI – Ebner & Spiegel, Ulm
Printed in Germany

FSC
www.fsc.org
MIX
Papier aus verantwortungs-
vollen Quellen
FSC® C006701

TEIL I

Ein neuer Morgen bricht an. Der Arm, lang und stark wie der eines Magiers, vollführt den Trick des Tages. Das gelbe Taxi hält am Rinnstein.

»Zum Bahnhof. Penn Station.«

Über dem Lenkrad das Bild und der Name des Fahrers: Lev Boltanski.

»Sind Sie aus Russland?«

»Ja, früher.«

Rauhe Stimme. Breites Gesicht, schmale Augen.

»Woher?«

»Odessa.«

»Odessa ist in der Ukraine, oder?«

»Sowjetunion! Odessa ist Sowjetunion, wie ich. Jetzt bin ich hier. Nur wenige kennen den Unterschied zwischen Russland und der Ukraine. Sie sind kein Amerikaner.«

»Jetzt schon. Wie Sie.«

Nein, dies ist nicht der eigentliche Beginn des Tages ... Am Anfang war der Unbekannte, der eine kleine weiße Hand ausstreckte und ihm eine makellos weiße Karte mit goldenen Lettern hinhielt.

»Möchten Sie vielleicht in einem Werbefilm mitmachen? Ein TV-Spot. Wird gut bezahlt.«

Und davor der kleine Doktor Koch. Und noch früher der Gedanke an Lu, an den gescheiterten Versuch, sie zu treffen.

Die Gegenwart! Die Gegenwart, brummt der Passant. Die Losung seines neuen Lebens: GEGENWART! Das ist alles: GEGENWART! Im früheren Leben gab es die schuldige Vergangenheit und die leuchtende, doch aufgeschobene Zukunft. Jetzt aber, jetzt – erstarrt er vor dem Unbekannten, der ihm eine kleine weiße Hand entgegenstreckt.

»Nicht erschrecken. Eine Frage, nichts weiter. Bloß eine Frage.«

Er hatte ihn scharf angegangen. Dafür war die Ansprache sanft, vorsichtig.

Der Zudringliche ist ein Herr um die vierzig. Langer Mantel aus hellbraunem Mohair. Makellos weißes Hemd. Kein Jackett. Kurzgeschorenes schwarzes Haar, ruhelose schwarze Augen. Fließende Bewegungen wie ein Tänzer oder ein Zauberkünstler. Aus der Gesäßtasche der Jeans zieht er eine kleine Brieftasche aus schwarzem Leder. Er öffnet den Magnetverschluss und zückt die Visitenkarten. Er überreicht eine makellos weiße Karte mit goldenen Lettern: der Code des Zufalls.

Der Passant achtet nicht darauf, das Schuhwerk des Angreifers schlägt ihn in seinen Bann. Cowboystiefel! Der elegante Herr trägt Cowboystiefel unter der teuren engen Jeans.

»Ich bin Produzent. Curtis. James Curtis.«

So steht es auf der Visitenkarte: James Curtis, Produzent.

»Möchten Sie vielleicht in einem Werbefilm mitmachen? Ein TV-Spot. Wird gut bezahlt.«

»Werbung, ich? Wofür denn?«

»Coca-Cola.«

»Ich? Coca-Cola?«

»Als Schachspieler.«

»Schach und Cola?«

»Ja, so in etwa. Ein Schachspieler konzentriert sich auf das Spiel. Irgendwann streckt er die Hand aus, greift nach dem Glas auf dem Tisch. Coca-Cola.«

»Aha«, lächelt der Schachspieler. »Nein, tut mir leid. Ich bin für solche Sachen nicht zu haben.«

»Wird gut bezahlt, wie gesagt. Die Werbung läuft in regelmäßiger Folge. Das Geld kommt automatisch. Wenn man es gar nicht erwartet.«

»Nein, so was mache ich nicht.«

»Denken Sie darüber nach. Sie haben meine Visitenkarte. Rufen Sie mich an. Wenn Sie es sich anders überlegen, rufen Sie mich an.«

»Danke. Aber ich sagte doch, ich …«

»*Never say never*, wie wir hier sagen. Sie sind kein Amerikaner, nicht wahr?«

»Wieso sollte ich keiner sein? … Spielen die Amerikaner denn kein Schach? Coca-Cola trinken sie jedenfalls. Pepsi auch. Ich trinke keines von beiden, aber Schach habe ich gespielt. In meiner Jugend.«

»Sehen Sie! Wusste ich's doch. Sie haben das Gesicht dazu. Denken Sie darüber nach. Sie haben meine Nummer, rufen Sie mich an. Wie heißen Sie?«

»Peter.«

»Peter und wie noch?«

»Peter.«

»Okay, Peter, merke ich mir. Rufen Sie mich an.«

»Das Gesicht dazu!«, brummt der Passant Peter, der allein an der Ecke Broadway/63. Straße zurückbleibt.

Das denkt zumindest der Produzent, wenn's denn einer ist. Schöner Tag heute, nicht wahr, Doktor Koch? James Curtis, Werbeproduzent, hat mir die Werbung des Tages angeboten, Doktor! Ich habe mich im Spiegel dieses Curtis betrachten dürfen.

Ein Schritt nach links, und noch einer. Er tritt vom Gehsteig, hebt die Hand. Taxi! Das gelbe Taxi bremst am Rinnstein.

»Zum Bahnhof. Penn Station.«

Über dem Lenkrad das Bild und der Name des Fahrers: Lev Boltanski.

»Sind Sie aus Russland?«

»Ja, früher.«

Russischer Akzent. Rauhe Raucherstimme. Gutmütiges breites Gesicht, kleine Augen, starke Zähne, gefurchte Stirn.

»Woher?«

»Odessa. Nur wenige kennen den Unterschied zwischen Russland und der Ukraine. Sie sind kein Amerikaner.«

»Jetzt schon. Wie Sie … Gefällt es Ihnen hier, auf dem Mond?

In der Hauptstadt der Heimatlosen. Der Mondsüchtigen und der Schlafwandler. Gefällt es Ihnen? Ein Wunder! Eines der 777 Weltwunder.«

Leova schweigt, hört aber aufmerksam zu.

»Das Eiland Manhattan, 1626 zum Spottpreis von einem Franzosen namens Minuet gekauft. 24 Dollar! An die Indianer hat er mit Glasperlen gezahlt. Walderdbeeren und wilde Reben wuchsen hier, Mais und Tabak. Überall Wölfe und Bären und Klapperschlangen.«

Lev oder Leova schweigt, hört aber zu. Er fragt nichts, der redselige Fahrgast scheint ihn nicht zu interessieren. Er fährt gelassen, sanft, ohne die Nervosität des New Yorker Taxifahrers. Auf der 34. Straße vor dem Bahnhof stellt er zugleich Motor und Taxameter ab.

»Wieviel?«

»Acht Dollar.«

Der Fahrgast kramt in den Hosentaschen. Zuerst in der einen, dann in der anderen. Dann in den Jackentaschen. Zwei Hosentaschen, vier Jackentaschen. Er beginnt zu stottern, dann stottert er nicht mehr.

»Zwei Dollar! So viel habe ich, zwei Dollar.«

»Was soll das heißen? Was reden Sie da?«

Der Spiegel über dem Lenkrad. Sieh einer an, Doktor, wir haben einen Spiegel. Das Schicksal hat mir einen Spiegel gesandt, Doktor.

»Haben Sie etwas gesagt?«, fragt der sowjetisch-ukrainische Russe.

»Nein, nichts. Aber ich habe kein Geld. Zwei Dollar! Das ist alles. Wir fahren zur Bank. Entschuldigung, ich habe es einfach nicht bemerkt. Ich zahle auch den Weg zur Bank. Zum Schalter an der 28. Straße. Es ist ganz nah, direkt um die Ecke. Nur ein paar Minuten.«

Leova mustert den Fahrgast im Rückspiegel, brummt etwas auf Russisch oder Ukrainisch. Das Taxi fährt los. Die 28. Straße ist nah, die Bank direkt an der Ecke. Der Fahrgast schweigt und wartet. Leova wendet den Kopf, um den Verrückten besser sehen zu können. Der Rückspiegel ist ihm nicht genug, er will das Gesicht des Gauners sehen.

»Was ist los? Steigst du nicht aus?«

»Ich habe alles vermasselt. Ich bin ein Schussel. Die Kreditkarte war in der Brieftasche. Ich habe sie vergessen. Ich habe die Brieftasche nicht bei mir, jetzt habe ich es gemerkt. Ich habe sie in der Bibliothek liegengelassen. In der Cafeteria der Bibliothek. Oder vielleicht beim Arzt. Ich war bei einem Arzt.«

»Du hast die Brieftasche mit der Kreditkarte verloren, willst du sagen?«

»Ich habe sie nicht verloren, ich habe sie liegengelassen. Beim Arzt oder in der Bibliothek.«

»Sollen wir also dahin? Und du zahlst auch diese Fahrt, mit dem Geld, das du nicht hast? Willst du das damit sagen? Fahren wir zur Bibliothek oder zum Arzt?«

Der Fahrgast antwortet nicht.

»War es ein Psychiater? War der Arzt ein Psychiater? Ist ja auch egal. Bei denen wird man nicht nach der Krankheit gefragt, nur nach der Versicherung. Danach fragen sie. Sind Sie versichert? Nicht, wo es einem weh tut oder wo man meint, dass es weh tut. Ein Psychiater also, nicht wahr?«

»Es war kein Psychiater. Und ich weiß nicht, wo ich die Brieftasche liegengelassen habe. Vielleicht in der Bibliothek. Wir fahren besser zurück zum Bahnhof, sonst verpasse ich den Zug.«

»Und der Zug ist kostenlos, was?«

»Ich habe eine Fahrkarte. Ich habe eine Rückfahrkarte gekauft. Ich habe eine Fahrkarte.«

»Ach so, wir fahren also zurück. Zum Bahnhof. Kostenlos? Aber nicht doch, ich vergaß, du hast ja zwei Dollar. Du gibst mir deine letzten zwei Dollar, und ich kann verschwinden. Und den Rest bekomme ich in bunten Glasperlen, ja?«

»Entschuldige. Wirklich, ich bitte dich um Entschuldigung. Ich bitte dich wirklich vielmals … Hier, ich habe eine U-Bahn-Karte. Ganz neu, zwanzig Dollar. Die gebe ich dir. Heute gekauft.«

»Wann? Wann hast du sie gekauft? Vor dem Besuch beim Arzt oder in der Bibliothek?«

»Bei meiner Ankunft am Bahnhof habe ich sie gekauft.«

»Was soll ich mit einer U-Bahn-Karte? Ich fahre nicht mit der U-Bahn.«

»Vielleicht jemand aus deiner Familie.«

»Das ist ja wohl das Letzte, du unterstützt also meine Familie! Ist wohl abgelaufen, deine Karte. Oder es sind gerade noch zwei Dollar drauf. Da nehme ich doch lieber zwei Dollar in bar, was? Das willst du mir eigentlich sagen?«

»Ich sage gar nichts. Ich bitte dich nur um Entschuldigung. Glaub mir, ich schäme mich. Solche Dinge passieren. Sie können jedem passieren.«

»Und wenn sie passieren, was dann?«

»Schau mal, wir fahren zur U-Bahnstation. Hier, unweit der Bank. Wir prüfen die Karte am Lesegerät. Sie ist neu, das Gerät wird es anzeigen. Unbenutzt. Zwanzig Dollar. Das kann man prüfen. Es dauert eine Minute.«

»Und wer macht das?«

»Nun, ich … oder nein, besser Sie. Sie prüfen. Ich bleibe hier im Wagen und warte.«

»Prüfen soll ich auch noch! Und in der Zeit haust du ab.«

Es folgt ein kurzer zischender Satz auf Russisch oder Ukrainisch.

»Nimm meine Tasche mit. Ohne Tasche mache ich mich nicht davon, glaub mir. Sie ist wichtig. Da hast du sie. Ich bleibe hier, ich warte.«

Der Fahrgast reicht die Tasche über die Rückenlehne. Leova nimmt sie, ächzt unter ihrem Gewicht.

»Was hast du denn da drin, Granit? Oder Quecksilber? Quecksilber ist noch schwerer, oder?«

»Bücher, Kleinigkeiten. Persönliches.«

»Persönlich! Deshalb ist es so schwer.«

Leova geht zur U-Bahnstation, mit Tasche. Er watschelt, schiebt den Bauch vor sich her. Er kommt zurück, mit Schlagseite, wegen der Tasche voller Quecksilber.

»Ja, sie ist noch unbenutzt. Zwanzig Dollar. Ich nehme sie.«

Er will ins Auto steigen, an der Tür steht ein dunkler Italiener. Jacke, Hose, Hut, alles aus schwarzem Leder.

»Ich muss nach Wescester. Sofort. Ich habe es eilig, ich zahle hundert Dollar.«

»Wescester! Geht nicht. Ich sitze fest. Dieser Irre kann nicht zahlen.«

»Wieviel?«

»Acht Dollar. Das heißt, zwölf. Er schuldet mir zwölf.«

»Ich gebe dir acht Dollar. Oder zwölf, wie auch immer. Ich gebe dir zwanzig. Hundertzwanzig bis Wescester. Los. Jetzt gleich, sofort.«

Leova mustert den Mafioso, tritt ans Auto, reckt die Hände zum Himmel, die Tasche gleich mit, wie ein Gewichtheber.

»Nein, ich fahre in gar kein Wescester, mein Herr! Ich bringe den Fahrgast zum Bahnhof. Zum Bahnhof! Er verpasst sonst seinen Zug.«

»Zum Bahnhof? Soll er doch zu Fuß gehen, es ist nicht weit. Ich gebe dir 120 Dollar!«

»Mache ich nicht. Ich fahre nicht, habe ich gesagt!«

»Idiot! Du bist wirklich ein Idiot!«, brüllt der Mafioso.

Leova tut nicht beleidigt, er nickt, ja, mein Herr, natürlich, ich bin ein Idiot. Er gibt die Tasche ihrem Besitzer zurück, knallt die Tür zu, spuckt russische oder ukrainische Wörter aus, setzt sich wieder hinters Steuer. Er lässt den Motor nicht an. Er will zur Ruhe kommen. Verunsichert mustert er den Fahrgast im Rückspiegel.

»Wieso warst du beim Arzt? Bist du krank?«

Der Kranke antwortet nicht.

»Bist du krank, was Schlimmes?«

»Ich bin kerngesund.«

»Wieso warst du beim Arzt? *Check-up*, wie die Amerikaner sagen? Du bist doch gar kein Amerikaner. Was hast du für eine Krankheit?«

»Ich habe nichts, das sage ich doch.«

»Hier sind wir Nummern. Das ist alles. Versicherung, Konto, Kredit. Einfach nur Nummern. Was suchst du also beim Arzt? Ist etwas mit deiner Frau? Ist sie krank, deine Frau? *The significant other*, wie man hier sagt. Frau, Freundin, Partnerin. *Significant other*. Ist sie krank?«

»Nein, sie arbeitet bei diesem Arzt. Ich besuche sie dann und wann. Sie weiß, wann ich einen Termin habe. Wenn ich komme, verschwindet sie. Sie hat es auch jetzt gewusst, da bin ich sicher. Sie war nicht da.«

»Geschieden? Ihr habt euch also getrennt … Du willst sie treffen, obwohl sie dich nicht sehen will? Willst du das sagen?«

»Wir sind nicht geschieden.«

»Okay, fahren wir zum Bahnhof.«

Leova startet den Motor, der Wagen prescht los, da ist auch schon der Bahnhof. Der Fahrgast steigt aus, die Tasche mit ihm.

»Warte doch, Mensch! Hier, deine U-Bahn-Karte. Nimm es doch mit, das gottverdammte Ding.«

»Wieso denn? Wir haben doch abgemacht, dass …«

»Hau ab. Hau bloß ab!«, brüllt Leova und flucht auf Russisch oder Ukrainisch.

Getümmel. Lärm, Durcheinander. Irgendwann entdeckt der Reisende die Tafel mit den Abfahrtszeiten. Dann den Bahnsteig 9. Dann den Zug.

GEGENWART, das ist alles. Nicht schlecht, nicht schlecht, rattert der Zug, der langsam die Metropole verlässt.

Nicht schlecht, es könnte schlechter sein, denkt der Fahrgast, der erschöpft auf seinen Sessel gesunken ist. Die Tasche neben ihm, auf dem freien Fenstersitz. Er betrachtet die brandneue U-Bahn-Karte. Leovas Geschenk. Anständig, der Russe. Also der Ukrainer, der Sowjetmensch. Anständig. Anständig, das ist das Fazit des Tages, Doktor. Lu war nicht da, besser so. Ich muss mich daran gewöhnen. Sie hat sich daran gewöhnt, wahrscheinlich. Nein, hat sie nicht, sonst wäre sie dagewesen, es hätte ihr nichts ausgemacht. Sie hütet sich, sie hütet sich vor der Vergangenheit.

Oder vielmehr vor der Gegenwart. Die Gegenwart ist Vergangenheit, deshalb ist sie nicht gekommen. Damit ich nicht in den Spiegel schauen muss. Sie verschont mich mit dem Spiegel, dem alten und dem neuen. Sie schützt mich, die Teuerste.

Nein, das war nicht der Anfang des Morgens gewesen – eher noch hatte das Chronometer des unwiederbringlichen Tages im Kabinett von Doktor Koch zu ticken begonnen.

»Schauen Sie in den Spiegel«, befiehlt der Doktor.

Der Patient betrachtet seine Schuhe. Riesig, griesgrämig. Mumien, vorsintflutliche Tiere.

»Haben Sie in letzter Zeit in den Spiegel geschaut? Ich habe Ihnen immer wieder gesagt: Turnübungen. Turnen, Diät, Entspannung! Der Ackerbauer von einst hatte keine Neurosen. Wer den ganzen Tag Bäume fällte im Wald ebenso wenig. Der Körper ist unsere Wohnung. Wenn wir den Körper nicht pflegen, wird das Leben elend. Haben Sie in den Spiegel geschaut?«

Der Nacken wie Blei. Schmerzen im Arm. Wallungen, kalter Schweiß, Panik.

»Nehmen Sie ein paar Kilo ab! Turnen Sie, vermeiden Sie Stress. Kopfschmerzen? Nehmen Sie eine Tablette. Verwirrung? Apathie? Gehen Sie spazieren. Das ist keine Krise! Wenn's eine Krise ist, rufen Sie den Notarzt.«

Diesmal war's keine Krise. Schübe. Neurotische Schübe. Neurovegetativ, sagte man früher bei uns daheim. Magenträgheit. Bewegungsmangel.

Der Arzt mustert den Patienten, der Patient mustert nachdenklich seine Schuhe.

»Ein Magengeschwür? Vielleicht. Blutdruck 140 zu 92. Gar nicht schlecht. Nackenschmerzen? Wegen der Trägheit. Bewegung, mein Herr! Haben Sie in den Spiegel geschaut? Haben Sie sich in letzter Zeit im Spiegel angesehen?

Elektrokardiogramm? Hinausgeschmissenes Geld. Am Herzen liegt es nicht. Turnübungen, Diät, frische Luft! Das ist das Rezept. Die Lebensweise. Haben Sie in den Spiegel geschaut? Haben Sie hingesehen? Ein Elefant!«

Der Patient verlässt wankend die Praxis. Er setzt sich auf eine Bank im nahen Park.

Freitag, früher Nachmittag. Die Eile vor der nahenden Erholung. Die Angestellten hetzen, um das Ufer der Woche zu erreichen. Wieder sind, eh man sich versieht, sieben Tage und sieben Nächte verflogen. Unbeständiger Frühlingshimmel: Dort ist der Doktor. Der kleine Koch-Avicenna! Der Spiegel, was weißt du schon! Der Patient verscheucht das Bild. Das Puppenspielertrio im Park bewegt mit zarten schwarzen Fingern burleske Marionetten zu dröhnender Musik. Sie hopsen, spielen verrückt. Der Doktor mittendrin. Bäume zur Rechten wie zur Linken. Spaziergänger jeden Alters, aller Kulturen. Der Doktor unter ihnen. Das Kaleidoskop der City dreht sich im Kreis, im Mittelpunkt der kleine Koch.

Der Fluss reist zur Linken des Zuges langsam mit. Man badet nie zweimal im ursprünglichen Wasser. Dies sieht der Reisende über die ganze Länge der Bahnstrecke durch das Wagenfenster: das Wasser, das nicht altert und sich nie gleichbleibt. Ebenso wenig wie die Luft. Wie der heilsam fließende Horizont.

Vergangenheit, Gegenwart, Zukunft, die immer gleiche Zeit, ist das der Horizont? Sanfte Wasser, alternde Augenblicke, Fäulnis und Ausscheidungen. Das Wasser steigt langsam, begütigend, schlägt über dem schlafenden Passagier zusammen. Der Schaffner klopft ihm sanft auf die Schulter. Der Zug ist im Bahnhof erstarrt.

Rasch greift er sich die Tasche, die Jacke. Er steigt aus, er ist ausgestiegen, da steht er betäubt auf dem Bahnhof und starrt auf den breiten sanften Fluss davor.

Uff, er ist angekommen! Der einsame Bahnsteig, weit hinten die Berge, wenige Schritte vor ihm der Fluss. Ein klarer, kalter Nachmittag. Der Anfang der Welt. Er ahnt nicht, wie nahe das Ende ist. Das Ende seiner Welt.

Das Chronometer schluckt die Sekunden des Waffenstillstands.

* * *

Peter war plötzlich erschienen, wie in einem Traum oder in einem Albtraum.

»Peter. Gaşpar. Mynheer. Am Telefon Mynheer Peter Gaşpar.«

Eine Stimme aus dem Nichts. Professor Gora wusste nicht mehr, wo er sich befand. Er betrachtete die mit Büchern bewehrten Wände. Er schwieg. Er hatte nicht die geringste Lust zu antworten, diese Überraschung war wie ein Angriff.

Peter! Mynheer Pieter Peeperkorn, die berühmte Gestalt eines vor Jahrzehnten gelesenen Buchs? Oder Peter Gaşpar, der im balkanischen und sozialistischen Literatencafé den Spitznamen Mynheer trug?

Es gab nichts Gesichertes mehr, nur die Regale vor seinen Augen und in seinem Kopf.

Der einzige Text, den der junge Gaşpar veröffentlicht hatte in den Jahren des »gesetzlich vorgeschriebenen Glücks«, wie er das Paradies zu nennen pflegte, in dem er gelebt hatte, hieß *Mynheer.* Die Geschichte seines Spitznamens war hintersinnig und seltsam, Zufall und Volksmund hatten zusammengespielt.

Wie hatte Peter Gaşpar die Telefonnummer von Professor Augustin Gora herausgefunden, der im großen Amerika verschwunden war?

»Wo bist du? Bist du hergekommen, nach Amerika, ins Jenseits?«

Das Gespenst bestätigte: Ja, er sei schon vor längerer Zeit mit einem Promotionsstipendium an die New York University gekommen.

»Promotion? In Architektur? Du warst doch kein richtiger ...«

»Nein, ich war kein richtiger Architekt. Nur Bautechniker. Im dritten Studienjahr, als sie meinen Vater wieder verhaftet haben, bin ich rausgeflogen. Drei Jahre Architektur zählten soviel wie ein Mittelschulabschluss. Bauleiter hieß das. Bautechniker.«

»Diese Promotion hier ist ...«

»In Kunst, Herr Professor. Kunstgeschichte. In unserem schläfrigen Land gab es Abendkurse. Selbst in Kunstgeschichte. Das hast du nicht gewusst.«

»Nein, das habe ich nicht gewusst.«

Und ob er es gewusst hatte, Professor Gora wusste alles, ihm schien aber nichts an einem langen Gespräch zu liegen.

Gaşpar hatte nicht die Absicht, sich auf dem Gebiet des deutschen Expressionismus zu spezialisieren, wie das Stipendium es verhieß. Er wollte schlicht und einfach in der Neuen Welt bleiben. Gerade jetzt, da in Osteuropa neue Hoffnungen keimten? Sein Alter gereichte ihm nicht zum Vorteil, der Zukunft irgendwelcher Kinder zuliebe war er auch nicht gekommen, denn er hatte keine. Was also sonst? War er allein? Nein, Lu war mitgekommen ... Sie hatte ihr Englischstudium abgeschlossen, wie Professor Gora sehr wohl wusste. Der Abschluss war banal in der Welt, in der sie gestrandet war. Ja, sie hatte Peter in die Sprache der Eingeborenen eingeführt, das Ergebnis war allerdings nicht berauschend, er verstand nicht einmal die Lautsprecheransagen in der U-Bahn. Sie hatten vorläufig keine Arbeitserlaubnis. Diese Auskünfte kamen als lakonische Antworten auf die spärlichen und lustlosen Fragen von Professor Gora.

»Ich hatte es satt, das ist es. Ich bin kein Entdecker, und Tourismus interessiert mich nicht. Aber ich war noch nie im Ausland. Kein einziges Mal! Vierzig Jahre gesetzlich vorgeschriebenes Glück an ein und demselben Ort! Jetzt bin ich raus! *For good,* wie ihr hier sagt. Ich habe das allerdringendste Bedürfnis nach Unverantwortlichkeit. Wenigstens jetzt, vor dem Leichenbegängnis. Un-ver-ant-wort-lich-keit.«

Zweimal hatte er das Wort mit Nachdruck in Silben zerhackt, als redete er zu einem Idioten oder zu sich selbst. Un-ver-ant-wort-lich-keit.

Er sprach von einem Ende und nicht von einem Anfang, vom Ausweg aus einer Situation und nicht vom Übergang zu einer anderen. Von einem Abschied, nicht von einem Ziel.

»Du hast recht. Ich fordere keinen neuen Platz, ich lasse den alten hinter mir. Das Versteckspiel mit dem Tod in einem anderen Gelände als dem alten Gehege. Zunächst brauche ich eine Arbeit. Ein Gehalt. Es wäre unredlich und langweilig, die Maskerade des

Stipendiums fortzusetzen. Lu ist jetzt *Babysitter.* Sie, die nie welche bekommen hat, hat Kinder immer gemocht.«

Er war also auf Abenteuer aus, der Abenteurer … Professor Gora betrachtete melancholisch lächelnd die Bücherregale voller Abenteuer.

»Auf Abenteuer bist du aus.«

»Abenteuer habe ich nicht gesagt. Un-ver-ant-wort-lich-keit.«

Peter Gaşpar hatte Professor Gora auseinandergesetzt, dass dieser ihm nicht etwa Geld schicken sollte. Er wollte sich nur hin und wieder mit jemandem beraten oder wenigstens mit einem Bekannten reden, das sei alles.

Bekannter? Ja, kennengelernt hatten sie sich zu einer Zeit, als Professor Gora der Ehemann von Ludmila war, von Lu.

Sie würden in Verbindung bleiben, nur so viel wollte der Neuankömmling ihm mitteilen.

* * *

Einige Zeit war vergangen seit dem nebulösen Gespräch mit Peter. Oder war das Nebulöse nur Goras Vorstellung entsprungen? Peter behauptete, er sei nach Amerika gekommen mit dem festen Entschluss, Gora nicht zu suchen, war von diesem Entschluss jedoch wieder abgekommen, ohne zu wissen weshalb. Einige Zeit war vergangen zwischen der Ankunft und diesem Sinneswandel, einige Zeit auch nach jenem ersten Gespräch. Peter war verschwunden, ging ihm aber nicht aus dem Sinn. Der Professor fragte sich, wie Wirklichkeit zu bestimmen sei. Er schloss und öffnete die Augen, sah die Bücherregale, den weitläufigen polierten Schreibtisch, den Computer, das Paar rote Handschuhe auf der Tischkante, das Telefon und einen aufgeschlagenen großen Aktenordner voller weißer Blätter.

Peter Gaşpar beschwor Erinnerungen herauf, derer er sich nicht mehr sicher war oder nicht mehr sicher sein wollte. Er hatte zunehmend Vertrauen in Bücher, und nicht in Erinnerungen, mit denen er nichts anfangen konnte. Er glaubte an das, was schriftlich festgehalten war. Der Verstand und die Seele seiner Gesprächspartner oder der Person, die er selbst war, gehörten der Vergangenheit an. Auch als Fremder unter Fremden kann man immerhin Freunde aus dem früheren Leben wiederfinden. In den Büchern! Die Bücher aus dem früheren Leben hatten auf ihn gewartet. Als treue Kameraden hießen sie ihn willkommen mit einer anderen Stimme und in anderen Sprachen. Verlässliche Gesprächspartner, stets bereit, ihm seine Gewohnheiten zurückzugeben, seine Irrungen und Wirrungen zu vermenschlichen.

Auf Peter Gaşpar hatte er keine Lust mehr, überhaupt keine Lust. Auf Pieter Peeperkorn schon. Er freute sich, Mynheer Peeperkorn wieder zu begegnen, gleich nach dem Gespräch las er wieder die drei Kapitel über den Holländer in jenem gewichtigen Roman der zwanziger Jahre.

Im Sanatorium auf dem *Zauberberg* wartet Hans Castorp sehnsüchtig auf Clawdia Chauchat. Die Frau seiner Träume erscheint in Begleitung eines märchenhaften Partners. Hohe, gerötete Stirn, ausgeprägte Falten. Langes spärliches, weißes Haar, schütterer Kinnbart. Die Nase groß und fleischig, der Mund ebenfalls, die Lippen aufgesprungen. Breite sommersprossige Hände, Finger mit langen, spitzen Nägeln. Der Holländer beherrscht mit seinem Akzent und seiner Statur bald die Gesellschaft des Sanatoriums. Seine Rede abgehackt, zusammenhanglos.

Mein Kind – das übertrifft alle meine Erwartungen. Er-ledigt. Erledigt und ausgeschlossen. Ein wenig Brot, meine Liebe.

So nannte Peeperkorn den Schnaps, der ihn belebte: Brot.

Gottesbrot, klares Brot, kleine Koseform, und zwar der Labung wegen … im Sinn unserer Pflicht und heiligen Verbindlichkeit.

Absolut. Perfekt.

Der große und breite Fremde mit der hohen Stirn, dem großen, von weißem Haar unflammten Haupt mit den blassen Augen, ist ein imposanter Mann. Manchmal wandelt ihn Fieber an, erst als ein Klappern, dann als ein Glühen und ein Schwitzen. Imponierende Kraft, großartige Inkohärenz.

Das Leben ist kurz, unser Vermögen, seinen Anforderungen gerecht zu werden, es ist nun einmal – Das sind die Tatsachen, mein Kind. Gesetze. Un-er-bitt-lichkeiten.

Telegraphische Botschaften, gebrochen, höchst undeutlich. Eine Persönlichkeit! Die Größe eines Stammeshäuptlings, der seine Zuhörerschaft durch die Mimik und den blassen Blick in seinen Bann schlägt. Die große Kapitänshand, zur Faust geballt, schlägt auf den Tisch.

Das Einfache! Das Heilige! Eine Flasche Wein, ein dampfendes Eiergericht, ein lauterer Korn. Ein Kuß, die Befriedigung erreicht das Absolute. Absolut, mein Herr. Erledigt, mein Freund.

Burleske Brüche. Die Ohnmacht überwältigte ihn ebenso wie die Kraft.

Die Niederlage des Gefühls vor dem Leben, das ist die Unzulänglichkeit, für die es keine Gnade, kein Mitleid und keine Würde gibt, sondern die erbarmungslos und hohnlachend verworfen ist – er-ledigt, junger Mann, und ausgespien … Schmach und Entehrung sind gelinde Worte für diesen Ruin und Bankerott, für diese grauenhafte Blamage. Sie ist das Ende, die höllische Verzweiflung, der Weltuntergang …

Gesicht und Gestalt Peter Gaşpars, den er schon früher nicht oft und seit über zwanzig Jahren gar nicht mehr gesehen hatte, blieben vor seinem inneren Auge verschwommen. Gora erinnerte sich nur, dass er Pieter Peeperkorn nicht ähnlich sah, das war alles.

Der Spitzname hatte eine andere Ursache. Die Erzählung *Mynheer* von Peter Gaşpar hatte einiges Aufsehen erregt unter den Literaten des sozialistischen Vaterlandes. Sklaven, die gezwungen werden, die Sklaverei zu bejubeln, ergötzen sich am zögerlichsten Augenzwinkern, an einem Quentchen Spott. Sollte es der versteckte Sprengstoff in seiner Erzählung gewesen sein, die Peter Gaşpar in der sozialistischen Halbwelt zur Berühmtheit verholfen hatte? Eine Erzählung, mehr nicht! In einer Provinzzeitschrift! Vierzig Jahre nach dem berühmten Roman des berühmten Thomas aus Lübeck! Irgendeine verschlüsselte Anspielung, die das Auge der Zensur übersehen hatte? Auch derlei Merkwürdigkeiten kamen vor und wurden schnell vergessen. Bald nach dem

Erscheinen wurde der Autor mit dem Namen seiner Figur versehen. Noch nicht einmal mit einem Namen, sondern mit einer Anrede, die zum Namen geworden war. Mister, Monsieur, Monsignore, Mynheer! Der Spitzname machte die Runde im Literatencafé und drang dann auch nach außen. Der Rumor um Peter Gaşpar gewann eine Eigendynamik. In der Folge veröffentlichte der Autor nichts mehr, aber seinem Ansehen tat dies keinen Abbruch. Im Land aller möglichen Gerüchte munkelte man, Peter Gaşpar sei der Urheber auch anderer literarischer Scharaden, die niemand kannte. Man raunte sich zu, er arbeite im Geheimen an einem Meisterwerk. Gerede, das knoblauchgewürzte Schwarzbrot der Diktatur.

Als kleiner Techniker in einem kleinen sozialistischen Betrieb hatte Gaşpar für Kulturzeitschriften ironische Kurztexte geschrieben, die die übliche Funktionärssprache verschmähten. Sportkommentare, Theater- und Ausstellungsbesprechungen, ja sogar Beiträge zu philatelistischen Themen oder Pferderennen. Man sah ihn bei Aufführungen und Vernissagen, auch bei Festen im Freundeskreis. Ein bisschen peinlich war ihm sein gespenstisches und nachhaltiges Prestige schon, er sah sich überall von Spitzeln bedrängt.

Er war groß und schlaksig, sein Körper ungelenk, als hätte er ihn vor allzu langer Zeit ausgeliehen und vergessen, ihn wieder abzugeben.

Mit kahlgeschorenem Schädel, schwarzem Schnauzer und Bärtchen erinnerte er an einen Husar aus dem Operettentheater. Eindringlicher schwarzer Blick unter buschigen pechschwarzen Augenbrauen. Kleine Hände, faltenlose Stirn. Gerade Nase, die der Herkunft spottete.

Der Name hätte der eines Ungarn oder eines Deutschen sein können, ebenso wie die Erscheinung. Man sagte jedoch, er sei – beschnitten. Also war er es. Das Gerücht hielt sich nach guter Tradition des Ortes. Manche behaupteten sogar, es gebe dramatische Details in seinem Lebenslauf, doch die Belege dafür waren ebenso unauffindlich wie sein potentielles Meisterwerk. Er schien zu sein wie alle andern, obwohl er es vielleicht nicht war. Seine kumpelhafte Ungezwungenheit, die aus jener Zeit stammte, als er Hockey und Basketball und Fußball in Jugendmannschaften gespielt hatte, brachte ihm Sympathien ein.

Seine transsilvanische, noch vom Habsburgerreich geprägte Erziehung stand im Gegensatz zu den balkanischen, französierenden Gepflogenheiten der Bukarester Metropole. Konnte man Transsilvanien als abendländisch bezeichnen? Auch die weitläufige Verbindung mit Mynheer Peeperkorn hatte dem Abkömmling willkommenen Adel beschert: »Holländer!?« Die Tischgenossen griffen die Zuschreibung auf. »Hallo, Holländer!«, bekam er zu hören.

Gaşpars Text verhöhnte die behördlich manipulierten »Debatten«, die großen Worte und die humanistischen Losungen.

Inkohärenz ist Subversion, war es das, was Gaşpar suggerierte? Manchmal erschien er mit einem Filzhut à la Peeperkorn und rezitierte nach einigen Wodkas mit inbrünstig gerecktem Arm dessen Standardsprüche.

Wir entziehen uns, meine Herrschaften … Diese Luft, die charaktervolle Föhnluft dieses Tages, mit ihrem zart entnervenden, ahnungs- und erinnerungsvollen Einschlag von Frühlingsaroma … Erledigt, meine Herrschaften! Ich unterbreche mich … Er-ledigt … Ich lenke Ihre Aufmerksamkeit in die Höhe, in große Höhe, auf jenen schwarzen, kreisenden Punkt … Das ist ein Raubvogel, ein großer Raubvogel … Meine Herren, und Sie, mein Kind, das ist ein Adler … Jupiters Vogel, der König seines Geschlechtes, der Leu der Lüfte!

War die Erzählung *Mynheer* etwa ein verschlüsseltes Plädoyer für die Neue Welt? Für den *Selfmademan*, den internationalen Peeperkorn! Den Kaffeekönig, Holländer mit Sitz in Java, an der Seite der kaukasisch schlitzäugigen Geliebten. Ein Plädoyer für die Freiheit und die Statue im Hudson? Freiheit, Vitalität!

Wie gut kann man jemanden kennen aus der Menge der Illusionsbedürftigen auf dem Längengrad, wo Orient und Okzident sich treffen? Professor Gora hätte nicht zu antworten vermocht. Pieter Peeperkorn beseelte die Buchseite, während Gora vergeblich wartete. Gaşpar tauchte nicht auf.

Der holländische Riese begeht Selbstmord, indem er sich Tier- und Pflanzengift injiziert. Das Tropenfieber hat seine Kräfte aufgezehrt: Das Leben nicht mehr intensiv zu empfinden ist eine »kosmische Katastrophe«, heißt es auf der entsprechenden Seite.

Gora hoffte, nach und nach zu begreifen, was er in der Vergangenheit nicht begriffen hatte. Würde Mynheer Gaşpar in Amerika zu dem Menschen werden, der zu sein ihm immer nachgesagt worden war?

* * *

Jahre zuvor war Peter ebenso unvermittelt aufgetaucht, er war damals Gymnasiast im letzten Schuljahr und auf Verwandtenbesuch in der Hauptstadt.

Hochgewachsen, bleich, finster, bedrückt von der Last einer Aufgabe, die seinem Alter und seinem Wesen nicht entsprach. Er hatte nur wenige Stunden Zeit bis zur Rückfahrt. Er war mit dem Nachtzug vom westlichen Rand des Landes zu diesem bizarren Familientreffen gekommen: zu berichten, was seinem Vater passiert war, und seine Verwandten vor den Folgen zu warnen, die alle treffen konnten.

Der Staatsanwalt David Gaşpar hatte keine Ahnung gehabt von dem Vorhaben seiner Gattin, den Jüngling, dem es eher um Basketball zu tun war als um die Untiefen der Politik, zu einer solchen Expedition auszusenden. Eva Gaşpar hatte es so eingerichtet, dass Peters Abwesenheit über Nacht kein Befremden auslöste. Ihr Sohn übernachtete manchmal bei seinem Klassenkameraden Tibor, dessen Eltern würden schweigen.

Augustin Gora hatte die Besorgnis in den Gesichtern von Lus Eltern sofort bemerkt. Sie wussten wohl schon genug über die Absetzung des Staatsanwalts David Gaşpar und weitaus mehr über ähnliche Fälle. Sie waren nur Cousine und Cousin, die Genossin Serafim und der Genosse Gaşpar, doch das Misstrauen griff schnell um sich, wie die Krätze. Sie waren besorgt ob der eigenen Lage, teilten die Neuigkeit jedoch nicht mit ihrem Schwiegersohn, der sich damals – und später – fragte, ob sie stattdessen mit Freunden darüber sprachen und wer diese sein mochten. Er hielt an dem Glauben fest, dass er, wenn es Freunde gab, als ein solcher gegolten hätte.

An jenem staubigen Julinachmittag, als der Gymnasiast Peter gebeten wurde, auf dem großen roten Ledersofa im Esszimmer Platz zu nehmen und die Nachricht, mit der er gekommen war, näher auszuführen, spürte Gora, dass die Gefahr vom westlichen Rand des Landes nun über seine neue Familie gekommen war. Er war, das musste er gestehen, unmittelbar von der Unruhe derer angesteckt worden, die dem sportlichen jungen Mann zuhörten, wie er von der absurden Lage berichtete, in der sein Elternhaus sich mit einem Mal befand.

Der ehemalige Uhrmacher David Gaşpar war ohne Angabe von Gründen seines Amtes als Staatsanwalt in der sozialistischen Justiz enthoben worden! So die Partei will, wird ein Uhrmacher ein Jahr lang auf eine Schule geschickt und zum Staatsanwalt gemacht, und, so die Partei wiederum will, ist der Staatsanwalt über Nacht kein Staatsanwalt mehr. Es konnten ihm weder Unlauterkeit noch böser Wille zur Last gelegt, sondern lediglich maßlose Strenge im Dienst an der Sache nachgesagt werden. Der Vorwand für die Absetzung blieb im Dunkeln, die Ungnade konnte Folgen zeitigen, die ebenso absurd waren wie ihre Begründung, das war die Kunde, die Eva Gaşpar dem jungen Boten anvertraut hatte.

Das Schweigen wich bald den Versicherungen, mit denen die Gastgeber den Gast überschütteten: Es könne sich nur um einen Irrtum oder ein Missverständnis handeln, David sei nicht der Mensch, der solches Unrecht schweigend hinnähme, er würde Erklärungen fordern und schließlich Genugtuung erfahren. Rivalitäten und Intrigen gebe es überall, wo Menschen leben, Niedertracht oder Irrtümer könnten nicht von Dauer sein, der junge Schüler werde bald feststellen, dass am Ende die Gerechtigkeit siege. Der Gast wurde mit Leckerbissen verwöhnt, Lu zeigte ihm die Familienbibliothek und nahm ihn auf einen langen Spaziergang durch die Hauptstadt mit. Als sie wiederkamen, wurde dem

Reisenden geraten, sich auszuruhen, er habe eine weitere schlaflose Nacht im Zug nach Hause vor sich.

Abends, als sie vom Bahnhof zurückkehrten, wohin sie den Gast begleitet hatten, erfuhr Gora die Geschichte von Peters Geburt.

Der Uhrmacher Gaşpar hatte sich im ersten und zweiten Kriegsjahr mit Frau und Tochter versteckt halten können, doch im Frühling des Jahres 1944 wurden sie entdeckt und von den ungarischen Behörden, die damals einen Teil Transsilvaniens verwalteten, nach Auschwitz deportiert. Frau und Tochter wurden gleich bei der Ankunft ins Gas geschickt. David überlebte, zuerst wurde er in einer kleinen Werkstatt eingeteilt, wo Schmuck aus dem von Lebenden und Toten erbeuteten Gold gemacht wurde, dann zu Schwerstarbeit. Er hatte zum Glück einen kräftigen Körper. Nach dem Tod seiner Lieben waren seine Gefühle und Ängste abgestumpft, dafür wurde er einsam und stark. Gleichgültig, berechnend, aufs Überleben bedacht.

Während der Befreiung durch die Sowjets begegnete er in dem Krankenhaus, wo die ehemaligen Häftlinge erstversorgt wurden, seiner künftigen Frau. Auf dem langen Heimweg heirateten sie.

Die zehn Jahre jüngere Eva wollte nicht zurück an den Ort, von dem aus sie in den Tod geschickt worden war. Sie träumte vom Land der Verheißung und der Überlebenden. David zeigte sich jedoch unnachgiebig. Er war entschlossen, nach Hause zurückzukehren, den ehemaligen Nachbarn und Freunden, den ehemaligen Polizisten und Politikern, die seinen Namen von der Liste der Lebenden gestrichen hatten, Auge in Auge gegenüberzutreten.

Im Herbst des Jahres 1946 erreichten sie auf Umwegen durch das verwüstete Europa die Heimat. David, seine neue Frau Eva und Peter, der auf der Irrfahrt in Belgrad geborene Säugling. Ludmillas Mutter Otilia Serafim hielt es für möglich, dass Peter gar nicht Davids Sohn war. »Im Chaos der Befreiung war das Kopulieren gang und gäbe. Kreuz und quer. Die Orgie der Auferstehung von den Toten.«

»Die Geschichte hat uns alle berührt«, bekannte Lu. »Sie ist auch heute noch ein Stachel im Fleisch der Familie ... Wir hatten es auch nicht besonders gut während des Krieges. Elend, Erniedrigung, Gefahren, Arbeitslager, alltägliche Panik. Davids Geschichte aber ist etwas anderes.«

Zurück in der Heimatstadt, trat der Uhrmacher David den ehemaligen Nachbarn und den ehemaligen Polizisten oder Politikern keineswegs Auge in Auge entgegen, wie er es angekündigt hatte. Er verweigerte sich einfach jeder Erinnerung an das Lager! Und forderte von Verwandten und Freunden, es ihm gleichzutun.

Lus Gesicht war schmal geworden wie auf alten biblischen Bildnissen. Die dunkle Madonna war bleich geworden. Gora war bestürzt über die Wirkung, die ihre eigenen Worte auf sie gehabt hatten. Selbst empfänglich für Gefühlsausbrüche, trieb sie alles auf die Spitze. Ihre Zerbrechlichkeit war der sichtbare Ausdruck von Vorahnungen, die plötzlich in ihr aufkamen. Sie nahm vage Zeichen wahr und ließ sich von ihnen einnehmen, die Ungewissheit verschärfte ihre Unruhe.

Sie war stehengeblieben, um sich etwas zu beruhigen. Sie wirkte immer bleicher.

»Ich ahne, was du denkst. Nein, in meiner Familie hat Religion nie eine Rolle gespielt, wie du weißt. Früher nicht und jetzt, wo der Atheismus opportun geworden ist, umso weniger. Bei uns war man Freidenker, noch bevor man Kommunist wurde. Ich bin im Geiste der Vernunft, der Solidarität mit den Erniedrigten und Beleidigten erzogen worden. Ich hatte keinerlei Berührung mit mystisch orientierten Personen oder Büchern, ich habe nie an einer Diskussion über Transzendenz teilgenommen. Und doch – wieder und wieder überkommt mich etwas Dunkles, verstört mich, ja macht mich verletzlich. Empfänglich für etwas, von dem ich nicht genau weiß, was es ist. Etwas Unbekanntes treibt mich im Verborgenen um.«

Mit einer plötzlichen Bewegung warf sie ihr volles schwarzes Haar zurück. Das Gesicht blieb blass, die Augen glänzten fiebrig. Mit diesem nervösen Aufbäumen schien sie sich nicht nur die

Haare aus dem Gesicht zu werfen, sondern eine Last abzuschütteln.

»Ich habe an Peter gedacht. Als der Junge geboren war, sagte David Gaşpar zu seiner Frau: Er wird in einer anderen Welt leben, und wir mit ihm. Seine Eltern sind Gezeichnete, entgegnete Eva. In der neuen Welt ist die alte mit enthalten, die Vergangenheit wird auch in ihm leben. Dennoch haben sie Peter nie wissen lassen, dass sein Vater schon einmal verheiratet gewesen war und eine Tochter gehabt hatte, die Schwester, die seine Schwester nicht hat sollen sein. Ob nun David wirklich Peters Vater ist – meine Mutter hat da ihre Zweifel. Nur Eva und er können es wissen. Wenn überhaupt.«

Lu senkte Blick und Stimme.

Wieviel aus der Vergangenheit hat wohl Peter in diese Neue Welt gebracht, und wieviel Lu? fragte sich Gora. Was haben sie sonst noch mit sich gebracht?

Bald sollte Professor Gora erfahren, dass Peter den Status »Überlebender« abgelehnt hatte, den die wohlwollenden Amerikaner ihm zuzuerkennen bereit waren, ebenso wie er sich immer schon jede Anspielung auf die Tragödie verbeten hatte, inmitten derer er geboren worden war. Er kehrte jedem Gespräch über das Grauen, auf das die einstige Begegnung seiner Eltern zurückging, sofort den Rücken.

Zwischen dem so unerwartet im Haus der Bukarester Verwandten aufgetauchten Gymnasiasten und dem zwanzig Jahre später wie ein Gespenst in Professor Goras Telefon und Gedanken geisternden Heimatlosen stand Lu, Augustin Goras Frau, an einem Sommerabend auf einem menschenleeren Bürgersteig.

Eine alte Unrast schlich sich wieder in die Einsamkeit von Professor Gora. Nur zu gerne hätte er sie verdrängt, um bei der Episode Lu verweilen zu können. Sie schmerzte und erfreute ihn, belebte ihn und half ihm über Abgründe hinweg.

Er hielt die Augen geschlossen, um so mit Lu zu verharren, aufgehoben im Unmöglichen.

Nach der Heimkehr des Gymnasiasten waren nur noch selten Nachrichten von der Familie Gaşpar gekommen.

Lu sprach immer öfter von Eva Gaşpar. Sie kannte sie nicht, sprach aber mit einer bewundernden Erregung über sie. Sie rief sie an. Evas Sorge galt eher Peter als ihrem Mann, meinte Lu. Mütterlicher Eifer. Eva hatte wohl die Therapie zur Vergangenheitsbewältigung über ihren Sohn gefunden, nicht über ihren Mann. Die Zukunft ihres Sohnes ging ihr über alles.

»Eva ist durch und durch besitzergreifend«, stellte Gora ärgerlich fest. »Unsicher, wenn es um sie selbst geht. Allzu sicher, wenn es um das Leben anderer geht.«

Lu war zusammengezuckt. Hatte ihn angestarrt. Wütend, verletzt. Wie erschrocken. Das Schweigen hatte sich in die Länge gezogen; woraufhin Gora das Thema Eva Gaşpar nicht mehr ansprechen sollte. Er beschränkte sich darauf, die knappen Neuigkeiten hinzunehmen, von denen Lu offenbar jene auswählte, die seine Aussagen widerlegten.

Peter war für Lu keine voraussehbare, natürliche Wahl gewesen. War es eine bescheidene Annahme des Verwandten? Lu hielt nichts von Bescheidenheit, und von psychoanalytischen Spekulationen schon gar nichts. Für sie waren dies frivole und ergebnislose Eingriffe in eine unantastbare Intimität, sie zog es vor, aufgrund von Tatsachen zu urteilen und beurteilt zu werden. Eigentlich mochte sie es überhaupt nicht, beurteilt zu werden.

Die Familienbande also – sollten sie es sein, die Lu und Peter zusammengebracht hatten?

»Ich fahre für ein paar Tage zu den Gaşpars. Ich will Eva kennenlernen. Verstehen, was dort passiert. Vor allem, was passiert ist. Ihre Vergangenheit, die nicht meine war …«

Ihr Mann machte kein Hehl aus seiner Verblüffung.

»Ich lebe in einem Aquarium, merkst du das nicht? Ich kann nicht einfach hingehen und als Maurerpolierin auf einer Baustelle anheuern. Um zu erleben, wie wunderbar das Leben unserer wunderbaren Arbeiterklasse ist, von der ich nichts weiß als die Märchen aus den Zeitungen. Zu den Gaşpars aber kann ich gehen. Nicht um zu erfahren, warum der Staatsanwalt kein Staatsanwalt mehr ist, obwohl es das wert wäre. Nein, um etwas anderes zu erfahren. Etwas Schmerzlicheres wahrscheinlich.«

Sie wollte raus aus dem Aquarium! Die Familie als Aquarium? Die Ehe als Aquarium? Sie hatte sich den Ehestand und die Familie als Zuflucht gewünscht, das Familiäre sollte ihr zu Gleichgewicht und Standfestigkeit verhelfen – wieso also jetzt dieser Ausbruch?

Von den Gaşpars kehrte sie mit furchtbaren Geschichten aus dem Lager zurück. Ihre Erzählungen waren schwarzweiß, sie selbst war weiß im Gesicht, bleich, wie von einer anderen Welt. Etwas Wesentliches schien sich verändert zu haben. Ein Schmerz, etwas Starkes waren nun in ihrem Innern. Es schien, als vermöchte sie nun ihre eigenen, bislang unverstandenen Eigenheiten zu deuten. Paradigmenwechsel, dachte Gora. Oder hatte sie in sich selbst ein Paradigma gefunden, dessen sie sich nicht bewusst gewesen war, das ihr gefehlt hatte? Und war jetzt überzeugt, dass es schon immer in ihr gewesen war.

* * *

Von der seltsamen Liaison zwischen Lu und ihrem jungen Cousin Peter erfuhr Gora erst später, als sein Freund Palade von einem Besuch in jenem fernen Land zurückkehrte, das gerade der Diktatur entkommen war. Palade, in seinem geliebten Amerika zu Portland geworden, war dorthin gereist, um der Familie seine Verlobte vorzustellen. Er kam zurück, angewidert vom Chaos, der Korruption und Demagogie beim Übergang seines Landes ins Nirgendwo.

Gora hatte den Studenten Mihnea Palade lange vorher, zu Beginn seiner akademischen Laufbahn kennengelernt. Es war die Zeit, als der totalitäre Osten sich zu liberalisieren schien, als die Hefe der Hoffnungen aufging und die Hörsäle bei Tag und bei Nacht überquollen davon. Begeisterung und Befürchtungen hielten sich die Waage. Der Mathematikstudent Palade, klein, schmal und mit einer riesigen Brille mit dicken Gläsern, die dauernd auf seinem feinen Nasenrücken hinunterrutschte, schwieg lange, um dann lange zu reden. Irgendjemand hatte ihn in die Mansarde mitgebracht, wo die Kontroversen brodelten. Er hörte aufmerksam zu und antwortete ausschweifend. Er hatte enorm viel gelesen, schien alles zu wissen und war doch stets im Bewusstsein seiner Unwissenheit. Sein Blick schweifte durch die Fenster der Universität zu Horizonten jenseits des Horizonts. Er arbeitete viel und klagte, dass die Bibliothek nicht lange genug geöffnet hatte.

Als Eroberer aus der Provinz war er den Studenten und Professoren sofort aufgefallen und alsbald verdächtig erschienen. Er war stolz auf die zweifelhafte Investitur. Er war nicht der einzige Fremdkörper unter den Humanwissenschaftlern. Studenten der Medizin und des Polytechnikums, sogar ein paar Gymnasiasten und selbst ehemals Vermögende, die enteignet worden waren und jetzt als Arbeiter oder Arbeitssuchende ihr Leben fristeten, suchten nach frischem Wind in Lektüre und Gespräch.

Im kleinen Freundeskreis diskutierten sie über Bücher, die sie über komplizierte Umwege beschafften. Unter der Hand entspann sich ein schwunghafter Handel mit unzugänglichen Büchern, eine Halbwelt der Gelehrsamkeit. Der Zauber des verbotenen Unbekannten.

Die mythische Aura der Ausgebürgerten gewann an Strahlkraft. Einige hatten sich nach dem Krieg im Westen einen Namen gemacht. Der große Gelehrte Cosmin Dima wurde zum allgegenwärtigen Vorbild. Palade hatte sich seine alten und sogar einige von den nach dem Krieg im Westen veröffentlichten Büchern beschafft.

Nachrichten, Bücher, Gerüchte, Debatten. In der Hitze der Tage und der Nächte. Ein Durchatmen, mehr nicht. Jeden Augenblick konnten die Träume wieder zu Ordnungswidrigkeiten oder Verbrechen werden. Die Unsicherheit und die Ungeduld befeuerten das Gespräch, niemand vermochte sich in Geduld zu fassen.

Der Französischdozent Augustin Gora mischte sich oft unter die Studenten der Gruppe. Die Treffen fanden auf einem Dachboden statt, wo einer der Beteiligten wohnte. Eine geräumige Mansarde, vollgestellt mit alten Sesseln und ungleichen Stühlen. Das riesige Fenster gab ihnen das Gefühl, sie befänden sich im Freien, auf dem Dach.

Gora wohnte einem Streitgespräch über Kafkas *Prozess* bei. Die unbegründete Verhaftung von K. wurde mit ungemeiner Bedeutung aufgeladen. Jeder konnte verhaftet werden, ohne Begründung, der Terror gefiel sich in widersinnigen Gaukelspielen. Wiewohl ohne Schuld verhaftet, behauptete K. nicht, er sei unschuldig. Auf ihm schien ein dunkler, metaphysischer Makel zu lasten.

Die jungen Leute versuchten sich von den Kompromissen der Älteren loszusagen, wussten jedoch auch um die eigene Feigheit gegenüber der Regierung. Sie hatten gelernt, die Losungen so zu gebrauchen, dass daraus ein Recht auf Widerspruch und Kritik abgeleitet werden konnte. Im Schatten lauerten die Spitzel, es mangelte nicht an Informanten, die sich als Rebellen gebärdeten. Die Intelligenz ließ sich ausmachen, nicht aber der Charakter.

Am Ende des Abends fragte der Student Mihnea Palade, ob er Gora nach Hause begleiten dürfe. Auf dem langen Umweg durch den Park an den Seen ließ sich Gora hinreißen und missachtete alle Vorsichtsmaßnahmen. Im Zuge dieses langersehnten Rauschs entfuhr ihm die Bemerkung, dass er eine Einladung von einer amerikanischen Hochschule erhalten hatte. Er riskierte ein echtes Gespräch, bemüht, seine Würde wiederzugewinnen.

Der Student verstummte. Nicht nur wegen des Vertrauens, das ihm schon bei der ersten Begegnung entgegengebracht wurde, sondern auch ob der bloßen Nachricht. Zu jener Zeit und an jenem Ort machte die Isolation aus den Gefangenen Verbündete. Und die zudem von der Literatur Gefangenen waren einander doppelt verbunden.

Beim nächsten Treffen wurde Borges gelesen, ein Student hatte ihn aus dem Spanischen übersetzt. Der fiktive Planet Tlön, imaginäre Orte, der Kosmos, der sich in einem Gedankenspiel auftat.

Im Jahr 1942 sei in Frankreich in der Wohnung einer Prinzessin ein Gegenstand entdeckt worden, der eine Inschrift in der Sprache des fiktiven Planeten Tlön trug. Dann sei unversehens ein ebenfalls von Tlön stammendes unbekanntes Metall aufgetaucht, gefunden in Südamerika, in der Tasche eines Toten. Im Jahr 1944 sei dann in Memphis, Tennessee, unverhofft von vierzig Bänden der *Enzyklopädie Tlön* zu hören gewesen.

Gora lauschte den fesselnden Scharaden und beobachtete den in stummer Ekstase auf dem Fußboden sitzenden jungen Mann, an dem das Streitgespräch nunmehr vorbeiging, da ihn die nach der Lesung vom Übersetzer erhaltenen Seiten in ihren Bann schlugen. In der folgenden Erzählung von Borges wurde in einem rätselhaften Fall ermittelt, es ging um eine Reihe unaufgeklärter Morde. Der Detektiv, von der Vorgehensweise des Mörders fasziniert, begreift zu spät, dass er bei allem Kombinieren in eine Falle geraten ist, und erkennt, dass das nächste Opfer er selbst sein wird. Nichtsdestotrotz unterwirft er sich dem Schicksal: Er geht zu dem vom Mörder vorgeschlagenen Treffen. Bevor dieser auf ihn schießt, spricht er das Urteil und erläutert es: »Die Welt ist ein Labyrinth, aus dem man unmöglich fliehen kann.« Opfer und Mörder, gefangen in der Logik derselben abgründig verrätselten Vergangenheit.

Kaum war die Lesung zu Ende, eilte Palade elektrisiert in die Mitte des Raumes.

»Komplizierte Symbolik. Eigentlich geht es in dem Text um Flucht. Ist die Freiheit der Ausweg aus dem Labyrinth oder vielmehr eine Erweiterung des Labyrinths? Und welches ist der Sinn des Wortes Labyrinth, hintergründig und mörderisch? Ein einziger labyrinthischer Schlag, immer und ewig … Wieso labyrinthisch? Wenn es ein einziger ist, dann lieber geradeheraus, schnell. Als Mathematiker müsste ich auch das Labyrinth einer Geraden verstehen, der kürzesten Verbindung zwischen zwei Punkten, seien sie auch unendlich weit voneinander entfernt.«

Die Stimme des Studenten bebte. Eine schwache, schüchterne

Stimme, im Gegensatz zu der Lebhaftigkeit der Gesten und der Argumente.

»Erinnert ihr euch an die Worte des Blinden aus Buenos Aires? ›Ich habe erkannt, wovon die Griechen nichts wussten: die Ungewissheit‹, behauptet Borges. Muss ich das Zitat wiederholen? Ich wiederhole es nicht, aber wir sollten es nicht vergessen. Freiheit ist die Flucht aus der Tyrannei eines alleinherrschenden mentalen Systems, das ist Freiheit, unvollendetes, offenes, antidogmatisches Denken, Ungewissheit, der Nebel der Wahrscheinlichkeiten.«

Die Brille war ihm auf die Nasenspitze gerutscht, wie immer, wenn er erregt war. Er murmelte: »Die Ungewissheit, das Unvollendete ermöglichen den Disput und die Offenbarung.«

Gora war schockiert. Palades Worte erinnerten ihn an etwas, das er gelesen oder gehört hatte, ohne dass er die Erinnerung hätte dingfest machen können. Er hoffte, der Student würde auf diesen Gedanken zurückkommen.

Auf dem Weg zu Goras Wohnung kam die Brille des jungen Mihnea Palade von neuem wiederholt ins Rutschen. Im Wohnviertel an den Seen, dem eleganten Teil der Vorstadt, bot der Frühlingsabend die richtige Stimmung für Rausch und Geheimnisse.

Augustin Gora verfügte nicht nur über die Einladung, sondern auch über etwas anderes, noch Unglaublicheres – einen Pass.

»Ja, man spricht darüber«, murmelte der Student und senkte den Blick verschämt aufs Pflaster. »Sie haben Verwandte dort, wo man sie braucht.«

»Verwandte meiner Frau«, beeilte sich Gora richtigzustellen.

Eine naive Entgegnung. Wer zu einem Pass kam, selbst in jener Zeit, da die Hürden nicht unüberwindlich waren, verdiente kein Vertrauen, das wusste jedes Kind.

»Reisen Sie mit Ihrer Frau?«

Was so viel bedeutete wie: Kommen Sie nicht wieder? Ein Pass war ein zweifelhaftes Privileg, Pässe für ein Ehepaar räumten jeden Zweifel aus.

»Hoffentlich. Ich weiß es noch nicht.«

Gora hatte keine Lust mehr zum Reden, das Schweigen weitete sich aus und wurde immer dichter. Es war nicht leicht einzugestehen, dass Doktor Feldmann, Ludmillas Onkel, als junger Kommunist mit dem großen Staats- und Parteiführer in einer Zelle gesessen und dass der Genosse Feldmann die Pässe für das Ehepaar Gora beschafft hatte.

»Ich bin aufgefordert worden, in die Partei einzutreten«, sagte tonlos der Student, ungewiss, ob das nun zum Thema gehörte oder nicht.

»Ich auch«, antwortete der Professor zögerlich.

»Der Preis für den Pass?«

»Ich bin nicht darauf eingegangen.«

Der Verdächtige Gora war offenbar noch verdächtiger geworden. Palade zögerte nicht, den Einsatz zu erhöhen.

»Ich hatte Besuch von einem Offizier der Securitate.«

Diesmal sah er dem Professor geradewegs in die Augen, um zu sehen, was man nicht sehen konnte.

»Routine. Ein gewöhnlicher Anwerbungsversuch. Nur das nicht. Tu das bloß nicht! Alles, nur das nicht. Um keinen Preis. Für keinen Lohn der Welt, welcher er auch sei. Das rote Büchlein brauchst du nicht. Wir leben nicht mehr im Stalinismus, sie werden dich nicht verhaften. Sie können dich nur schikanieren.«

»Mir nie mehr einen Pass geben.«

»Ja, mag sein. Ich will dir was erzählen ...«

Gora schien bereit, einen neuen Vertrauensbeweis zu liefern, der die gespannte Atmosphäre lösen sollte.

»Du hast heute über Flucht gesprochen. Freiheit als Flucht aus einem alles beherrschenden mentalen System. Wollen wir es Kerker nennen? Die Gefangenen sind von der Welt abgeschnitten, das ist ihre Strafe. Am Zellenfenster taucht jedoch irgendwann eine Katze auf. Sie geht von Fenster zu Fenster, von einem Gefangenen zum anderen, sie ist neugierig und will spielen. Die Gefangenen machen ihr Zeichen, locken sie, halten Teile ihrer Essensration durch das Gitter, erfinden Köder und Spiele. Das Kätzchen schlüpft manchmal durch die Stäbe, lässt sich streicheln. Einer von ihnen erträgt diese Frivolität nicht mehr, die Leichtigkeit, mit der sich die Leidensgenossen zu stumpfsinnigem Zeitvertreib hinreißen lassen. Waschlappen, hirnverbrannte Idioten, brüllt der Zornige, eingekerkert nicht nur in der Zelle, sondern auch im Dogma der Revolution. Er streitet mit ihnen, ist rechthaberisch, böse, eitel, rachsüchtig. Da er in der Hierarchie der illegalen Partei eine gewisse Stellung hat, können sie ihn nicht ignorieren. Sie haben auch keine Lust, ihm zu widersprechen. Schließlich greift sich der Hysteriker die Katze und bringt sie um. Dort in der Zelle. Und weißt du, wer dieser Täter war?«

»Täter? Ist das eine wahre Geschichte?«

»Das ist sie. Und der Held ist unser großer Führer, der geliebteste Sohn des Volkes.«

»Woher wissen Sie das?«

»Von einem Verwandten meiner Frau. Er hat mit dem Fanatiker in einer Zelle gesessen. Der kannte nur den bitteren Ernst. Keine Laster, hysterische Empörung über jedes Abweichen vom höchsten Endziel.«

Es war ihre letzte Unterhaltung. Gora reiste schließlich alleine ab. Er verließ das Land, die Frau, an der er mehr hing als an allem und allen anderen. Zur allgemeinen Überraschung und seiner eigenen Verzweiflung hatte Lu sich geweigert, ihn zu begleiten!

Ein Jahr nach seiner Ankunft in der Neuen Welt erhielt er einen langen verbindlichen Brief, in dem Palade von den Schwierigkeiten sprach, die es bereitet hatte, an seine Anschrift zu kommen, und von seinen akademischen Vorhaben berichtete, soweit es ein zensierter Brief zuließ. Er trug sich mit dem Gedanken, die Mathematik aufzugeben! Einstweilen schob er die Entscheidung auf, studierte eifrig weiter Mathematik, obwohl ihn das Rechtssystem der Folter im Mittelalter, der Prozess der Jeanne d'Arc, Alchimie und Astrologie viel mehr beschäftigten. Er hatte schon etliche Arbeiten veröffentlicht, die Werke des Gelehrten Cosmin Dima gelesen und fragte, wer ihm einen brieflichen Kontakt zu diesem herstellen könnte. Gora antwortete nicht auf die Frage, vermittelte Palade jedoch ein Stipendium in Amerika. Wie er vermutet hatte, wurde ihm der Pass verwehrt. Zwei Jahre später, noch vor seinem Hochschulabschluss *magna cum laude*, erhielt Palade wieder ein amerikanisches Stipendium, diesmal dank Veranlassung des großen Dima. Ihm wurde der Pass ausgestellt. Hatte er dem Druck der Partei oder der Securitate nachgegeben? Weder am Abend des Wiedersehens zwischen Gora und dem ehemaligen Studenten noch später wurde diese Frage gestellt.

Der frisch Eingereiste sprach nur über eins: die Flucht. Diese wundersame Chance, von Göttern und finsteren Mächten beschlossen.

Nach den ersten Monaten der Euphorie packte Palade die Depression. Entfremdung, Einsamkeit. Die Bibliothek schien ihm keine Zuflucht mehr zu sein. Er lag stunden-, ja tagelang im Bett und wartete auf das Wunder, das ihn wiederbeleben würde.

»Ich bin verzweifelt, aber nicht verloren. Verzweiflung ist ein Zeichen von Vitalität, hoffe ich. Ich bin in der Wüste, frei, alles zu sein oder nichts, aber noch kann ich die Karte der Irrfahrten, die mir vom Schicksal zugedacht sind, nicht lesen. Ich finde keinen Schlüssel dazu. Ich warte ab, verlottert und verkommen. Ich höre im Treppenhaus die Schritte der ehemaligen Wächter. Immer in der Nähe.«

Sie telefonierten täglich. Gora war mittlerweile auf vertrautem Fuß mit Dima. Der Meister, großzügig und leutselig, wie er Landsleuten gegenüber war, erklärte sich bereit, Palade, seinen frisch eingetroffenen Bewunderer aus der Heimat, zu empfangen. Als Gora ihn darauf nach seinem Eindruck fragte, bekannte Dima begeistert, er habe seinen Schüler gefunden.

Nach der Begegnung fiel alle Furcht von Palade ab. Der Meister hatte ihm einen Lektüreplan für die Promotion vorgegeben und ihm die Mitarbeit an gemeinschaftlichen Exegesen in Aussicht gestellt. Obwohl er zwischen Universitäten pendelte, entwickelte Palade unter Dimas Anleitung eine intensive Publikationstätigkeit. Zu Mythos und Mystik, Renaissance und Inquisition. Er folgte dem enzyklopädischen Vorbild des Meisters.

In Dimas beeindruckendem Haus sollte Palade auch seine spätere Frau kennenlernen. Gora kannte sie, Kira Varlam war seine Studentin gewesen und wohl nicht nur seine Studentin. Kollegen waren sie auch gewesen, als Kira Spanischdozentin wurde. Im dritten Studienjahr hatte sie die Hauptrolle in einem Film gespielt, nicht wegen ihres eher mittelmäßigen schauspielerischen Talents, sondern wegen ihres apart geschnittenen Gesichts mit den schrägstehenden grünen Augen. Ihr heufarbenes langes Haar trug sie zu einem Zopf geflochten, der ihr bis zu den Hüften herabreichte, die kurzen Röcke ließen ihre herrlichen Beine sehen. Gleich nach der Premiere des Films hatte sie einen berühmten Sportler geheiratet, sich nach einem Jahr wieder scheiden lassen und war dann gleich nach Studienabschluss mit ihrem Sohn zu einer Tante nach Cleveland gezogen.

Schon die erste Liebesnacht stellte Palade in den Zauber des Rituals. Vor dem Bett kniend besiegelten die Liebenden mit dem ins eigene Blut getauchten Zeigefinger den Pakt für die Ewigkeit. »Der Verräter wird sofort und schmachvoll sterben«, stand auf einem eigens beschafften Pergament, ausgebreitet neben der Flasche Rotwein, die auf dem Tisch darauf wartete, geopfert zu werden. Eine Septembernacht. Bis zu ihrem Tod sollte Kira am Jahrestag neunzehn rote Rosen bekommen, in der Farbe des Scheiterhaufens, auf dem Gelöbnisse verbrennen. Kitschige Details, würde Peter Gaşpar sagen, und so sagt auch Professor Gora.

Meister Dima besaß offenbar hypnotische Macht über seinen Lehrling, der dem Zauber und dem Geheimnis verfallen war.

In den Jahren nach der Trennung von Kira ließ Palades Produktivität nicht nach, ebenso wenig seine Absonderlichkeit. Die Beziehung zu Dima jedoch beschränkte sich irgendwann auf Fragen, die ohne Antwort blieben. Wenig Wahres über die Geschichte des eigenen Volkes war in den Bibliotheken des Vaterlandes zu finden gewesen. Gora und Palade stießen erst in ihrem neuen Land in alten Zeitungen aus dem fernen Vaterland, die gerade hier, auf der anderen Seite des Ozeans, in der *Library of Congress of the United States of America* zugänglich waren, auf merkwürdige Episoden im politischen Werdegang des jungen Gelehrten, der sich damals, in den dreißiger Jahren, für eine Art fundamentalistischen christlich-orthodoxen Terrorismus begeistert hatte.

Diese Information traf Palade wie ein Schlag. Dima war nicht nur ein Gelehrter der Extraklasse, eine wahre Bibliothek, sondern auch ein großzügiger und freundlicher Gesprächspartner, dem man kaum etwas nachsagen konnte.

Erfolglos versuchte Gora, mit Dima ins Gespräch zu kommen. »Er strickt! Er strickt sich eine Schlafmütze. Wenn ich ihn nach jener Zeit frage und nach dem, was ich hier in den alten Zeitungen gefunden habe, greift er gleich zu seinen Nadeln. Wie abwesend und umständlich beginnt er zu stricken, an diesem schwarzen Schlafmützchen gegen die Kälte und gegen die Erinnerung. So empfinde ich das Schweigen, mit dem er mich beehrt.« Dies sagte Gora zu dem ehemaligen Studenten während eines von Ächzen und Stöhnen durchsetzten Telefongesprächs.

Aufgewühlt und stets auf der Suche nach neuen Beweisen war Palade außerstande zu arbeiten, hin- und hergerissen zwischen der Verehrung für den Lehrer und den sich überschlagenden Fragen.

»Ein Dummkopf ist der, der liebt!«, explodierte er am Telefon. »Zumal als Schüler! Mein Leben lang habe ich von der großen Begegnung mit dem Lehrer geträumt. An der Schulpforte wird mir jetzt der kritische Nerv gezogen, damit ich weiter lieben kann. Der kritische Geist ist am Eingang zum Tempel der Liebe abzugeben.«

Unter Anfällen eigenen Schuldbewusstseins beschloss Palade nach und nach, das Dilemma zu vergessen. Dima war sein Schutzheiliger, seine Freundschaft von unschätzbarem Wert, auf ihn konnte er nicht verzichten. Fehltritte in Sachen Verstand und Moral, vor einem halben Jahrhundert? Dies ist nicht die Gegenwart. Ist die Vergangenheit nicht klar, ist es die Gegenwart: Der Gelehrte ist ein Mensch der Bücher, nicht des Geschwätzes der Straße.

Gora fragte sich, ob Palade in die Partei eingetreten war, die er gehasst und gebraucht hatte, um fliehen zu können. Es wäre die Erfahrung eines notwendigen Kompromisses gewesen.

Die Irritationen kehrten zyklisch wieder. Der Alte und der Lehrling veröffentlichten trotz allem weiterhin gemeinsam Bücher.

Bei der Trauerfeier für den verblichenen Dima hielt der Schüler eine ergreifende Abschiedsrede. Bebende Bekundung seiner Zuneigung und öffentliche Lossagung zugleich. In ein paar Sätzen verkündete Palade, dass er nicht nur ein anderes Weltbild habe als sein illustrer Vorgänger, sondern auch eine andere Sicht auf den Wissenschaftsbereich, dem sie beide sich gewidmet hatten. »Mein Meister glaubte an das Organische. Ich gebe der mittelalterlichen *ars combinatoria* den Vorzug. Den aktuellen Theorien zur Information und zum Kognitiven, denen zufolge unser Denken bei einem Nullpunkt beginnt und sich in seiner Bewegung in Varianten aufspaltet, deren Logik und Botschaften sich widersprechen. Ich glaube an die Unvollkommenheit und bin besessen von der Dynamik des Bewusstseins.«

Weder Dimas politische Verblendung noch die Arroganz, mit der er sie ignoriert oder bestritten habe, könnten der Liebe etwas anhaben, behauptete Palade und erklärte von neuem in aller Öffentlichkeit seine Bewunderung und Zuneigung für den Verblichenen. Dies wohl als eine Art Therapie gegen das Unvermögen, dessen politische Verirrungen und sein Schweigen darüber zu vergessen.

»Noch nach seinem Tod sendet mir der Herr Dima Botschaften. Ich weise fast alle seine Gedanken zurück, widerspreche ihm, aber unsere Auseinandersetzung geht weiter.«

Palade war bestrebt, auf irdische und kosmische Ereignisse einzuwirken, nachdem er ihren Code entschlüsselt hatte. Besessen von gesellschaftlichen Voraussagungen, den eigenen Zusammenbrüchen und sexuellen Wirrungen, befragte er die Sterne. Er hatte sich von der Gemeinschaft der Exilanten distanziert und publizierte giftige antinationalistische Texte in der Exilpresse. Wöchentlich schrieb er gegen die Ideologie der nationalistischen und kommunistischen Patrioten, gegen die Post-Nazis und Post-Kommunisten an.

Damals setzten die Drohungen ein, Anrufe, Briefe und Rangeleien auf der Straße. Er sah sich verfolgt, doch er traf keine Vorkehrungen und ging nicht zur Polizei. Seltsame Postsendungen häuften sich, die er, ohne sie zu öffnen, in die Mülltonne auf dem Hof warf. Er äußerte öffentlich den Wunsch, dem Christentum abzuschwören und irgendeiner anderen Religion, am besten der Religion der Religionslosen, beizutreten.

Zu diesem Zeitpunkt entschloss Palade sich zu einem kurzen Besuch im Vaterland, um mit eigenen Augen zu sehen, ob auf den Kommunismus das Jahr 2000 folgen würde oder die dreißiger Jahre des 20. Jahrhunderts. Er kehrte verbittert und deprimiert nach Amerika zurück. Auch die Nachrichten für Professor Gora waren keineswegs beruhigend, wenngleich er sie ihm in homöopathischen Dosen und unter Auslassungen verabreichte.

Er hatte Lu eines Abends im Theater in Begleitung eines jüngeren Mannes gesehen, der, wie er dann erfahren hatte, tatsächlich ihr Cousin war.

* * *

Peter, Lus einziger Cousin. Verwechslung ausgeschlossen. Ein zum Mann gereifter Junge, stattlich und wortgewandt? Wie sah der Cousin Gaşpar überhaupt aus? Hatte er einen Hochschulabschluss, war er ein großer Sportler? Spielte er Basketball, trieb er Leichtathletik wie seinerzeit, schrieb er Artikel über Ausstellungen und Pferderennen? Hatte er Lu bei anderen Gelegenheiten begleitet?

Mihneas Bruder Lucian Palade und seine Frau unterhielten eine freundschaftliche Beziehung zur ehemaligen Frau Gora. Sie waren ihr bei Familienfeiern und öffentlichen Anlässen begegnet. War sie in Begleitung gewesen?

Im Theater, mit Peter! Na und? Sie waren doch Cousin und Cousine, oder? Peter war wohl für ein paar Tage vom anderen Ende des Landes in die Hauptstadt gekommen, und die Cousine hatte ihn ins Theater eingeladen. Das Mindestmaß an Höflichkeit. Lu ging nie allein aus, weder ins Theater noch ins Kino oder in

Konzerte, geschweige denn auf Ausflüge, es war also nicht verwunderlich, dass sie den jungen Gaşpar als Begleiter mitgenommen hatte.

Besaß Peter Gaşpar vielleicht ein Auto? Als er vor vielen Jahren als Schüler in Bukarest zu Besuch gewesen war, hatten Peter die paar zumeist armseligen Autos auf den Boulevards fasziniert, wie Lu erzählte. Ob er vielleicht zu einem der berühmten Trabants, jener sozialistischen Spielzeugautos mit Zweitaktmotor, gekommen war? Töff-töff, töff-töff, Qualm, die heilige billige Zündkerze muss oft ersetzt werden, der Treibstoffcocktail aus Diesel und Benzin ist leistungsfähig, der Verbrauch niedrig, das Auto des armen Mannes, fünf Jahre Wartezeit, bis man den damit verbundenen sozialen Aufstieg schafft ... Ob dem Staatsanwalt Gaşpar von seiner geliebten Partei die Gunst zuteilgeworden war, von der sein Sohn träumte? War David Gaşpar wieder Staatsanwalt, oder hatte er etwa viele Jahre im Gefängnis gesessen, wie man es sich erzählte?

Vergangenheit. Fragmente verschwinden und tauchen wieder auf, wenn man es nicht erwartet. Nun, Lu begleitete Gusti Gora auch jetzt, obwohl sie sich vorher geweigert hatte, es zu tun. Sie hielt auch jetzt noch an der Rolle der einzigen Ehefrau fest! Nein, nicht ihr Zusammentreffen war eine Illusion gewesen, sondern die Trennung.

»Ich habe sie nicht getroffen, ich habe sie wiedergetroffen. Lange schon war sie in mir«, flüsterte Professor Gora in den stummen Telefonhörer.

Sie hatte sich geweigert, Gora in die Wüste des Wohlstands und der Freiheit zu begleiten, ihn aber so ganz sich selbst überlassen kann sie auch nicht. Sie begleitet ihn, ohne es zu wissen oder vielleicht ganz bewusst, nur so kann sie die Trennung bewältigen.

Nach Peters Besuch war das Paar schweigend auf dem Gehsteig am Bahnhof entlanggegangen. Eng umschlungen. Da schüttelte Lu plötzlich ihre schwarzen Locken und sah ihren Mann an.

»Ich glaube nicht, dass Peter die Geschichte seiner Eltern kennt. Der Vater war irgendwann mit Liza verheiratet, die mit ihrer gemeinsamen Tochter Miry verbrannt wurde ... Peters Geburt stellt den eigentlichen Neuanfang dar und nicht David. Der Basketballer erträgt die übermäßige Bemutterung nicht, da bin ich sicher.«

Sie kamen vom Bahnhof, nachdem sie den jungen Gast zum Zug gebracht hatten. Gora war überrascht, wie sich Lu zu dem Thema ereiferte.

In den Monaten danach schien sie ein lange in ihrem Innern verborgenes Wesen zu entdecken. Die Biographie von David und Eva Gaşpar diente ihr als Schlüssel, durch sie fand sie einen Zugang zum Unbekannten in sich selbst.

»Es ist nicht erwiesen, dass Peter Davids Sohn ist. Der Überschwang der Befreiung entfesselte die Instinkte, sagen die ehemaligen Häftlinge. Die Orgie der Freiheit, die Orgie der geknebelten Sinne. Man kam zusammen, wie der Zufall es wollte, heißt es. David wird seine Partnerin, ob für einen Augenblick oder für eine Nacht, erst nachher gesehen haben. Peter wurde auf der Heimreise in Belgrad geboren. Eva wollte nicht zurück, aber David wollte der wahren Erinnerung zu ihrem Recht verhelfen. Gerechtigkeit schaffen! Vor solchen Eltern flüchtete Peter sich ins Basketballspiel.«

Nachrichtensplitter, von anderen übernommen, gekittet mit Vermutungen. Es war nicht bloßer Klatsch, den der Besuch des bis dahin unbekannten Cousins ausgelöst hatte, sondern das Aufflammen schwelender Fragen. Warnsignale, neue Zusammenhänge, Erwartungen. Lu schien in all dem wie abwesend.

Gora hatte sich ausgeschlossen gefühlt, verbannt in die Rolle des Zuschauers, dem nur ein Teil des Rätsels zugänglich gemacht wird. Lu hatte derartige Aussetzer schon vorher gehabt, sie zog sich dann in sich selbst zurück, entglitt unmerklich, plötzlich kam man nicht mehr an sie heran. Ein liebenswerter, umkehrbarer Autismus. Es bedurfte bloß des richtigen Anstoßes, dann folgte eine letzte Aufwallung von Lethargie, und hatte sie die Trance dann hinter sich gelassen, stand sie wieder in der Wirklichkeit mit ihrem übersteigerten Bedürfnis nach menschlichem Kontakt. Sie elektrisierte ihren Partner auf der Stelle. Sie gab sich mit derselben Inbrunst hin, mit der sie sich in sich zurückgezogen hatte, und vielleicht war diese intensive Kommunion letztendlich eine andere Form der Entfremdung. Ihre Augen brannten noch dunkler, ihre Hände zitterten, ihre Lippen bebten heftiger, der Mund weitete sich, ein gieriger Schlund, der das Blut und den Eiter seiner Beute aufsog.

Der Zauber der Begierde verstärkte seine Erinnerung und ließ ihn Lus Nähe suchen: die Initiation, immer gleich und immer wieder anders. Eine dauerhafte schwarze Leere, in der Ungewissheit und Verzauberung und Melancholie widerhallten.

Des Öfteren hatte er versucht, den Ansturm der Erinnerungen einzudämmen, doch sie kamen wieder wie die Gezeiten. Die Ferne, in die Lu sich zurückgezogen hatte, verschärfte und festigte seine Obsession. Unerträglich am Anfang, dann voller magischer Begehrlichkeit.

Er hatte die unglaubliche Nachricht hingenommen: Lu als Partnerin von Peter! Der junge Cousin war Mittel einer wer weiß wie schlauen List, aber auch einer Demutsübung. Und einer neuen Bewährungsprobe für das Ehepaar Gora, glaubte der ehemalige und gegenwärtige Gatte Gusti – Augustin Gora.

Die schöne Lu hatte keinen Grund gehabt, sich Peter an den Hals zu werfen! Da hatte es mit Sicherheit viel ansehnlichere Anwärter gegeben. Die Entscheidung für den jungen Cousin war Zeichen einer verdächtigen Resignation und einer ebenso verdächtigen Herausforderung der öffentlichen Meinung. Lu hielt gesellschaftliche Konventionen nicht besonders hoch, war aber auch nicht gänzlich frei von entsprechenden Rücksichten.

Masochistische Selbsterniedrigung? Gora erfreute sich an der Vorstellung von Lus Selbsterniedrigung ebenso wie an der einer Komplizität zwischen ihnen beiden.

* * *

Auch Augustin Gora hatte sich Jahre zuvor als Gestrandeter wiedergefunden, einsam und frei in der Neuen und Freien Welt. Nach ein paar Tagen schrieb er an Professor Cosmin Dima. Prompt kam eine Antwort, auf die Gora wiederum zahlreiche Anrufe mit Fragen über das gemeinsame Vaterland folgen ließ. Dima erbot sich gleich, ihm zu helfen, und kaufte ein Flugticket, damit er ihn besuchen konnte. Es folgten mehrere Besuche in den nächsten Monaten.

Vom ersten Augenblick an war er fasziniert von der Abgeklärtheit des Alten, wie er Dima fortan nennen sollte. Der Gelehrte betrachtete das Exil als Initiationsabenteuer, bei dem sich die weite Welt sogar dem eröffnete, der schon in Büchern und Bücherwelten umhergeirrt war. Eine wesentliche Erfahrung: Wer in eine Extremsituation hineingestoßen wird, erweitert sein Wissen um die *Strategie der Erneuerung*, sprach die schwache Stimme.

Die Beziehung zum Herkunftsland, getrübt von Nostalgien und Enttäuschungen, sah er ebenso oder scheinbar ebenso abgeklärt. Wohl eher scheinbar. Wenn man sich kundig gemacht hatte in den Zeitungsarchiven der *Library of Congress*, wusste man, dass es nur eine scheinbare Abgeklärtheit war.

Er wiederholte bis zum Überdruss: Das Dasein ist ein Privileg! Immens, vergänglich, wiederholte die verhaltene Stimme.

Um seine schwache Stimme besser zur Geltung zu bringen, versuchten die kleinen, von Krankheit und Tinte fleckigen Hände den Worten Nachdruck zu verleihen, wobei sie über dem Manuskriptstapel ins Flattern gerieten.

Und der Tod? fragte sich Gora. Er hatte Dimas exaltierte Texte über den Tod und über morbide Labyrinthe gelesen, er kannte die Losungen der Bewegten von damals, die sich gürteten für die Apokalypse der Läuterung. Der Alte hatte fromme Kniefälle vor dem Tod getan wie seine ehemaligen Kameraden, er hatte ihm jedoch auch gelehrte Abhandlungen und Exegesen gewidmet.

Nach einer kurzen Pause fügte Dima, ohne dass er gefragt worden wäre, melancholisch hinzu: »Der Tod ist das Höchste! Er herrscht überall, der absolute König, Gott selbst! Erst im Tod umarmen wir ihn.« Er riet dem Neuankömmling, mit den Seinen zu Hause in Verbindung zu bleiben, nichts, weder Gutes noch Böses, aufzugeben von der Erinnerung an die Vergangenheit.

»Unsere Gräber sind dort, in der Vergangenheit. Dauerhafter als wir selbst.«

Dima griff zögerlich nach der Pfeife am Rande des Schreibtischs und begann sie zwischen den Fingern zu drehen. »Ich darf nicht mehr, nicht einmal dieser Genuss ist mir geblieben«, flüsterte er und fingerte weiter an der Pfeife. Von Tabak keine Spur.

»Vergiss niemals die Privilegien der Vergangenheit, und nutze die Gegenwart!«

Hohle Rhetorik, dachte Gora. Ein paar Tage später schilderte er in einem Brief an Lu das Gespräch mit dem Idol der Versprengten in der Mansarde, wo sie sich zum ersten Mal begegnet waren. Der berühmte Dima hatte sich erboten, offiziell bei den amerikanischen Behörden einen Pass zu beantragen, damit die junge Frau Gora, die hinter dem Eisernen Vorhang zurückgeblieben war, ausreisen konnte.

Die Zustände im fernen Vaterland hatten sich verschlimmert, Gora hoffte, dass Lu ihre Weigerung inzwischen überdacht hatte. Ihre verblüffende Entscheidung wog schwer in all seiner Verwirrung. Er schilderte ohne schmückende Beiworte den Abend von einst, die Mansarde der jugendlich stürmischen Debatten, als einer der Studenten siegesgewiss drei Bände von Cosmin Dima in französischer Sprache auf den Tisch gelegt hatte.

Sofort war die Diskussion über den berühmten Gelehrten im Exil entbrannt, Gora jedoch hatte zur allgemeinen Verwunderung geschwiegen und sich nicht daran beteiligt, sondern lediglich mit kurzen paradoxen Bemerkungen auf die Fragen der jungen Leute geantwortet. Lu brauchte er nicht daran zu erinnern, weshalb er damals kein Interesse hatte aufbringen können für die begeisterten scholastischen Spekulationen – er war überzeugt, dass auch sie ihre erste Begegnung nicht vergessen und damals schon, wie all die andern, den Grund für sein unerwartetes Verstummen begriffen hatte. Das war nicht einfach ein Rückzug in sich selbst. Er hielt sich heraus aus dem Gerede der Zuhörerschaft, das er zuvor beherrscht hatte, um durch sein plötzliches Verstummen die Aufmerksamkeit der Unbekannten auf sich zu ziehen.

Keiner wusste, wer Lu in den Kreis der Verdächtigen mitgebracht hatte. Alle aber sahen, mit wem sie ihn verließ.

An den folgenden Abenden kamen und gingen sie gemeinsam. Dann blieben sie lange fort. Als sie wiederkamen, schienen sie sich für subversive Kontroversen nicht mehr zu interessieren. Unverhofft tauchten sie auf, wochenlang fehlten sie, bis sie schließlich ganz wegblieben. Ein Jahr später heirateten sie. Nach der Hochzeit schien Lu schöner denn je, fröhlich und zu allem bereit. Gereift durch die eheliche Verantwortung, nahm Gora kindliche Züge an, verzückt folgte er jeder Bewegung seiner Frau. Glückliche, geschichtslose Zeit.

Die Weigerung, ihren Mann ins wundersame Amerika zu begleiten, blieb für Gora auch jetzt noch, viele Jahren später, ein Geheimnis, das er zu ergründen suchte. Das Auge der Öffentlichkeit nahm diesen Riss nicht wahr. In intimer Zweisamkeit jedoch traten seltsame Verkrampfungen zutage. Die rationale und pragmatische Partnerin ließ sich unterschwellig zu wirren und finsteren Vorstellungen hinreißen. Sie war nicht wiederzuerkennen, die Fremde, wenn sie im Strafwinkel kniete, im Verborgenen mit giftigen Schlingpflanzen rang. Ihrem Stolz tat dies jedoch keinen Abbruch. Lu war so erzogen worden, dass sie nicht klagte, dass sie ihre Schwächen oder Nöte für sich behielt. Sie lamentierte nur sich selbst gegenüber, wenn sie alleine war.

Der Zauber der ersten Jahre des Zusammenseins wurde auf eine harte Probe gestellt durch diesen immer wiederkehrenden Rückzug auf sich selbst und wich nach und nach der Faszination dafür, gleichzeitig mit mehreren Wesen verbunden zu sein, die sich jeweils den Vorrang streitig machten. Langsam entschlüsselte er seine Frau, doch nie bis zum Letzten. Immer auf der Hut, erwartete er den Schock, den zyklischen Umschwung.

Selbst nach so vielen Jahren brachte die Erinnerung auch die Anspannung zurück …

Die Galarobe hatte sich unverhofft in Luft aufgelöst. Lu sah sich mit einem Mal des Schutzes beraubt, am Boden zerstört, der Leere ausgeliefert. Sogleich packte sie wieder das Misstrauen, es gab keine glückliche Vergangenheit mehr, nichts, worauf man sich verlassen konnte, nur die verdächtige Falle dessen, was vielleicht noch kommen mochte. Die Gefangene fand sich in die Wüste der Anonymen und Abgewiesenen zurückversetzt, spürte heftigen Gegenwind, der sie auf den ihr lange schon zugedachten Abgrund zutrieb.

Er wusste nicht mehr, wieviel Liebe war in der Vergangenheit namens Lu, er vermochte das Geheimnis nicht zu benennen, das sie getrennt hatte. Alles schien verworren und dunkel. Doch es blieb die Konfusion über diese Verschwisterung, den Inzest mit einer Schwester, die ihm nicht ähnelte.

Ob die von der Ehe gezähmte Liebe die Liebe untergraben hatte?

Das Exil, die Demütigungen der Verbannung waren ihr immer schon ein Graus. Hatte sie sich einen jüngeren, verrückten und seltsamen Cousin zum Gefährten gewählt, um als Waise ihre Ruhe zu finden? Die Nestwärme der Sippe?

Der balkanische Nachfahre des Holländers war lediglich ein Trugbild. Die Zeiten selbst waren eine Parodie ohne Zukunft.

Die Nachwelt, da war sie, nur einen Schritt entfernt, allenthalben. Budenweise Worte und Güter, der von der Werbung berauschte Bürger, der Jahrmarkt der Welt. Das Lachen von Mynheer aus dem Grab der Farce, die ihn berühmt gemacht hat.

Ein giftiger Gedanke, mit dem man sich schlafen legen kann, Freund Gora. Die Nacht wird, da sind wir ganz sicher, geschwätzig werden.

* * *

Lu war noch nicht bei Dr. Koch angestellt, als Peter auf das Stipendium an der New York University verzichtete. War es die Unverantwortlichkeit, die er beim ersten Gespräch mit Gora beschworen hatte?!

Eine italienische Kommilitonin zeigte sich gerührt von der Leichtigkeit, mit der der Flüchtling aus dem Osten auf das Einkommen eines Stipendiums, und sei es noch so bescheiden, verzichten und ins Unbekannte aufbrechen wollte. Die Kommilitonin mit dem legendären Namen Beatrice, Doktorandin in Kunstgeschichte, hatte einen reichen alten Amerikaner zum Mann. Sie schlug eine sensationelle Lösung vor: Peter sollte jeden Tag mit ihrem Mann frühstücken! Dabei würden sie über die neuesten Nachrichten sprechen. Es gäbe eine anständige Bezahlung.

Der Name Peter Gaşpar hatte dem Herrn Artwein dem Vernehmen nach sofort Vertrauen eingeflößt. Er sollte die Tageszeitung mitbringen, um über die Nachrichten zu sprechen, allerdings nicht die des laufenden Jahres. Dem Herrn Artwein ging es um das Jahr seiner Geburt. Für ihn war der 5. Januar der 5. Januar 1920, und der 22. Juni der des Jahres 1920. Die Welt war an dem Tag geboren worden, als Herr Artwein geboren wurde: am 24. Februar 1920.

Peter schien die wunderliche Aufgabe zu reizen. Es machte ihm nichts aus, das Werkzeug einer karitativen Tätigkeit zu sein. »Das ist ja vielleicht eine Idee! Alle sagen, die Amerikaner seien *workaholics,* psychisch abhängig von der Arbeit, könnten nicht darauf verzichten und dächten an nichts anderes als ans Geld, hier aber hat einer genug davon, verzichtet auf die Arbeit und schmeißt das Geld zum Fenster hinaus. Vergnügungen abseits des Kanons! Es stört ihn nicht, dass seine viel zu junge Ehefrau sich herumtreibt, er will sie nicht überwachen oder beherrschen, er gönnt ihr jedes Vergnügen, ohne Einschränkungen, er heuert einfach einen balkanischen Vagabunden an für morgendliche Gespräche über die vergangenen Zeiten, wie einst, Männer unter sich!«

Begeistert machte er sich an die Arbeit. Jeden Nachmittag kopierte er in der Städtischen Zentralbibliothek die alte Zeitung, mit der er am Morgen des nächsten Tages zu seinem Dienst erscheinen sollte.

Manchmal zog sich das Frühstück in die Länge, doch Herr Artwein trieb die Höflichkeit nie so weit, dass er ihn zum Mittagessen eingeladen hätte, dazu fehlte ihm auch die Zeit, denn am Nachmittag hatte er anderes zu tun.

Das Schicksal bescherte diesen Begegnungen leider keine lange Dauer. Zwei Monate nach der Geburt des Herrn Artwein erschien Beatrice, wie immer vornehm und elegant, um dem ehemaligen Kommilitonen mitzuteilen, dass ihr Mann einen Hirnschlag erlitten hatte und nun halb gelähmt war.

»Halb, was heißt halb?«

Die junge Frau Artwein schien nicht schockiert von der Kaltschnäuzigkeit des ehemaligen Kommilitonen, der nicht das geringste Mitleid für den alten Herrn zeigte. Sie sah dem langen Peter gerade in die Augen, wie sie es schon oft getan hatte:

»Ich glaube, es täte ihm gut, wenn ihm jemand weiterhin morgens, mittags und abends aus der Zeitung vorlesen würde. Halb gelähmt bedeutet in seinem Fall geistesabwesend, der Körper ist nicht vollständig gelähmt, aber sein Geist ist es, zumindest einstweilen. Vielleicht kommt er wieder zu sich, mit der Zeit. Dann ... Wenn ich's mir recht überlege, sehe ich eigentlich nichts, was dagegen spricht, dass ich dich für den Dienst, dessen du so plötzlich enthoben worden bist, weiter bezahle, ein paar Monate, ein Jahr. Im Ernst, wirklich, überhaupt kein Problem. Du könntest täglich kommen. Du kommentierst wie bisher die Zeitung, selbst wenn da keiner mehr ist, der dir wirklich zuhört. Wann immer es dir passt.«

Und sie sah ihm wieder geradewegs in die Augen, dem Husaren.

Peter schlug das Angebot aus, einmal und noch einmal.

Dann hatte er kleinere Jobs. Er arbeitete sogar in einem Team, das Speisekarten für nationale und multinationale transatlantische Fluglinien übersetzte, zusammen mit Russen, Arabern, Chinesen, Spaniern, Afrikanern aller Art, Indonesiern, Griechen, Türken, Franzosen, Japanern, die ganze Babel-Truppe. Die Stimmung von universeller Bruderschaft und Feindschaft ging ihm auf die Nerven, die Bezahlung war schlecht und unregelmäßig.

Als Gora seine Stimme nach langer Pause wieder hörte, stand er gerade kurz vor einer leicht extravaganten Unternehmung.

Lu und Peter Gaşpar pflegten sich abends in dem winzigen

Zimmer des schäbigen Hotels, wo sie wohnten, mit der Lektüre des Telefonbuchs zu vergnügen.

Wo liegt der Hase im Pfeffer? – Das war das Spiel.

Im Dickicht der unbekannten Namen fand sich tatsächlich eine Überraschung, als sie schon keine mehr erwartet hatten. Allerdings nicht im Telefonbuch, sondern in einer Illustrierten, die Peter auf dem Heimweg gekauft hatte. Ein langer Artikel über die osteuropäische Mafia in New York. Die wichtigste Figur war wohl ein gewisser Mark Mike, dessen Biographie alles andere als gewöhnlich war: Chemiestudium in Bukarest, hindernisreiche Auswanderung nach Amerika mit nur einem Koffer, Einstieg ins Benzingeschäft. *No business like gas business,* kommentierte der eifrige Reporter. Es folgten die Feineinstellungen des Kilometer- und Gebührenzählers für Taxis, der Verkauf des Patents an das Bürgermeisteramt, spektakuläre Beziehungen zur russischen und zur albanischen Mafia, Mehrung des Vermögens. Von der Straße aus besehen machte das zweistöckige Haus Mark in Queens keinen sonderlich imposanten Eindruck, doch es hatte drei Untergeschosse, einen Pool, Überwachungskameras innen und außen, sechs Schlafzimmer, gläserne Decken und Wände. An den Türen der zahlreichen Zimmer prangte die goldene Inschrift *I love America.* Mike Mark hatte Spitzeldienste geleistet, für das FBI und für jene, die vom FBI verfolgt wurden, er war als Meister der Steuerhinterziehung wiederholt angeklagt und mangels Beweisen freigesprochen worden, er besaß zweihundert Tankstellen und einige große Wohnblocks.

Den Schutz des FBI vor der Bedrohung durch ehemalige Komplizen hatte er abgelehnt. »Ich brauche kein FBI, ich bin besser als die. Ich ziehe nicht aus mit meiner Familie, wie es die Idioten fordern, die mich schützen wollen. Meine Familie ist heilig, mein Haus ist heilig«, zitierte ihn der Reporter. Er war ein vorbildlicher Familienvater und vor allem der devote Sohn von Eltern, die Hitlers und Stalins Lager überlebt hatten und in den letzten Jahren ebenfalls ins Land der Träume gelangt waren. Die Familienehre ging dem Magnaten über alles.

Unter all jenen, die in der sagenhaften Biographie des Einwanderers Mike Mark erwähnt wurden, befand sich auch einer seiner Freunde, ein Nachbarjunge aus der Straße, in der er seine Kindheit verbracht hatte, in einem bescheidenen Vorort von Bukarest. Lu erkannte den Namen eines ehemaligen Kommilitonen. Peter lächelte. Siehe da, im Dschungel des Unbekannten endlich der Name einer existierenden Person. Der Herr Professor Gora, dessen Namen sie mieden, war zwar ebenfalls real, man konnte ihn anrufen, aber er blieb ein Geist, verborgen zwischen Büchergeistern.

Auf den Versuch kommt es an, erklärte Lu. Fieberhaft blätterte sie im Telefonbuch. Es konnte kein anderer sein als Mişu Stolz, Michael Stolz einzig und allein.

Peter lächelte. Lu nahm den Hörer auf, und siehe da, Mişu/Michael meldete sich zur Stelle. Als wäre es gestern gewesen, dass er wie ein liebestoller Hund hinter der dunklen Schönheit her war. Er zeigte sich nicht sonderlich verwundert. Phlegmatisch, aber höflich lud Michael Stolz das Paar ein, ihn in Forest Hills zu besuchen. Eine lange Fahrt mit der U-Bahn, dann ein langer Fußweg bis zur Klingel an der massiven Eichentür.

Der Bedienstete, ein Chinese, bat sie mit einer Verbeugung einzutreten.

Mişu Stolz erwartete sie in einem weitläufigen, eleganten Vorzimmer. Weitläufig und elegant war auch er selbst. Hochgewachsen, massiv, schwarzer Anzug, weißes Hemd – er kam wohl von einem Geschäftstermin und hatte gerade noch seine Krawatte ablegen können. Er stellte sich Peter vor und verneigte sich ohne die einstige Begeisterung vor der Schönen.

Die ehemaligen Kommilitonen betrachteten sich mit einiger Sympathie: Mişu freute sich seiner gehobenen Stellung, Lu amüsierte sich über die amerikanische Ausgabe ihres alten Verehrers.

»Ich lebe allein, ich bin Junggeselle.«

Mit frecher Eindringlichkeit musterte er die Cousins, wenn sie es denn waren, was er offenbar nicht glaubte.

»Der Chinese ist Koch, Kellner, Putzfrau, Einkäufer, alles. Reich bin ich nicht, ich habe die Angebote von Mike nicht angenommen, habe die Gefahr gewittert, ich wollte da nicht hineingeraten. Er hat mir enorm geholfen, am Anfang. Auch mit Geld. Gnadenlos gegen die Konkurrenz, großzügig Freunden gegenüber. Ein Herz aus Gold. Gold, mit Scheiße drum herum.«

Mit souveräner Lässigkeit trug der Chinese belegte Brötchen auf und ordnete die Flaschen. Mişu erkundigte sich nach dem Befinden der Abenteurer.

Gegen Ende des Treffens bekannte er bei einem Glas französischen Cognacs, dass auch er drei Tankstellen und etliche Taxilimousinen besaß und sein Einkommen mehr als anständig war. Eine Menge Arbeit natürlich. Er hatte noch nie so viel gearbeitet und so viel Stress gehabt, klar, Geld verdient man nicht nur mit Arbeit. Er lächelte, stolz über seine feinsinnige Bemerkung, die er weiterspann, so wie er auch sein Lächeln zu einem kurzen Lachen ohne jede Freundlichkeit ausweitete: »Geld macht man eigentlich nie mit Arbeit. Nicht die Angestellten oder Fahrer machen Geld, sondern der Eigentümer. Ich.«

Zum Abschied reichte er beiden Gästen eine Visitenkarte. Dazu sagte er, wobei er nur Lu ansah: »Wenn ihr etwas braucht, ruft mich an. Die dritte Nummer ist meistens nicht belegt.«

Die Begegnung verhieß keine Wiederholung. Aber es folgte doch eine. Nach ein paar Monaten Arbeitslosigkeit mit vorübergehenden kleinen Jobs rief Peter, ohne Lu ein Wort zu sagen, bei Stolz an, bekam einen Termin und eine Stelle. Keine ungefährliche wohl, wie Professor Gora bald erfahren sollte.

Er brauchte keinen Namen, um die Stimme zu erkennen, die in ihm fortklang, jenseits von Gut und Böse, von Raum und Zeit. Er blieb stumm. Verlegenheit auf beiden Seiten. Schwer hatte sich Lu zu diesem Schritt entschlossen, das wusste er nur zu gut. Die Verzweiflung hatte sie zu diesem Anruf getrieben.

»Fah-, Fahrer! Fahrer, hö-, hör an. Stolz, der große Stolz. Hat ihn ein-, hat ihn eingestellt! Als Fahrer. Ich wusste nicht, dass Peter … Dass Peter sich um-, sich umbringen will. Er gibt es nicht zu. Doch, er tut es, aber nur so zum Spaß«, stammelte die liebliche Stimme von einst.

»Selbstmord. Hier geht es nicht mehr darum, zehn Hunde im Park auszuführen für fünf Dollar die Stunde. Oder darum, Postpakete zu sortieren. Dies ist was … Ganz was anderes.«

Lu machte eine Pause, sie sammelte ihre Kräfte, um das Unheil zu erklären. Die beiden hatten vor der Abreise nach Amerika den Führerschein gemacht. Sie hatten zwar kein Auto, doch sie wussten, dass man ohne Fahrerlaubnis in Amerika nicht leben konnte. Sie hatten Stunden genommen. Sie hatten die theoretische und die praktische Prüfung abgelegt, dazu das unvermeidliche balkansozialistische Schmiergeld gezahlt. Ohne ging es nicht. Ja, das verstand der Professor Gora ohne weiteres, er hatte dieses Ritual seinerzeit selbst mitgemacht. Der prüfende Polizist verdiente bei jedem Führerschein noch ein Gehalt dazu. Gewissenhaft, wie sie war, legte Lu die Prüfung ab und bekam den bereits bezahlten Führerschein, Peter ging gar nicht erst hin. Der Führerschein wurde ihm im Umschlag zugestellt. Für dieselbe Summe natürlich. Ja, Gora erinnerte sich an die Prozedur.

»Er kann es nicht. Überhaupt nicht. Übung hat er keine. Überhaupt keine. Aber er ist fasziniert von dieser Mondstadt, sagt er. Als Taxifahrer wird er ihren Himmelskörper erkunden, sagt er, das Mondmonster ist wie geschaffen für uns, die Schlafwandler der Unbehaustheit, behauptet er.«

Schweigen. Sie schien verängstigt von ihren eigenen Worten und von der Möglichkeit, dass das Gespräch sich einem anderen Thema zuwenden könnte. Schweigen. Auch Gora fand keinen Ausweg aus dem augenblicklichen Dilemma.

Um die Gefahr zu bannen, begann Lu schnell, als leierte sie einen Fremdenführer herunter, die Wunder aufzuzählen, von denen Peter schwärmte: Moskau in Brighton Beach, Italien in Little Italy, der Balkan, Pakistan und Indien in Queens, die Chinesen in China Town, Senegal in Harlem, die Chassidim in Brooklyn.

Das Eis des Schweigens von mehr als zwei Jahrzehnten ließ sich nicht im Handumdrehen, wie durch einen Zauber wegschmelzen. Gora versprach, dem Selbstmordkandidaten gut zuzureden. Ohne Wirkung natürlich.

Es blieb nur das Echo von Lus Stimme. Das war nicht wenig.

Am ersten Arbeitstag sollte Peter mit einer von Stolz' Limousinen bei einem Star vorfahren. Akademische Berühmtheit, Politiker, Diplomat, das war nicht klar, ein VIP, alles andere war nicht von Bedeutung. Die Berühmtheit musste zum Flughafen gefahren werden. Dann sollte die Taxilimousine zu einer anderen Adresse fahren, dann zu noch einer, so sah es das Programm des Fahrdienstleiters von Stolz vor.

Der Neuling hatte an zwei Tagen je drei Stunden mit dem Wagen des Pförtners vom Hotel, in dem sie wohnten, geübt.

»Schlüssel im Kontaktschloss drehen, Fuß aufs Gas. Bremse. Links, Bremse. Spiegel! Der Spiegel, auf den Spiegel achten«, keuchte der Mexikaner, schweißgebadet vor Angst. »Langsam. Nein, das ist zu langsam. Zuwenig Geschwindigkeit. Zurücksetzen! So, links. Der Fuß, ja, den Fuß auf die Bremse. Den Fuß auf die Bremse! Beschleunigen, so. Links. Der Spiegel! Rechts, der rechte Spiegel. Auf den Spiegel achten. Immer auf den Spiegel achten.«

Die Erinnerung an frühere sozialistische Fahrstunden steuerte seine fahrigen Bewegungen, die Hand, der Fuß, der Blick, alles machte sich selbständig.

Vor Angst hatte der Mexikaner feuchte Haare, die kleinen braunen Hände zitterten, die Augen quollen hervor. Er bekreuzigte sich unablässig, presste das kleine Gesicht in die kleinen Hände, um nicht sehen zu müssen, was im nächsten Augenblick geschehen würde. Peter aber war ganz ruhig, zufrieden mit dem Training, er mochte diesen Drachen auf Rädern.

Wieder und wieder sagte er ein einziges Wort: »langsam«. Er hatte sein Gebet und seine Losung gefunden: LANGSAM. Das musste er nur ständig wiederholen, diese Parole würde die Götter schon besänftigen. Langsam, fahr langsam, dann hast du Zeit, deine Fehler zu korrigieren. Todesfahrt, ein burlesker Horrorfilm.

Das Auto setzte sich in Bewegung, der Fahrer nicht. Dämonisch träge Verrichtungen, links, langsam, halt, Fuß, Bremse, so,

Gas, Bremse, Fuß, langsam, links, zuviel, zuviel, jetzt rechts, langsam, Spiegel, auf den Spiegel achten, links, so, Halt. Rote Ampel, Halt.

Der prähistorische Fahrer am Steuer des modernen Gefährts blieb ruhig und wie abwesend. Langsames Anfahren, kurze Befehle, immer wieder das Gebet: LANGSAM. Er hörte das Getöse des apokalyptischen Straßenverkehrs nicht, das Gebet beschützte ihn. Langsam, sanft, wie das Gebet es vorgibt.

»Selbstmordsyndrom«, flüsterte nach einer Weile Lu von der Rückbank aus, im Traum des Gusti Gora.

So, links. Der Fuß! Den Fuß auf die Bremse. Beschleunigen, so. Rechts, der rechte Spiegel. Langsam, Halt. Die Ampel! Halt! Gnade – Halt. O Wunder! Er war angekommen. LANGSAM, LANGSAM, vorantastendes Kurven, sanfte Richtungsänderungen, Hupengeheul, Fahrer, die außer sich mit gen Himmel erhobenen Händen seitlich an ihm vorbeischossen. Happy-End: die Ampel.

Die Götter hatten ihn beschützt, die Ampeln hatten ihn beschützt, er glaubte an die Erlösung. Langsam und mit Schrecken, aber er war angekommen! Schwer zu sagen, wie, aber da war er am unteren Ende der Stadt. Little Italy, die Wohnung der Berühmtheit.

Erschöpft schloss er die Augen und legte den Kopf auf das Lenkrad, um für immer einzuschlafen, lange Minuten der Ohnmacht und der Freude. Sich umbringen? Man tanzt sowieso jeden Augenblick vor dem Opferaltar herum. Dem heidnischen Altar. Das Unbekannte um einen und in einem selbst. Über einem der Adler des Schicksals, ringsum das Leben, die Urhochzeit. Angst, ja, er hatte Angst, es war ein gotisches, überschwengliches Grauen. Gas, Bremse, Spiegel, Hupe. Links, rechts. Langsam. Rot. Halt. Gerettet! Plötzlich, unvorhergesehen. Erledigt! Gerettet.

Er erwachte und lächelte über das Lenkrad hinweg in den Rückspiegel, küsste das verbündete Steuer, betrachtete neu belebt wieder das Monster auf Rädern. Als sähe er sie zum ersten Mal, diese magische Vorrichtung des Todes.

Er stiegt aus dem Wagen und klingelte an der Tür der Berühmtheit. Ein untersetzter, wendiger Herr. Weißer Schnauzer, weißes Haupthaar, Bürstenschnitt, blaue Fliege, große Hände, geweitete Nasenflügel, in Eile, gut gelaunt. Er stellte sich kurz vor, warf den kleinen Koffer auf die Rückbank, schon saß er auf dem Beifahrersitz neben dem Husaren.

»Wie, sagten Sie, ist Ihr Name? Kaspar? Kaspar Hauser? Die berühmte Figur? Ist es so, Kaspar Hauser?«

Der Fahrer sah ihn verwirrt an. Er war an einen Plauderer geraten! Und bereit, einen ganzen Fragenkatalog zu beantworten, nur lang, ganz lang sollte er sein, damit er den Motor nicht wieder anlassen musste, er würde sich bis in den Abend hinein mit diesem fabelhaften Kunden über den berühmten Kaspar Hauser unterhalten und die Todesfahrt vergessen.

»Nein, ich heiße nicht Kaspar Hauser. Das war ein Spaß. Karl ist mein Name.«

»Karl? Marx? Karl Marx?«

»Nein. Rossman. Mynheer Karl Rossman.«

Peeperkorn wäre übertrieben gewesen, Rossman schien in Ordnung.

»Mynheer? Also *Mister*? *Monsieur* Rossman, *Herr* Rossman?«

Der Fahrgast musterte ihn eingehend. Er lächelte. Drauf und dran loszulachen, er fand Gefallen an dem Spiel, und er fand Gefallen an seinem Gegenspieler. Er hatte es nicht mehr eilig, zum Flughafen zu kommen. Auch er war an einen Plauderer geraten!

»Rossman, sagten Sie? Karl Rossman? Kafka? Der amerikanische Roman? Amerika, von Prag aus gesehen?«

Der Fahrer lächelte ebenfalls, überzeugt, dass der leutselige Herr auch mit dem Holländer Peeperkorn geplaudert haben würde. Es war nicht leicht, ihn zu unterbrechen, seine Ungeduld, die Geschichte des Einwanderers zu erfahren, hob ihn förmlich vom Sitz, Herkunftsland, Beruf, Sprachenkenntnisse. Er konnte doch ein paar Sprachen, nicht wahr? Das ist das Schicksal der kleinen Länder, viele Sprachen, oder?

»Und der Name? Wie ist Ihr wirklicher Name?«

»RA 0298.«

»Wie bitte?«

»Mein Name ist zur Nummer geworden. Die Nummer ist in meinen Unterarm tätowiert, wie damals im … Wollen Sie sie sehen?«

Der Fahrgast machte große Augen.

»Wollen Sie etwa sagen … Nicht doch, Sie sind zu jung. Das ist ein schlechter Scherz. Auschwitz ist ein schlechter Scherz.«

»Gut, einverstanden. Der war schlecht, das gebe ich zu.«

»Also, was ist das? Ihr Taxischein?«

»*Resident Alien* 02 987 896. Kurz RA 0298.«

Sie redeten viel, endlos, fünf Minuten um genau zu sein. Das Amerika in Little Italy ist in Eile, es ist pragmatisch, energisch, in Eile. Der Motor musste angelassen werden.

Der Fahrer startete den Motor. Er trat aufs Gaspedal und wiederholte ein paarmal die Zauberformel des Teufels, die ihn nach Little Italy gebracht hatte und nun weiterbringen würde. LANGSAM, langsam … Beschleunigen, so. Der Fuß, ja, den Fuß auf die Bremse, links, der Spiegel.

Er hielt an. Schon nach ein paar Metern hielt er an, glücklich: die Ampel. Das göttliche rote Licht. Der redselige Fahrgast redete nicht mehr, entgeistert starrte er den Taxifahrer an. Der Fahrer wartete ein Weilchen, die Ampel sprang auf Grün, er wartete noch ein Weilchen. »LANGSAM, LANGSAM.« Noch ein, zwei, drei Sekunden. Er hörte das Hupen in seinem Rücken, aber er verfügte über die magische Formel. LANGSAM. Es gab keine andere Lösung. So war er nach Little Italy gelangt, so würde er auf den Friedhof am Flughafen gelangen. LANGSAM, der Teufel kennt nur eine Losung.

Er fuhr wieder an, vorsichtig, nach und nach, immer weiter.

»Nein, nein!«, brüllte der Schnauzbart. »Schluss! Das geht nicht! Nein, das geht nicht.« So schrie der Berühmte in seiner Verzweiflung. »Das geht nicht« oder »Das geht nicht mehr«, weiß der Teufel, was der Fahrgast noch ausstieß. Hochrot im Gesicht, kurz vor einem Schlaganfall.

»Anhalten. Ich steige aus.«

Der Fahrer hielt und wartete ab, dass der elegante Herr nach dem Koffer auf dem Rücksitz griff und dann das Gezänk begann. Aber der Berühmte hatte den Koffer vergessen, er schaute gar nicht nach hinten.

»Aussteigen! Sie auch!«

Der Fahrer begriff nicht. Er sah den Gast verstört an.

»Raus. Wir tauschen die Plätze.«

Er setzte sich hinters Steuer, bis zum Flughafen wurden sie Freunde.

Bevor Larry zum Einchecken ging, zwang er Peter Gaşpar, Stolz anzurufen und ihm zu sagen, es sei ihm am Flughafen schlecht geworden und er habe das Auto in der Tiefgarage geparkt, es müsse abgeholt werden.

»Hier ist meine Visitenkarte. Ich leite ein College. Klein, bizarr, aber lebendig, leider ohne freie Stellen, ich kann dir nichts anbieten. Wenn du nicht zurechtkommst, ruf mich an, wir finden was. Lass die Finger vom Autofahren. Nimm lieber Gift oder gib dir die Kugel. Der Tod am Steuer ist trivial, und du bist ein Feingeist.«

Peter betrachtete verdutzt das Kärtchen. Bedros Avakian! Professor Dr. Bedros Avakian. Das war alles. Das bedeutete, er war berühmt, es bedurfte keiner weiteren Angaben. Bedros Avakian. Larry also! Schloss der Fahrer Peter alias Kaspar alias Karl.

So hatte er Larry kennengelernt. In späteren Erzählungen sollte Peter all seinen amerikanischen Schicksalsboten diesen Gattungsnamen verleihen. Nach der gescheiterten Begegnung mit dem Tod wurde der verkrachte Taxifahrer von Stolz an einer seiner Tankstellen angestellt. Lu begann bei Dr. Koch zu arbeiten. Die Lage des Paares besserte sich.

Peter vergaß den Rat des ersten Larry nicht. Jeder Tod ist besser als der am Steuer. Der Sturz vom Sprungbrett, beispielsweise.

Er hatte sich mit dem Chef der Tankstelle angefreundet, einem Syrer mit eigenen Beziehungen und Kontakten zum Schwarzmarkt. Die Autos kamen und gingen, das sexuell aufgeladene Summen der Stadt. Ohnegleichen, murmelte Peter, der verliebt war in die Mondstadt, einzigartig und einnehmend. Als unregelmäßiger Beobachter des Himmels betrachtete Herr Peter Gaşpar dessen Röte, ohne sie eigentlich zu sehen. Hamletsche Wolken, archaische Sternzeichen, Vögel in allen Farben, Elefanten auf unwahrscheinlich dünnen himmlischen Stelzen. Regnerische Abenddämmerung. Das Neue Babylon reckte hochgemut die Pfeile seiner Bauten gen Himmel. Tief waren die Pfähle in den dreckigen Untergrund gerammt, wo sie alle wuselten, die Ratten und Vagabunden, Käfer, Bettler, Maulwürfe, Mörder, die ganze Großstadtfauna. »Großartige Stadt«, murmelte der Heimatlose, wie gelähmt angesichts des teilnahmslosen Orientalen. Zerklüftetes Gesicht, wie getrockneter Lehm, hundertjährige Falten, die Wüste im Blick.

»Dreh die Glühbirnen rein«, ließ sich die heisere Stimme vernehmen.

Er fand die Glühbirnen, nahm die Leiter, ging hinaus mit der Leiter und den Glühbirnen. Seit ein paar Tagen schob er das vor sich her, das Auswechseln der durchgebrannten Glühbirnen. Oben, am Firmenschild. Ein Tritt, noch einer, die Hand fest an der Sprosse, eine, noch eine, die Linke an der Sprosse, die Rechte ausgestreckt nach der durchgebrannten Glühbirne. Die Hand greift ins Leere, wumm! Eine Explosion. Nicht die Birne, sondern die Erde. Der Mammutleib ist auf Mutter Erde geknallt und lässt das Pflaster erbeben.

Im Rettungswagen phantasierte der Tote. »Hauser. Fertig, erledigt. Airways, Kennedy.« Kennedy und Airways waren leicht auseinanderzuhalten. »Hauser. Klein. Erledigt.«

Der Tote wand sich hinter dem geträumten Lenkrad. Liebe rote Ampeln. »Unver-, un-ver-ant-wort-lich. Erledigt.«

Er hatte die Leiter an die Mauer gelehnt. Eine durchgebrannte Glühbirne auf dem Mast vor der Tankstelle. Die neue Glühbirne in der rechten Hosentasche. Er war oben, der Regen peitschte. Die Hand nach dem Mast ausgestreckt, Hand und Gedanken in der Luft. Nasses Pflaster. Schiefe Leiter, der Elefant donnerte auf die

Erde, aus der er hervorgegangen war. Wumm! Ein Kadaver auf dem Pflaster.

Für Notaufnahmen braucht man keinen Versicherungsschutz, wer mit dem Notarztwagen kommt, muss im Krankenhaus aufgenommen werden, das wussten sowohl der Syrer als auch der Arbeitgeber Stolz, der für die Einwanderer, die er anstellte, keine Krankenversicherung abschloss. Die Ärzte holten den Verletzten aus der Ohnmacht und verkündeten ihm, dass er sich Knochenbrüche an beiden Beinen zugezogen hatte. Man müsse ihn schnellstens operieren, die zerschmetterten Knochen zusammenfügen und mit Metall fixieren, damit sie wieder gerade würden. Der pakistanische Chirurg vollbrachte das Wunder. Stolz leistete einen spektakulären Beitrag aus eigener Tasche oder aus der Tasche seines ehemaligen Freundes Mark Mike, des Hais mit dem Herzen für jene Leidenden, die ihm nicht gefährlich werden konnten.

Wieder unter den Lebenden, war Peter Gaşpar aller Zahlungen enthoben, aber das Ereignis hatte die Unstimmigkeit zwischen den Cousins allem Anschein nach verschärft.

Zurück aus London, erkundigte sich Dr. Avakian nach dem Schicksal des Fahrers Gaşpar. Professor Gora, dem Avakians College irgendwann einmal einen Ehrentitel verliehen hatte, wurde von der Sekretärin des Präsidenten angerufen und gefragt, ob er etwas von seinem seltsamen Landsmann wusste.

»Sie kennen also diesen Gaşpar«, brüllte gleich darauf der Historiker Avakian in den Hörer. »Gaşpar! RA 0298! Peter Gaşpar.«

»Ja«, antwortete Gora zögerlich, »ich kenne den Namen. Und mehr als das, kann ich Ihnen versichern, weit mehr!«

»Nein, nein, keine Scherze. Darum geht es nicht, glauben Sie mir. Der Tod, darum geht es. Sein Bote. Ein paradoxer Bote.«

Gora schwieg, wie erschlagen.

»Der Tod! Das ist die Institution, die Ihr Landsmann vertritt. Anfangs habe ich geglaubt, er kennt die Stadt, die Straßen nicht, bringt die Adressen durcheinander, völlig durch den Wind. Ich versuchte ihn von dem Wahnsinn abzubringen, sich ans Steuer zu setzen, ich erzählte ihm von Little Italy, dem Bezirk, in dem er den Tod jagte, der wiederum hinter ihm her war – und von Kaspar Hauser und von Brecht, von der Wilna-Truppe, von Kafka und wer weiß was noch. Ich bin Historiker, aber ich bin natürlich auch ein Leser, und nicht nur das. Hätte ich ihn vom Fahren ablenken sollen? Nein, das konnte niemand besser als er selbst. Er starrte in das Chaos, durch das er steuerte, war aber selbst ganz woanders, in der Hölle, im Himmel. Unerreichbar! Er tappte im Dunkeln, langsam, äußerst langsam, tastend, verängstigt. Die Füße suchten nach den Pedalen, die Augen traten aus den Höhlen, er betete. Nackte Angst. Nackt, mein Herr!«

Gora legte sich in Gedanken Fragen zurecht, doch Avakian ließ ihn nicht zu Wort kommen.

»Hätte ich ihn auf Dinge ansprechen sollen, mit denen er sich auskannte? Ihn ermutigen sollen? Hier gab es keine konventionellen Lösungen.«

Er lachte, der Präsident Avakian brach in Gelächter aus, er war glücklich, dass er den Tod bezwungen hatte.

»Wissen Sie, Gaşpar ist immerhin ganz …«

»Wundersam! Wundersam, wollen Sie sagen? Ein Wunder, ja, nicht mehr und nicht weniger. Ich bin durch ein Wunder mit dem Leben davongekommen. Er scherte sich nicht drum. Ich, er, das Auto, New York, ein Spektakel war das alles. Das Spektakel vor der Katastrophe. Das Spektakel der Katastrophe.«

Der Historiker konnte dieses tödliche Experiment nicht vergessen und ließ sich nicht unterbrechen beim Ausmalen des morbiden Szenarios, das er wahrscheinlich schon etliche Male geschildert hatte.

»Die Visitenkarte, die Sie ihm gegeben haben, das war …«

»Der Dankesbrief! Die Belohnung. Die sollte er beim nächsten Mal seinem Boss vorzeigen. Dem Tod. Eine Belohnung in bar, noch so hoch, wäre trivial gewesen.«

»Sie wären also bereit, ihn wiederzutreffen, ihn …«

»Ihn wiederzutreffen? Als Fußgänger … Als Fußgänger, Herr Gora! Als Fußgänger wann immer! Bereit? Verpflichtet! Ehrensache, das vergesse ich nicht, das Wunder kann anders nicht entlohnt werden.«

Niemand hätte sich besser für Peter einsetzen können als Bedros Avakian selbst. Seinen Worten war nichts mehr hinzuzufügen, man musste ihn seinen unerschöpflichen Redefluss zu Ende bringen lassen.

»Ich war, wie Sie verstehen werden, im Herzen des experimentellen Theaters, der experimentellen Geschichte. Im großen Experiment der Anderen Welt. Als Zeuge und Versuchskaninchen. In weniger als einer halben Stunde hat der Tod mich rundherum an allen Stellen geküsst. Ich konnte nichts tun. Doch ich bin davongekommen. Für den Verrückten am Steuer aber gibt es kein Entkommen, das ist gewiss. Jetzt oder in einer Stunde oder morgen werden der Holocaust, die Atombombe, das planetare Erdbeben, der kosmische Wirbelsturm ihn ereilen. Das ist gewiss! Hätte ich die Polizei rufen oder den Fahrservice verständigen oder ihn sofort am College einstellen sollen? Sie wissen, wie der Mensch ist, in Eile, ich beeilte mich, nach London zu kommen, ein Kongress über den Völkermord an den Armeniern in der Türkei, ich hatte ihn zu leiten. Selbst nachdem ich dem Tod von der Schippe gesprungen war, vergaß ich nicht, dass ich keine Zeit hatte, dass ich es nach London schaffen musste. Und ich schaffte es.«

»Also könnte Gaşpar – ob er Sie wohl anrufen könnte?«, wagte Gora zu fragen. »Er hat die Visitenkarte aufbewahrt, das weiß ich. Könnte er Sie vielleicht …«

»Wenn er am Leben ist! Wenn er noch am Leben ist. Wenn das Wunder sich wiederholt hat. Das ginge über meinen Verstand und über den jedes vernünftigen Wesens. Ich bin zu allem bereit, Professor, für derart unversehrbare Wesen bin ich zu allem bereit. Ich stelle ihn ein, damit er die Studenten okkulte Wissenschaften lehrt. Zauberei, Magie, Kosmographie?«

Er lachte selbstzufrieden, der Präsident Avakian. Um die eigene Begeisterung und vielleicht auch die der makabren Begebenheit innewohnende Komik auf die Spitze zu treiben, bat er Augustin Gora um ein Empfehlungsschreiben für Peter Gaşpar.

In der Mappe auf Goras Schreibtisch befanden sich Notizen zu Peter. Gelbe, weiße, blaue Bögen, Gora hielt reale oder erdachte Ereignisse, Gedanken, Informationen, die irgendwann für seine Zwecke nützlich sein konnten, gern in ein paar Worten auf buntem Papier fest. Er veröffentlichte unter Pseudonym kurze ironische Nekrologe in Exilzeitschriften. Die hatte er zu Lebzeiten der Dahingeschiedenen sorgfältig vorbereitet. Diese Beiträge wurden immer seltener, doch ganz verzichtete er nicht darauf. Die Texte schienen dürftig in Anbetracht der langen Recherchen, auf die sie sich gründeten. Eine simple, vergängliche Notiz zu einer Biographie, in der so vieles zusammengekommen war, nur um gleich wieder zu vergehen? Zynische Frivolität, eine Verneigung vor der Grausamkeit des Unvermeidbaren.

Die Verstorbenen verdienten mehr als eine bürokratische Inhaltsangabe ihrer sichtbaren Existenz! Es musste nicht nur erfasst werden, was war, sondern auch, was hätte sein können, die Potentiale, die mit den Verstorbenen zu Staub und Asche zerfielen. Was diese nur in Gedanken unternommen oder lediglich vorgehabt und nicht ausgeführt oder gar sich selbst einzugestehen den Mut nicht gehabt hatten. Das geheime, oft unbewusste Leben, im Umkreis oder gar im Herzen des Vergänglichen, Raum und Zeit jenseits des Unmittelbaren.

So hatte Professor Gora begonnen, sich nach und nach arbeitsintensiven Projekten zuzuwenden.

Die Akte Peter Gaşpar RA 0298 wurde nicht gleich nach der Unterredung mit Avakian eröffnet. Gora zögerte gerne ein wenig, wenn Peter in zwei Wochen noch am Leben war, dann sollte er mit einem gelben Dossier bedacht werden, wie er es lange schon verdiente.

Die ersten Notizen waren schon älter, es folgte die Unterredung mit dem Historiker Avakian. Und dann auch schon der Empfehlungsbrief, den er an Avakian geschickt hatte.

Es genügte nicht zu behaupten, Peter Gaşpar sei, in einem surrealistischen Land, zugleich Autor eines unbedeutenden, da parodistischen, Werkes sowie Autor eines Meisterwerks gewesen, das nicht niedergeschrieben, ihm aber von seinen Bewunderern zugeschrieben worden war. Das Werk existierte, solange dies im literarischen Kaffeehaus behauptet wurde, nachgewiesen werden konnte seine Existenz aber nicht, was vielleicht auch gar nicht nötig war. Gaşpars Glossen über Sport und Veranstaltungen, Briefmarkenausstellungen und Pferderennen konnten nur in einem Nekrolog angeführt werden, nicht in einem Empfehlungsschreiben. Gora unterstrich also lediglich Peters Klarsicht in schweren Zeiten und ließ seine Sympathie für die Tolpatschigkeit durchblicken, die Ludmillas Cousin bei der ersten Begegnung der beiden an den Tag gelegt hatte, eine verdeckte Anspielung auf die Ironie, mit der der Fahrgast Avakian über den Fahrer sprach, der ihn statt zum Kennedy Airport ins Jenseits zu befördern versucht hatte. Er vergaß auch nicht, einen Abschnitt über Gaşpars Eltern einzufügen, Überlebende des berüchtigten Vernichtungslagers des Nazis, von denen der Sohn, der Überlebende des Sozialismus, zu sprechen sich weigerte. Als Leiter des Kongresses über den Genozid an den Armeniern würde Avakian darauf mit Sicherheit sensibel reagieren. Abschließend erwähnte er das intellektuelle und pädagogische Potential des Einwanderers.

Als Peter aus dem Krankenhaus entlassen wurde, war er arbeitslos. Aufmerksam musterte er die Visitenkarte seines Partners auf der Todesfahrt. Anrufen hatte keinen Sinn, er wäre nicht durchgekommen. Also studierte er die Zugfahrpläne und gelangte in den idyllischen Gebirgsort, wo das College lag, das der Historiker aus dem alten Europa leitete.

Während er darauf wartete empfangen zu werden, erfuhr er von der Sekretärin, dass der Präsident nicht nur Historiker war, sondern sich auch in skandalösen Fällen von Menschenrechtsverletzungen einsetzte und Übersetzungen aus dem Altgriechischen verfertigte.

Amerika! murmelte Peter verzückt. Universitäten inmitten der Waldeinsamkeit, wie im Mittelalter! Akademiker, die sich auf Abenteuer einlassen! Historiker, die Plädoyers vor berühmten

Instanzen halten, Chemiker, die zugleich Musiker sind, Banker als Psychologen, Athleten als Filmregisseure, Mathematiker, die sich dem Theater verschrieben haben, Schauspieler, die zu Senatoren, Gouverneuren, Präsidenten werden!

»Barock? Über den Barock hast du deine Abschlussarbeit geschrieben? Der Barock und sein dadaistischer Ausläufer, darum ging es dir? *Fine, very fine.* Ich würde dich gern einstellen, damit du dieses Thema weiter untersuchst. Kann ich aber nicht. Sei bescheidener. Etwas anderes. Was gibt es sonst?«

Der Kandidat schwieg, sein Vorstellungsvermögen versagte.

»Etwas anderes. Exotischer. Weniger akademisch. Wir haben eine Menge promovierter Philologen in Amerika. Historiker auch, bestreite ich nicht. Etwas Exotischeres, ein anderes Thema?«

Der Kandidat schwieg, er wusste nicht, was exotisch genug war für ein dermaßen exotisches Land.

»Kommunismus? Möchtest du über den Kommunismus sprechen?«

»Nein. Nicht unbedingt. Aber wenn es keine andere Möglichkeit gibt ...«

»Holocaust?«

Eingedenk des Briefes von Professor Augustin Gora fand Präsident Avakian es nicht weiter verwunderlich, dass Gaşpar auf diese Frage nicht antwortete.

»Du kennst dich aus. Du kommst aus der verseuchten Gegend. Du hast viel zu sagen, vermute ich.«

»Habe ich nicht. Möchte ich nicht. Nein.«

Larry musterte ihn lange und zuckte bekümmert die Schultern.

»Was anderes? Ein anderes Thema. Etwas Ungewöhnliches.«

»Zirkus«, murmelte Peter für sich und dachte dabei an das Gespräch, in dem er gerade steckte.

»Zirkus, sagst du? Hast du dich mit Zirkus beschäftigt?«, fiel Gaşpars Fahrgast lebhaft ein.

»Nicht unbedingt. Irgendwie schon ... Aus Neugier. Ich habe viel gelesen. Es hat mich gereizt. Ich habe eine Arbeit geplant, die ich nicht zu Ende gebracht habe.«

»Die Geschichte des Zirkus? Barock im Zirkus, Dadaismus im Zirkus! Brot und Spiele? So hieß es in der Antike, nicht wahr? *Panem et circenses.* Das Volk braucht Brot und Spiele. Wir sind eine Volksdemokratie, wir brauchen auch Zirkusspiele, nicht nur Brot. Und wir haben sie auch. Oho, Zirkus über Zirkus … Vielleicht hast du eine andere Idee.«

Larry stellte Peter Gaşpar probeweise als *visiting assistant professor* ein und wollte nach einer Prüfung der Bedarfslage am College das Thema der Antrittsvorlesung des neuen Kollegen bestimmen.

* * *

Peter Gaşpar war über sein pikareskes amerikanisches Debüt nicht verwundert. Derlei Peripetien hatte er erwartet. Wer ihn in seiner ehemaligen Heimat kennengelernt hatte, wunderte sich nicht über die Nachgiebigkeit, mit der er das Ungewohnte hinnahm, die Gelassenheit, mit der er die Schläge wegsteckte.

Gora vermutete dennoch eine Bruchstelle in dieser Schicksalsergebenheit.

Vielleicht die Unverantwortlichkeit, die jener anstrebte? Er selbst hatte nicht selten von derlei Befreiung geträumt. Alles sein, alles simulieren können. Freiheit der Improvisation, der Metamorphose, der Bereitschaft. In einem bestimmten Alter und vor dem Hintergrund einer osteuropäischen Biographie erscheint es ratsam, eher allem die Stirn zu bieten, als dass einem gar nichts mehr widerfährt.

Peter ließ in unregelmäßigen Abständen von sich hören. Lange Monologe, gefolgt von langem Schweigen. Goras Schweigen entmutigte ihn nicht. Er beschränkte sich auch nicht auf praktische Fragen, die bei einem Neuankömmling normal gewesen wären, er ging bis in intime, manchmal peinliche Details.

Das Exil bringt Menschen zusammen, die früher verschiedenen Kreisen angehört haben, Gora kannte diesen Zustand höchster Not und Nachgiebigkeit, in diesem Fall aber vermutete er eine

Ersatzhandlung, von deren Fortschritten und Überraschungen er schon jetzt peinlich berührt war.

Einigermaßen gesellig, ein guter Kamerad und Helfer in der Not, hatte Peter in der alten Heimat seine Begeisterung in kleinen Gelegenheitstexten ausgelebt. Manche meinten, er trumpfe auf. Jetzt strafte er seinen Zuhörer mit Geständnissen und aggressiven Fragen. Selbstmörderische Vitalität? Eine Art Trance, die sich der Normalität entzog, schwer einzuschätzen, ob sie krankhaft war. Wagte er erst hier, im amerikanischen Wald, die eigene Erzählweise zu erproben? Ließ er sich umerziehen, akzeptierte er die Vereinfachung, die der Pragmatismus des neuen Wohnsitzes diktierte?

»Peter hier. Ich hoffe, mein Name sagt dir noch etwas.«

Sieh einer an, das Gespenst war wieder da. Die Notlage verlieh ihm höhere Weihen.

»Larry musste das Bett hüten. Er hatte sich ein Bein gebrochen. In einem relativ einfachen Apartment, allerdings in einem reichen Viertel. Ein langer Leib in einem langen Bett, verbittertes Märtyrergesicht. Weiße Mähne, zum Zöpfchen gebunden, dünn wie ein Mäuseschwanz.«

»Du sagtest, Larry sei untersetzt, trage Bürstenschnitt, Schnauzer und ein exotisches Bärtchen.«

»Ach ja, das ist Larry Eins. Hier geht es um den Journalisten Larry Zwei. Larry Eins hat mich zu Larry Zwei geführt. Eine richtige Berühmtheit! Ich hatte keine Ahnung. Ich habe ihn damals zum ersten Mal gesehen, sein Name sagte mir nichts.«

Bei aller Aufregung genehmigte Peter sich in seinen Ausführungen lange Pausen, ganz im Rhythmus der Provokation.

»Freitag. Ich war wieder bei Doktor Koch. Natürlich hatte ich gehofft, Lu anzutreffen. Und natürlich: Fehlanzeige.«

Die Pause hätte er nicht zu machen brauchen. Es reichte, dass er Lu genannt hatte, ihr Katz-und-Maus-Spiel oder eher Hund-und-Katz-Spiel. Nein, es war nicht nötig, dieses aggressive Schweigen, ganz und gar nicht. Dieses Schweigen verschärfte seine Aggressivität gegenüber dem Ehemann nur noch.

»Auf der Straße sehe ich mich plötzlich Larry Eins gegenüber, dem Präsidenten, dem Historiker. Ich habe mich daran gewöhnt, hier überschlagen sich die Zufälle, in meinem früheren Leben hätte es so etwas gar nicht gegeben. Also zack, Larry, Larry Eins, der Präsident, der Taxi-Fahrgast. Wohin des Wegs, was machst du, wie geht es dir, lange nicht gesehn. Bist du beschäftigt, hast du eine Verabredung? Nein, sage ich. Komm mit, antwortet er, ich gehe zu einem Freund, der ans Bett gefesselt ist. Wir kommen an. Larry Zwei. Berühmter Journalist. Berühmter Intellektueller. Der Schillernde, sagt Avakian.«

Schweigen. In Erwartung der Reaktion von Gora, der sein Schweigen genoss.

»Ich hatte eine Zeitschrift in der Hand. *Times Literary Supplement.* Ich gebe mich immer noch mit diesem dummen Zeug ab, ich bin noch nicht geheilt. In der Zeitung eine Rezension zu unserem großen Dima.«

Auch diesmal zeigte sich Gora nicht verwundert. Er betrachtete den Ordner, der vor ihm lag, den Computer, der vor ihm stand, die weißen Handschuhe am Rand des Tisches.

»Wer hätte das geahnt? Cosmin Dima war der Lehrer von Larry Zwei gewesen! An der Universität, die auch Larry Eins besucht hat.«

Atempausen, Schocks, Gora steckte einen nach dem anderen weg.

»Anlass zu einer leidenschaftlichen Diskussion. Larry Zwei, das muss ihm der Teufel eingegeben haben, mir plötzlich vorzuschlagen, den letzten Band der Erinnerungen von Dima zu besprechen. Ich? Ich! Es verschlägt mir die Sprache. Ich lehne ab. Nein, ich doch nicht! Er spürt, dass er einen wunden Punkt getroffen hat. Er hatte die Rezension im *TLS* gelesen, in der Dima verrissen wurde. Faschist, Nazi, Reaktionär, Heuchler unter der Maske des Kulturträgers. Er lässt nicht locker. Er schielt nach Larry Eins und lässt nicht locker. Ich suche nach Ausreden, gerate ins Stottern. Die Rettung: Ich kann nicht auf Englisch schreiben. Macht nichts, wir finden einen Übersetzer. Dimas Biographie ist kompliziert, sage ich, an diese komplizierten Zeitläufte muss ein Historiker ran. Verzweifelt blicke ich in Richtung des Historikers, flehe um Zustimmung, um Hilfe, um Rettung. Mein Boss schweigt. Kommen Sie, Mann, sagt der Patient, es gibt keinen besseren Historiker als das Leben, die eigene Biographie, keiner eignet sich besser als Sie. Wieder sieht er Larry Eins an, der schweigt. Sieh zu, Bedros, dass dein Mann mir den Text in einem Monat liefert, in spätestens einem Monat. Basta! Erledigt!«

Gora hätte nach dieser Geschichte wenigstens irgendwie stammeln, etwas zu sich selbst sagen, ein Liedchen summen wollen, irgendetwas. Aber nichts. *Niente.*

»Da haben wir den Salat, Herr Professor Gora. Rettest du mich, schreibst du die Rezension? Macht sich gut in der Publikationsliste! Die Zeitschrift von Larry Zwei ist wichtig. Außerdem kennst du dich in Dimas Leben und Werk besser aus als ich. Ich rufe den berühmten Zeitungsmann an und sage ihm, dass ich den perfekten Ersatz gefunden habe. Augustin Gora, der herausragende Professor, wird einen viel besseren Text schreiben, als ich es je könnte.«

Gora betrachtete den blankpolierten Tisch, mit Papieren übersät. Er wühlte in den Notizen, ja, das war's, was er gesucht hatte, er hielt das Blatt hoch und überflog es erregt, als handelte es sich um die Aufzeichnung des Gesprächs, das er gerade mit Peter führte.

»Dich hat man um die Rezension gebeten. Ich sehe also nicht ein, weshalb du sie nicht auch schreiben solltest.«

»Doch, das siehst du sehr wohl ein. Du kennst die Biographie des Alten besser als ich. Du weißt, wo ich da hineingeraten bin. Ich, ausgerechnet ich!«

Der alte Dima war einige Jahre zuvor in ehrwürdigem Alter gestorben, doch Gora allein erlaubte sich wie schon vor, so auch nach dessen Tod derlei Vertraulichkeit.

Schließlich machte sich der Ankömmling an die Rezension. Er griff häufig auf Goras Kenntnisse und auf die Lektüre zurück, die dieser ihm empfohlen hatte. Bald überlegte er es sich anders und wollte nicht mehr schreiben, dann kam er doch wieder darauf zurück. Gora hatte ihm geraten, Einzelheiten und Zeitspannen außer Acht zu lassen, die Unmut hervorrufen könnten. Auch in Verbindung mit der Familie Gaşpar, hatte er hinzugefügt.

Gerade dieser Hinweis schien Peter anzuspornen! Aus irgendeinem masochistischen Antrieb heraus erbat er immer weitere Informationen, wobei er nicht müde wurde zu betonen, dass Gora geeigneter sei, den Text zu schreiben, und in langen wutschnaubenden Sätzen dessen Umsicht beklagte. Selbst die Ausreise nach Amerika, trotz allem ein reales Risiko, erschien umsichtiger als das Verharren in der sozialistischen Doppelbödigkeit, nicht wahr, Herr Gora? Umsicht, ein eleganter Begriff, hinter dem sich die Feigheit verbirgt, nicht wahr?

Gaşpar wusste das selbst nur zu gut, er hatte genauso dringesteckt in der sozialistischen Doppelbödigkeit. Und auch jetzt, da er andere Überlebenstechniken anwenden musste, obgleich er sich vor Konflikten mit seinem ehemaligen Land hütete. Ebenso wie Gora. Aus lauter Vorsicht enthielt Gora sich jeder öffentlichen Äußerung zu Dima, wobei die Dankbarkeit gegenüber dem Alten ihres dazutat. Stets bereit, einem Landsmann zu helfen, hatte Dima ihn etlichen Kollegen und Universitäten empfohlen. Nicht zu vergessen seine enzyklopädische Bildung, die Bücher, Bücher über Bücher, die außerordentliche intellektuelle Produktivität, die Freundlichkeit … Nach dem Tod des Gelehrten blieb er in Verbindung mit dessen Frau, die sein Andenken wie ein Heiligtum pflegte. Die alles andere als ehrenwerten Episoden in der Biographie des Verschiedenen hätten sie gewiss erschüttert.

Dennoch ermutigte er den Neophyten, das Risiko einzugehen, indem er ihn auf die allgemein zugängliche Bibliographie hinwies. Unangenehme Gespräche, Peter wurde zunehmend ungehalten.

»Wer schreibt denn diese Rezension? Ich? Bin ich der Enthüller, oder besser, der Wiederenthüller des Geheimnisses der Polichinella? Bin ich es, der den erlauchten Verstorbenen post mortem der öffentlichen Schmach ausliefert?«, fragte er, eigentlich sich selbst befragend.

Er erwartete keine Antwort, doch der Fragende wurde Teil der Befragung. Indirekte Schuldzuweisung.

»Haben mich das die Vorväter gelehrt? Auge um Auge? Ich kreuzige den heiligen Dima, wie die Alten es mit dem Erlöser getan haben. Du kennst diese Sprache, Herr Gora, du hast sie so oft gehört. Hast du dagegen aufbegehrt? Das hast du, ich weiß es, du warst nicht umsonst verdächtig. Der Komplize der Sünder und der Heiden wie ich. Wusstest du's? Natürlich wusstest du's – was du nicht wusstest, war, dass Judas, gerade Judas die Notwendigkeit des Martyriums intuitiv erfasst hat, das Opfer als Urgrund des neuen Glaubens! Ein Held also, der Sünder Judas. Die Vermählung über Glaubensgrenzen hinweg bekommt keinen Segen und ist nicht wohlgetan, doch du, heiliger Judas, bist ein Held der Christenheit. Diesen Spitznamen hattest du, lange bevor du Lu getroffen hast. Doch um Judas geht es jetzt nicht. Ich will von dir wissen, weshalb ausgerechnet ich die Ermittlungsakte gegen den Heiligen Dima schreiben muss.«

Der Sprecher kannte keine Rücksicht, bald würde er seine Aggression gegen Lu, ihre Eltern, ihren ehemaligen Mann, gegen die ganze Welt richten.

»Und wieso sollte gerade ich den Alten verstehen, sanft umgehen mit dem Großen Dima? Auch ich bin ein Exilant, ein Gekreuzigter, ich muss mich ihm solidarisch erweisen, nicht wahr? Verständnis dafür aufbringen, was der Verlust der Heimat bedeutet. Ein Land wie die Sonne am Himmel, hör einer an … Oder wie der Mond? Erinnerst du dich? Dimas Kameraden verherrlichten den kollektiven Tod, süße Erlösung, so brüllten sie. Die Nation als kompakte Abordnung von Gläubigen und Märtyrern. Demokratie bedeutet Korruption, Demagogie, Dekadenz, Unreinheit und Unordnung und Desaster, erinnerst du dich? Dann kam die Niederlage der Teutonen, die Herrenrasse ging den Bach runter, ihre balkanischen Verbündeten erlebten die eigene Apokalypse und nicht die, die sie den Feinden zugedacht hatten. Die Revolution des krummen Kreuzes hatte den Tod industrialisiert, auf den Straßen und in den Öfen, unter der Erde, zu Wasser und in der Luft, Millionen Tote. Es folgte das Exil, die Vereinsamung, die Angst vor den Moralisten, die die Vergangenheit des Meisters aufdecken könnten. Ich, ausgerechnet ich soll das verstehen! Ich verstehe es mühelos, Professor.«

Er hielt inne, doch nur um Luft zu schnappen.

»Ja, der große Gelehrte verdient Bewunderung. Das Werk in jedem Fall! Ohne die zugehörige Biographie ... Weshalb hat er dann Memoiren und Tagebücher veröffentlicht? Konnte er nicht auf den Spiegel verzichten, selbst auf einen gesplitterten, tückischen nicht? Sicher, ich kann nachempfinden, was der Alte empfand, als seine Bibliothek verbrannte. Von der Straße aus starrte er fröstelnd, vereinsamt in die Flammen. Die Asche eines Lebens, kurz vor dem Verwehen. Ich spüre es, glaub mir, ich weiß, was Feuer und Asche bedeuten, Verbrennung und Asche.«

Er sprach zu einer virtuellen Hörerschaft, er ertrug es nicht, sein einziger Zuhörer zu sein.

»Weiß denn der Professor Gora, wie sehr ich gehofft habe, endlich nichts mehr zu sein? Heimatloser, der bin ich. Froh und unver-ant-wort-lich im Land der Heimatlosen.«

Er war nicht betrunken, nichts deutete auf einen anderen Rausch als das Rasen eines gequälten Geists. Er hatte seine Erinnerung durchwühlt und Wunden zutage gefördert, von denen er nie gesprochen hatte und von denen zu reden ihm, ganz offensichtlich, auch jetzt zuwider war. Er ekelte sich vor der Wut, in die er hinabgesunken war.

Ein ohnmächtiges Winseln. Selbstmitleid, die ehrlose Stufe der Ohnmacht.

Gora fiel es immer schwerer, die Strafe hinzunehmen, der er unterworfen wurde.

»Du musst Palade treffen.«

»Portland? Ich habe gehört, er hat seinen Namen geändert. Aus Wut über sein ehemaliges und aus Begeisterung für sein neues Land.«

»Ja, Palade-Portland. Er hat Dima sehr nahe gestanden. Er war sein Bewunderer. Seinetwegen ist er nach Amerika gekommen. Er weiß viel über seinen Meister, er könnte dir einiges sagen. Ich glaube sogar ...«

Professor Gora wischte sich mit dem Handrücken den Schweiß von der Stirn und vom Hals.

Gaşpar weigerte sich, den Kreis der Zuhörer zu erweitern. Nach zwei weiteren Telefonaten jedoch war er plötzlich ganz eingenommen von dem Vorschlag, den Zauberlehrling zu besuchen, der dem Hexenmeister in nichts nachstand. Nur aus Büchern kannte er den berühmten Palade.

Eine Woche Gespräche. Diese unterschieden sich nicht sonderlich von jenem, das Gora vor ein paar Jahren geführt hatte.

»Der Fall Dima reicht über Dima hinaus, darin besteht seine Bedeutung. Kann man jedermann zwingen, seine Sünden öffentlich zu bekennen? Man kann es nicht. Vor allem nicht im Exil, ein Name für Tod, Wiedergeburt und Hochstapelei. Man stellt sich am neuen Wohnort nicht mit dem alten Schmutz vor, man will von vorn beginnen, man präsentiert sich wie neu, nicht wahr? Hochstapelei? Vielleicht. Man macht sie sich zu eigen, man füllt sie mit Leben, bis sie sich weder von den alten noch von den künftigen Hochstapeleien unterscheidet. Von der Routine des Lebens, ist es nicht so, Professor? Hast du an derlei Banalitäten gedacht? Verliebt, betrogen – der arme Palade kann die Enttäuschung nicht verwinden. Er wird böse, giftig. Immerhin sind wir beide zum selben Schluss gelangt. Dima ist ein bedauernswerter Mensch wie so viele. Der Kontext, die Geschichte, die Mentalität, für die er steht, das alles verdient allerdings in Augenschein genommen zu werden. In der Vergangenheit und in der Gegenwart. Die Krämpfe und Irrungen und Verbrechen der Nation. Nation, großgeschrieben. Überhaupt in Großbuchstaben, schwarz. Dort und überall … Ja, ja, vom Mützchen hat er mir auch erzählt. Das Stricken, von dem du, Gora, gesprochen hast. Über seine Kameraden hat Dima zu Palade nichts gesagt, und die kommunistischen Gegner konnte er nicht angreifen, die hatten ihn in der Hand, wann auch immer hätten sie Unterlagen aus den Archiven zücken können … Großmütterchen hört nichts sieht nichts sagt nichts, so zitierte Palade dich immer wieder. Zu jeder schwierigen Frage ließ der Alte seine knochigen Finger knacken und nahm das Stricken an der Nachtmütze wieder auf, zitierte dich dein Freund Palade, der enttäuschte Bewunderer.«

Tage und Nächte voller Kontroversen. Gora erwartete eine sehr kritische Rezension. Würde Peter Gaşpar seine Bedenken auch schriftlich äußern und zum rhetorischen Richterspruch ansetzen?

Und wenn er einen bewundernswerten Text zustande bringt? brummte Gora für sich. Das würde die Gerüchte wieder aufflammen lassen, die in Umlauf waren, nachdem Peter die Erzählung *Mynheer* veröffentlicht hatte. Man hatte in ihm bereits den Autor wer weiß welchen Meisterwerkes gesehen. Das fehlte noch!

* * *

Das fehlt noch, dass man es nicht nur mit einer kleinen Erzählung und einer kleinen Rezension zu tun hat, sondern mit einem Meisterwerk, stöhnte der Nekrologist Gora unter einer neuen Attacke von Peters Redseligkeit.

»Im Namen der Wahrheit, der Erinnerung soll ich schreiben? Hast du sonst noch Klischees, die du mir anbieten kannst?«

Gora stützte seinen Kopf in die Hand und betrachtete die mattglänzende Tischplatte, auf der aufgeschlagen die gelbe Akte RA 0298 lag.

Er mochte die Stimme des Gespenstes nicht mehr hören und konnte ihr doch nicht entkommen. Er kannte schon alle Variationen der Partitur.

»Der Meister lehnt es ab, über sich selbst zu urteilen, und wir, was wissen wir denn über den Alten? Dass er idiotische Artikel geschrieben hat vor lauter Begeisterung über die Vitalität und Frömmigkeit der Idioten, die entschlossen waren, die Welt zu verändern. Wieso sollte ich mich dafür interessieren? Weil die Idioten meine Schwester ins Gas geschickt haben oder weil ich nicht geboren worden wäre, wenn nicht sie zuvor hätte sterben müssen?«

Peters nicht enden wollendes Lamento! Der Zuhörer spürte, dass ihm etwas entging in dieser vehementen Selbstbefragung.

»Ich weiß, dass ich den Text hätte schreiben müssen«, brummte Gora und umklammerte seinen Kopf, als wolle er ihn zerdrücken, damit die Würmer aus der Hirnmasse krochen. »Ich konnte es nicht tun! Dima hat mir geholfen, er war unwahrscheinlich großzügig, glaub mir. Auch seine Frau, eine unschuldige Engländerin, hätte ich nicht verletzen können. Merrie wäre am Boden zerstört, sollte der Text unter meinem Namen erscheinen. Ja, schuldig ist er, der Herr Dima, das hat dir auch Palade bestätigt. Man hätte ihm vergeben können, wenn er um Vergebung gebeten hätte, da gebe ich euch recht. Eine ideologische Schuld, letzten Endes ein Intelligenzmakel? ... Das indirekt Böse, nun, auch dafür hätte er ja um Verzeihung bitten können. Schließlich hielt er sich für genial, er hätte also ruhig alles zugeben und um Nachsicht, um Vergessen bitten können. Aber um Buße zu tun, hätte er an etwas glauben müssen. Und er glaubte nur an sich! An seine Höchstbegabung, an seinen Hochglanz. Das Genie, vergleichbar nur mit anderen Genies, und doch unvergleichlich! Unnahbar, großzügig, abgehoben, im Äther schwebend. Er hätte sich selbst um Vergebung bitten müssen. Der Rausch der Eitelkeit. Amoralisch, dem Weltlichen entrückt! In der okkulten Stratosphäre, auf dem illusorischen Olymp.«

»Ein Idiot, ein Kind, ein liebenswertes Ungeheuer? Das wäre ja in Ordnung, aber was ist mit seinem Kampfgeist?«

Jetzt stöhnte Professor Gora vor Überdruss unter Peters Gebrüll.

»Wieso habe ich Mitleid?«, schrie der neue Exilant. »Ganz einfach Mitleid! Er hat sein Leben zwischen Büchern verbracht und er hat Bücher gemacht. Der Idiot dachte, das sei wesentlich ... Das Spiel eines alten, gealterten Kindes. Nachwelt, Unsterblichkeit, der ganze Stuss. Wie mag er sich gefühlt haben, als seine Bibliothek brannte? Als würde er selber brennen, Stück für Stück, Buch um Buch? Die Bände wohlgeordnet für das Jüngste Gericht! Ja, ich habe Mitleid. Der Idiot in mir ist voll Mitleid und wird schreiben, kein Grund, sich aufzuregen, voller Mitleid wird er schreiben über deinen und Palades Idioten.«

Er schwieg, der gespenstische Gast, aber er hielt nicht inne, Gora hörte ihn und hörte sich selbst.

»Das Utopia-Spiel, war das denn unschuldig? Er langweilte sich in seiner einsamen Klause. Ermüdet von der Vereinzelung, von der Vergeblichkeit der Worte. Belebt von den Inszenierungen der Vitalisten, die im Namen des Guten singen, konvertieren, morden und von der Umarmung des Todes träumen. Und wieso sollte gerade ich das verstehen? Schließlich lauert es auch mir auf, das kannibalische Raubtier, in einer Ecke des Zimmers. Krebs, Infarkt, Schlaganfall, ganz wie Sie wünschen, *ladies and gentlemen.* Der vaterlandslose Geselle hat sich gerächt, wird man sagen, er hat das Verhörprotokoll mit dem Blut der Schwester geschrieben, die seine Schwester nicht hat werden können. So werden meine Verleumder und meine Verteidiger sagen.«

Er schnaufte, der arme Peter, unter der Last der Leidenschaft und der Freude, sich selbst zuzuhören.

»Mit dem Blut der Schwester, hört, hört! Eine werbewirksame Schlagzeile. Ich bin kein Tribun, Herr Professor, ich schreibe in niemandes Namen, auch nicht, um jene zu rächen, die mehr verdienen, als bloß gerächt zu werden. Keine Sorge, Magister, ich werde sorgfältig ausgewogen schreiben. Ich bin dein ehemaliger Verwandter, oder? Angeheiratet, natürlich. Heirat, Mesalliance, Diskrepanz. Angeheiratete Verwandtschaft – was mag das für die Geistesverwandtschaft zwischen uns beiden bedeuten? Du fürchtest vielleicht, ich könnte dich kompromittieren? Fürchte dich nicht. Der Nekrolog muss aufrichtig geschrieben sein, gerade wenn das Leben des Verstorbenen unter dem Schirm der Lüge gestanden hat.«

Das Wort »Nekrolog« hatte einen wohlgewählten sarkastischen Unterton. Peter Gaşpar schien mehr zu ahnen, als er wusste, und Näheres zu wissen über den Nachruf, den Gora einmal dem Meister Dima gewidmet hatte.

Gora presste von neuem seine Hände an den Kopf. »Du weißt nicht alles, mein Junge. Nie hast du von Marga Stern gehört, der Jugendliebe des Gelehrten. Aus Kriegszeiten. Der Meister lebte in einem neutralen Land, wo Gerüchte und Spione sich ein Stelldichein gaben. Er hatte Zugang zu den Zeitungen, den Nachrichten. Er wusste um die Greuel, die die Deutschen und ihre Verbündeten verübten, aber er schrieb, Tag und Nacht. Opera Magna. Er durchstreifte die Bordelle, um zu vergessen, dass Deutschland verliert und die Welt den russischen Bestien und den Trotteln aus dem Westen anheimfällt.«

Das Gespenst brüllte weiter, Gora setzte seinen stummen Monolog fort, und sie hörten einander nicht mehr.

»Ich habe in seinen geheimen Tagebüchern gelesen. Ich habe seinen Zwiespalt, seine Einsamkeit begriffen, ich kenne seine Drogen, seine Lektüre, seinen Todeswahn. Die literarischen Experimente und die politische Verwirrung. Und ich kenne auch Marga Stern.«

Lange Pause, wie beim letzten Mal. Gora ächzte, Peter Gaşpar hatte dem Gespräch dieses Abends ein Ende gemacht. Stille, Peter war verschwunden, Gora fuhr fort in seiner Klage. »Du weißt nicht alles, Junge, nein, das weißt du nicht. Marga ist in ihrer Heimat geblieben, und der Meister hat ihren Namen vergessen. Er nahm ein spezielles, morphiumähnliches Mittel. Eine Droge, die die Nazis den deutschen Frontsoldaten mitgaben.«

Die Pause war eine Illusion, wie beim letzten Mal. Ein billiger Trick, um wieder zu Atem und an die Aufmerksamkeit des Zuhörers zu kommen. Peter hatte seinen Rhythmus und seine Stimmgewalt, Gora sein Gehör wiedererlangt.

Die Wut des Gespenstes erfasste nach und nach die Welt, doch es war nicht die ganze Welt, die da erfasst wurde.

»Blödsinn! Die Texte, die uns der Genosse Staatsanwalt Gaşpar, mein ehrbarer Vater, abends bei Tisch vorlas, waren nicht besser, auch wenn sie entgegengesetzte Klischees verbreiteten. Die Partei des Genossen Gaşpar auf der einen, die Garde der Heiligen des Herrn Dima auf der anderen Seite! Klar, der Genosse Gaşpar hatte im Voraus bezahlt, in Auschwitz, er hatte das Recht auf Irrtum, auf Dummheit. Hatte er das? Hatte er das Recht, an die Kommissare zu glauben, die das Paradies versprachen?«

Eine weitere Atempause, gesenkte Stimme, Seufzen.

»Und wir in der langweiligen Demokratie? Verfolgen die Börsenkurse? Was meinst du dazu, Professor? Wir wechseln alle paar Jahre das Auto, die Frau, das Aussehen? Wir ersetzen unsere Organe und unser Gesicht, gehen ins Fitnessstudio und zur Bank, dem modernen Tempel? Kaufen einen Staubsauger, eine Perücke, Ersatznieren, ein neues Herz, ein Ferienhaus? Zum Spaß, oder? Jede Grabrede beginnt mit einem Witz, nicht wahr? Das hast du zu mir gesagt. Du hast versucht, mir die Neue Welt zu erklären, die Welt des Mynheer, nicht wahr?«

Gora antwortete nicht, sein Ächzen war verstummt, er schien weggedämmert zu sein.

»Ob ich wohl meine unbekannte Schwester wiederbeleben werde? Oder dem Großen Mörder im Himmel die Unsterblichkeit abluchsen werde? Meinst du, er hat mich bei seinen Projekten nach Auschwitz vielleicht vergessen?«

Gora löste seine Hände vom Gesicht und legte sie auf die Tischkante, dann gab er sich einen Ruck, stand auf und schaltete die Schreibtischlampe ein.

Aufrecht und steif stand er im Lichtkegel. Das Fensterglas spiegelte sein zerfurchtes Gesicht, sein graues Haar.

Am Himmel trat der scheue Mond seinen Rückzug an. Die Morgendämmerung mit ihrer Feuersbrunst kündigte einen neuen Tag an.

Goras Gesicht war im Spiegel des Fensters erstarrt.

* * *

Der Mord an Professor Palade fand in der amerikanischen Presse kaum Erwähnung, ein Echo und entsprechende Unruhe gab es lediglich an der Hochschule.

Dafür war der Aufruhr im Ursprungsland ungeheuer. Im postkommunistischen Chaos und unter dem Druck der Emissäre des Kapitalismus wand sich der Osten in allerlei Ressentiments. Das Wunder, das die Diktatur gestürzt hatte, und die minder wunderbaren Wunder, die danach kamen, potenzierten die Wirren des Übergangs zu etwas, das schwer zu bestimmen war. Das Verbrechen hatte irgendwo weit weg stattgefunden, im knallbunten Amerika der Gangster, und die Meinungen über das Opfer gingen selbst nach dessen Tod noch auseinander.

Ein Mord mit bizarrem Hintergrund, perfekt ausgeführt von einem Profi. Die Planer dieser Hinrichtung konnten nur ein ideologisches Motiv gehabt haben, hieß es. Palade hatte zunehmend kritische Artikel über den Nationalismus, dem Dima früher angehangen hatte, sowie über die immer noch aktive kommunistische Geheimpolizei veröffentlicht. Eine sizilianische Hinrichtung, bei der in diesem Fall kein geschäftlicher, sondern ein ideologischer Gegner liquidiert worden war. Gab es etwa eine Verbindung zwischen den rechtsextremistischen Flüchtlingen in Amerika und der ehemaligen kommunistischen Geheimpolizei seines Herkunftslandes, die überall ihre Finger im Spiel hatte? Palades Stimme war für beide Lager ein Ärgernis gewesen.

In der ganzen Zeit, in der Peter seine Rezension zu Dimas Memoiren an die Dutzend Male umschrieb, verfolgte er fieberhaft die Nachrichten und Gerüchte zu den polizeilichen Ermittlungen und auch die Spekulationen der Kaffeesatzleser und Sterndeuter, mit denen der Parapsychologe Palade in Verbindung gestanden hatte. Trotz allem zog er die an Larry Zwei geschickte Rezension nicht zurück und fügte auch keinen Kommentar zur Ermordung von Dimas untreuem Schüler hinzu.

Als der Text etwa ein Jahr nach dem Mord erschien, hatte die amerikanische Polizei die Ermittlungen aus Kostengründen bereits eingestellt. Larry Zwei scheute sich dennoch nicht, das sensationelle Verbrechen als rot unterlegte Schlagzeile auf die Titelseite seiner Zeitschrift zu setzen. Schwer zu sagen, inwiefern das die Verkaufszahlen steigerte. Was sich in jedem Fall steigerte, war die Aufregung im fernen Ursprungsland. Die Schuld des Verräters Palade wurde mit der Verschwörung gegen Dima in Verbindung gebracht. Und Gaşpar wiederum wurde zum Verbündeten von Palade. Wer verbarg sich hinter dem merkwürdigen Namen Peter Gaşpar? Wer war dieser Peter wirklich, und wer dieser Gaşpar? Waren es Decknamen irgendeiner wer weiß wo ansässigen Freimaurerei? Ein Ausgegrenzter, ein Flüchtling, ein Verräter im Dienste finsterer antinationaler Interessen!

Das Publikum schien sich weder an die frühe Erzählung *Mynheer*, den Spitznamen und dessen Gründe zu erinnern, noch an die Gerüchte um das geheimnisumwitterte Meisterwerk, das im Kopf oder in der Schublade des Autors schlummern mochte.

Larry Eins alias Avakian, der Präsident des Colleges, an dem der Verräter tätig war, hatte von der Medienhysterie jenseits des Großen Teiches gehört. Der Titel, unter dem die amerikanische Rezension veröffentlicht worden war, erschien ihm als eine zusätzliche Provokation. Das College setzte daraufhin das FBI über eine potentielle Gefahr für den Rezensenten und über dessen Beziehung zum Mordopfer in Kenntnis.

Gaşpar litt an Schlaflosigkeit und Gereiztheit, Gora wiederum fühlte sich schuldig, weil er den Text über Dima nicht selbst geschrieben hatte. Einige der Schimpfwörter, mit denen Gaşpar nun überschüttet wurde, wären ausgeblieben. Beschämt versuchte er zu vergessen.

Peter erhielt währenddessen Briefe von amerikanischen Lesern, die sich wiederum über die Zweideutigkeit der Rezension ereiferten. So viel Aufmerksamkeit und so viele Skrupel ließ er einem Extremisten angedeihen, der, wie sein Land, Nazideutschland verbunden gewesen war?! Der Rezensent scheine den Nazi zu entschuldigen, ja zu bewundern, schrieb eine Ethnologieprofessorin aus Kalifornien. Eine junge Dichterin fragte: »Wieso spalten Sie ein Einzelwesen in zwei auf? Sie behaupten, die politischen Schriften müssen vom wissenschaftlichen und literarischen Werk getrennt werden. Ist denn deren Urheber ein anderer? Sollten wir diesen dann nicht aufsuchen? Hören, was er zu sagen hat? Führen Sie nicht etwa die Zensur ein? Wie steht es mit der Einheit der Gegensätze, die der illustre Verstorbene vertreten hat?«

Gaşpar schien diese Korrespondenz nichts auszumachen. Das Gute, Wahre und Schöne? Meine neuen Mitbürger ignorieren das Schöne, das Gute muss eindeutig und kanonfähig, das Wahre makellos sein. Dieses Bedürfnis nach Kohärenz und Kirche! Die

Ästhetik interessiert sie nicht. Erschrocken über die Gegensätze, begreifen sie nicht, dass gerade die Inkohärenz ihre große Errungenschaft ist, der Erfolg ihrer Demokratie …

Wie hatte er sich vom Ruhm eines »widerwärtigen faschistischen Bücherwurms« den »Schneid so billig abkaufen« lassen können, fragte ein Student der Politikwissenschaften aus Kansas.

Die Wirkung, die die Verleumdungen aus seinem Herkunftsland auf ihn hatten, zeigte jedoch, dass die Emigration ihm nicht wirklich gelungen war. Die Vergangenheit, ja, sie war in der Gegenwart immer noch lebendig. Seine Verletzungen gingen einher mit den Illusionen, die die Verletzungen verursachten. Er schleppte die heimatlichen Gefilde mit sich herum.

»Vor mir liegt eine unserer angesehenen Kulturzeitschriften. Osterausgabe. Christliche Ikonographie. Der Erlöser am Kreuz. Titel: *Die Kreuzigung Dimas.*«

»Woher hast du die Zeitschrift? Wer hat sie dir geschickt?«

»Palades Bruder. Lucian. Ich sorge offenbar in der Nation jede Woche für Aufmerksamkeit und gute Laune. Der Verschwörer jenseits des Ozeans, *c'est moi.*«

Nach diesem Intermezzo wollte Gora nichts mehr hören. Wenn ihn eine Nachricht erreichte, weigerte er sich, sie zu kommentieren, stumm ließ er Gaşpars Angriffslust über sich ergehen.

»Lu hat unsere Ausreise nach Amerika vorangetrieben. Der Deckel auf dem Kessel Unrat war hochgegangen. Die Befreiung. Vergiftet, Tag für Tag vergiftet. Jahrzehntelang verborgen gehaltener Schmutz explodierte auf Schritt und Tritt, wie an dem Tag, als Lu das Fahrschulauto eingeparkt hatte. Sie stieg gerade aus, da brüllte einer wutschnaubend: ›Wieso verschwindet ihr nicht alle zu euren Vettern, den Arabern?‹ Der Unbekannte hatte wohl einen Parkplatz gesucht, das Auto mit dem Fahrschulschild stand ihm im Weg. Verdutzt sah Lu sich um, weil sie nicht wusste, an wen die Frage gerichtet war. Den Radaubruder hatte sie noch nie gesehen. Sie hatte keinen Blick für die Leute um sich, wie du weißt.«

Gora hörte stumm zu.

»Eine orientalische Schönheit? Sehr wohl, aber nicht jene, die

König Salomo besungen hat. Sie konnte genauso gut als Rumänin, Ungarin, Armenierin durchgehen. Als Russin, Deutsche, Italienerin, Peruanerin oder was auch immer. Nein, Lu ist nicht die typische Sulamith, das weißt du doch. Ist das wichtig? Und ob. Gar keine Rede davon, dass sie mit den Wiegenliedern des Humanismus aufgewachsen ist. Weltbürger, ohne Unterschiede. Universalismus, Humanismus, bunte Etiketten auf abgelaufenen Konservendosen. Der Typ hatte sie wahrscheinlich beobachtet, er wusste, wer die Schöne ist, die sich erfrechte, zu einer bestimmten Stunde aus einer Rostlaube zu steigen und die Maske der Angestellten aufzusetzen. Ihr habt uns den Kommunismus gebracht! Das Spiel ist aus, haut ab! So brüllte der Aufgebrachte. Erfindet eine andere Mission, einen anderen Messias, anderswo! So schrie er. Lu betrat das Gebäude gar nicht erst. Verstört kam sie nach Hause.«

Darauf hatte es erregte Diskussionen gegeben. Sie, die sich geweigert hatte auszureisen, wünschte es sich jetzt. Wir hauen ab! Wir hätten es längst tun sollen, wir hätten es längst tun können. »Ich bin ein in den Barock verliebter Spaßvogel«, hatte ihr der Cousin Gaşpar entgegnet. »Braucht mich denn dort irgendjemand, gibt mir jemand etwas zu essen?«

Lus Antwort kam überraschend: Ich. Sie spreche englisch und sei zu jeder Art von Arbeit bereit. Ein jugendlicher Impuls, Fernweh und der Wunsch nach Veränderung. Kaum vorstellbar, dass Lu jede Art von Arbeit annehmen würde, sie brannte nur darauf, den Ort zu verlassen, den zu verlassen sie sich bislang geweigert hatte. Sie hatte sich von ihrem Mann getrennt, das Abenteuer, das Unbekannte aber hatte sie gescheut. Dann kam die Befreiung, die kommunistische Starre löste sich, es schien immer weniger Gründe für eine Ausreise zu geben. Sah sie sich gerade jetzt ins Unbekannte verstoßen? Die Beschimpfungen eines Mercedesfahrers schienen zur Weissagung zu werden.

Professor Augustin Gora hatte seine eigenen Auseinandersetzungen mit Lu nicht vergessen, der Streich, den ihr das Schicksal gespielt hatte, wunderte ihn nicht.

»Larry Eins ist bei der dritten Frau angelangt. Alle drei sind seine Untergebenen am College. Larry Zwei ist zwar jünger, aber auch er ist bei der dritten. Die Kraft zur Selbsterneuerung? Kinderei? Humor? Hochstapelei? Mut? Das Recht auf Glück! Das verfassungsgemäße Recht auf Glück! Hier gibt es keine Rede, die nicht mit einem Witz beginnt. Auch keine Trauerrede. War der Holländer etwa ein Vorgänger gewesen?«

Das Gespräch hatte die Richtung gewechselt. Augustin Gora, der Verfasser von Nekrologen, war nachdenklich geworden. Seine Frage richtete sich, wie gewöhnlich, an niemanden.

* * *

»Palade hatte eine neue Frau gefunden – nur du findest keine. Dabei hast du hier allerhand Auswahl. Chinesinnen, Irinnen, Araberinnen, alles, was dein Herz begehrt. Sogar solche, die aus unserem ehemaligen Land eingewandert sind, solltest du nicht auf Nationalgerichte verzichten wollen.«

Gora war sich nicht mehr sicher, ob dies der Schluss von Gaşpars Bericht über Palade gewesen war. Nach dessen Tod sollte er noch oft an die Begegnung zwischen Palade und Gaşpar denken. Wie man sich in den Stunden der Totenwache am Sarg an den Freund erinnert, wenn nur noch die Vorstellung etwas zu ändern vermag an dem, was nicht hat sein sollen.

Palade wusste zuviel, er hatte es satt, das verworrene Rätsel Cosmin Dima wieder anzugehen. Jahrelang war er, ganz auf sich gestellt, rastlos über gewundene Pfade zum Versteck des Meisters vorgedrungen, und er hatte sich davon noch nicht vollständig erholt. Peters Biographie jedoch hatte ihn neugierig gemacht: ein Überlebender! Ein überlebendes Kind im Bauch einer Überlebenden. Die Ablehnung des Kommunismus, dem der Vater als Staatsanwalt gedient hatte. Die Neugier gewann wohl die Oberhand über die Erschöpfung.

»Hat er dich dein Leben erzählen lassen?«

»Er hat mir, ohne es ausdrücklich zu sagen, einen Tausch angeboten. Ich erzähle ihm meine Geschichte, und er mir die von Dima. Trotz aller Bitterkeit stand er immer noch im Bann von Dima: dessen Neigung zum Modernismus, dann zum Mythos, zur Transzendenz, der mystische Nationalismus, der politische Extremismus, die Niederlage, das Exil, die Flucht ins Geheimnis, hinter die Maske, dann die akademische Karriere. Dimas Unfähigkeit zur Selbsteinschätzung? Sein Narzissmus zwang ihn zu Ausweichmanövern. Schuld oder Fehlverhalten gestand er sich nicht ein, er hatte keine Zeit, er war mit seinen großen Projekten der Nachwelt verpflichtet, entzog sich Debatten zu Themen der Moral; ohne zu wanken, behauptete er sich auf der Kanzel des Geistes und übte Nachsicht mit dem stammelnden Pöbel.«

»Die Kapsel Dima enthält Modernismus, Nationalismus, Mystik, Diplomatie und Bordell. Narzissmus, Exil, Vereinsamung, esoterische Fluchten, akademische Exzellenz.«

Gora hörte sich das an, bezweifelte jedoch, dass Gaşpar die Begegnung getreu wiedergab.

»Und Ablehnung der naiven Demokratie, natürlich! Die angelsächsische Welt würde ihn niemals akzeptieren, sagte Dima, bevor er in den Genuss der Freiheiten der Neuen Welt kam. Er verschloss sich der Rhetorik des Fortschritts. Demokratie und Debatte waren Futter für die Masse. Die Wendung von der grenzenlosen Bewunderung für den Guru hin zum kritischen Zweifel war Palade nur mit Mühe gelungen. Er hatte Dokumente entdeckt, Lücken in der Biographie, Verschlüsseltes im Werk ausgelotet. Immer noch vergötterte er ihn. Ein außergewöhnlicher Geist, ein abgeklärter, gelehrter, kindlicher, entzückender Gesprächspartner. Ich hatte nicht zu kämpfen wie er, der enttäuschte Verliebte. Ich wollte nur für mich klären, ob ich die Rezension schreiben würde.«

»Hast du es geklärt?«

»Ja. Wir werden die festgezurrten Knoten nicht entwirren!, hat Palade gerufen. Freiheit und Spektakel? Zum Teufel! Heiliges und Profanes, Narzissmus und Heuchelei und immer so weiter? Er war nicht weniger fasziniert von dem esoterischen Abenteuer, als

Dima es gewesen war. Seine Revolte war auch gegen sich selbst gerichtet, er hatte sich selbst im Verdacht, seine Revolte ebenso wie seine Bewunderung.«

Kam diese Stimme des Eindringlings aus dem Nichts oder aus Goras eigenem Innern? Was er hörte, war ihm nur zu gut bekannt, Palade hatte dasselbe auch ihm mehr als einmal gesagt. Dimas Witwe hatte ihn das *Lila Heft* des Verstorbenen einsehen lassen. Ihn, Gora, nicht Palade. Auf den vergilbten Seiten eines Schulheftes wand sich ein vereinsamter Mann zwischen erotischen Frustrationen und der Leidenschaft des Schreibens, wutentbrannt darüber, dass Deutschland unfähig war, das kommunistische Raubtier und das demokratische Chamäleon niederzuringen.

»Wir haben über die Geschichte von den Kameraden gesprochen, die 1938 des Terrorismus angeklagt wurden, wir haben die Nacht heraufbeschworen, in der die Bewegung begründet wurde, haben das Bild des mannhaften Führers, moralischen Wegweisers und mystischen Vaters betrachtet. Das Heilige, im Profanen verborgen? Hatte der Meister noch geglaubt, dass das Geheimnis in der Anamnese lag? Sprach er von der verdeckten Botschaft? Verdeckt auch durch das Schreiben, durch die Fiktion? Diese Gedanken hat Palade zergliedert, bis er berauscht war davon. Den Rausch der Worte und des Alkohols hat es zur Genüge gegeben bei uns. Er kam zu keinem Ende mit seinen Fragen. Weshalb brauchte Dima nach dem Krieg die alten Obsessionen, wieso ging er zu einem fanatischen alten Arzt, der die Losungen der Bewegung wiederholte? Intensität des Götzendienstes, seine Magie? Die Droge, das Bordell, die Utopie, selbst das Schreiben … Er lächelte wie ein Säugling, er sah mich gar nicht.«

Gora erinnerte sich an Palades Lächeln. Es war nicht mehr klar, ob Gaşpar Palade zitierte oder hier seine eigenen Fragen anbrachte.

Er erkannte Palades Diskurs, aber auch Gaşpars Anteil daran.

»Ich habe ihm irgendwann von Dimas ehemaliger Geliebten erzählt, die im Land geblieben und damit gefährdet war«, warf Gora unvermittelt ein. »Sie hatte die Deportation nach Transnistrien überlebt, war ins Dorf zurückgekehrt, wo sie eine Zeitlang versteckt lebte, bis sie von den Behörden entdeckt wurde. Sie hat sich dort umgebracht, nach der Rückkehr. Dima hat sich nie um ihr Schicksal gekümmert.«

Gaşpar fragte nicht weiter und Gora erfuhr nicht, ob Palade ihm etwas über Marga Stern gesagt hatte.

»Wenn Palade seine Begeisterung für den großen Verstorbenen wieder aufleben ließ, fiel ich ihm ins Wort. Wenn er über esoterische Geheimnisse und merkwürdige Begebenheiten philosophierte, ließ ich ihn gewähren. Ich sah Ayesha an, seine Verlobte, eine Inderin, seine ehemalige Studentin. Sie wollten beide zum Buddhismus übertreten. Jeder Irrweg ist besser als die Orthodoxie, rief Palade. Als jede Orthodoxie! Dabei betete er seine Verlobte mit Blicken an. Wir suchen beide eine Religion, die keine Religion ist. Wir werden Buddhisten oder Marsmenschen oder heidnische Polytheisten sein. Das Mädchen lachte, alle lachten wir. Lange Tage und noch längere Nächte. Ich wusste nicht, dass ich sein Wortführer werden sollte, nach seinem Tod. Schreib die Rezension, sagte er, sie wird dem Buch zugutekommen, das ich vorbereite. Wenn unsere Landsleute, die hiesigen oder die aus der Ferne, dich oder mich nicht vorher umbringen. So sagte er. Er hatte Drohbriefe, Drohanrufe bekommen. Er war auf der Straße von einem Unbekannten angerempelt worden, der ihm zugeraunt hatte, die Stunde der Abrechnung sei nahe. Die Horoskope standen schlecht. Er war angespannt, besessen. Er verfolgte unbeirrt seinen Weg. Er arbeitete an drei Büchern gleichzeitig, er entlud sich. Die Studenten schwärmten um ihn, für ihn.«

»Hatte er sie erobert?«

»Er belebte die jugendliche Vorstellung. Durch Merkwürdigkeiten, durch seine Belesenheit. Ein enzyklopädisches Hirn und ein ebensolches Gedächtnis, wie bei Dima. Auch die Inderin hatte er bezaubert. Wir suchen Ithaka, als Irrfahrer wie Odysseus, das war das Leitmotiv. Wir sprachen viel über das Exil, das Exil von Dima, von Palade, deins, meins. Das von Lu…«

Gora lauerte wie gewöhnlich auf den Augenblick, in dem das

Gespenst den explosiven Namen aussprechen würde. Er schwieg und lauerte.

»Viel, sehr viel haben wir über das Exil gesprochen, als zweite Chance, die zur einzigen wird. Hochstapelei? Wir sind dieselben und zugleich andere, wir entledigen uns unserer selbst, wir verändern uns, ohne uns zu ändern. Palade war verliebt bis über die Ohren, neu belebt. Das Recht auf Veränderung, auf Glück! Nicht die Wahrheit, die Liebe ist die Chance.«

Liebe, Glück, diese pathetischen Worte leiteten die Attacke ein. Gora wartete.

»Palade hatte eine neue Frau gefunden – nur du hast keine. Hier kannst du wählen. Was dein Herz begehrt. Wähl das Herz. Und damit basta.«

* * *

Von Bedrohung und Verfolgung hatte Palade auch Gora erzählt. Der Professor zweifelte nicht am Ernst der Bedrohung, lediglich an ihrer mystischen Aufladung. »Dir wird das Ergebnis einer ärztlichen Untersuchung mitgeteilt. Du hast Krebs, unheilbar. Alles um dich herum wird sich ändern. Du bist verurteilt! Du schaust mit Bitterkeit zurück und voller Angst nach vorn. Das verstehe ich. Die Angst vor dem Tod, ausgelöst durch einen ärztlichen Befund, aber nicht durch Ahnungen.«

Palade hatte ihn auch am Vorabend des Mordes angerufen.

»Diesmal ist es ernst. Ich spüre es. Frag nicht, wieso und weshalb.«

Gora riet ihm, die Polizei einzuschalten. Er weigerte sich wie sonst, er traute Polizisten nicht.

»Sie ist nicht hier. Ayesha ist nicht hier. Wenn sie weg ist, bin ich verletzlich. Sie ist verreist, sie besucht ihre kranke Mutter. Zwei Tage. Die wissen das. Jetzt wird es ernst. Ich spüre es.«

Er schwieg, aber nicht lange. Er wollte noch etwas hinzufügen.

»Dima hat mich irgendwann gebeten, ihm einen Studenten zu schicken, der seine Bibliothek und sein Archiv ordnen sollte.

Ich empfahl ihm einen meiner Studenten, Philip Mendel. Seine Herkunft war an Gesicht und Namen zu erkennen. Ich möchte nicht, dass dieser junge Mann sich an unseren Papieren zu schaffen macht, sagte mir Frau Dima. Ich weiß nicht weshalb, aber ich fühle mich nicht sicher, sagte sie. Eine reizende Dame, wie du weißt. Eine feinsinnige, gebildete Aristokratin. Sie fürchtete die Indiskretion.«

Gora schenkte solchen Beiläufigkeiten keine weitere Beachtung, er bestand darauf, dass die Polizei eingeschaltet wurde. Er ahnte, dass Palade ihm nicht alle Hintergründe der Bedrohung enthüllt hatte, aber die Polizei musste in Kenntnis gesetzt werden. Etwas musste man tun.

»Eine kitschige Farce«, bemerkte Gaşpar. Der Tod ist keine Farce, er hat einen verflucht sicheren Kompass und keinerlei Humor. Palade konnte nicht sicher sein, dass das Schicksal seinen fatalen Kreis geschlossen hatte. Wie hätte er sicher sein können? Niemand kann das. Ahnungen, das ist alles.

Der Söldner war in der Nachbarkabine auf den Klodeckel gestiegen und hatte über die niedrige dünne Trennwand hinweg mit einer kleinen Waffe, zierlich wie ein Spielzeug, auf das Opfer gezielt. Hingerafft auf der Toilette!

Das Gesicht des nun Verstorbenen war ganz plötzlich gealtert in dem Augenblick, da das Spiel mit einem Mal die Zeit angehalten hatte.

Gaşpar hatte Dimas und Palades Leidenschaft für das Okkulte ignoriert. »Ich habe kein Organ für das Unsichtbare. Das Okkulte taugt als Gegenstand für eine Komödie. Für eine Farce«, brummte Peter mit der Entschiedenheit dessen, der nicht glaubt, was er sagt.

Das Okkulte hatte im Mittelpunkt von Dimas und Palades Leben gestanden.

Palades Tod blieb ein Geheimnis, das war nicht zu bestreiten. Selbst wenn man sich weigerte, den Mord mit den Rätselspielen des Schicksals in Verbindung zu bringen.

* * *

Der reizende gesellige Einwanderer Gora war nach der wirren Zeit der ersten Versuche, sich einem neuen Ort und einer neuen Zeit anzupassen, zu einem missmutigen und bizarren Einsiedler geworden. Gerade als er die Anfangsschwierigkeiten überwunden und den ihm gebührenden Status wiedergewonnen hatte.

Anfangs hatte ihn alles begeistert. Die tief verinnerlichten Hemmungen des byzantinischen Sozialismus lösten sich ohne sein Zutun, wie durch Zauber. Er befreite sich schnell von dem Selbst, das er in der pervertierten und abgeschotteten Gesellschaft des obligatorischen Glücks vorgeschoben hatte. Ihn faszinierten die Kontraste und die Weiten Amerikas, die Jovialität und die Unschuld, die Einfachheit, die unverbindliche Herzlichkeit. Zuversichtlich wartete er auf die Nachricht, dass seine Frau sich endlich entschlossen habe, ihm zu folgen.

Als das Fulbright-Stipendium auslief, beantragte er sofort politisches Asyl. Er bekam eine Stelle beim Sender *Voice of America*. Sein intellektuelles Prestige zeichnete ihn vor den anderen Mitarbeitern aus, und schon war er Leiter der Abteilung für sein fernes Vaterland. Jene, die damals mit ihm gearbeitet haben, wissen von seiner Zuvorkommenheit und seiner Kompetenz zu berichten. Keinerlei Chefallüren, aufgeklärte Kameradschaft. Die kollektive Harmonie ging jedoch zu Bruch, als ein arroganter und intriganter Dissident auftauchte.

Der »Japaner«, wie er genannt wurde, schaffte eine angespannte Atmosphäre. Er war sprunghaft und selbstgefällig, aufgeladen vom Frust des Schüchternen, der Chef werden will. Er missachtete Regeln und Arbeitszeiten, fehlte tagelang, tauchte dann wieder auf, als wäre nichts geschehen, gewappnet mit Sarkasmus und dem Gehabe eines Prominenten. Goras Bemühungen, die Konflikte abzumildern, schlugen fehl, die Gehässigkeit und Unzuverlässigkeit des Neuen ließen sich nicht mit pädagogischem Verhalten behandeln. In seiner Verzweiflung wandte er sich an den großen Dima, der ihm eine befristete Stelle an einer staatlichen Hochschule vermittelte. Gora wurde gut aufgenommen, und da er sich bald durch seine Vielsprachigkeit und Belesenheit hervortat, erhielt er einen unbefristeten Vertrag. Er wechselte bald an Avakians College, und von dort an eine große Universität. Er hatte wohl einige flüchtige oder vielmehr aufkeimende freundschaftliche oder gar Liebesbeziehungen, bewegte sich in Emigrantenkreisen und hatte versuchsweise die Rubrik »Nekrologe« in einer Exilzeitung ins Leben gerufen. Er schrieb nicht nur über verstorbene Personen, sondern auch über ausgestorbene Ideen oder Bücher oder ideologische und religiöse Bewegungen.

Jene, die ihn kannten, erwarteten viel von dem glänzenden Exegeten und ehemaligen Teilnehmer an den heimlichen Debatten in der Mansarde, die als intellektuelle Aussichtsplattform galt. Auch er selbst hatte es wohl nicht vergessen, das geräumige Dachgeschoss mit dem riesigen Fenster zum Himmel, wo wir uns zum ersten Mal begegnet waren.

Mihnea hatte mich dort eingeführt und war neugierig, wie ich auf die heißen Diskussionen reagieren würde. Ich saß schweigend und aufmerksam unter den Teilnehmern, enthielt mich jeden Kommentars und sagte auch zu Mihnea nichts, ehe ich mich aus der fiebernden Runde zurückzog. Bildungslastige Kontroversen mit langen Redebeiträgen, gleichsam gesprochenen Essays. Ich fand es seltsam, dass man redete, wie man schrieb, im Gegensatz zu so vielen, die schreiben, wie sie reden.

Schließlich hatte ich die Tiraden satt, vergessen habe ich sie allerdings nicht. Sie wirkten ausschweifend und merkwürdig, und das bestimmt nicht nur auf mich, den Technikstudenten von damals. Dann verkehrte ich nicht mehr in der verfänglichen Mansarde.

Weder Mihnea Palade noch Augustin Gora ahnten, dass sie mich irgendwann wiedertreffen würden.

Keiner von uns ahnte damals, dass wir uns im Exil wiedersehen würden, über Jahrzehnte und Meridiane hinweg.

TEIL II

Alte Bäume, ungewisser Frühlingshimmel: da ist der Doktor Koch. Der enge Wartesaal, die Urkunden in Reih und Glied an der Praxiswand: mittendrin der Doktor. Der Park, das Trio schwarzer Puppenspieler, die im Bombendonner der Musik die Marionetten tanzen lassen. Mittendrin der Doktor. Der Kinderspielplatz, das Schwimmbad. Alleen rechts und links. Spaziergänger jeden Alters und jeden Schlags. Der Doktor Koch im Dutzend, lauter Klone unterwegs.

Das Kaleidoskop der Zitadelle: der kleine Doktor Koch mittendrin.

Die Zange presst Stirn und Schläfen zusammen. Zwei alte Schmerzmittel aus dem alten Gomorrha und ein frisches Aspirin aus dem frischen und vollkommenen Babylon. Nacht um Nacht, vereint zu einer einzigen.

Peter Gaşpar, ans Ufer des neuen Morgens gespült. Vor dem Spiegel. Der Zwerg Koch wiederholt das Urteil:

»Haben Sie in den Spiegel gesehen? Elefant! Ein Elefant. Die Waage lügt nicht. Ein Elefant.«

Bald darauf befindet sich der Elefant auf einer Bank im nahen Park. Er verlässt den Park, schaut auf die Uhr. Dann hebt er den Blick, hinauf, in den Himmel. Gegenwart, die Losung seines neuen Lebens: GEGENWART. Sonst nichts. Der Unbekannte streckt eine kleine weiße Hand aus.

»TV-Werbung. Wird gut bezahlt. Der Schachspieler, vertieft in die Partie, greift irgendwann ermattet nach dem Glas Cola.«

Die Ecke Broadway/63. Straße. Ein Schritt nach links, noch einer. Taxi! Das gelbe Taxi hält am Rinnstein.

Über dem Lenker das Bild und der Name des Fahrers. Russischer Akzent. Rauhe Raucherstimme. Breites Gesicht mit sanften Zügen, kleine Augen, große Zähne, gefurchte Stirn. Leova fährt ruhig, langsam. Vor dem Bahnhof schaltet er Motor und Gebührenzähler aus.

»Acht Dollar.«

Der Fahrgast gerät ins Stottern, aber er stottert nicht.

»Zwei Dollar! So viel habe ich, zwei Dollar. Die Kreditkarte ist in der Brieftasche, die ich in der Bibliothek liegengelassen habe. In der Cafeteria der Bibliothek. Vielleicht auch beim Doktor Koch. Entschuldige. Ich habe da was anderes. Eine neue U-Bahn-Karte für zwanzig Dollar. Die gebe ich dir. Heute gekauft.«

»Nimm deine U-Bahn-Karte und hau ab. Hau ab, hau bloß ab!«, brüllt Leova und flucht auf Russisch oder auf Ukrainisch.

Der Verrückte rührt sich nicht.

»Gib mir die Adresse.«

»Welche Adresse?«

»Deine Adresse. Telefonnummer. Bankverbindung.«

»Willst du auch noch die E-Mail-Adresse? Ohne E-Mail geht gar nichts mehr auf dieser Welt.«

»Egal was, damit ich dich finden, dir das Geld schicken kann. Meine Schulden.«

Leova schaut dem Irren in die Augen wie die Augenärzte, die die Netzhaut der vom Schlag Gerührten untersuchen. Er zieht den Quittungsblock neben dem Lenkrad hervor, reißt ein Blatt ab, reicht es ihm.

»Okay. Ich hoffe, du besuchst mich nicht.«

»Keine Sorge.«

Ein Ameisenhaufen. Lärm, Durcheinander. Der Reisende entdeckt nach einiger Zeit die Ankündigungstafel, findet den Bahnsteig 9, den Zug.

GEGENWART, das ist alles. Die Mondstadt. Gar nicht schlecht, es kann schlechter sein, überlegt der Fahrgast. Der Russe, also der Ukrainer, also der Sowjetmensch war anständig gewesen. Ein anständiger Tag, das ist das Fazit, Doktor.

Der Fluss fließt sanft zur Linken des Zuges. Man badet nie

zweimal im Urwasser, das nicht altert und sich nie gleichbleibt. Fließender Horizont, fließender, heilsamer Schlaf. Der Schaffner klopft ihm zart auf die Schulter. Schnell greift sich der Schläfer Tasche und Rock. Er ist ausgestiegen, da steht er verwirrt auf dem Bahnhof und starrt auf den breiten sanften Fluss davor. Der Bahnsteig leer, in der Ferne die Berge, der Fluss zum Greifen nahe.

Ein klarer, kalter Nachmittag. Anfang der Welt, Ende der Welt. Dazwischen ein kurzer Waffenstillstand. Das Chronometer verschlingt die Sekunden des Kalenders.

* * *

Noch hat der Tag sich nicht den schwarzen Wassern ergeben, noch ist es nicht Nacht. Erschöpft zieht Peter um, von dem alten Sofa auf den alten Sessel. Dann steht er auf, die langen alten Beine versagen den Dienst. Ein kleiner und ein großer Schritt, dann noch ein kleiner. Das Bett, die Gruft.

Mitternacht. Das Rauschen des Waldes. Nächtliches Wasser um die Hütte. Ein Murmeln, ein Stammeln. Steif ist der Körper, wirr der Kopf. Den Leib hat der kleine Avicenna als unsere Wohnstatt beschworen.

Der Tag hatte nicht vor der Buchhandlung Barnes & Noble begonnen, wo der Herr Curtis, TV-Produzent seines Zeichens, aufgetaucht war, auch nicht im Kabinett des Doktor Koch, sondern in der Hütte im Wald, in der Gruft des allesverzeihenden Bettes.

Man erwacht als Maulwurf, als Molluske, als Käfer. Wie gestern und vorgestern. Gar nicht darauf bedacht, von der Schwelle des Todes zu treten.

Man erinnert sich an die Schmerzen in der Brust vom Vorabend. Die Zange presst Stirn und Schläfen. Der Tod? Das ist nicht der ewige Frieden, sondern ein stetig wiederkehrender, aufsässiger Albtraum.

Es war spät, den Doktor konnte er nicht mehr anrufen. Doktoren sind ungehalten, um ihnen zu beweisen, dass es um Leben und Tod geht, muss man schon sterben, auf der Stelle sein Leben aushauchen, aus und vorbei.

Er hatte zwei alte Beruhigungsmittel aus dem alten Gomorrha und ein frisches, perfektes Aspirin aus dem frischen und perfekten Babylon geschluckt. Du musst dich an dich selbst gewöhnen, du Irrfahrer. Nacht um Nacht, geronnen zu einer einzigen. Erschlaffung, die Glieder von dir gestreckt mitsamt ihrer unförmigen Hülle. Beklemmung, Schlaftrunkenheit, jähes Erwachen.

Nein, er ist nicht gestorben. Vielmehr lebendig, an das Ufer des neuen Morgens geworfen vom Schrillen des Telefons. Schließlich wälzt er seinen Leib, den Leib eines Dickhäuters, auf die andere Seite, das Bett ächzt, endlich steht er auf. Vor dem Spiegel: ein Elefant. Kein Maulwurf, kein Käfer, sondern ein Elefant, der den Kapriolen des Tages kaum gewachsen ist.

Er streckt die schweren Beine, seufzt. Ein Narr vor dem Spiegel. Telefon. Das Telefon läutet. Die Stimme der kleinen Dora, der zarten Spanierin mit der tiefen Stimme.

»Der Doktor ist vor zehn Minuten gekommen. Er hat Ihren Anruf abgehört. Er erwartet Sie. Doktor Koch erwartet Sie. Heute um eins.«

»Kann ich Lu sprechen?«

Dora ist verwirrt.

»Nein, Lu ist nicht hier. Ich bin in Eile, meine Schwester ist zu Besuch. Okay, wir erwarten Sie. Heute, Freitag, um eins.«

Weiche Knie, hängender Bauch, gebläht wie ein Sack.

Er hätte Koch nicht anrufen sollen. Er hat keine Lust auf Vorhaltungen.

»Sie sind im Land der Fremden, wo niemand fremd ist. Das Unglück ist nicht die Heimstatt der Auserwählten, müssen Sie wissen! Wenn Sie mir nicht glauben, kehren Sie zurück ins faule Dänemark, dort bekommen Sie wenigstens einen Nekrolog in Ihrer Muttersprache!«

Ein arroganter Zwerg, dieser Mössjöh Koch! Vorträge kann er halten, Sprechstunden nicht.

Der Patient stellt sich im Rhetorikkabinett ein, wegen Lu. Das

Geheimnis ist keines mehr; die Untergebene des Doktors ist jedes Mal abwesend. Seit man seine Strategie durchschaut hat, wird der Dickhäuter nicht mehr wie ein prominenter Gast empfangen und gleich ins Kabinett gebeten wie früher. Er muss brav warten, bis er dran ist. Umso besser! Im Verlauf einer halben Stunde kann, hoppla, ein Wunder geschehen. Wenn nun Lu, nur darauf bedacht, schleunigst zu verschwinden, ihre Handtasche vergessen hat? Vielleicht war sie gar nicht schnell genug und läuft leichtsinnig dem Verfolger in die Arme.

Die Tür geht auf. Koch winkt gelangweilt.

Der Patient folgt ihm ins Behandlungszimmer. Verlegen lässt er sich in einen von Avicennas Sesseln fallen. Doch Koch weist ihm mit ausgestrecktem Zeigefinger seinen Platz zu.

»Auf die Waage.«

Die Waage ist ihm nicht wohlgesonnen. Es wird Vorhaltungen, therapeutische Kränkungen geben.

Koch scheint jedoch keine Lust mehr an diesem Schauspiel zu haben. Er misst den Patienten mit einem langen Blick, von unten bis oben, deutet mit dem kleinen sommersprossigen Finger auf den roten Zeiger an der Waage, dann auf den Patienten und wieder auf die Waage.

»Elefant! Du bist wie ein Elefant. Die Waage lügt nicht. Ein Elefant!«

Bald darauf sitzt der Elefant auf einer Bank im nahen Park. Melancholisch verfolgt er die Passanten, ihre Ungeduld vor dem nahenden Feierabend.

Er verlässt den Park, schaut auf die Uhr. Blickt hinauf, hoch hinauf in den Himmel.

Die Gegenwart! GEGENWART, wiederholt der Fußgänger die Losung seines neuen Lebens und betritt die Buchhandlung Barnes & Noble am Broadway, Ecke 66. Straße.

»Führen Sie vielleicht Postkarten mit Elefanten?«

Der junge Mann hinter dem Computer mustert ihn lange und aufmerksam.

»Ich glaube nicht. Habe ich zumindest nicht gesehen.«

»Wieso denn nicht? Das ist doch das Wappentier des Präsidenten. Sind denn alle Buchhändler in der Gegenpartei?«

Der junge Mann wirkt entgegenkommender.

»Den demokratischen Esel haben wir auch nicht … Ich glaube nicht, dass wir Karten mit Elefanten oder Eseln haben. Sie können ja suchen. Hier im Erdgeschoss, linker Hand, sind Bildbände, Kunstdrucke, Fotografien. Links. Um die Ecke.«

Peter schaut die Plakate, Bildbände, Kartenstapel aufmerksam durch und – findet mehr, als er gehofft hat. Roter Himmel, zwei Elefanten, die, schwere Lasten auf dem Rücken, förmlich aufeinander zuschweben. Auf langen, sehr langen dünnen Beinen, die vom Boden bis in den Himmel reichen. Dalí.

Er verlässt die Buchhandlung mit der Karte in der Hand, betrachtet Dalís Traum, blickt zum Himmel auf und – findet sich verblüfft dem Unbekannten gegenüber, der ihm eine kleine weiße Hand entgegenstreckt.

James Curtis.

Der Tag ist erloschen, Peter gießt sich ein Glas Wasser ein, und noch eines. Er macht kein Licht an, die Scheinwerfer vom nahen Parkplatz reichen aus. Er sinkt in den Sessel, wechselt aufs Sofa, und wird nun richtig wach. Auf dem Tisch ein Stapel mit Briefen der letzten ein bis zwei Wochen. Briefumschläge, Werbung, Zeitschriften, Zeitungen, Postkarten. *Junk Mail.* Er schiebt den Haufen an den Rand des Tisches. Die Gegenwart wird Vergangenheit: der gestrige Morgen, das Postfach 1079, das Taxi zum Bahnhof, der Fluss, der Zug, das Gedränge in der Penn Station, die Bibliothek, die Praxis Dr. Koch, wo sich Lu versteckt, der Doktor selbst, die routinemäßige Demütigung. Dalís Himmel, Dalís Elefanten. Curtis, der Produzent. Leova, der Barmherzige aus Odessa bei Babel.

Er steht auf, geht zum Kleiderständer, findet in der Rocktasche die Visitenkarte mit dem goldenen Namen James Curtis, wirft sie auf den Haufen mit den Briefen. Der Beleg des Tages, der gewesen und nicht gewesen ist.

Der Bahnhof, der Zug, das Urwasser, die kleine Endstation, ein anderes Taxi. Diesmal ist es nicht Leova Boltanski, sondern Rotkappe, Jerry. Die zuckende linke Schulter, das krankhafte Lispeln. Wörter sind kaum auszumachen. Neun Dollar fünfzig! Wenn man kein Geld hat, schweigt man, bis man am Ziel ist, so viel hat sogar der schusselige Peter Gaşpar gelernt. Man bittet den Fahrer, zu warten, in einer Minute ist man mit dem Geld wieder da. Ein, zwei Minuten dauert es, bis man die Hosen-, Jacken- und Hemdtaschen durchsucht, in denen man das helle Geld für die dunklen Tage vergessen hat. Schließlich kratzt man vierzehn Dollar zusammen. Der Fahrer kriegt zwölf. Es bleiben zwei. Zwei neue Dollar und zwei alte Dollar sind vier, vier Viertel bilden ein Ganzes.

Es folgt die Nacht, der Schlaf, die nächtliche Wirrnis. Wieder kommt das Morgengrauen, man erwacht als Elefant, untauglich für die Kapriolen des Tages.

Er hat unlängst in der Zeitung gelesen, dass es dem Zirkuselefanten Oliver immer schwerer fiel, die Tricks für die Aufführung zu memorieren. Eines Abends hatte er sogar verwirrt die Arena verlassen. Darauf aus, ihn zu bestrafen, sah sich der Dompteur hinter dem Vorhang dann einem Schauspiel gegenüber, das viel stärker war, als das gerade gescheiterte hätte sein können: Der erschöpfte Riesenleib lastete auf den vier eingeknickten Beinen, und Oliver schluchzte, er schluchzte herzzerreißend. Die Tränen flossen in Strömen über das zerfurchte graue Gesicht. Gerührt betrachtet Peter ihn im Spiegel.

Ein anderer Tag, eine neue Woche unter der Zirkuskuppel Dalís.

Bis dahin lesen wir ein Buch, eine Zeitschrift, einen Brief. Sie haben sich angehäuft in dem einen Jahr, seit er ins kalte Wasser des Colleges im Wald gesprungen ist, Bücher, Briefe von Studenten und Professoren und von der Verwaltung, pädagogische Zeitschriften und politische Aufrufe und jugendlich unbedarfte Bekanntmachungen. Der Brief von Tara. Er hat nicht vergessen, wo er ihn hingetan hat, das hat er nicht vergessen. Jede Anschuldigung ist es wert, aufgehoben zu werden.

Professor,

My mother called me with my mid-term grades … Meine Mutter hat angerufen, um nach meinen Noten zu fragen.

Wieso haben Sie mich nicht mit »Ungenügend« oder zumindest mit »Unvollständig« benotet??? Ich habe ja nicht einmal die Arbeit abgegeben. Ein anderer Professor hat mich besser behandelt, er hat mich durchfallen lassen! Ihm gebührt mein Respekt. Es ist das erste Mal, dass jemand offen und ehrlich zu mir ist, nach meinen eigenen Vorgaben. Eine Erleichterung. Eine Befreiung. Ich habe mir wenigstens zwei beschämende Noten gewünscht. Damit ich endlich zusammenbrechen kann. Sie haben mich schwer enttäuscht.

Der Prolog gab den Takt des Ganzen vor.

I had even prepared my mother … Ich hatte meine Mutter schon vorgewarnt, dass ich in diesem Semester nicht viel getan habe. Als Antwort hat sie mir Unterwäsche geschickt. Ich habe auch meinem Bruder geschrieben. Er hat mit einem Geständnis geantwortet: Er hat herausgefunden, dass er schwul ist. Mit anderen Worten, was weiß ich schon über Depressionen?! … Er hat mir eine Schachtel Kekse und das Plüschhäschen aus meiner Kindheit geschickt. Mal im Ernst, kommt es vor, dass Sie mal einen Studenten durchfallen lassen? Ist es so vermessen, mir das Unmögliche vorzustellen?

Aufgepasst, Heimatloser, hatte der Präsident Larry gesagt, in den heutigen Universitäten haben die Studenten das Sagen, ihre Eltern, ihr Geld und ihre Anwälte. Die Professoren sind Dekor. Wenn du es am wenigsten erwartest, bist du in einer Bredouille, wie du sie dir gar nicht hast vorstellen können in dem lieblichen Straflager, aus dem du geflohen bist. Das sagt Larry Eins, also ist es so.

Der improvisierte Professor wandte sich an die Dekanin, die für Studentenfragen zuständig war. Das hatte ihm der Präsident Larry geraten.

Liebe Rosemarie,

wie bereits erwähnt, war Tara Nelson in diesem Semester eine der besten Studentinnen meiner Klasse, aber sie hat die Abschlussarbeit nicht abgegeben. Ihre beiden vorherigen Arbeiten sind allerdings als sehr gut bewertet worden, der mündliche Vortrag war ebenfalls sehr gut. Auch die Beteiligung an den Diskussionen in der Klasse, außerdem hat sie nie gefehlt.

Jetzt hat sie mir die Abschlussarbeit geschickt. Eine sehr gute Arbeit. Ich lege wie versprochen ihren Brief bei. Beunruhigend. Ebenso wie mein kurzes gestriges Telefongespräch mit ihr sowie unser ebenfalls kurzes Treffen am vorigen Dienstag, bei dem sie sich für den Brief entschuldigt hat. Möglicherweise leidet sie unter einer Depression und braucht Hilfe.

Tara verließ das College nicht, wie sie vorgehabt hatte, sie fuhr auch in den Sommerferien nicht nach Hause. Sie hatte einen Job im Bibliotheksarchiv gefunden. Er traf sie eines Abends, als sie allein auf dem Campus spazieren ging. Dann zum Kaffee im Vorraum der Bibliothek. Dann immer regelmäßiger.

Der gelbe Umschlag kam eines Morgens im Mai. Und nun ein noch gelberer an einem frühen Morgen im März, fast ein Jahr später! In der Unordnung, die in seinen Papieren herrschte, hätte der Brief der Studentin verlorengehen können. Er war nicht verlorengegangen.

Ich schicke die Arbeit mit Verspätung. Sie ist eine Pflichtübung, nicht eine des Geistes. Stinkt sie, oder riecht sie nur? Der Unterschied ist kein besonders feiner. Der Gestank ist abstoßend, der Geruch nur unangenehm. Schmutzige Wäsche stinkt. Altes Essen riecht. Wenn ich es recht bedenke, ist der Text eine harmlose Kombination. Eher Geruch als Gestank.

Fünf eng getippte Seiten, einzeilig, kleine Schrift.

In seinem ersten Lehrjahr hatte Gaşpar sechsmal Ungenügend vergegeben, in einer Klasse mit vierzehn Studenten. Ein Jahr später hatte er multikulturelle Großzügigkeit, Toleranz und Humor schätzen gelernt. Die Noten schwankten zwischen Ausreichend, Gut und Sehr gut, dazu hin und wieder ein Minus oder ein Plus.

Hier also meine Arbeit: holprig, banal, redundant. Der Schluss ist vielleicht nicht gerade nichtssagend, aber ich bin wütend. Und Sie wissen, auf wen. Ich hatte vor, mir einen schönen Strauß schlechte Noten zu holen: ein Hilferuf. Da kommen Sie und beschließen: Ich werde der Herr Gutmütig sein. A benevolent Hardnose. A kind man. Der Gute Mensch. Ich gebe dem Unglückskind »Sehr gut«, egal wie. Sie hat schöne Beine, sie hat Potential, und ich habe eigentlich keine Ahnung, wo ich ihren Text verlegt habe. Wie immer, ich gebe allen gute Noten.

Diese Gehätschelten der Freiheit! Man erwartet Verständnis, Höflichkeit, Sympathie von dir, und dafür kriegst du Tritte in den Hintern.

Ich bin mitten im Strudel meines Elends, und Sie reagieren mit Sympathie! Nett, das wäre das Wort. Sie sind nett, ich hasse Sie dafür.

Ich hasse Sie nicht, noch nicht einmal das, ich verachte Sie. Ich verachte Ihre Selbstgefälligkeit. Sie verschenken eine unverdiente Note, etwa um sich beliebt zu machen? Selbst wenn Sie verträumt, abwesend erscheinen, haben Sie immer, man glaubt es kaum, diese tiefe Ichbezogenheit. Selbst wenn Sie so tun, als seien Sie anderswo, in Wartestellung, bereit, dem Unvorhersehbaren zu begegnen. Das Ungeschick, das Unglück erscheint Ihnen kostbar. Sie tragen die Vereinzelung zur Schau, und das nervt mich. Dialog scheint nur möglich, wenn man sich auf Ihre Begriffe einlässt. Wenn man sie sich nicht zu eigen macht, werden Sie grob. Das einzige, was ich eigentlich von Ihnen weiß, ist, dass Sie sich öfter rasieren sollten.

Was bleibt von dem Brief aus dem verschwundenen Jahr? *Nice legs.* Ja, die Beine sind dieselben. *You should shave more often.* Ja, auch das gilt weiterhin.

Zwischen der Note, die Sie mir gegeben haben, und der Reaktion, die sie ausgelöst hat, gibt es nur eine Verbindung: die Lächerlichkeit. Haben Sie vielleicht daran gedacht? Ist Ihnen das eigentlich egal?

Was weiß die Schöne aus dem amerikanischen Wald von dem Flüchtling, der sich nicht regelmäßig rasiert? Und was versteht der streunende Elefant vom Kummer der neuen Generation in der neuen Neuen Welt?

Meine Mutter hat gesagt, ich soll mich zusammenreißen. Ich habe aufgelegt, ich habe geweint, dann habe ich gelacht. Wie sagt man bloß, dass man Angst hat vor der Luft? Vor der Luft! Luft! ... Ja, das Nichts, die Nichtigkeit. Wenn sie nächste Woche anruft, hat sie schon verges-

sen, was sie gesagt hat. Ich will kein Mitleid, auch keine Empathie, ich will auch nicht derart evaluiert werden, wie Sie es getan haben. Wie kommen Sie dazu, nett zu mir zu sein? Sie sind eines Morgens auf dem Weg zur Bibliothek an mir vorbeigegangen. Sie haben irgendetwas gebrummt. Auch ich habe gebrummt. Einen Fluch! Wer erlaubt Ihnen, anständig zu sein? Ich wünsche Ihnen verregnete Ferien!

Gaşpar faltet den Brief, steckt ihn in den gelben Umschlag und legt ihn auf den Papierstapel. Er zieht sich zurück. Das allesverzeihende Bett. Langer, sanfter Schlaf. Am Samstag ruht sogar der Große Namenlose.

* * *

Postfach 1079. Man öffnet es, indem man mit der Drehscheibe am Guckloch die Zahlenkombination einstellt. Wenn du die Kombination vergessen hast oder dich verwählst, kannst du es nicht öffnen. In diesem Fall holst du das rosarote Kärtchen aus der Brieftasche und liest die Anweisungen. Hast du das Kärtchen vergessen oder verloren? Die Schalterbeamtin schaut in der Tabelle nach, findet deinen Namen, du bekommst ein anderes rosarotes Kärtchen mit Anweisungen. Einmal, zweimal, dreimal. Öfter wäre zu oft.

Schließlich hatte Tara angeboten, sich um die Post von Professor Gaşpar zu kümmern. Sie war nicht mehr seine Studentin, aber sie sahen sich häufig. Er hatte ihr das Kärtchen mit der Zahlenkombination anvertraut, damit sie ihm einmal pro Woche, am Samstag, die Post brachte, nachdem sie sie vorsortiert hatte. Spendenaufrufe von Wohltätigkeitseinrichtungen und Handelsfirmen, Einladungen zu Lehrstuhlsitzungen, Aufführungen, Lesungen, politische Manifeste für eine bessere Welt, das Kolloquium zum Terrorismus, Verlagskataloge, der neue Stundenplan der Turnhalle, die Liste der Studenten, die ihre Dienste als Fahrer, Schreibkräfte, Gärtner, Anstreicher, Computerhilfen anboten.

Der Empfänger wird mit Vornamen angeredet wie ein alter Bekannter. Die formlose Anrede erinnert einen daran, dass man zu den Bewohnern des Planeten gehört, die ihrerseits ebenfalls Botschaften von der irdischen Familie bekommen.

Reklame interessierte ihn nicht, persönliche Briefe hatte er von niemandem mehr zu erwarten. Tara wirft das Nutzlose weg und behält das Nützliche. Müllentsorgung, ganz einfach. Endgültig auszusortieren bleibt dem Empfänger vorbehalten.

Samstag, in der Abenddämmerung, Tara klopft an die Tür der Hütte. Die Tür geht auf, der Professor Gaşpar betrachtet von der Schwelle aus den verschneiten Wald. Er schließt die Tür, schaltet das Radio ein. Mozart. Kristallklar wie der Winter.

Tara nimmt wie gewöhnlich das Zimmer in Augenschein, als sähe sie es zum ersten Mal. Eher tritt sie einem glücklichen Zufall entgegen, als dass sie das Haus betritt. Ein Sofa, zwei Sessel. Ein Regal mit Büchern und Ordnern. Der Kalender neben dem Telefon. Der Vorhang. Das Durcheinander alter Briefe auf dem Tisch. Wo versteckt sich der Zufall? Der alte Umschlag schläft in der Schublade des Nachtkästchens.

Tara geht zum Tisch, legt den neuen Stapel auf den alten Haufen, wirft die Jacke aufs Sofa. Schlank, ein Lächeln im bleichen Gesicht. Der Pferdeschwanz, zu dem die jugendliche Mähne gebunden ist, hängt vorn über dem schneeweißen Pullover. Die schwarze Hose eng an den Oberschenkeln, lange Beine in Stiefeln. Der rotlackierte Nagel des Zeigefingers zielt auf den Papierhaufen auf dem Tisch.

»Du mistest überhaupt nicht aus. Alles, was ich vor einer Woche und vor zwei Wochen und diese Woche gemacht habe, ist für die Katz. Du schmeißt besser gleich alles weg. Wir sagen Pegg von der Post, sie kann das Postfach einem anderen geben.«

»Du hast recht«, sagt Peter Gaşpar mit einem Lächeln. »Los, machen wir uns zusammen dran! Es dauert nicht lang. Wenn ich es wieder aufschiebe, ersticke ich noch in diesem Müll.«

Er fläzt sich in den Sessel. Die Füße auf amerikanische Art auf dem Tischchen davor. Tara im anderen Sessel. Zwischen ihnen die Post der letzten zwei, drei Wochen und jene von dieser Woche. Tara nimmt einen Umschlag und reicht ihn dem Professor. Wenn er bedeutungslos ist, zerreißt ihn Peter und wirft ihn links auf den Boden. Wenn er wichtig scheint, wirft er ihn nach rechts.

Im Fenster der schlafende Wald. Im Radio das Kind Mozart, kristallklar. Im anderen Sessel die junge Frau aus der Neuen Welt. Der Bewohner der Gegenwart fühlt sich der Unwirklichkeit, die ihm geboten wird, nicht gewachsen.

»Kaffee?«

»Später. Erst mal hier zu einem Ende kommen. Die Ansichtskarte hast du weggeworfen.«

»Welche Ansichtskarte?«

»Die mit der *New York Times*.«

»Wichtig?«

»Du hast sie dir gar nicht angesehn. Du hast sie einfach weggeschmissen.«

»Sie hat mich nicht interessiert.«

»Ich habe diese Post vorsortiert! Die Karte habe ich aufgehoben.«

»Gut, schauen wir mal. Wenn ich sie nicht zerrissen habe.«

»Du hast sie nicht zerrissen. Ich habe dir zugesehen. Du hast sie einfach weggeworfen.«

Peter bückt sich, wühlt in dem Haufen, findet die Karte wieder.

»Du hast recht, ich habe nicht aufgepasst. Aber selbst wenn ich achtgeben wollte, wüsste ich gar nicht, worauf. Das Bild ist zu klein. Hammer und Sichel? Das sehe ich. Ein Leserbrief. *Ich wundere mich über einen Artikel auf der ersten Seite der Ausgabe vom 4. November über die Absicht des Staatsmuseums Ermitage, impressionistische Kunst auszustellen, die nach dem Zweiten Weltkrieg als verschollen galt.* Ein alter Text aus dem Oktober letzten Jahres. Wir sind im neuen Jahr.«

»Umso mehr. Lies bis zum Ende.«

»Gut, ich lese. *Mitte der 1970er Jahre habe ich bei einer Reise nach St. Petersburg, damals Leningrad, die Ermitage besucht. Ich habe den Führer von Intourist gefragt, ob man die Sammlung französischer Impressionisten besichtigen könne, die am Ende des Zweiten Weltkriegs aus Deutschland in die Sowjetunion gebracht worden ist.* Interessant? Findest du das interessant?«

»Du solltest bis zum Ende lesen.«

»*Much to the delight of my mother* – nun ja, die bekannte Geschichte. Die Mutter Russin, wahrscheinlich vor sechzig Jahren nach Amerika gekommen, im Alter von acht Jahren. *Zur großen Freude meiner Mutter und der anderen sechs Amerikaner in der Gruppe hat uns der Führer in ein Séparée der Eremitage gebeten. Wir sind dann in einen Aufzug gestiegen, der aussah, als wäre er nicht mehr in Gebrauch, und in eine höhere Etage gefahren. Etliche Räume mit den berühmten Werken.* Ich soll weiterlesen, das willst du?«

»Ja, das will ich, lies weiter.«

»*Wir durften uns umsehen, die Gemälde betrachten. Ich frage mich, wie vielen anderen ausländischen Touristen beim Besuch der Ermitage dieselbe Gunst zuteilgeworden ist. Weder der Führer noch die Museumsverwaltung schien von unserem Ansinnen überrascht.*«

»Sie hatten also Glück, sie genossen einen Vorzug, und nach der Rückkehr konnte die Mutter den Nachbarinnen davon erzählen. Ist das alles? Offenbar nicht. Zum Schluss eine Frage. Verbunden mit einer Mahnung an den Journalisten. *Wie kommen Sie zu Ihrer Annahme, jene Sammlung sei ein ›Staatsgeheimnis‹?* Soll ich den Artikel suchen, auf den sich der Leserbriefschreiber bezieht? Mann oder Frau? Hast du schon für mich gesucht, die *New York Times* vom 4. Oktober?«

»Noch nicht. Die Karte hat zwei Seiten. Beide beschrieben.«

Der Professor wendet die Karte.

»Na bitte, die Titelseite, *The New York Times. Wednesday, October 12*. Eine Collage.«

»Allerdings, eine Collage.«

»Die Karte ist in der Mitte geteilt. Rechts die Adresse. Meine Adresse, *Professor*, trallala, *College*, trallala, usw. Links der Text. Direkte Anrede. Mit Vornamen. Wie unter alten Bekannten, die sich nie gesehen haben. *Dear* Sowieso, *Dear Peter*. So laden mich die Kaufhäuser ein. Mich elegant einzukleiden, Autos zu kaufen, Bademäntel und Regenschirme, Fitnessräume zu besuchen oder Banken, die Kredite anbieten, oder Zauberer, die das Traumschloss der Kindheit verkaufen. *Next time … Next time I kill you, I promise. The labyrint made of a single straight line which is invisible and everlasting. Yours truly, D.* Was soll das?«

»Weiß ich nicht.«

»Ein Scherz?«

»Vielleicht.«

»Oder etwas anderes?«

»Ich weiß es nicht. Das muss man dem Dekan zeigen.«

»Dem Dekan? Derlei Blödsinn gibt es tausendfach, Tag für Tag. D? Gezeichnet *D – death*? Ist das wirklich eine Ansage, der Tod?«

»Morde kommen nicht selten vor in diesem Land. Wir nehmen Scherze ernst. Du selbst hast mir von einem Mord erzählt. Er schien eine Farce zu sein, war es aber nicht.«

»Der Mord fand hier statt, in Amerika, aber das Motiv dafür lag anderswo.«

»Ein Landsmann. Auch er Professor.«

»Der war wirklich einer. Ich tu nur so.«

»Unaufgeklärter Mord, hast du gesagt. Das Opfer war Autor vieler Bücher und Träger einiger Doktortitel. Er hat dir zugeredet, die Rezension zu schreiben, die dann in deiner alten Heimat für Aufregung gesorgt hat. Das Ganze wurde ein Skandal, und ihr habt beide gewusst, dass es so kommen würde. Der Professor wurde umgebracht, und der Rezensent, der Hochstapler, wie du dich ausdrückst, von der Presse mit Dreck beworfen.«

»Ich sehe keinen Zusammenhang. In der Geschichte des Mordopfers ging es ums Ganze. Um die ehemalige Geheimpolizei.«

»Das hast du mir schon gesagt. Die ehemalige Geheimpolizei und die neue Geheimpolizei.«

»Es ist weitaus komplizierter.«

»Das sagst du immer. Weitaus komplizierter. Ob du nun über die Vergangenheit sprichst oder über die Gegenwart. Kompliziert. Wir befinden uns im Land der Vereinfachungen. Verständlich für jedermann, das ist das oberste Gesetz.«

Peter Gaşpar sieht sich wieder entmündigt im Unbekannten tappen. Ein Jahr zuvor hat Tara, wütend und frech, einem unbeholfenen Marsmenschen geschrieben, dem der Ort ebenso fremd war wie die neue Zeit. Jetzt bemuttert sie ihn!

Peter Gaşpar schweigt, sein Blick meidet die Besucherin, er will ihre Hände, ihre Beine, ihre Haare, ihre Lippen nicht sehen.

»Du musst die Karte zum Dekan bringen.«

»Zum Dekan?«

»Ja, zum Seemann, der die Weltmeere befahren hat und dann Doktor der Psychologie und jetzt Dekan geworden ist. Er hat hier auch die Basketballmannschaft trainiert, wenn du's genau wissen willst. Das ist Amerika! Herrn Carey, dem Dekan des Colleges, musst du sie bringen, nicht Rosemarie Black, der Dekanin, die sich um die Studenten kümmert. Carey also, Kürzel P. C.«

Der Professor hört aufmerksam zu und schweigt zerstreut.

»Oder du sprichst gleich mit Jennifer.«

»Welche Jennifer?«

»Jennifer Tang, die Sicherheitschefin. Eine elegante, feine Dame.«

»Woher weißt du das?«

»Ich weiß eben auch ein paar Dinge. Frau Tang ist die Witwe eines herausragenden vietnamesischen Professors für fernöstliche Kulturen. Versehrt, schwer verletzt in dem Krieg, den die großmächtigen amerikanischen Kräfte verloren haben. Sie hat ihn gepflegt bis zum Tod, wie eine Nonne. Dann hat sie eine Stelle am College angenommen und ist Sicherheitschefin geworden. Du solltest sie sehen. Elegant, zart. Eisern. Und dazu blond.«

»Blond? Eine blonde Vietnamesin?«

»Gefärbt. Interessant, du wirst sehen … Also Jennifer Tang. J. T.«

»Du weißt zuviel.«

Professor Gaşpar zeigt vorübergehend lebhaftes Interesse.

»Ich bin noch nicht fertig. Sie mag Mädchen. Man weiß es, man nimmt es hin … Wahrscheinlich hast du gemerkt, dass Frauen und Männern mit gleichgeschlechtlichen Partnern mittlerweile mehr Toleranz entgegengebracht wird. Mehr als unsereinem … Im September, zu Beginn der Vorlesungszeit, wenn die Frischlinge kommen, kämpfen Jungen und Mädchen um die Neulinge.

Meistens gewinnen die Mädchen und nehmen sich der Frischlinge an. Das hast du nicht gewusst.«

»Nein, auch das habe ich nicht gewusst«, gesteht der Professor bescheiden. »Aber ich werde nicht zum Seemann gehen und auch nicht zur blonden Vietnamesin. Ich will mich nicht noch lächerlicher machen, als ich es schon bin. Mir reicht die Rolle, die man mir zugeteilt hat.«

»Welche Rolle?«

»Die des Davongekommenen. Sonderbar. Durch den Wind. Viele Beziehungen, aber beziehungsarm. Kommunikativ, ohne zu kommunizieren.«

»Stimmt nicht. Ich kenne eine, mit der er kommuniziert.«

»Aber er rasiert sich nicht regelmäßig.«

Beide lächeln, doch die Atmosphäre entspannt sich nicht. Peter schaut nicht mehr auf seine Knie. Er schaut Tara an, die merkt, dass er sie eigentlich nicht wahrnimmt.

»So, trinken wir einen Kaffee. Ich habe meine Aufgabe erledigt, die Post sortiert, ich habe mir einen Kaffee verdient. Wenn du willst, schaust du sie noch einmal durch, wenn ich weg bin. Wenn nicht, dann nicht. Jetzt ist Kaffee angesagt. Kochst du uns einen?«

Gaşpar steht auf. Auf dem Weg zur Küche schaltet er das Radio aus. Mozart ist vorbei, auf Wagner kann man verzichten. Er hätte gern ein Glas Wein getrunken. Besser nicht. Pass bloß auf, hatte Larry gesagt, lass die Tür zu deinem Büro offen. Die Studentinnen tragen ihre Brüste zur Schau. Wenn du genauer hinschaust und auch noch eine Brille trägst, schreien sie lauthals, du wolltest ihnen was. Tür auf, sonst kriegst du Ärger.«

Die Hütte ist kein Büro, die Brüste der Studentin sind unter einem hochgeschlossenen Pullover verborgen. Sollte er ihr Wein anbieten, ein Glas Wein? Besser nicht. Er hat in der Cafeteria der Bibliothek Apfelkuchen gekauft, wie Tara ihn mag.

Der Professor kommt mit dem Tablett, die Studentin blättert in einem Buch. Sie hilft ihm nicht wie gewöhnlich, sie erwartet, dass er sie bedient. Sie weiß, dass er ungeschickt ist, macht aber keine

Anstalten, ihm zur Hand zu gehen. Aufmerksam verfolgt sie, wie er die Teller hinstellt und den Kuchen schneidet.

»Ich würde gerne ein Glas Wein trinken.«

Schweigen. Der Bewohner der Gegenwart schweigt.

»Wenn du welchen hast und wenn ich es wagen darf, würde ich gerne ein Glas Wein trinken. Dafür wirst du nicht verhaftet. Ich bin über einundzwanzig, ich darf das. Außerdem ist es ein Winterabend.«

»Da wäre Wodka eher angebracht.«

»Nein, keine harten Sachen. Wein, wenn du welchen hast.«

»Habe ich. Rotwein.«

»Wunderbar.«

Sie nehmen das Gespräch wieder auf. Über den Mord an dem osteuropäischen Professor vor beinahe zwei Jahren, über die Rezension, die Peter Gaşpar zu den Memoiren seines berühmten Landsmanns veröffentlicht hat, der auch ein Landsmann des Opfers war.

Exotische Themen. Peter Gaşpar begreift sich als exotischer Statist im Karneval der Freiheit.

* * *

Roter Himmel. Brennendes Himmelsgewölbe. Zwei Elefanten auf Stelzen gehen aufeinander zu. Die Leiber im Himmel, unendliche dünne Beine bis zur Erde.

Eine märchenhafte Libelle, mit dem Körper und dem Aussehen eines Elefanten. Ein Urkranich, der zum Elefanten geworden ist. Zarte, durchscheinende Glieder, die den Boden nur ganz leicht berühren. Archaische Astralinsekten aus der Urgeschichte der Wüste. Elefantenleiber auf unwahrscheinlichen Himmelsstelzen. Riesige samtige Ohren, Rüssel, aus denen Schlamm rinnt.

Die Rücken bedeckt mit einem Teppich, und über dem Teppich der Grabstein. Zwischen Grabstein und Teppich, auf dem Rücken des Dickhäuters, leerer Raum, der Stein schwebt in der Luft. Der Rüssel des Weibchens linker Hand dreht sich wie eine Kurbel. Das

Männchen lässt seinen Rüssel apathisch hängen, blickt nach unten, im Hintergrund: dunstige Hügel, der Landeplatz, das Schilderhaus, zwei winzige Gestalten in Bewegung, die eine mit einer Fahne, die andere mit einer Fackel.

Männchen und Weibchen versuchen vergeblich, zusammenzukommen. Die Stelzen kommen nicht von der Stelle. Die dünnen Beine ragen quer durch den Himmel, zerbrechen fast unter der Last der Leiber. Das Männchen rechts, das Weibchen links. Der Grabstein schwankt, das Auge, das den Teppich ziert, schwankt, bald stürzt alles in den Abgrund darunter, wo infernalischer Alarm tönt.

Gaşpar wird durch das Klirren der Fensterscheiben aus dem Schlaf gerissen. Er ist nicht in Lus Zimmer, es ist ein anderes Hotel, ein anderes Zimmer, die Sirenen haben ihn vollends wachgeheult.

Die Karawanen der Feuerwehr brechen in die Mondstadt auf. Bei der Feuerwache gegenüber heulen die Sirenen, das Feuermaul des Tages tut sich auf. Er verharrt betäubt im Bett. Der Zeiger nähert sich der Acht. Er nimmt den Hörer auf, wählt langsam, ganz langsam die Nummer des allwissenden Gora. Gora hebt ab, Gaşpar überlegt es sich anders und legt den Hörer wieder auf.

Die Stadt der Heimatlosen, die Wolkenkratzer, die an Dalís Himmel kratzen. Unten das Gewimmel des Augenblicks. Aus dem Fenster beobachtet er den Allesfresser. Pünktlich wie immer schleppt der Gangster der Mülltonnen den großen Bleikoffer mit der Rechten heran. Armeehosen, gelbe Schnürstiefel, enges T-Shirt über der kampfbereit geschwellten Brust. In den tönernen Schädel hat das Schicksal rotgeränderte Kuhlen gegraben. Wie kahler Lehm das bartlose Gesicht. Aus der Nase ragen lange blonde Haarbüschel, rotzgetränkt. Rissige Lippen, schiefes Grinsen, zahnloser Mund, zwei gelbe Eckzähne wie bei einem Walross. Steinernes Genick, lange, breite, massive Nase. Die Arme muskelbepackt wie der ganze Körper, strotzend vor mörderischer Kraft.

Da steht er an der Ecke, den Koffer voller Meteoriten. Bei jedem Schritt knickt er ein unter der Last.

Der erste Mülleimer. Er wühlt, zieht die Tüte heraus, sieht hinein, nimmt die Konservendose heraus, wirft sie zurück, greift sich eine andere Tüte, öffnet den Koffer, bückt sich, wirft die Tüte hinein. Er überquert die Straße, neigt sich über einen anderen Mülleimer. Hält eine andere Tüte in der Hand. Nimmt den Brotrest heraus, wirft die Tüte weg, steckt das Brot in die Hosentasche, wartet an der Ampel auf Grün, erreicht den gegenüberliegenden Ampelmast, bleibt stehen, neigt sich über einen Mülleimer, öffnet den Koffer, schließt den Koffer. Er setzt sich auf die Bank am kleinen Platz. Der Koffer voller Blei oder Quecksilber oder Leichen in Reichweite. Er schlürft etwas aus dem Plastikbecher, den er aus dem letzten Mülleimer gefischt hat, er schlägt seine Mammuthauer ins Brot.

Er hat den Kopf zurückgelegt, der Blick geht ins Unendliche. Die Nase wittert die Gefahr, die glibbrigen Antennen in seinen Nüstern sirren. Der offene Mund, die prähistorischen Hauer. Die Passanten bleiben stehen, dann gehen sie eilig weiter.

Gaşpar kann seinen Tag beginnen. Der Lastenträger des Nichts hat die Wirklichkeit von neuem bestätigt. Er verlässt das Hotel, die Bibliothek ist nicht weit. Bücherjäger, auf der Suche nach der Nadel im Heuhaufen, dem Köder in den Nebeln des Gedächtnisses, nach einem Zitat, das man irgendwann gekannt hat und das im Dschungel einer anderen Sprache verlorengegangen ist; man hat es in der eigenen Sprache gespeichert, man erkennt es vielleicht und vielleicht auch nicht in der Sprache, in die man eingewandert ist.

Das Hirn spult alte Phrasen ab. Vereinzelte Fragmente, in einen neuen Zusammenhang gesetzt. Die Postkarte mit der Drohung! Das Zitat! Geschrieben im Schlüssel eines anderen Wörterbuchs. Die Sprechweise der Vergangenheit lässt sich nicht in die neue geliehene Sprache übersetzen. Eine andere Zeit, nicht übertragbar. *Next time I kill you,* das klang anders im eigenen jugendlichen Überschwang. Das Schriftbild, der Klang der Worte, die Hypnose der Vergangenheit ziehen nicht mit bei der Auswanderung in das Ersatzleben der Heimatlosigkeit. Die Erinnerung ist verriegelt, Eisblumen, die sich nicht öffnen.

Nein, er erinnerte sich nicht an das Zitat. Die neuen Wörter beschworen die alten nicht herauf, die gestrige Phonetik harmonierte nicht mit der heutigen, und die Nacht, die sie trennte, war sternenlos.

Er hatte sich wieder zur Wörterjagd hinreißen lassen. *Labyrinth? Unsichtbarer Mord?* Ein neuer Code, nicht zu entschlüsseln.

Der Bettler, der kein Bettler ist, lässt den leeren und schweren Koffer um den Planeten kreisen und steht hier, in Reichweite, über den Mülleimer gebeugt, der nächste Mülleimer, noch einer und noch einer, bis er sich schließlich selbst in den letzten werfen wird.

Der Platz vor dem bescheidenen Hotel. Gaşpar sinkt ergeben auf die Bank. Blickt hinauf in den fremden Himmel. Er hat nicht den Mut, seinen Blick auf den Nachbarn zu richten, er sieht nur die Militärstiefel. Neben ihm sitzt der Wächter der Grotten. Kurze, harte Arme, stählerne Beine, der Schädel eines Menschenfressers, die Augenhöhlen abgründig tief. Aus dem Rüssel hängt in dünnen Strängen rotzverklebtes Haar. Die symmetrischen Hauer im gelben Maul.

Peter bleibt noch lange auf der Bank sitzen, nachdem der Vanitas-Krieger seinen Beutezug nach Müll wiederaufgenommen hat. Den Kopf im Nacken, den Blick hinauf zu den Elefanten gerichtet, die die Grabstelen durch den Himmel schleppen.

* * *

Unverantwortlichkeit. Mit dem Bedürfnis nach Unverantwortlichkeit hatte Peter seine Landung in der Neuen Welt begründet. Das Versteckspiel mit dem Tod, am Steuer oder beim Sturz von der Leiter.

Der Selbstmörder schien keine Angst vor dem Tod selbst zu haben, sondern vor den Nächten, in denen dieser käme, um ihn zu umwerben.

Die große Glocke der Universitätskapelle läutet zu Mittag. Der Hof wimmelt von Studenten und Professoren, die nichts anderes im Sinn haben, als sich eiligst den Bauch vollzuschlagen. Rufe, Lieder. Plötzlich Stille, Verödung. Die Hungrigen sind verschwunden. Auf ihn wartet die weiße, saubere Toilette. Palade meditiert lächelnd auf dem Klo. Den Blick im Nirwana, große kindliche Augen, verzaubert von den Reizen der Bücherwelt. Das Reptil kriecht lautlos über die Trennwand zur Nachbarkabine, erreicht den oberen Rand, hält inne, betrachtet von oben ein letztes Mal den untersetzten Körper des Todgeweihten auf dem Thron der Ausscheidungen. Aus dem Schlangenmaul fegt plötzlich der tödliche Schuss. Der Mörder hatte sich lautlos in die Nachbarkabine geschlichen. Den einen Fuß langsam, lautlos auf den Toilettendeckel gesetzt, dann den andern, so, er war oben. Er hatte beste Sicht in die Nebenkabine: der Professor auf dem Entspannungsthron. Ein kurzer Blick zur Vergewisserung. Der stahlglänzende Revolver zielt auf den Scheitel des Todgeweihten, geräuschlos verlässt die Kugel den Lauf.

Im Aufwachen versucht Peter Gaşpar, sich den gesichtslosen Söldner zu vergegenwärtigen, die Hände, den Hals, die Schultern. Er sieht nichts als die schwarze Mündung, den phosphoreszierenden Blitz. Er schwitzt, der arme Peter.

In Reih und Glied mit den andern Skeletten Eva Kirschner. Zwischen ihren bleichen Beinen steckt der Kleine mit dem Mäusegesicht den Kopf hervor. Der Staatsanwalt David Gaşpar streckt dem Wachmann mit der Rotkreuzbinde den linken Arm hin. Der Feldscher schneidet mit einer Klinge die Nummer aus der welken Haut. Langsam, geduldig, eine Ziffer nach der anderen. Die blutigen kleinen Hautfetzen werden nacheinander weggeworfen. Eine Ziffer, noch eine. Fünf Ziffern, das Pseudonym des Toten, der nicht gestorben ist. Der Staatsanwalt ist fast durchsichtig, blutunterlaufene, aus den Höhlen quellende Augen, Hände und Kopf zittern, vom Arm rinnt das Blut wie im Schlachthaus.

Verängstigt erwacht man nach der gründlichen Initiation. Der Große Werbende hat einen erneut auf die Probe gestellt. Schrecken und Schlaflosigkeit laugen nicht nur aus, sie demütigen einen. Peter sieht, zum wievielten Mal bereits, den Augenblick vor dem Sturz von der Leiter. Er stützt sich auf, bedeckt seine Augen, der Film läuft weiter. Der Notarztwagen, der Operationstisch, langsam dringen die Drähte in die gebrochenen Beine, der Schmerz fährt durch das Innerste, ins Hirn. Schlafmittel helfen nicht. Die Nächte zerfetzt, die Tage dumpf vor Müdigkeit.

Er nimmt langsam, ganz langsam den Hörer auf, wählt Goras Nummer.

»Magister? Ich habe eine Frage.«

Gora schweigt, aber er ist da, am Ende der Welt.

»Wusstest du, dass ich mit Taubstummen zu tun hatte?«

Gora schweigt, aber er lauscht, am Ende der Welt.

»Ja, ich hatte im taubstummen Sozialismus mit Taubstummen zu tun. Ich war einer von ihnen. Hast du denn das Geschichtchen nicht gelesen, das mir im Sozialismus Ruhm und Spitznamen eingebracht hat? Mein Held Mynheer war taubstumm, wie wir alle.«

Gora schweigt, aber man hört seinen flachen Atem.

»Ich weiß nicht, ob ich es dir gesagt habe, aber ich leide unter akuter Schlaflosigkeit.«

»Hast du mir nicht gesagt. Was ist passiert?«

»Nichts ist passiert, meiner schönen Cousine geht es gut, wenn ich sie auch lange nicht gesehen habe. Das wolltest du doch sicher wissen.«

»Nein. Ich fragte nach …«

»Nach mir, du fragtest nach mir, und ich bin blöd genug, es zu glauben. Verblödet durch Schlaflosigkeit. Träume, ja, Träume. Nein, die Pillen helfen nicht. Zum Doktor? Avicenna? Nur um Lu zu sehen, dazu ist jetzt nicht der richtige Moment, ich bin nicht in der Verfassung. Die Taubstummen also, von denen sprachen wir. Manchmal sitze ich vor dem Fernseher, im hellerleuchteten Zimmer, die ganze Nacht. Vor ein paar Tagen oder gestern, ich weiß es nicht mehr, habe ich einen Film über Taubstumme gesehen. Ja, ja, einen Dokumentarfilm. Gut, gut, wie sie die hier machen, professionell, ganz und gar professionell. Er heißt, du wirst es nicht glauben … *Sound and Fury*! Da sage noch einer, der Schreib- und Lesewahn ließe sich nicht verkaufen. Bill Faulkner, klar. *Academy*

Award Nominee. Best Documentary Feature. Powerful. Insightful … emotionally wretching. So der Werbetext.«

Gora schweigt, stumm hängt er am anderen Ende der Leitung.

»Ich habe die alten Freunde also auch hier wiedergefunden. Auch hier bin ich einer von ihnen. Taub geworden und verstummt durch all das, was ich nicht verstehe. Ja, da ist einiges. Pass mal auf, da war so eine Sache – eine Drohung, aber lassen wir das. Also eine Familie, drei Generationen, taubstumm. Nicht alle, die meisten. Dann bietet Technica, die gute Fee des Tages, ein Heilmittel an. Das Dilemma des Ehepaares S., beide taub, besteht nun darin, ob sie die neuen Möglichkeiten für ihre Tochter in Anspruch nehmen sollten. Du schweigst, Magister? Du verstehst nicht, was das mit mir zu tun hat. Das wirst du schon sehen. Ich bin vom Mond gefallen, auf einen anderen Mond. Eine andere Welt, eine andere Sprache, eine andere Taubheit, eine andere Stummheit. Ein anderer Code. Ich gehöre zu ihnen, zu diesen Taubstummen! Aber selbst sie verstehe ich nicht. Noch nicht einmal das. Nun, verstehst du jetzt meine Schlaflosigkeit?«

Gora schweigt, aber er ist immer noch da, die Verbindung ist nicht abgebrochen, er hört aufmerksam zu, das ist gewiss, hört zu und notiert.

»Die kleine Heather ist großartig, ich habe sie gesehen. Frühreif, lebhaft, ganz wild auf das rettende Implantat. Aber die Identität? Was ist mit dem großen Problem der Identität? Verzichtet man auf die Identität des Stammes, und sei es der Stamm der Taubstummen? Wie, wie denn? Die Sekte ist stolz, sehr stolz auf ihre Lebensart im Vergleich zu jener der sogenannten Normalen. Vielleicht zu Recht. Solidarität, Einvernehmen, Ehrlichkeit, Intimität, alles was du willst! Identität also! Großgeschrieben, mit großen roten Lettern. Der Zauberschlüssel, nach dem heute alle streben, öffnet jede Tür, alle Türen. I-den-ti-tät! Das ist es, erledigt, aus. Sieh zu, dass du zurechtkommst! Zu-recht-kommst.«

Peter schien sich nicht mehr darum zu kümmern, ob Gora zuhörte oder nicht, ohne Pause schwatzte er drauflos.

»Die Kleine muss sich entscheiden zwischen den tauben Eltern und den völlig normalen Großeltern. Diese können es kaum erwarten, sich endlich mit der zauberhaften Behinderten verständigen zu können. Oh, da muss ich mir aber über den Mund fahren, solche Worte sagt man nicht. Normal, anormal, das ist nicht korrekt, das ist nicht politisch, und schon gar nicht *politically correct*. Irgendwann gab es einen UNO-Tag der Behinderten. Es gab sogar ein UNO-Jahr der Behinderten, fällt mir ein. Wir hofften damals, dass die Vereinten Nationen den behinderten Osten aus der sozialistischen Scheiße ziehen würden. Jetzt sind wir stolz auf jede Identität, nicht wahr, Professor? Und ich, was fang ich an? Den Zauberschlüssel habe ich nicht, oder ich habe ihn, sollte ich ihn jemals gehabt haben, verloren.«

Gora schwieg weiterhin. Wahrscheinlich lächelte er. Er hatte keine Ahnung von dem Drohbrief, und Gaşpar hatte es aufgegeben, zu sagen, was er hatte sagen wollen.

»Ja, ich stecke in einem Dilemma. Tag für Tag stecke ich in irgendwelchen Dilemmata. Jetzt weiß ich nicht, ob ich taubstumm bleiben soll wie bei meiner Ankunft, oder ob ich mich brüllend ins Maul der Wirklichkeit stürzen soll. Ich werde die kleine Heather anrufen, unbedingt. Wenn sie ihr Hörgerät trägt, hebt sie ab, wenn nicht, bleibe ich glücklich, wie ich bin.«

Gora schwieg und lächelte wahrscheinlich: Auf den geschwätzigen Gaşpar war Verlass.

»Magister, gibt es denn ein großartigeres Land als dieses? Alles ist hier, alles. Sogar ich bin hier. Kennst du etwas, was sich mit dieser Mondstadt vergleichen ließe? Das wollte ich dich fragen. Du weißt alles, so wie es im Buche steht, du hast sicher eine Antwort.«

Gora schwieg.

»Ich sehe, du antwortest nicht. Soll ich dir helfen? Es existiert, Magister, es gibt ein ebenso großartiges Land. Unser sanftes fernes Vaterland. Ein Priester und Schriftgelehrter hat es dort geschafft, das Messbuch in Gebärdensprache zu übersetzen. Eine in der Christenheit einmalige Leistung! Er hat die heilige Weisung an die Apostel befolgt, für jedermann verständlich zu sprechen. Jetzt erst, jetzt können auch Gottesdienste für Taubstumme gehalten werden. Und dies geschieht in unserem magischen und surrealistischen Heimatländchen am Rande der Welt. Sie haben zwar nicht die technischen Möglichkeiten, die Anormalen zu normalisieren, aber dafür haben sie die spirituellen. Also die höheren, nicht wahr? Das Messbuch enthält Fotografien, die die Gestik zu jedem Gebetsschritt veranschaulichen. Apostel des Schweigens, so heißen die neuen Seelsorger. Es gibt auch einen Kirchenchor. Sie singen mit Zeichen. Was meinst du? Welches ist unser stärkeres Land, dieses hier oder jenes dort? Das ist mein Dilemma. Soll ich zurückgehen?«

Gora hört zu und schweigt. Wahrscheinlich lächelt er.

»Glaubst du, ich spinne? Es handelt sich um die Mavrodoiu-Kirche in Pitești. Weißt du überhaupt noch, wo dieses Pitești liegt? Im Süden des Vaterlandes, nicht im habsburgischen Norden Transsilvaniens, wo die Familie Gașpar zu Hause war, auch nicht im habsburgischen Norden der Bukowina, der die Ehre zuteilwurde, den Mathematiker und Philosophen Mihnea Palade und meinen Cousin Augustin Gora hervorzubringen. Wir sind doch Cousins, oder? Angeheiratet, durch Mesalliance und Diskrepanz. In Pitești also, dort im Süden, wo die römischen Legionen aus Palästina stationiert waren, Juden, die die einheimischen Frauen schwängerten und so die Rasse verbreiteten. Wusstest du das? Natürlich wusstest du's.«

Gora schweigt.

»Nun, daher meine Schlaflosigkeit, mein Dilemma. Gehe ich zurück in die Kirche der Taubstummen, oder bleibe ich hier, im Spital der Ausgewiesenen? Du verstehst mich hoffentlich und hilfst mir bei der Entscheidung. Da ist noch was. Die neue Taubstummensprache der Kirche hat eine zusätzliche Auslegung einiger heiliger Texte ermöglicht. Parallele Welten, von denen Palade geträumt hat. Was sonst kann ich mir noch wünschen, was denn, was? Sag's mir, Professor.«

Gașpar wartet die Antwort nicht ab, er atmet nur tief ein.

»Gehst du zur Wahl? Ich muss es wissen, es ist wichtig für meine Entscheidung. Du bist seit zwanzig Jahren hier. Du hast wahrscheinlich schon einige Male gewählt. Für wen hast du dich entschieden? Für den Elefanten oder für den Esel? Wen wählt der berauschte Bürger? Hier hat die Stimme Gewicht, nicht wie bei uns.«

»Ja, hat sie. Aber wenige gehen wählen.«

»Politik interessiert sie nicht. Die Regierung heißt Administration, Verwaltung. Wunderbar! Gebäudeverwaltung! Und es gibt keine Personalausweise, nur Führerscheine! Wen hast du gewählt?«

»Ich habe nicht gewählt. Ich bin zu keiner einzigen Wahl gegangen.«

»Weshalb?«

»Wenn der Wahlkampf beginnt, geht es zu wie im Kindergarten. Die Wähler weinen, schunkeln, umarmen sich, maskieren sich, brüllen Sprechchöre. Die Kandidaten leiern wie Roboter Losungen herunter. Beängstigend. Keinerlei gesunde Skepsis.«

»Demokratie! Sämtliche Rechte. Auch das Recht auf Dummheit, natürlich. Wichtig! Sehr wichtig … Du wirst nicht bespuckt, wirst nicht ausgeschlossen, du bist ein Mensch. Groß-ar-tig!«

* * *

Langer schmaler Raum, eiserne Wände, der Boden aus silberglänzendem Metall. Ein langes eisernes Verlies ohne Fenster. Weit hinten, am Kopfende, ein eiserner Tisch. Dahinter ein rostiger eiserner Sessel. Vor dem Tisch und an der Seite je ein silbrig glänzender Stuhl.

Hinter dem Tisch der General. Groß, massiv, weißer Schnauzer, schwarze Haare. Kaffeebraune Uniform, breite goldene Schulterstücke mit drei großen Sternen. Orden an der Brust. Der Rock offen, wie der Kragen des khakifarbenen Hemdes. Brütende Hitze.

Er drückt auf einen Knopf auf dem Schreibtisch, man hört die Klingel, die eiserne Tür geht auf, zwei Wachposten führen Lu herein, jeder an einem Arm. Die Entfernung von der Tür bis zu dem eisernen Schreibtisch legen sie mit kleinen, tänzelnden Schritten zurück. Die Gefangene wird auf den Stuhl vor dem General gesetzt. Die Soldaten nehmen Haltung an, salutieren, machen kehrt, die eiserne Tür schließt sich leise hinter ihnen.

Der General betrachtet die Gefangene. Russische Prinzessin. Kurzer Pelzmantel, kniehohe schwarze Stiefel. Das alte, verschlissene bäuerliche Kopftuch bedeckt ihr Gesicht.

Lu hält den Kopf gesenkt, sie fröstelt in dem kurzen Mantel. Aus den Ärmeln mit reifgrauen Manschetten ragen die feinen grünen Handschuhe, die behandschuhten Hände zittern, Lu zieht verkrampft den zu kurzen Pelz um sich.

Die Klingel schrillt dreimal lang und ohrenbetäubend wie eine Sirene. Der General steif im Sessel, die Gefangene steif auf dem Stuhl.

Die Tür öffnet sich immer noch nicht. Der General ist aufgestanden, er wartet. Hastig hat er Hemd und Rock zugeknöpft.

Die Gefangene zittert in dem zu kurzen Pelz.

Endlich wird die eiserne Tür sanft aufgeschoben. Herein huscht ein schmächtiges Männlein in einer gestreiften Häftlingsuniform aus Seide, eine gestreifte Mütze auf dem kahlen Schädel. Schwere, dichtgewebte Seide, ein eleganter Pyjama, das Käppi eines wohlhabenden Pensionärs. Die Füße in gefütterten Filzpantoffeln.

Der General schlägt zur Begrüßung militärisch die Hacken zusammen, tritt hinter dem Tisch hervor und zur Seite, respektvoll räumt er dem Vorgesetzten seinen Platz.

Der Kleine setzt sich behende in den Sessel des Generals, dieser nimmt den Stuhl zur Linken der Gefangenen ein. Der Vorgesetzte zieht aus der Brusttasche des Pyjamas einen goldenen Füller, reicht ihn dem General und schiebt auch den dicken schwarzen Ordner auf dem Schreibtisch in dessen Richtung.

Er blickt lächelnd zur Gefangenen, die nicht aufschaut.

»Wir kennen uns doch, nicht wahr?«

Die Befragte hält den Kopf gesenkt, den Blick starr auf den eisernen Boden gerichtet.

»Ich würde es begrüßen, wenn du dieses elende Tuch ablegtest.«

Langsam zieht Lu das Tuch von ihrem kahlrasierten Schädel und lässt es neben dem Stuhl zu Boden gleiten. Ergeben schaut sie David Gaşpar an, den Cousin der Mutter, der Genossin Serafim, Eva Kirschners Ehemann, Peters Vater.

»Du kennst, glaube ich, den Zweck dieser Begegnung.«

Als er keine Antwort erhält, gibt der Ermittler dem General ein kurzes Zeichen, dieser zieht aus der Jackentasche ein Päckchen Zigaretten der Marke Kent, ein vergoldetes Feuerzeug und legt beides auf den Schreibtisch. David Gaşpar nimmt sich eine Zigarette, der General gibt ihm Feuer, David inhaliert heftig, einmal, noch einmal, dreimal, mit der Leidenschaft dessen, dem solche Lust lange Zeit verwehrt geblieben ist. Der General schiebt den Aschenbecher vom Rand in die Mitte des Schreibtischs, in Reichweite des Vorgesetzten.

»Du stammst aus einer vertrauenswürdigen Familie. Deine Eltern standen nach dem Krieg, vielleicht auch schon vorher, auf der Seite unserer Partei. Trotz ihrer bürgerlichen Herkunft und des Vermögens sind Genosse und Genossin Serafim verlässliche Genossen.«

Der General schreibt gewissenhaft mit.

»Aber nicht über sie wollen wir reden. Auch nicht über ihre Tochter. Wir werden über den Flüchtling Augustin Gora sprechen. Den Sohn ehemaliger Ausbeuter, Besitzer riesiger Waldungen in der Bukowina. Deinen Mann.«

Lu starrt ihn an, zitternd vor Kälte in dem zu kurzen Pelz.

Der General hat die Uniformjacke wieder geöffnet, ebenso den Kragenknopf seines Hemdes.

»Hast du dich scheiden lassen von diesem Herrn?«

»Nein.«

Die Antwort kommt prompt, im Flüsterton.

»Hm, das wundert mich ... Ich glaube nicht, dass die Eltern beglückt waren von dieser Ehe. Nicht etwa wegen – aber nein, ich denke nicht an Volkszugehörigkeiten. Die Partei macht keinen Unterschied zwischen den Menschen, und deine Familie hat die Schrecken des Gettos und die Überheblichkeit des erwählten Volkes hinter sich gelassen, trotzdem glaube ich nicht, dass sie einverstanden war mit deiner Wahl. Und ich habe meine Zweifel, dass sie glücklich ist über einen Schwiegersohn, der zu den Kapitalisten übergelaufen ist.«

Lu sieht ihren Verwandten an, schweigt und zittert.

»Vielleicht hat der Herr Professor Gora geglaubt, er habe den Pass für seine intellektuellen Verdienste bekommen, vielleicht hat er nicht begriffen, dass wir es waren, die ihm den Pass gegeben haben. Nicht für irgendwelche Verdienste, sondern weil wir es so beschlossen haben.«

Der Staatsanwalt Gaşpar untermalt das Wörtchen »wir« mit einem Blick auf den General. Dieser schreibt, über das Papier gebeugt.

»Ich hoffe, du hast nicht vor, ihm zu folgen.«

»Nein.«

»Sehr gut. Das entbindet dich jedoch nicht von deiner Pflicht uns gegenüber. Du hast die Aussage verweigert. Du kannst wegen Mittäterschaft belangt werden. Hast du dich mittlerweile entschlossen zu antworten?«

»Nein«, flüstert Lu und schlägt den Pelz enger um sich.

Der Cousin David hat den Aschenbecher zur Hälfte gefüllt.

»Der Herr Augustin Gora hat in der Zeit, als er im Lande weilte, an geheimen Treffen teilgenommen. Dort wurde über die Bücher von Nazis, Legionären der Eisernen Garde, Trotzkisten, Liberalen, Freimaurern diskutiert. Sogar über solche von Quäkern. Es wurden dekadente und religiöse Schriften gelesen. Wir wissen genau, wer wann an diesen Treffen teilgenommen hat …«

Lu schweigt, der General zieht neue Tinte in seinen Federhalter.

»Ist dein eminenter Gatte etwa ein Mystiker? Oder ist der Herr Gora ein liberaler Propagandist?«

»Ist er nicht«, flüstert Frau Gora.

»Ist er wohl! All das ist er. Er hat die Bibel gelesen. Er legte die Schrift aus. Schon im Gymnasium. Er predigte das Wort des heiligen Petrus. Von der Sekte des Petrus hat er immerzu gesprochen. Er beschäftigte sich mit der Charta der Menschenrechte. Er kommentierte Konfuzius. Wir verfügen über Informationen. Alte und neue. Nicht nur von diesem oder jenem Kollegen, von ganz vielen.«

Staatsanwalt Gora gibt ein kurzes Zeichen, der General steht auf und füllt dem Ermittler ein Glas aus der Karaffe, die auf dem Schreibtisch steht; David nippt am Wasser des Lebens, ohne die Kahlgeschorene aus den Augen zu lassen. Lu befeuchtet ihre trockenen Lippen und schlägt den teuren kurzen Pelz enger um den Leib.

»Da ist noch etwas ... Er hat für einen Studenten einen Brief an zwei amerikanische Senatoren aufgesetzt. Es ging um ein Stipendium. Wir haben der Reise nicht zugestimmt. Der Student hatte merkwürdige idealistische Anwandlungen. Er redete zuviel, viel zuviel. Er war eingebildet, arrogant, besserwisserisch und meinte, er sei über alles erhaben. Wir haben ihm keinen Pass bewilligt. Und werden dies auch in Zukunft nicht tun. Dein Mann hat diesen Brief geschrieben, er hat dem Studenten die Anschriften der Senatoren gegeben. Und die Anschrift eines flüchtigen Legionärs, der ein großer Professor für Mystik geworden ist. Mehr noch, der Herr Augustin Gora hat provokante antisozialistische, antihumanistische Texte aus dem Land geschmuggelt. Diese sind dann von Radio Maulwurf gesendet worden. Du weißt, wovon ich rede.«

»Weiß ich nicht.«

»Und ob du es weißt. Vom Sender des Kapitalistischen Zirkus. Radio Freies Europa. Frei und für jeden Klatsch zu haben. Du weißt es, Ludmila Serafim, sehr wohl weißt du's! Oder Ludmila Gora? Gaşpar vielleicht? Du bist scharf auf junge Burschen, habe ich gehört.«

Der Staatsanwalt trommelt mit den kleinen Fäusten auf den eisernen Tisch, wieder und wieder und noch einmal, unfähig, seine Wut zu bändigen.

»Du weißt, und du wirst gestehen! Du wirst gestehen, Ludmila, das versichere ich dir.«

Er beugt sich zum Aschenbecher, die Zigarette ist ausgegangen, er nimmt sie und wirft sie erbost auf den eisernen Fussboden.

Er erhebt sich. Der General begleitet ihn unterwürfig, immer einen Schritt hinter ihm. Die Filzpantoffeln des Vorgesetzten machen keinen Laut, die Stiefel des Generals donnern ohrenbetäubend.

Lu presst die Hände an den Kopf, aufrecht und steif auf dem eisernen Stuhl, der Schädel rasiert, das schmale bleiche Gesicht zwischen den grünen Handschuhen, sie rührt sich nicht. Ein Schatten ihrer selbst. Das eingefallene Gesicht, der kahle Kopf, die Handschuhe auf den Ohren. Erstarrung.

Goras Arm fährt durch die Luft, das Kissen trifft auf die Nachttischlampe, sie kracht aufs Parkett, benommen und schlaftrunken wälzt Gora sich hin und her, schweißgebadet.

»Grün«, das ist alles, was er brummt. Verstört sitzt er auf dem Bettrand und starrt auf den glattpolierten Holzfußboden.

Nein, Lu hat nie grüne Handschuhe getragen!

Er geht ins Bad, hält den Kopf unter den Wasserhahn. Wach ist er und nass, doch er greift nicht nach dem Handtuch.

Nicht nur Peter Gaşpar hat Albträume. Auch der Nekrologschreiber hat nächtliche Prüfungen zu bestehen.

Grüne Handschuhe? Nie … Er zieht den Koffer unter dem Bett hervor, öffnet ihn, wühlt darin und holt das alte Paar schwarzer Handschuhe von Ludmila hervor, das er mitgebracht hat aus dem Vaterland seiner Jugend.

* * *

Tara ruft Peter Gaşpar an und erinnert ihn an die Postkarte. Mittwoch Nachmittag hat Peter einen Termin beim Dekan. Der hochgewachsene blonde Seemann mit dem lockigen Haar und den großen, fleckigen, sommersprossigen Händen lächelt ihn an. Väterlich, aufmunternd. Gaşpar zeigt ihm die Karte. Er erzählt von dem Mord an seinem Landsmann Professor Palade. Dann über das Leben von dessen Mentor Dima, der ein enzyklopädisches Werk hinterlassen hat. Er gibt eine Zusammenfassung seiner eigenen Rezension zu den Memoiren des Alten und schildert den

Skandal, den die Enthüllungen zu den alten politischen Gesinnungen des Gelehrten ausgelöst haben.

Der Seemann hebt die blonden Brauen. Er erfährt Einzelheiten zu dem Skandal in jenem fernen Land, zu den Mutmaßungen des Flüchtlings, zur Biographie des verstorbenen Gelehrten, zur Ermordung seines Schülers. Wirre, balkanische Geschichten – wie Seemannsgarn, gesponnen zu der Zeit, als er auf großer Fahrt war, nach Indonesien und Dahomey. Bis ins Schwarze Meer war er nicht vorgedrungen, und die Geschichte dieser Region genoss keinerlei Aufmerksamkeit vonseiten der planetaren Psychiatrie, obwohl sie es sicher verdient hätte.

Er hat keine Zeit für Spitzfindigkeiten. Der Beschluss kommt prompt: *Action!* Wenn ein Professor ermordet worden ist, ohne ersichtlichen Grund, dann kann ein anderer aus einem noch geringfügigeren Grund ermordet werden. Eine armselige Rezension?! In einer armseligen Zeitschrift?! Löst einen Skandal aus, am Rand der Welt?! Ein schlechter Scherz, natürlich. Die Drohung mag auch ein schlechter Scherz sein. Dennoch: Vorsicht! Also: *Action.*

Freitag Morgen wird der osteuropäische Professor vorstellig bei Frau Tang, der Chefin des Sicherheitsdienstes am College. Klein, freundlich, elegant, sachlich wie eine Bankdirektorin. Lakonisch, entschlossen, zurückhaltend in ihrer Gestik. Gaşpar kann seinen Blick nicht abwenden von ihrem straffgekämmten goldblonden Haar, den schwarzen Brauen, dem stechenden schwarzen Blick. Die Jacke ist weiß, die hochhackigen Schuhe sind klein und weiß, die Hände zierlich, zart, die Fingernägel kurzgeschnitten, nicht lackiert. Der Professor fasst die wirren Einzelheiten der wirren Geschichte zusammen und äußert Zweifel zum Drohbrief. Jennifer hat klare Anweisungen: Vorsicht und – *Action.*

»Eine Todesdrohung, Professor! Ein Scherz? Die Sterblichen scherzen, der Tod scherzt nicht.«

Ist dies irgendein vietnamesisches Sprichwort, das von der amerikanischen Polizei übernommen worden ist? fragt sich Gaşpar.

»Eine Todesdrohung!«, wiederholt Jennifer, die sich durch das Lächeln des Europäers bestätigt fühlt.

»Wir sind alle vom Tode bedroht«, murmelt der Sterbliche Gaşpar.

Jennifer hat keine Lust mehr auf philosophische Diskussionen. Sie hat die Ortspolizei schon verständigt. Sie bittet darum, ihn am nächsten Vormittag besuchen zu dürfen.

»Wo auf dem Campus wohnen Sie?«

»In einer Hütte unter Bäumen. Von der Straße aus kaum zu sehen.«

Das Schweigen von Frau Tang deutet darauf hin, dass die Antwort des Osteuropäers nicht klar ist. Also beschreibt er die Umgebung der Hütte.

»Niemand scheint sie zu kennen. Obwohl sie auf dem Lageplan des Campus eingezeichnet ist.«

Freitag Nacht. Der Wald in Bewegung, neurotische Tiere, hysterisches Sausen im Geäst, Brausen, Rauschen. Der Städter schreckt immer wieder aus dem Schlaf.

Um elf Uhr vormittags hält das Auto von Frau Jennifer Tang vor der Hütte. J. T. im roten Trainingsanzug mit roten Snikers ist in Begleitung eines hochgewachsenen Mannes in Polizeiuniform. Langsamer noch als beim Fragen ist er beim Notieren der Antworten. Er stellt sich vor als Jim Smith Trooper. J. S. T.? Nein, Trooper ist kein Eigenname, sondern ein Abteilungsname: Ortspolizei.

Fragen, Antworten. Das Semester hat am 1. Februar begonnen, einem Mittwoch. Die erste Unterrichtseinheit Montag Nachmittag, 15.30 bis 17.30 Uhr. Das Postfach 1079 war voll. Er hatte es gleich wieder abgeschlossen, er hatte keine Lust, sich mit der Post zu beschäftigen. Werbung und Mitteilungen und Spendenanfragen interessieren ihn nicht. In jungen Jahren schon, da wartete er auf das Wunder, die Verheißung. Hier ist das Postfach ein Papierkorb. Er hat eine Studentin beauftragt, ihn zu leeren.

»Geben Sie uns ihren Namen?«

»Den Namen der Studentin? Ja, natürlich.«

Der Polizist schreibt ihn auf und bedeutet Frau Tang, es ihm gleichzutun. Er hat seine Post also erst mit einer Woche Verspätung gesehen? Nein, es waren bereits zwei Wochen vergangen.

Die Studentin war beschäftigt, den ersten Stoß hat sie ihm erst um die Mitte des Monats gebracht. Dann noch einen Stoß und noch einen, schließlich tauchte die Karte auf.

»Mit Poststempel?«

Nein, kein Stempel zu sehen. Nur die Marke und die Anschrift. Die Anschrift des Empfängers ist korrekt. Ob der Absender Verbindungen zum College hat? Auf das Adress- und Telefonbuch des Colleges haben nur die Professoren und die Verwaltung Zugriff.

Der Polizist betrachtet das Corpus Delicti.

»Könnte ein Ausländer sein. Es heißt nicht *next time I kill you,* sondern ***the next*** *time. The next time* ***I will*** *kill you.*«

»Das ist wichtig!«, schaltet sich J.T. lebhaft ein. Die Landsleute von Professor Gaşpar haben einen seiner Artikel als Skandal empfunden. Ob der Verfasser des Briefes vielleicht ein Landsmann ist?

Der Professor antwortet nicht. Landsmann? War denn nicht auch die Vietnamesin Tang zu seiner Landsmännin geworden?

»Haben Sie noch etwas hinzuzufügen?«

»Vor zwei Tagen, im Schnee auf der Terrasse, da waren Fußspuren. Schnürschuhe oder Stiefel. Eher Stiefel. Irgendein Mechaniker, der die Installation prüfen wollte, oder sonst wer? … Gestern hat die Sonne geschienen, der Schnee ist geschmolzen. Die Spuren sind kaum mehr zu sehen. Etwas sieht man immerhin noch. Die Schritte zeigen in eine Richtung. Als sei jemand über die Terrasse, dann rund um die Hütte gegangen, aber nicht mehr auf die Terrasse zurückgekehrt. Um die Hütte ist er herumgegangen, das ist sicher. Aber jetzt sind die Spuren nicht mehr deutlich zu sehen.«

Sie gehen zu dritt auf die Terrasse. Nichts Besonderes, gibt der Blick von J.S. Trooper zu verstehen. Das Corpus Delicti wandert in eine Plastikhülle, die Hülle wird in einer Ledermappe abgeheftet. Das Beweisstück bleibt bei der Polizei, der Professor bekommt eine Kopie. J.T. wird dem Kläger am Montag eine beidseitige Kopie der Karte zuschicken.

»Ach ja, da wäre noch etwas«, meldet sich der Professor wieder.

»Ich weiß eigentlich nicht, ob … Es ist vielleicht nur eine Dummheit, aber …«

»Sagen Sie nur, sagen Sie alles«, besteht Frau Tang, unter dem gelangweilten Blick des Polizisten.

»Ja, schauen wir doch mal«, beeilt sich nun auch J. S. Trooper zu sagen.

Gaşpar holt ein zerknülltes Papier aus der Tasche und reicht es dem Polizisten.

»Ich habe es an der Tür gefunden. Vielleicht eine Dummheit, ich weiß nicht mehr, was eine ist und was nicht.«

»*Lost cat needs help*«, liest die Vietnamesin über die Schulter des Polizisten hinweg. Dieser hat erstaunt die Brauen gehoben.

Das Foto einer getigerten Katze vor schwarzem Hintergrund. Sie sitzt still wie beim Fotografen, sie hat ein blaues und ein weißes, blindes Auge. *Gattino is a 6-month old, slender gray male tabby with distinct spots an stripes … Gattino ist ein sechsjähriger magerer grauer Kater mit scharf gezeichneten Flecken und Streifen. Er ist auf dem linken Auge blind. Wenn Sie ihn finden, melden Sie sich bitte unter 6582704. Er könnte verwirrt sein, denn er ist sehr empfindlich. Er hat ein krankes Auge und chronisch entzündete Atemwege. Aber er hat ein Zuhause, und wir sind traurig, dass wir ihn verloren haben.*

Frau Tang und der Herr Polizist scheinen verwirrt. Der Professor jedoch hat noch eine weitere Information.

»Einige Zeilen sind handschriftlich hinzugefügt. Unter dem getippten Text sind drei Zeilen von Hand geschrieben.«

Das haben sie natürlich gesehen und nicht weiter darauf geachtet, jetzt müssen sie darauf achten, es bleibt ihnen nichts anderes übrig. *He ist very short-haired & vulnerable. Please, please … Wenn Sie ihn sehen, rufen Sie ihn bei seinem Namen, mit klarer, zärtlicher Stimme. Wenn Sie ihn schon aufgenommen haben, rufen Sie uns an, wir holen ihn sofort.*

»Nun ja, nun ja«, murmelt Trooper und steckt den Zettel ein.

Am Nachmittag fordert Dekan P. C., dass das FBI informiert werde. Ansprechpartner ist Officer Pereira, mit dem Gaşpar gleich nach dem Erscheinen des Artikels vor einem Jahr, nach der Ermordung von Professor Portland, Kontakt hatte. Das Erscheinen der Rezension fiel mit dem Mord zusammen, nicht wahr? Man wartet auf ein Zeichen von Officer Pereira.

Am Samstag Abend kommt Tara nicht. Aber sie ruft an, um sich zu entschuldigen: Sie hatte einen anstrengenden Tag, sie hat Migräne, auch die Gymnastik hat sie mitgenommen. Der Professor berichtet ihr von den Ereignissen der letzten Tage, das Gespräch zieht sich in die Länge. Sie nimmt lebhaft Anteil, ihre Müdigkeit scheint verflogen.

Spät schläft Gaşpar ein. Heftiges Klopfen an der Tür. Der Schlaftrunkene kauert zwischen Bett und Nachtkasten. *Security*, ruft die Stimme des Waldes.

In der Tür der Polizist Garcia, der dem Verdächtigen mit der Taschenlampe in die Augen leuchtet. Ein Traum, ich träume, grinst Gaşpar und traut sich nicht zu erwachen.

»Die Nachtrunde, wissen Sie. Uns ist zu Ohren gekommen, Sie hätten ein Problem. Wir drehen nur unsere Runde. Alle drei Stunden nach Mitternacht.«

Alle drei Stunden? Könnte man denn nicht auch Runden drehen, ohne gegen die Tür zu hämmern? Er werde das Licht anlassen. Der Polizist ist einverstanden.

Das Brausen des Waldes, nachts. Ödnis und Kälte. Stacheldraht, Patrouillen, Hunde. Zerlumpte Gespenster, dichtgedrängt. Eva Kirschner. Peter hockt über dem Kind, das er selbst gewesen ist, über dem von Geschwüren übersäten Leib. Gefrorene Lumpen, Haut und Knochen, der Spross einer anderen Zeit. Patrouillen überall, Scheinwerferlicht, ausgezehrte Gesichter.

Er erwacht mit dem zerknautschten feuchten Kissen in den Armen. Irgendwo hört er ein Auto quietschen, er möchte nicht wieder einschlafen, doch er sinkt ins Kissen zurück. Wald. Gefangene. Alte, ausgemergelte Gesichter. Häftlinge. Eine verschreckte Menschenmenge. Appell. Patrouillen mit Hunden schreiten die Reihen der Gerippe ab. Der Knabe ist leicht geworden, Luft, da gibt es nichts mehr, was man in den Armen halten kann. Das Wimmern ist verstummt, das Gebrüll der Wachmannschaften ebenso. Schwerer, bleierner Schnee, keine Bewegung. Erstarrung, man kann nicht atmen.

Dieser Albtraum gehört mir nicht, er geht mich nichts an, er gehört den Eltern, beschließt Gaşpar im Morgengrauen.

Am Sonntag kriecht er nicht aus seiner Höhle, er versucht sich an den Text der Karte zu erinnern. Ein Wort, ein Komma. Er ist sich nicht sicher, ob er den Satz richtig behalten hat. Auch an den umseitigen Zeitungstext erinnert er sich nicht.

Ein gutes Zeichen, er wird ungestört schlafen können, traumlos.

* * *

Montag. *Security Office.* J.T. am Computer grüßt mit einem Nicken, ohne den Blick vom blauen Bildschirm zu nehmen, mit der Rechten zieht sie eine Schublade auf, Gaşpar bemerkt einen großen klobigen Silberring am schmalen Finger, die Dame nimmt zwei zusammengeheftete Blätter heraus. Die Kopie der Postkarte, Vorder- und Rückseite.

»Die darf niemand sehen.«

Den Blick starr auf den Bildschirm gerichtet. Die kleinen Finger streicheln die Tasten, Frau J.T. nickt, *bye-bye,* bis bald.

Nach dem Mittagessen ein Spaziergang über den Campus. Der kleine Friedhof auf dem Hügel. Vor jedem Grabstein hält Gaşpar inne. Iren, Italiener, Juden, ein Portugiese, Deutsche, Holländer. Der Clan der Toten kennt keine Ordnung, sowenig wie die Natur. Der schlanke, leicht nach links geneigte Stein heißt Sabina. Das ist alles. Sabina – Germany, keine weiteren Angaben. Der Name der Vergeblichkeit, wie jeder andere Name auch.

Wenn der Mörder sein Handwerk beherrscht, wird Professor Gaşpar hier enden, neben Sabina, beglückt von der Verbrüderung mit den Exilanten.

Die Bibliothek. Zweite Etage, Zeitschriftenstand. Dann zwei Stunden Vorlesung. Ruhig und sarkastisch wie in den besten Zeiten. Acht Uhr abends der Streifenwagen. Officer Garcia, fett und mit breitem Lächeln. Er wird in zwei Stunden wiederkommen.

In zwei Stunden? Wir haben uns doch auf drei ... »Ja, haben wir, aber Frau Tang meint, es ist besser so. Nachts kommen wir alle drei Stunden und wir klopfen nicht mehr. Ziehen Sie den Vorhang nicht zu, lassen Sie das Licht brennen.«

Strangulierung eines Behinderten auf Kanal 2. Debatte über Vergewaltigung auf Kanal 4. Massaker in Ruanda auf 9. Monster auf 11, Volkstheater auf 12, Dschungel auf 53, Basketball auf 22, Schüsse auf 43. Zurück: 53, 2, 22. Die virtuelle Wirklichkeit hebt die Wirklichkeit auf.

New York Times. Wednesday, October 12. Briefmarke: *Old Glory.* Die amerikanische Flagge. *For U.S. addresses only.* Stempel: New York. Ja, den Stempel kann man erkennen, auch die Postleitzahl. Officer Jimmy Smith Trooper hätte ihn sehen müssen oder hat ihn mittlerweile sogar gesehen, den Stempel auf dem Umschlag.

Der Text in Maschinenschrift, die Adresse in Handschrift. Großbuchstaben. Das N sieht aus wie das W, das A hat keinen Querstrich, es ist nur ein Dach. Die Anschrift stimmt, sogar der Name der Hütte, die niemand kennt, *Boumer House.* College, Ortschaft, Staat, Postleitzahl. *Dear* – in Maschinenschrift. Der Vorname des Empfängers handschriftlich. Toni, Philip, Susan, Norman, Rosalind, Peter, wer auch immer. Wie bei einem Formular. Offenbar ein Trick, damit es nicht so wirkt, als sei die Drohung an eine bestimmte Person gerichtet. *Dear* Peter ...

Next time I kill you. Oder *the next time? Kill you* oder *I will kill you? Next time!* Also nächstes Mal! Hatte es schon einen Versuch gegeben, der gescheitert war? *A previous try?* Gezeichnet: D. *Devil? Dummy? Destiny? Deity? Death?* Ja, *Death*! Der allgegenwärtige Hurenbock.

Der Trick – geschenkt. Die Karte war nicht für Larry oder für Frau Tang oder für den Dekan bestimmt, sie hatte ein altes, immer gleiches Ziel. Mister Death hatte Mynheer nicht vergessen. Ein verschlüsselter Liebesbrief.

Das Zeitungsfragment auf der Rückseite war nichts als ein weiterer Trick: zur Verwirrung der Uneingeweihten, nicht des Empfängers.

Ein Auto, Bremsen, Scheinwerfer. Keine Hunde, nein, Streife Van Nest hat Streife Garcia abgelöst.

»Lassen Sie sich nicht stören, wir kommen hier nur stündlich vorbei.«

»Stündlich? Es hieß doch alle zwei Stunden.«

»Warten Sie nicht auf uns, sehen Sie zu, dass Sie Ihren Schlaf bekommen.«

»Ich habe nicht gewartet. Ich gehe sowieso spät schlafen. Möglichst spät. Und ich wache oft auf, auch ohne euch.«

»Routinerunde. Sie können schlafen gehen, wir haben alles im Blick.«

Mittwoch Morgen. Ein warmer Tag, Sonne, Frühlingsdüfte. Im Gespräch mit den beiden Studenten, die im Büro auf ihn gewartet haben, wirkt der Professor apathisch. Um zwei ruft *Officer* Patrick Murphy vom FBI an. Er weiß Bescheid über Officer Pereira und über die Panik nach der Veröffentlichung der Rezension, er hat von der Karte gehört.

»Haben Sie irgendwann etwas über Rushdie veröffentlicht?«

»Rushdie? Der Schriftsteller? Der unter einem Bann steht? Sind wir wieder bei den Büchern? Wieso eigentlich ... Das ist doch absurd! Ich wollte die Karte eigentlich wegwerfen, glauben Sie mir.«

»Beruhigen Sie sich, sprechen Sie langsam und deutlich, ich verstehe Sie nicht.«

Der Polizist Patrick besteht auf einem Treffen. Nächsten Dienstag. Ja, im Büro. Das graue Gebäude mit den Büros der Professoren, efeubewachsene Fassade.

»Ich brauche keine Erklärungen«, schneidet ihm Patrick das Wort ab. »Ich finde hin. Dienstag, 1.30 p.m.«

Der mürrische Patrick scheint interessanter zu sein als der umständliche Pereira mit seinen gutgemeinten und unsinnigen Ratschlägen.

Gaşpar hat keine Lust mehr, in der einsamen Hütte zu sitzen. Er bestellt ein Taxi, packt schnell ein paar Sachen und Papiere zusammen, prüft den Wasser- und den Gashahn, zieht die Vorhänge zu. Auf dem Bahnhof mustert er eingehend die Reisenden, jeden einzelnen.

Die Mondstadt. Die öffentliche Bibliothek. Lexika und Wörterbücher, die Erzählungen der Welt auf der Suche nach einer anderen Welt.

Montag Morgen, im Zug zurück, banale Fahrgäste. Nachts der aufgewühlte Wald. Brausen, verwirrte Vögel, Stacheldraht, die Routine der Wachen.

Dienstag, 1.30 p.m., betritt ein kleiner, untersetzter Mann ohne anzuklopfen den Raum. Dicke Lippen, niedrige Stirn, Schlägertyp. Behaart. Der Leib quillt aus dem karierten Sakko. Schwarzer Blick. Er knallt seine Visitenkarte auf den Tisch: Patrick Murphy, Special Agent. Larry Acht, ja, ja, Larry Acht.

»Ich habe mit Mario telefoniert. Er arbeitet nicht mehr in diesem Bereich. Er hat mir von dem Mord an Professor Portland erzählt, von dem Skandal danach. Und von Ihrem Artikel, noch ein Skandal. Wie alt war der Professor?«

»Palade war jung.«

»Palade?«

»So hieß der Mann. Er hat hier seinen Namen geändert.«

»Ach so? Nein, nicht er. Der Mentor. Die Berühmtheit.«

»Cosmin Dima ist ein paar Jahre zuvor gestorben. Er war über achtzig.«

»Beginnen wir mit Ihrer Rezension. Dem Artikel. Faschismus, Nationalismus, die ganzen Sachen. Wieso kam es zum Skandal?«

»Es wurden unangenehme Erinnerungen geweckt.«

»Neuigkeiten?«

»Da war nichts Neues. Neu war der Kontext. Postkommunismus. Neuanfang, neue Heiligenbilder, Ikonen. Die Irrungen und Wirrungen der Freiheit. Im Osten ebenso wie unter den Einwanderern hier.«

»Wie berühmt war denn dieser Dima?«

»Wie ein Büchermensch es sein kann. Er war kein Spitzensportler oder Filmstar, auch kein Eskortmädchen, das zwei Wochen ins Gefängnis muss, weil es betrunken Auto gefahren ist, und dem das Fernsehen für ein Interview über die Melancholie in der Zelle eine Million zahlt. Eine Million! So viel hat Dima mit all seinen Büchern nicht zusammenbekommen, die auf der ganzen Welt erschienen sind. Nein, nein, das mit dem Alten Dima, das ist was anderes.«

»Nationalist?«

»In jungen Jahren. Vielleicht auch später noch. In seinem und meinem Land ist er eine Kultfigur. Eine Ikone, wie ich sagte.«

»Wieso haben Sie den Artikel geschrieben? Wieso jetzt?«

»Es war ein Band mit Erinnerungen erschienen. Ich habe gezögert, dann aber darüber geschrieben. Die Rezension wurde mir angeboten. Zuerst habe ich abgesagt, aber dann habe ich geschrieben.«

»Wer hat sie Ihnen angeboten?«

»Ein Zeitungsmann, ein Freund des Präsidenten hier am College.«

»Verstehe. Es war gut fürs College.«

»Vielleicht. Er meinte, es sei gut für mich.«

»Und war es gut?«

»Nicht so recht.«

»Tut es Ihnen leid?«

»Nein.«

»Kollege Mario meint, Sie seien nicht bedroht worden nach der Rezension.«

»Doch, in meinem ehemaligen Land, in der dortigen Presse. Ich lebe nicht mehr dort. Auch hier hat es ein paar Drohungen gegeben, in der Exilpresse.«

»Ist Ihre Frau bedroht worden?«

»Meine Frau? Was denn für eine Frau?«

»Nun, Ihre Partnerin … Freundin …«

»Partnerin? Ach so, *the significant other*, wie es heißt. Meine Cousine Lu ist nicht bedroht worden.«

»Also Drohungen in der Presse.«

»Böse Artikel, Beschimpfungen, Bannflüche. Dort unten, weit weg. Hier nur in der Exilpresse.«

»Soviel ich weiß, hat auch Professor Portland oder meinetwegen Palade Drohungen bekommen. Wieso? Er hat doch gar nicht über den Nationalismus geschrieben.«

»Doch. Er ist auf Konfrontationskurs gegangen mit den Nationalisten in Dimas Land, das auch sein eigenes war. Er hat wütende Texte gegen den Nationalismus geschrieben.«

»War in Ihrer Rezension auch von ihm die Rede? Er war schließlich ein Schüler von Dima.«

»Ich habe über die Memoiren von Cosmin Dima geschrieben. Ich habe an seine politische Gesinnung in den dreißiger Jahren erinnert.«

»Hat er Tatsachen verheimlicht, manipuliert? Sie sagten, es sei von nichts Neuem die Rede gewesen.«

»Die Informationen sind alt, die Situation ist neu. Der antikommunistische Postkommunismus. Oder der Antikommunismus nach dem Kommunismus. Gegen eine Leiche kämpft es sich leichter … Dima hat sich nicht bekannt. Weshalb auch eine öffentliche Beichte ablegen. Es zählt, was einer macht, nicht, was er gewesen ist, oder? Pragmatismus!«

»Hatte er Schüler? Außer Palade?«

»Wahrscheinlich.«

»Waren diese Schüler über Ihre Rezension erzürnt?«

»Wahrscheinlich. Nicht nur sie. Die Entrüstung war eine allgemeine.«

»Mario sagte mir, Sie pflegen keinen Umgang mit Ihren ehemaligen Landsleuten.«

»Ich habe unter ihnen gelebt. Es gab nicht nur Schreckliches dort, sondern auch Erfreuliches. Hier gehe ich ihnen aus dem Weg, das stimmt.«

»Warum sind Sie an Officer Pereira herangetreten?«

»Das College hat ihn eingeschaltet. Nach der Ermordung von Palade. Unser Präsident war überzeugt, ich sei in Gefahr. Herr Pereira kam mit dem balkanischen Durcheinander nicht zurecht. Die Motive für den Mord waren nicht klar … Sind sie auch jetzt noch nicht.«

Der FBI-Gesandte notiert nichts. Er sieht den Befragten nur unverwandt an.

»Wieso sollte jene Gruppierung nach zwei Jahren zurückkommen?«

»Welche Gruppierung?«

»Die Sie damals bedroht hat.«

»Ich kenne keine Gruppierung, die mich bedroht hätte.«

»Haben Sie in der Zwischenzeit noch etwas veröffentlicht?«

»Nein, nichts.«

»Die Postkarte scheint doch von einer extremistischen Gruppierung zu stammen?«

»Davon weiß ich nichts.«

»Von einer mystischen Gruppierung etwa? Wenn ich Mario richtig verstanden habe, dann waren die Extremisten der dreißiger Jahre Mystiker. Zumindest die, mit denen Dima in Verbindung stand, waren Mystiker. Orthodoxer Terrorismus, oder? Sind diese hier auch Teil einer mystischen Gruppierung?«

»Ich weiß es nicht. Der Text ist merkwürdig. Das kann auch ein Trick sein, eine falsche Fährte. Wir kennen den Absender nicht, wir wissen nichts. Sicher gibt es extremistische Organisationen von Exilanten, aber ich kenne sie nicht.«

»Gibt es etwas Besonderes im Schriftbild der Botschaft?«

»Da gibt es gar kein Schriftbild. Nur der Name und die Adresse sind von Hand geschrieben. Alles andere ist Maschinenschrift oder Computerausdruck.«

»Was denken Sie über den Text?«

»Klingt nach einem Zitat. Keine Ahnung, wieso. Nur so ein Eindruck.«

»Kommt Ihnen etwas bekannt vor?«

»Labyrinth. Das Wort Labyrinth. Eine von Dimas fixen Ideen. Er hat viel über Labyrinthe geschrieben. Ich habe vorige Woche ein paar Tage in New York in der Bibliothek gesessen. Ich habe mir seine Bücher noch einmal angesehen. Da steht sie, die fixe Idee. Das griechische Labyrinth. Mythos und Ritual im Labyrinth. Die Welt als Labyrinth. Die Stadt als Labyrinth. Die mystische

Spirale und das Labyrinth des Kreuzes. Das keltische Labyrinth. Das Labyrinth der menschlichen Innereien ...«

Der Polizist steht auf, gereizt. Klein, gedrungen, rundlich. Viele Haare, schwarz und kraus.

»Wir sehen uns in einer Woche. Zur gleichen Zeit am selben Ort.«

»In Ordnung«, antwortet der Professor, der auch nichts anderes möchte als raus aus diesem Raum. Gedemütigt von den eigenen Gedächtnislücken. Das Zitat, er wusste darum und erinnerte sich doch nicht. Die Vergangenheit versagte jede Bibliographie.

* * *

Es war an der Zeit, von dem Vorfall zu erzählen, auch andere von der Karte wissen zu lassen, ihre Meinung zu hören, sie um Rat zu fragen. Gora ist eine wandelnde Bibliothek, er könnte des Rätsels Lösung finden. Man könnte auch Lu anrufen. Sobald sie von der Drohung wüsste, würde sich Lu die abenteuerliche Geschichte aufmerksam und besorgt anhören.

Peter zögert, den Hörer am Ohr. Dann entscheidet er sich, wählt.

»Ja, ich bin's, der Mynheer des Ostens. Es ist lange her, du hast recht, wir haben schon lange nicht mehr miteinander gesprochen. Aber jetzt, jetzt reden wir. Viel werden wir zu reden haben, das versichere ich dir, wie ein Verdammter mit seinem Orakel. Das Orakel ist unfehlbar. Nicht zu widerlegen. Für den Meister, der alles gelesen und alles behalten hat, ist jede Frage ein Kinderspiel. Also frage ich ...«

Er hat die Kopie der Karte in der Hand, die geheimnisvolle Botschaft vor Augen. Er ist bereit, und wieder überlegt er es sich anders. So geht es ihm immer, am Ende ist ihm alles zuwider.

»Erzähl mir von der Studentenrevolution, deren Zeuge du warst. Ich will diese Welt verstehen, in der ich gelandet bin. Hast du mir bereits erzählt, stimmt. Hast du mir alles erzählt, gleich nachdem Larry Eins mich am College eingestellt hat. Du hast mir die Stimmung am College geschildert, ein umsichtiger Beschützer wie immer. Ein feinsinniger Büchermensch. Bücherwurm will ich nicht sagen, der Wurm ist nicht feinsinnig, du bist ein Engelchen, ein Seelchen, ein Seelchen der Worte. Nun sag, sag es mir noch einmal, wie sie ihre Ansprachen hielten vom Balkon herab, die Passionaria, die berühmte Dolores Ibárruri, Rosa Luxemburg und Clara Zetkin, Ana Pauker und die Genossin Kollontai. Und die Signora Perón. Ja, ich gebe es ja zu, du hast diese Namen nicht ausgesprochen.«

Schweigen stellt sich ein, natürlich. Gora ist der Sticheleien von Peter zwar mehr als überdrüssig, dennoch lenkt er ein.

»Eine Studentin aus meiner Klasse. Ruhig, wohlerzogen, ja schüchtern. Ins Seminar kam sie mit einem Kommilitonen, ihrem Freund. Ein schöner, athletischer junger Mann. Dieser erscheint eines Tages in meinem Büro, um mir zu sagen, dass das Mädchen mich sprechen möchte. Er gerät ins Stottern und tut sich schwer damit zu erklären, weshalb sie nicht selbst gekommen ist. Ja, da gibt es ein Problem … Zwei Jahre zuvor, als sie am College aufgenommen worden war, hatte die junge Frau an einer *Party* für die Erstsemester teilgenommen. Sie hatte Bier getrunken, war mit einem Jungen im Wald spazieren gegangen. Und und und … Was war passiert? Da war wohl etwas gewesen zwischen den beiden, oder auch nicht. Eine Umarmung, und dann, ja dann, man wusste es eben nicht, das Mädchen konnte sich nicht genau erinnern, aber etwas war gewesen. Klar war nur, dass seitdem zwei Jahre vergangen waren.«

»Ja, jetzt erinnere ich mich. Das Mädchen kam irgendwann selbst, ganz verstört. Es war nicht klar, was zwei Jahre zuvor passiert war, klar war aber, was die Erinnerung daran ausgelöst hatte … Zwei Jahre nach der nicht begangenen oder nur halb oder zu einem Viertel oder einem Fünftel begangenen Tat trifft der Aggressor von einst an einem klaren Herbstnachmittag auf das neue Paar. Er grinst schief, hintergründig. Das Mädchen fühlt sich belästigt, der Partner drängt sie zur Anzeige. Die Studentin geht zum Präsidenten, erzählt, was sie zu erzählen vermag. Das Fest, das Bier, der Wald, die Umarmung im Gras, die Verwirrung in der Dunkelheit. Larry Eins hört sich alles an. Das war zu der Zeit, als du Bedros Avakians Studenten verzaubert hast, nicht wahr? Larry Eins lauscht also aufmerksam dem Bericht. In einer Demokratie muss jeder Anzeige Gehör geschenkt und nachgegangen werden. Der vermeintliche Aggressor wird bestraft: Neun Monate lang darf er nicht mehr an den Proben der Rockband ›The Blind Band‹ teilnehmen, er hat keinen Zugang mehr zur Turnhalle und zum Schwimmbad.«

»Das Opfer ist damit nicht zufrieden, nicht wahr?«

»Die Studentin fühlte sich nicht ernst genommen. Der Angezeigte tauchte immer wieder bei den Bandproben und in der Schwimmhalle auf. Er stammte aus einer reichen Familie, die für das College spendete, so behauptete ihr Freund.«

»Du hast ihr geraten, das alles zu vergessen. Du hast sie gefragt, ob sie eine gute Beziehung zu ihren Eltern hat. Ja? Dann genieß die Ferien, so hast du zu ihr gesagt, lass es dir gutgehen, fühl dich beschützt, entspannt. Lass diese wirre Geschichte nicht zur Keimzelle deines Unglücks werden, du bist jung, hübsch, intelligent, das Leben liegt in der Zukunft, nicht in der Vergangenheit. So hast du doch gesprochen, heiliger Augustin? Wie ein zurückgebliebener Opa, der es gerade noch aus der vormodernen Höhle geschafft hat, wie ein osteuropäischer Idiot. Ein frauenfeindlicher Macho, dem moralische Grundsätze fremd sind.«

»Ja, schon, aber es wurde mir nicht weiter angelastet. Die Studenten mochten mich, darum war das Mädchen ja zu mir gekommen. Und Avakian mochte mich auch.«

»Und die Revolution. Die brach dann im Frühjahr los. Losungen und Plakate allenthalben gegen eine Verwaltung, die ›sexuelle Belästigung‹ unterstützt. Drei Tage lang waren die Verwaltungsgebäude besetzt. Vom Balkon aus wurden Reden gehalten. Demos, Reporter, Verhandlungen, ein Maßnahmenplan. Und das erotische Trio?«

»Der Studentin wurde eine ansehnliche Entschädigung zugesprochen, sie ließ sich an ein anderes College versetzen, heute ist sie verheiratet. Ihr damaliger Freund ist jetzt Vorsitzender einer Organisation für die Rechte der Einwanderer im Mittleren Westen. Und der Täter, der nichts oder höchstens ein Viertel getan hatte, er hat das College absolviert, Jura studiert und arbeitet nun an der Wall Street.«

»Und der Professor Augustin Gora? Hat er seine großväterlichen Ratschläge überdacht? Was rät er einem Gestrandeten? Soll ich mich in Acht nehmen? Und wovor soll ich mich in Acht nehmen? Vor Studentinnen, spitzen Bemerkungen, Scherzen, Demagogen und Argwöhnern und Neidern und Intriganten? Oder vor unseren Gespenstern aus der Ferne?«

»Bist du in Schwierigkeiten? Ist dir etwas passiert?«

»Nein, noch nicht, aber ich sehe mich vor. Und ich will wissen, wie ich mich vorsehen soll. Die Geschichte der Drei-Tage-Revolution ist lehrreich, aber banal. In ihr gibt es kein Geheimnis wie im Fall Palade.«

»Palade? Was hat der denn damit zu tun? Die Studenten haben ihn nicht umgebracht, das ist sicher.«

»Wer immer dahintersteckt, er kannte die Universität genau, die Gebäude, den Stundenplan, die täglichen Wege des Opfers, seine astrologischen und parapsychologischen und paranormalen Um- und Abwege. Nicht mein Fall, wie du weißt, ich bin geerdet. Ich stolpere über Stuhlbeine und Grasbüschel, nicht über Sterne. Ich bin unaufmerksam, er war allzu aufmerksam. Es besteht, hoffentlich, überhaupt keine Verbindung zwischen uns.«

»Nein, da gibt es keine Verbindung«, bestätigt Professor Gora teilnahmslos und wendet sich wahrscheinlich gleich wieder seiner Lektüre zu.

Auch Peter Gaşpar konnte sich wieder seinen nächtlichen Fernsehsitzungen hingeben: über den Mörder James Mason und den Terroristen Timothy McVeigh und den Kannibalen Jeffrey Dahmer und andere Erlösungsexperten, Dokumentarfilme über Taubstumme und Krebs, über Astronauten und Urwaldbewohner, American Football, klassische Filme und Boxkämpfe, Kammermusik und Jazz. Nach Mitternacht dann Spiele und Pornofilme und Karateübungen oder Kurse zu exotischen Sprachen, alles, was das schlaflose Herz begehrt.

* * *

Ein langes Firmenschild vertikal an einem hohen Gebäude. Schmutzige Mauern, verstaubte Ornamente: Hotel Esplanade. 48. Straße, Ecke Eighth Avenue. Junkies, Huren, Bettler, Dealer, Stadtstreicher aller Art.

Befremdet bleibt sie stehen und hält Umschau nach ihrem Begleiter. Sie entdeckt ihn hinten in der Pornokabine … Sie geht zu einem Schaufenster mit Sonnenbrillen und presst die Hände gegen die Scheibe.

Eine Hand auf ihrer Schulter. »So, da bin ich«, raunt Peter in das samtene Ohr. Lu blickt zu Boden.

»Du willst wohl, dass ich dorthin zurückgehe, von wo wir geflohen sind? Jetzt fährst du auch schon auf diesen Irrsinn mit dem Sexshop ab! Du kannst es nicht lassen.«

Peter weicht einen Schritt zurück.

»Irrsinn? Massenkultur! Therapie. Die Industrie mit dem höchsten Umsatz. Der Wohlstand des Landes kann uns nicht egal sein. Unseres Landes, nicht wahr? Unserer Mitbürger.«

Lu schweigt. Frostig, düster.

»Es ist meine Schuld. Ich hätte dir den Traum nicht erzählen dürfen.«

»Welchen Traum?«

»Vom Freitag voriger Woche. Ein poetischer Zustand. Ich habe von einem Phallus geträumt, von einem Kind in Form eines Phallus. Eine zarte Form, die Schutz forderte, Zärtlichkeit. Wie ein Kind. Ich habe geweint vor Erregung. Ich bin immer noch erregt, so ist es.«

Peter ist wie berauscht von ihren großen Augen voller Tränen, die sie verschämt zitternd mit ihren unvergleichlichen Händen wegwischt. Lu entfernt sich mit gesenktem Blick. Peter läuft ihr hinterher, fuchtelnd, lachend. Sie verschwinden.

Zurück bleibt die Straße. Die Buden, die Sexshops, der Gemüseladen des Chinesen, das türkische Restaurant, das Schirmgeschäft des Mexikaners, das Gebaren der Kokotten, die Taschendiebe mit Sombreros, die Drogerie des Pakistani.

Die Straße, dann eine andere. Sauber, ruhig, leer. Ein grundsolider Bau, Stein und Backstein. Anglikanische Fassade, gotische Fenster in schmiedeeisernem Rahmen. In Stein gehauene Schrift. *Young Men Association*.

Auf der Schwelle Peter. Verschwitztes weißes Hemd. Hochgekrempelte Ärmel, lauernder Blick. Forschender Blick, nach links und nach rechts, dann auf die Uhr. Er wartet auf jemanden, dann gibt er auf und betritt die Eingangshalle. Gedränge, lärmende junge Leute, Koffer und Rucksäcke.

Ein schwarzer Wachmann, riesenhaft, die riesige Hand auf dem Telefon. Er behält die Tür und den Aufzug im Blick. Der Riese Peter im Angesicht eines noch riesigeren Riesen, es ist schwer, einen Stich zu machen in der Burleske.

Sie mustern sich ohne Neugier. Der eine groß, dick, kahl, mit Schnauzer, der andere noch größer, noch dicker, mit dichtem schwarzen Kraushaar und schwarzer Haut. Ein beurlaubter Husar und ein amerikanischer Schwarzer, der gleich das Saxophon herausholen wird.

»Herr Joe?«

Der Schwarze nickt mit dem großen, schweren Kopf.

»Frau Beatrice Artwein hat gestern angerufen, damit …«

»Ah, Beatrice! Betty. So nennen wir sie hier. Ja, Baby, die Dame hat angerufen. Ich habe den Schlüssel.«

Er grinst. Große makellose Zähne. Die großen schwarzen Augen leuchten vor Freude über die Mitwisserschaft.

»Ja, Baby, ich habe den Schlüssel. Zwei Stunden. Mehr nicht.«

Peter erwidert das Grinsen nicht, er bleibt ernst, distanziert.

»In Ordnung. Ich nehme den Schlüssel mit und komme sofort wieder. Ich bin gleich wieder da.«

Der Große Joe Louis bückt sich zur Schublade, holt den Schlüssel hervor, der an einer blauen Schnur baumelt. Er lächelt nicht mehr, er sieht den Kunden nicht an, er ist plötzlich ernst und distanziert.

Lu. Hochgewachsen, schlank, elegant. Rote Jacke. Mattweißes ausgezehrtes Gesicht. Das Haar straff zurückgebunden, der Nacken frei.

»Einfaches kleines Zimmer. Ein Bett. Dusche, Toilette, Spiegel. Keine Handtücher, dafür billig«, hatte Beatrice erklärt. »Keinerlei Parfums, Cremes, Handtücher. Du weißt immer, wo du bist und weshalb du dort bist. Die Promiskuität verstärkt den promiskuitiven Appetit. Sie missachtet die Konventionen und schärft die Lust.«

Vierte Etage. Korridor. Genaue Angaben: 401–411 links, 412–419 rechts. 416. Ein Bett, ein Sessel. Das Bett ist schmal. Das Laken hat an der linken Ecke einen braunen Fleck. Lu in der Tür. Stumm, starr. Im nächsten Augenblick wird sie die Tür zuschlagen, das Zimmer und ihre Ehe verlassen.

Peter vergisst dieses Risiko nicht einmal im Traum: Lu ist für Schmuddliges nicht zu haben, sie gefriert dabei.

Mitten im Zimmer, auf Beschimpfungen und Vernichtungen gefasst, beobachtet er aufmerksam die Bewegungen der schwarzen Mähne. Lu ist nicht mehr Lu … Langsam öffnet sie, Knopf um Knopf, ihre Jacke. Die rote Seide fällt. Nichts darunter. Sie hält ihre jungen Brüste in den Händen. Bietet sie ihm an! Sanft abfallende nackte Schultern, ein langer Hals. Sie legt die langen Arme um den Nacken. Samtene Hände, feingliedrige Finger. Sie verharrt so und starrt das schmutzige kleine Fenster an. Dann öffnet sie den Reißverschluss ihrer Jeans. Nackt steigt sie aus den blauen Röhren.

Die Espandrilles. Sie betrachtet sie wehmütig nacheinander, den linken, den rechten, zieht langsam die Füße daraus hervor, den linken, den rechten, spreizt die Beine. Lange Zehen, schmaler elfenbeinerner Spann. Bebend streicht die Zunge über die weißen Zahnreihen. Lu ist nicht Lu! Sie hält einen schwarzen Plastikgegenstand in der Hand. Sie drückt auf eine Taste. Von der Decke kommt ein trockener Laut. Sie deutet mit dem Zeigefinger auf die niedrige graue Decke, zeigt ihrem Freund den kleinen Fernseher an der Decke.

Auf dem Bildschirm ein engelhaftes Antlitz und ein ephebengleicher Körper: Beatrice Artwein! Betty … Sie wirft gerade einen goldenen Büstenhalter von sich, lässt das goldene Blatt zwischen ihren schlanken braunen Beinen fallen. Der Kopf rasiert. Knospende Brüste mit schwellenden, wie elektrisierten Brustwarzen. Die rosarote Vulva wird mit kurzen Mädchenfingern erhitzt. Sie kniet nieder vor dem riesenhaften schnurrbärtigen Glatzkopf, öffnet langsam, Knopf um Knopf, die steife Jeans des Husaren.

Peter schwitzt vor Verlegenheit, die nackte Lu, ihn auf dem Bett erwartend, ihre fiebrig brennenden Lippen mit der Zunge befeuchtend, macht ihm Angst. Auf dem Bildschirm streichelt Betty in höchster Erregung die nackten behaarten Schenkel ihres Gespielen Gaşpar.

Peter streckt sich auf dem Bett aus, Lu ahmt die Bewegungen der Frau Artwein nach! Vortäuschung! Betty und Lu wenden dem Partner den Rücken zu, der sich über sie beugt, über Betty, über Lu.

Der Blick hängt verloren am Bildschirm. Lu ist im Bad, man hört das Wasser in der Dusche. Auf dem Bildschirm nimmt Betty, gebeugt unter der Last des männlichen Körpers, diesen bebend in sich auf. Die Körper steigern sich in einen höheren Rhythmus hinein, die Hände suchen sich ebenso wie die Lippen, die Professionelle und der Kunde stöhnen. Von der Schwelle der Badezimmertür verfolgt Lu lächelnd das Gekeuche. Sie trägt jetzt ein weißes Kleid, kurz, sehr kurz. Auf ihrem schwarzen Haarknoten sitzt ein kleines weißes Diadem, bräutlich. Weiße Handschuhe, weißes Perlenkollier um den Hals.

Klick zur Decke, die Begattung verschwindet. Peter steht aufrecht da. Schwarzer Anzug, riesenhafte Lackschuhe. Weiße Fliege, weißes Einstecktuch in der Brusttasche des schwarz glänzenden Jacketts.

Das Paar Arm in Arm im Hof des sozialistischen Gemeindeamts, Sektor 4 der Hauptstadt. Weit hinten im Hof wartet einsam Frau Eva Kirschner-Gaşpar, scheinbar geschrumpft, verkleinert, in sich selbst zurückgezogen, ergraut, mit einer fettfleckigen, verknitterten Schürze über dem golden glänzenden Kleid. Sie rafft die Schöße, wischt mit der schmutzigen Schürze über ihre Brille, ihre tränenden Augen. Das festliche Paar geht an ihr vorbei, ohne sie zu sehen. Es betritt die Villa, in der sich das Standesamt befindet. Feierlich kommt ihnen auf der Treppe der Beamte entgegen, der die Ehre haben wird, die Trauung zu vollziehen.

Der Professor Augustin Gora! Weißes Spitzbärtchen, wie ein slawischer Kirchendiener. Nobel und lächerlich, scheu und kraftlos.

Der Professor umarmt die Braut. Küsst sie auf beide Wangen. Diskret drückt er Mynheers Hand. Er blickt ihn beharrlich an, fasziniert von der berühmten Gestalt, die er endlich persönlich kennenlernen darf.

Gora trägt einen grünen Frack und eine breite Schärpe in den Farben der Trikolore über der Brust. Mit einer ritterlichen Geste lässt er erst der Braut, sodann ihrem Partner den Vortritt.

Die Brautmutter aber fährt dazwischen, von einem Weinkrampf geschüttelt. Der Professor lächelt dem Eindringling zu und bittet das Trio hinein. Braut und Brautmutter steigen die drei Treppen hinauf, der Bräutigam bleibt zurück, zur Salzsäule erstarrt.

Der Professor wiederholt seine Verneigung, wie eine Kleiderpuppe beugt er sich erneut vor, doch der Bräutigam regt sich nicht. Tot, aber aufrecht. Starr, glasig schimmernde Augen.

Professor Gora lächelt, verneigt sich vor der Braut, überreicht ihr einen großen gelben Umschlag.

Peter schwitzt, keucht, stöhnt, wälzt sich herum, wirft das in Flammen stehende Bettzeug von sich. Verkrampft klammert er sich an den Bettrand, springt erschrocken auf, will Gora sprechen.

Der Professor Gora ist nicht zu erreichen. Er sitzt seit vielen Stunden am Computer und schildert die stürmische Nacht, der er gerade entflohen ist.

* * *

Es ist nicht Samstag, sondern Freitag. Tara bringt keine Briefe, sie berichtet nur.

»Ich werde verdächtigt!«

»Wer wird das nicht?«

»Was heißt das?«

»Die Ermittler schließen keine Mutmaßung aus. Keinen Verdacht. Der einfachste richtet sich gegen den Beschwerdeführer selbst.«

»Ich habe mich nicht beschwert.«

»Du hast die Karte überbracht. Also die Drohung. Du hast die ›Aktion‹ ausgelöst. Du könntest meine Komplizin sein.«

»Das denkt jedenfalls Frau Tang. Ich war bei ihr. Soviel ich weiß, hat J.T. auch dir nicht gefallen.«

»Sie war höflich. Anders als Patrick Murphy, Special Agent. FBI. Eigentlich darf ich dir gar nicht sagen, dass ich ihn getroffen habe.«

»Mir, der Komplizin, schon. Frau Tang sagt, dass auch ich Patrick wiedertreffen werde. Mir gegenüber war sie nicht höflich. Ich musste den gesamten Text der Karte abschreiben. Vor ihren Augen. Damit sie meine Handschrift mit jener der Anschrift vergleichen konnte … Dabei hätte sie nur meine Akte vom Dekanat anfordern müssen, da hätte sie ihre handschriftlichen Proben gehabt.«

»Sie wird sie anfordern und vergleichen, mach dir da keine Sorgen. Du sollst also die Verfasserin des Briefes sein. Darauf will sie hinaus?«

»Sie will auf nichts hinaus, sie ermittelt. Patrick wird mir drohen, da bin ich sicher: Entweder du sagst die Wahrheit, oder du kommst in gehörige Schwierigkeiten. Tang verdächtigt mich. Was soll das heißen, du holst die Post des Professors ab? Die ist an ihn gerichtet und nicht an dich.«

»Sie hat recht.«

»Es war nicht meine Idee.«

»War es doch.«

»Weil ich gemerkt habe, wie dir die Berge von Briefen auf die

Nerven gehen. Außerdem werde ich bezahlt! Bezahlt, Menschenskind! Habe ich zu der Blondine gesagt. Ich war mir sicher, das würde ihren Verdacht zerstreuen.«

»Den Verdacht, dass du die Karte geschrieben hast?«

»Nein, der sitzt tief.«

»Welchen sonst?«

»Dass ich die Post nur vorsortiere, damit ich herkommen kann.«

»Hat sie das gesagt?«

»Das College ist klein. Wer sich bedeckt hält, ist umso verdächtiger. Meine Mitbewohnerin sieht mich mit einer Tasche voller Briefe an Professor Gaşpar. Ich sortiere die Post des Exzentrikers Peter Gaşpar.«

»Exzentriker, jawohl … Was hat Tang noch gefragt?«

»Wenn ich es dir sage, werde ich dann besser schlafen?«

»Hast du Schlafprobleme?«

»Noch nicht. Ich werde ja nicht mit dem Tod bedroht.«

»Vom Tod bedroht sind wir alle.«

»Das hast du schon gesagt. Hast du Albträume? Schlafstörungen?«

»Irgendwie schon. Ich habe immer in der Stadt gelebt. Ich kenne die Natur nicht. Ich tue mich schwer mit den Nächten im Wald.«

»Du bist also auf der Hut. Lauerst. Darum schläfst du nicht.«

»In der Unruhe werden wir zu Kindern. Kinder fürchten die Nacht. Und den Wald.«

»Willst du, dass ich hier schlafe? Auf dem Sofa.«

»Du hier schlafen? Nein. Auf gar keinen Fall! Das würde mir nicht helfen. Und würde auch den Verdacht von Frau Tang alles andere als zerstreuen. Die Studentin hat den Professor in eine Neurose gestürzt, damit er ihr hörig ist? Damit sie mit ihm ins Bett gehen und ihn erpressen kann?«

»Wenn sie ihn besucht und mit ihm ins Bett geht, mag sie ihn. Dann braucht sie ihn nicht zu quälen.«

»Vielleicht ist sie ein Monster. Dracula.«

»Ein Monster – das wäre ein zusätzlicher Reiz.«

Tara mustert ihn wie ein Polizist. Gaşpar tut es ihr gleich. Tara lächelt, Gaşpar lächelt auch.

»Keine Angst, es wird zu keiner sexuellen Belästigung kommen. Das Monster wird seinen Professor nicht belästigen, und wenn der Professor mich belästigt, wehre ich mich. Keine Sorge, ich zeige dich nicht an. Ich weiß, dass du dein Gehalt hier brauchst.«

»Nein, du kannst nicht bleiben. Das College ist klein, man erfährt alles.«

»Mir egal.«

»Mir nicht. Wie du sagst, ich brauche das Gehalt.«

»Du wärst ruhiger, wenn jemand hier wäre, nachts.«

»Wäre ich nicht. Ich würde mich bedrängt fühlen durch eine andere Person. Nein, nein. Diskussion zu Ende.«

»Selbst wenn die erste Hypothese stimmte?«

»Welche ist die erste Hypothese?«

»Ich hätte die Sache mit dem Schrieb initiiert, damit du mich brauchst, damit du abhängig wirst.«

»Ganz genau. Ich muss aufpassen. Die Jugend ist unwiderstehlich.«

»Und wenn Patrick dich um Folgendes bittet? Er gibt dir den Einsatzplan vor: Der Neurotiker bittet die Studentin, die mit ihm ins Bett gegangen ist, um Hilfe. Dann wird auch sie angreifbar und gesteht schließlich alles.«

»Auch sie wird angreifbar? Was weiß Patrick schon darüber? Warten wir den Dienstag ab, das Treffen mit dem FBI. Ich sage Bescheid, wenn ich meine Meinung ändere.«

»Kann ich mich jetzt setzen?«

Der Professor deutet auf die Sessel, das Sofa. Er hat gar nicht gemerkt, dass sie beide noch stehen.

»Entschuldigung. Ich muss in einer Viertelstunde im Büro sein.« Er schaut auf die Uhr an seinem linken Handgelenk. Ja, in einer Viertelstunde.

»Gut. Ich komme Samstag Nachmittag, wie gewöhnlich. Vielleicht finde ich bis dahin noch einen Drohbrief in der Post. Einen noch deutlicheren.«

Gaşpar blickt sie düster an.

»Das wäre nicht schlecht. Das wäre gar nicht schlecht.«

Es klingt wie eine Bitte oder ein Rat, er hat keinen Sinn mehr für Humor. Und es ist nicht Mitternacht, sondern drei Uhr nachmittags.

»Hast du noch mal an jenen Satz gedacht? Ich habe ihn mir immer wieder vorgesagt, ich kenne ihn auswendig. Er ist schon lange in meinem Kopf, glaube ich. Ich habe ihn irgendwann gesehen. Ich weiß nicht wo. Ich bin alt geworden. Erinnere mich nicht.«

»Du erinnerst dich an allerhand, an viel zuviel. Wenn er in deinem Gedächtnis schläft, wird er erwachen. Auch ich kenne diesen Satz auswendig. Doch bei mir weckt er keine Erinnerungen. Ich bin unwissend, wie meine ganze Generation. Ich finde ein Komplott recht amüsant.«

»Wir reden am Dienstag, nach dem Verhör bei Patrick. Jetzt hab' ich's eilig.«

Peter hat es nicht eilig, er muss nirgendwohin, er ist verstimmt von dem launigen Gespräch. Er will raus, allein sein. Tara geht, der Professor schlägt apathisch den Weg zum Campus ein. Der Wind ist kalt und feucht. In der Bibliothek ist es warm und still. Bücher, Zeitschriften, Zeitungen aus aller Welt. Die Sekte des Heiligen Computers! Im Gebet vor dem Zauberschirm. Aber auch die Generation Internet, gereift nicht im Bauch einer Frau, sondern in einem elektronischen Schaltkreis, kann die Quelle des Zitats nicht ausfindig machen: Tara hat den magischen Knopf nicht gefunden. Es bedürfte einer Hypnose-Sitzung, damit die Magnetwirkung der Erinnerung die phosphoreszierende Nadel in Bewegung setzt.

Ein Fossil unter den jungen Anbetern des Gottes Algorithmus, das bin ich, gesteht sich der Professor beim Verlassen des Tempels ein.

Allein in der Höhle. Auf dem Nachtkästchen unter dem Haufen Socken und Unterhemden der gelbe Umschlag. Der alte Brief von Tara. Einer anderen Tara, die sich schon im Gymnasium über die Lehrer beschwerte, weil sie ihr zu gute Zensuren gaben? Vor einem Jahr hatte sie sich mit dem Professor angelegt, weil er sie besser benotet hatte, als von ihr erwartet. Und jetzt war sie eine mitfühlende Kameradin. Die Vergangenheit in der Gegenwart?

Im Umschlag steckte die Arbeit der Studentin Tara Nelson über den Roman *Enemies: A Love Story*. Eingangsdatum: ein paar Tage nach dem frechen Brief und nach Semesterschluss.

Unhappiness revolves around an inability … Das Unglück der Personen hat seinen Kern im Unvermögen zur Interaktion in Umständen, mit denen sie nicht vertraut sind. Der Verlust der alten Gewohnheiten erscheint wie ein Selbstverlust. Die Lösung liegt weder in den alten Gewohnheiten noch in neuen Identitäten, sondern in der Phantasie.

Er hat diese Seiten vor fast einem Jahr an einem Julitag gelesen. Er hatte sie unverhofft im Postfach 1079 vorgefunden.

Hatte Tara den Roman über Exilanten gewählt, um ihn zu provozieren?

Das Verharren in der alten Identität erscheint ebenso unmöglich wie die Integration in einer neuen.

Ist das wahr? Unvollkommene sind wir und Hochstapler, zu Hause und weit weg, auf der Erde wie auf dem Mond.

Aufgrund seiner Kriegserfahrungen ist der Held nur noch für die eigenen Gedanken empfänglich. Die Christin, die ihn gerettet hat und die er aus Dankbarkeit heiratet, die engelhafte polnische Bäuerin, eine heilige Analphabetin, wird im Verlauf ihrer Konversion zum Judentum zu einer Art Clown. Nur die komplizenhafte und gegenseitig masochistische Beziehung des Mannes mit seiner Glaubensgenossin Masha, geprägt von gieriger Sexualität, macht es ihm möglich, der Wirklichkeit zu entfliehen.

Besteht hier irgendein Bezug zum Drohbrief? Keiner. Keinerlei Verbindung! Nur die Tatsache, dass ihn jetzt beides gleichzeitig beschäftigt, das ist alles.

Wirklichkeitsflucht als sexuelle Freiheit. Mental phantasy connection … the sex drive, the only labyrinth. Was sie verbindet, ist ihre Phantasie, ihre Körperlichkeit, die sexuelle Gier, das einzige Labyrinth, das beide ihr Eigen nennen können.

Labyrinth?

Vor einem Jahr ist ihm das Wort nicht suspekt erschienen. Jetzt springt es ins Auge, schillert hinterhältig. Peter hält inne, er fragt sich, was der Wald wohl für die Nacht bereithält, ob die Streife diskret sein wird. Er will schlafen. *The sex drive, the only labyrinth either of them can truly call their own.*

Im Roman ist der wahre Feind die Erinnerung, das Trauma, dem die Identität unterworfen wird. Das Biographische wird zum morbiden Impuls. Das frühere Trauma in das neue System einzufügen erfordert nicht, irgendwelche Schranken einzureißen, sondern vielmehr zu ignorieren, dass es existiert. Indem man etwa ein Kind bekommt? Oder sich im Labyrinth der Sexualität verliert?

Das Präludium der Nacht ist apathisch, keinerlei *sex drive,* nur das Wort *labyrinth* schnellt schlangenartig aus dem Gebüsch.

The everlasting sleep, invisible and everlasting. The labyrinth made of a single straight line, invisible and everlasting. Das Labyrinth aus einer einzigen Geraden? Unsichtbar und immerwährend. The sex drive … the only labyrinth either of them can truly call their own?

Der Tod. *Sir Death*! Der Kuppler beehrt mich mit seiner imperialen Aufmerksamkeit! *Sleep, everlasting sleep,* immerwährender Schlaf, wiederholt der Schlaftrunkene.

Roter Himmel. Elefanten auf endlosen Stelzen. Elefanteninsekten, zarte Glieder. Der astrale Gigant aus der Vorgeschichte der Wüste. Die enorme Masse, samtig, imperiale Stoßzähne, unzerstörbares Elfenbein. Aus dem Rüssel tränt der grünliche Schlamm.

Weibchen und Männchen bewegen sich aufeinander zu, ohne sich näherzukommen. Auf beider Rücken ein Teppich. Über den Teppichen schwebend die Grabstelen. Auf dem Leib des linken Elefanten ein Auge. Beim Weibchen sitzt der Augapfel zwischen den roten Lippen einer Kosmetikreklame.

Darunter die Unendlichkeit. Dunstige Berge, eine Landebahn, ein Wächterhaus, zwei rennende Winzlinge, der eine hält eine Fahne, der andere eine Fackel.

Der Himmel spielt vom Orange ins Rosarot und dann ins Rot. Die Elefanten. Der Himmel wird von den dünnen, zerbrechlichen

Beinen durchstoßen. Pfeile aus durchscheinenden Knochen tragen die Schwere der Leiber und der Last und des Himmelsgewölbes. Das Blut der Morgenröte. Die Steine schwanken über den indischen Teppichen in der Luft. Das gemalte Auge. Das Auge von Patrick, *Special Agent. Patrick* steht auf dem Teppich über dem Rücken des Vierbeiners.

Ausgelaugt wälzt Gaşpar sich zum Nachtkästchen, stützt sich auf, lehnt sich an die Wand. Der Wagen bremst vor dem Haus. Es ist nicht Nacht, sondern ein anderer Tag. Das Morgengrauen, Gott sei Dank! Er hat viele Stunden geschlafen, hat die Streife nur im Morgengrauen gehört.

Die großen Bände der *Encyclopaedia Britannica*. Dünndruck, schmale Type, die Kryptogramme der Vergangenheit. Der Leser wird in die Vergangenheit vor der Vergangenheit gestoßen.

Der Minotaurus kann nicht getötet werden, behauptet der Alte Dima in seinem Kapitel über das Labyrinth. Der Minotaurus rächt sich, er macht das moderne Labyrinth zur Hölle. Der Minotaurus im Sternbild des Stiers. Die Verheißung der Wiedergeburt im Frühling. Lektürenotizen, nutzlos.

Das Telefon: Der Taxifahrer findet die Hütte des Einsiedlers nicht. Aber es ist nicht der Fahrer, sondern Frau J. T. Erst jetzt bemerkt Peter, dass die Vietnamesin eine befremdlich tiefe Stimme hat. Der Sicherheitsdienst des Colleges möchte wissen, ob der Professor die nächsten Tage auf dem Campus bleiben wird. Frau Tang berichtet dem Dekan alles, was vor sich geht, wer den Campus wann verlassen hat, ob er zurückgekehrt ist, in wessen Begleitung.

Nein, Professor Gaşpar wird in den nächsten Tagen nicht auf dem Campus bleiben, er wartet gerade auf das Taxi zum Bahnhof. J. T. rät ihm, vor der Abreise die Vorhänge zuzuziehen, die Lampe vor der Tür brennen zu lassen, so als wäre er zu Hause. Und vor allem, in Zukunft den Sicherheitsdienst des Colleges in Kenntnis zu setzen, wann und für wie lange er den Campus verlässt.

Der Bahnhof liegt verlassen da, kein Verfolger weit und breit. Die Bahn fast leer, nur eine bucklige blasse Großmutter, in ein Buch vertieft, und ihr ausgelassener bebrillter Enkel.

Stammt die geheimnisvolle Karte von Bewunderern des Alten Alchimisten? Der Schriftgelehrte hatte vom unsichtbaren Feuer des Hades gesprochen, von der untergründigen Welt der Toten, dem Labyrinth des Kreuzes, dem blutigen Ariadnefaden. Der Knoten als Labyrinth, das Labyrinth als Initiation. Der Nomade, das Exil, der Untergrund. Die Spirale, bestehend aus einer einzigen geraden Linie. Die Welt, im modernen Tunnel gefangen, dem Tunnel des Unterbewusstseins? Der Minotaurus wird die Welt im Tunnel verschlingen! Der Minotaurus in der unsichtbaren Mitte des Schicksals, hatte der Gelehrte gesagt. *The labyrinth made of a single, straight line is invisible. A single straight line which is invisible.*

Die Unabwendbarkeit, die hinter profanen Zahlen steckt: Temperatur, Geschwindigkeit, Kilometer, Cholesterin, Blutdruck, Blutzucker? Man braucht keine Symbole, um zu töten. Transzendente Warnungen und triviale Instinkte, Meister? Ist dies das Geheimnis der Jünger?

Mynheer blickt gelangweilt von seinem Notizheft auf. Rechts im Fenster wacht der Fluss. Winternebel. Der majestätische Fluss, durch nichts aus der Ruhe zu bringen. Eine einzige Linie. *Single straight line, everlasting.*

Er schließt die Augen. Öffnet sie wieder: die Karte. Er liest den Text auf der Rückseite. Ein Professor der Biomathematik von der Cornell University ereifert sich über die Schikanen des State Department gegenüber Senator Castillo Martínez, der an der Einreise in die Vereinigten Staaten gehindert worden ist, wo er zu einer öffentlichen Debatte eingeladen war. Darunter der Brief des Lesers aus Long Island über das Ermitage-Museum in Russland. Mitte der siebziger Jahre, eine Reise nach St. Petersburg, damals Leningrad, der Reiseleiter von Intourist, die Kollektion französischer Impressionisten, die nach dem Krieg aus Deutschland hergebracht worden ist.

Die Karte liegt, gealtert, in Gaşpars Hand.

»Was hat das mit mir zu tun? Was habe ich mit diesen Spinnereien zu tun? Ich bin weder Russe noch Deutscher, weder Museograph noch Tourist. Noch nicht einmal Kunstliebhaber. Und ich sehe keine Verbindung zwischen Ermitage, State Department und Labyrinth. Auch nicht zwischen der Sowjetunion, Ariadne, Dädalus, der Biographie des Alchimisten.«

* * *

Am Samstag Abend kommt Tara ohne Post. Sie winkt gelangweilt ab: Kleinkram, kann man vergessen.

Auf dem Tisch zwei Gläser, eine Flasche Rotwein. Er hat sich vorbereitet, der Herr Professor! Nicht nur die Flasche und die Gläser, auch Apfelkuchen. Und ein zartes Einmachgläschen neben einem weiteren zarten Einmachgläschen. Ein Abend des Frohsinns oder des Trübsinns oder beides?

Er hat tief geschlafen, ist erholt aufgestanden. Klarer Kopf, feste Absichten: das Labyrinth! Er würde Tara vom Labyrinth erzählen, ihr die Notizen aus der New Yorker Bibliothek und aus der Bibliothek des Colleges zeigen. »Der Alte, so werden wir ihn nennen. Er hat viel zu dem Thema geschrieben, einschließlich des Artikels in der *Encyclopaedia Britannica.*«

Auch Tara hat sich vorbereitet: weiße ausgeschnittene Bluse, langer schwarzer Rock, hohe weiche Stiefel. Die Haare zu einem kleinen schwarzen Knoten hochgesteckt. Augen und Wimperntusche sind schwarz, die Brauen nachgezogen. Der Professor frisch rasiert.

»Die Verschwörer zwingen uns, über das Labyrinth zu reden! Der Alte, so werden wir Dima nennen, hat viel zu dem Thema geschrieben. Minos, der König von Kreta, wurde mit Unfruchtbarkeit bestraft, weil er einen Stier, das Geschenk des Meeresgottes Poseidon, nicht geopfert hatte. Die Frau des Königs zeugte daraufhin mit dem Stier einen Sohn. Das Ungeheuer, den Minotaurus. Halb Mensch, halb Bestie. Minos hielt ihn in einem Labyrinth gefangen.«

»Der Anfang gefällt mir … Was kann eine amerikanische Studentin, die kurz davorsteht, den Zustand des Analphabetentums zu verlassen, sich mehr wünschen als eine Vorlesung zur Mythologie?«

»Dies ist keine Vorlesung. Sondern eine Präambel. Zu unserem Gespräch. Die amerikanische Studentin kann sich nützlich machen. Durch gedankliche Schärfe und Frische. Sie ist weder Analphabetin noch ungebildet, noch unbedarft.«

»Ich habe gelernt, keine Komplimente mehr zurückzuweisen.«

»Das Labyrinth hatte Dädalus, der Architekt des Königs, entworfen. Die Stadt Athen, Kreta untertan, sandte alle acht Jahre sieben Jungfrauen und sieben Jünglinge, die dem Minotaurus als Opfer zum Fraß vorgeworfen wurden. Einer von ihnen, Theseus, tötete das Ungeheuer. Er fand den Weg aus dem Labyrinth mit Hilfe eines Fadens, den er hinter sich abgespult hatte. Der berühmte rote Faden, ein Geschenk Ariadnes. Die Theseus jedoch aus Liebe zu Phädra verlässt.«

»Sex also. Sex ist der rote Faden. Auch im Altertum.«

»Minos bestraft Dädalus, den Architekten des fehlerhaften Labyrinths. Merke: Das Labyrinth war nicht vollkommen! Dädalus wird gemeinsam mit seinem Sohn Ikarus im Labyrinth eingeschlossen. Der Architekt findet keinen Weg aus dem selbstgeschaffenen Werk. Besessen von der Idee, fliegen zu können, konstruiert er ein Flügelpaar, einen künstlichen Vogel. Und Ikarus, der Sohn, fliegt, und missachtet dabei den Rat des Vaters, der Sonne nicht zu nahe kommen. Das Wachs in den Flügeln schmilzt. Der Fliegende stürzt ins Meer. Dädalus, der Vater, landet hingegen sanft in Cuma, von wo aus er nach Sizilien gelangt.«

»Klingt nach einem Zeichentrickfilm.«

»Trinken wir das erste Glas. Auf die unbelastete Zuhörerin.«

Der Professor erhebt sich aus dem Sessel, öffnet die Flasche, schenkt Wein in die Gläser, sie stoßen an, setzen sich wieder.

Tara ergeben und belustigt, der Professor in einer neuen Rolle.

»Über diese Art Zeichentrickfilme hat er geschrieben, der Alte. Oder der Alchimist. Könnten wir ihn nicht auch so nennen?«

»Für Zeichentrickfilme passt Alchimist besser.«

»Okay, ich bleibe beim Alten. Der Alte hat natürlich Bezug auf die modernen Interpretationen genommen. Auf die Denker der Stadt. Die Einzelgänger im Labyrinth der Stadt. Der mythische Minotaurus als das Verdrängte im Menschen. Der vitale, prärationale Teil.«

»Die Bestie. Die Bestie der Lust in uns.«

»Der moderne Stadtbewohner will diesen Teil seiner selbst unterdrücken, behauptet der Rückwärtsgewandte. Cosmin Dima ist fürs Kreatürliche, er lehnt das Künstliche, die labyrinthische Stadt der Moderne ab. Die künstlichen Werke des Architekten Dädalus und alles, was aus ihnen folgt, sind darauf angelegt, das Ungeheuer im Unterbewusstsein zu verstecken. Ein fataler Fehler, behaupten die Nostalgiker. Der Alte steht der Vernunft skeptisch gegenüber, der Fortschritt stößt ihn ab. Der Alte verharrt in ...«

»Der Alchimist.«

»Für die Gleichgesinnten und für den Alchimisten selbst stellen Tradition und heidnische Barbarei Quellen der Energie und der Kraft dar. Zivilisation bedeutet Vergessen. Das Fehlen eines Ziels und einer Mitte. Der Verfall des Individuums.«

»Das wären also wir! Die Stadtbewohner! Die Einzelgänger in der labyrinthischen Stadt. Aber was ist mit jenen, die in der Natur leben, im College in den Wäldern? Lassen sie die Bestie aufleben?«

»Ich weiß ja nicht, was in euren Schlafzimmern passiert. Drogen, Orgien? Ich fände das nicht schlimm. Jugend. Grenzen austesten. War mir nicht vergönnt. Was ich bedauere.«

»Du kannst es nachholen. Amerika bietet die Mittel. Du veränderst Aussehen, Körper, Verstand, Persönlichkeit, was auch immer. Du findest die magische Pille oder das erst vor einer Woche erfundene Elixier. Du fährst nach Arizona oder nach Nevada oder in die Antarktis, unter neuem Namen. Du bist ein anderer. Die Neue Welt fördert das Neue. Die Erneuerung. *A new start*, heißt es.«

»Wir sprachen vom Verfall des Individuums, nicht von Hochstapelei.«

Gaşpar starrt auf seine Knie, aber er spricht klar und deutlich.

»Das ist keine Hochstapelei, sondern ein Neuanfang.«

»Anmaßung. Eine Person, die vorgibt, etwas zu sein, das sie nicht ist, so definiert das Lexikon den Hochstapler. Ich weiß, wovon ich rede, ich bin ein Ausgewiesener.«

»Ist das nicht auch ein Neuanfang?«

»Viel Nachahmung, Mimesis. Der erste Schritt der Veränderung ist mimetisch.«

»Du stehst also auf der Seite des Alten.«

»Ich glaube nicht an die Idealisierung der Vergangenheit. An keinerlei Idealisierung.«

»Ein Skeptiker.«

»Die einzig anständige Haltung. Der moderne Verfall des Individuums bedeutet den Verfall der Nation, behaupten die Rückwärtsgewandten. Der Verfall des Individuums als Zusammenbruch der Nation.«

»Logisch.«

»Logisch und wahr, wenn die Vergangenheit ein goldener Maßstab wäre. Aber das kann sie nicht sein. Das wäre eine Missachtung der menschlichen Unvollkommenheit. Kommen wir zurück zum Zeichentrickfilm? Der Minotaurus ist nicht aufzuhalten, behaupten der Alte und seine Jünger. Nostalgie des Mythos, Feier der Idylle, Idealisierung. Der Minotaurus rächt sich im modernen Labyrinth. Die fröhlich prosperierende Hölle der Moderne oder die totalitäre, mythenversessene Kolonie. Trinken wir auf die moderne Hölle? Sie ist nicht schlimmer als die Hölle der Vergangenheit.«

»Ich trinke lieber ohne Grund. Nur weil mir der Wein schmeckt. Die Studentin ist eine Genießerin.«

»Das ist zuwenig. Ich mag den Minotaurus nicht. Ich ziehe das Labyrinth vor. Als Spiel. Als Kunststück. Als Mittel gegen die Langeweile. Trinken wir auf den Samstagabend. Erholung. Entspannung.«

Gașpar erhebt sich. Groß, massiv. Er ist wach, als fürchtete er nicht länger, wach zu sein.

»Ein Abend im düsteren März. Düsterer Professor, düstere Vorlesung über das düstere Labyrinth. Das Labyrinth als Spiel? Für Unbedarfte. Unbedarfte Zuhörerin. Teilnahmsvoll, immerhin.«

»Teilnahmsvoll? Ja, hier bin ich. Die Studentin ist zugegen.«

»Sie ist die Gegenwart.«

»Der Professor ist es auch.«

»Vielleicht. Man müsste ihn überzeugen. Ja, man müsste ihn überzeugen.«

Sie stoßen an, sie sind ausgelassen. Aus dem Spiel ergibt sich das Verbrechen oder seine Auflösung. Die Tötung des Minotaurus oder der Schlüssel zu dessen Handeln.

»In welchem Sternbild bist du geboren?«

»Was soll das heißen? Verstehe ich nicht. Mit solchen Dingen beschäftige ich mich nicht.«

»Ich auch nicht, aber … Das Sternbild des Stiers steht für Vitalität. Frühling. Ich glaube nicht daran, aber …«

»Was, aber?«

»Meine Cousine Lu ist besessen von Sternzeichen, Astrologie, Voraussagen. Die eine oder andere trifft natürlich zu. Das Roulette der Wahrscheinlichkeiten. Ich kann mit diesen Dingen schlecht umgehen. Ich finde sie amüsant, dann vergesse ich sie.«

»Das Horoskop ist auch ein Spiel. Jedes Spiel ist gut. Du kannst nicht spielen, nehme ich an.«

»Nicht lange. Kurz zum Spaß, das ist alles. Wann bist du geboren?«

»Willst du wissen, wie jung ich bin?«

»Du kannst gar nicht jung genug sein für einen alten Mann wie mich. Mir geht es um den Monat, nicht ums Jahr.«

»April.«

»Der wievielte?«

»Du sagst, es geht dir nur um den Monat.«

»In jedem Monat gibt es zwei Sternzeichen.«

»Okay, ich nehme beide. Komme, was wolle. Beide.«

»Gut. Eine sonnige Verheißung. Wiedergeburt. Die Sonne hat Ikarus bestraft, indem sie seine Flügel zum Schmelzen brachte.

Bestraft für die Arroganz, mit der er der Vorsehung entgegengetreten ist, für den Glauben an die Freiheit, an die freie Wahl. Für den Ehrgeiz des Egos. Der moderne *self-made man*. So nennt ihr Amerikaner das.«

»Der Professor ist auch Amerikaner. Er unterrichtet an einem amerikanischen College die moderne, also ungebildete junge Generation, die ihm bei der Amerikanisierung hilft. Der Professor lebt vom amerikanischen Geld. Im amerikanischen Wald.«

»Hochstapelei! Mimese.«

»Die erste Stufe der Veränderung. Veränderung immerhin.«

»Immerhin ist der Wein diesmal kein amerikanischer. Das Thema ist griechisch, der Alte ein Osteuropäer. Ebenso der Gastgeber, ein behelfsmäßiger Professor, ein Hochstapler. Auf den aus finsterer Ferne die mörderischen Strahlen von Gespenstern gerichtet sind.«

Ermüdung macht sich breit. Gaşpar weiß nicht weiter. Er hätte sich vorher mit Patrick beraten sollen, Larry Acht, Special Agent, wie man den Abend der Offenbarung steuert. Etappen, Rhythmus, Überraschungen, Fallen, der entscheidende Moment, in dem der genasführte schlaue Fuchs sich in der seidenen Schlinge windet und keinen Ausweg mehr findet.

»Könntest du heute Nacht hierbleiben?«

»Wieso? Leidest du an Schlaflosigkeit? Sind es die Geräusche des Waldes? Der städtische Einzelgänger in der Nähe des Minotaurus? Stier, Dachs, Eule. Die Nacht ist ein dunkles Wesen. Sie lockt oder sie tötet. Schlaflosigkeit?«

»Letzte Nacht habe ich kein Auge zugetan«, lügt der Professor. »Deshalb halte ich Vorträge. Um mich wach zu halten.«

»Nimm ein Schlafmittel. Der Wein hilft auch. Nach diesem osteuropäischen Wein wirst du schlafen. Die alten Gewohnheiten helfen. Sie wirken besänftigend.«

Der Professor wartet immer noch auf eine Antwort.

»Nein, kann ich nicht. Tut mir leid, ich kann nicht.«

»Wieso? Du hast doch nicht etwa Angst vor der Alterssexualität. Vor dir selbst brauchst du auch keine Angst zu haben. Und ich verteidige mich, wenn die Jugend mir zu nahe kommt. Ich komme zurecht. Keine Sorge, ich zeige dich nicht an.«

»Hier soll ich schlafen? Hier, auf dem Sofa?«

»Warum nicht? Ich wäre ruhiger.«

»Nein, auf keinen Fall. Meine Zimmernachbarin wartet auf mich. Das College ist klein, hier kommt alles raus.«

»Mir egal.«

»Mir nicht. Und du brauchst dein Gehalt.«

»Am Dienstag sagen wir Patrick, wir hätten die ganze Nacht damit verbracht, uns über das Labyrinth zu unterhalten. Das hat die ganze Nacht gedauert. Wir haben Wein getrunken, du warst müde und bist hiergeblieben. Mal sehen, wie er sich auf den neuen Spuren zurechtfindet, was er dann für Hypothesen aufstellt.«

»Das können wir ihm auch sagen, wenn es nicht stimmt. Ich mag dieses Spiel, wie gesagt. Das Spiel als Labyrinth.«

»Mit einem Dracula?«

»Der Professor ist ein Exzentriker, kein Monster.«

Wieder mustert Tara ihn wie ein Polizist. Wieder tut Professor Gaşpar es ihr gleich. Sie lächelt, er lächelt.

»Das Spiel als Labyrinth. Das stammt von Gilbert.«

»Gilbert, welcher Gilbert?«

»Anteos. Gilbert Anteos, kennst du ihn nicht?«

»Der mit dem rasierten Schädel?«

»Ja, der Professor für Griechisch, Latein und antike Literaturen.«

»Gehst du in seine Vorlesung?«

»Ja, ich habe ›Griechische Mythologie und modernes Leben‹ belegt. Ein exzentrischer Typ.«

»Wie ich?«

»Er ist vor der Diktatur der Obristen in Griechenland nach Amerika geflohen. Auch er ein Vertriebener. Ein Nomade.«

»Wieso hast du mir nichts davon gesagt?«

»Von Anteos? Du hast nicht nach meinen Vorlesungen gefragt.«

»Du hast mich daherreden lassen wie ein Dilettant, über den Minotaurus und Ariadne. Und Dädalus.«

»Ich habe nichts gegen Dilettanten. Amerika ist voller Dilettanten. Hier kann man jedem Hobby nachgehen. Unter den Dilettanten finden sich allerhand Scharfsinnige mit unverhofften Denkansätzen.«

»Der Experte mit dem rasierten Schädel hat euch also vom Labyrinth erzählt. Hat er auch Dima zitiert?«

»Nicht dass ich wüsste. Aber sonst schon alle denkbaren Bezüge, das ganze Programm. Das unsichtbare Feuer, das die Körper verwandelt, sobald sie in den Hades gelangen, die unterirdische Wohnstatt … Die labyrinthische Wohnstatt der Toten. Der Übergang von der Spirale zum Kreuz. Christus, wie Theseus, bei seinem Abstieg in die Unterwelt. *Descensus ad inferos.* Der rote Faden der Ariadne, das blutige Gedächtnis.«

Der Professor schweigt und sieht die Postbotin an, die keine Post gebracht hat.

»Ich müsste meine Notizen durchsehen. An Dimas Namen erinnere ich mich nicht. Als du von diesen finsteren balkanischen Dingen erzählt hast, da habe ich keine Verbindung hergestellt. Aber Anteos, ja, Gilbert hat über das Labyrinth und all das gesprochen. Ich habe mitgeschrieben, da bin ich sicher. Was ich nicht aufgeschrieben habe, das habe ich mir gemerkt.«

»Und zwar?«

»Gilbert hat mir gegenüber irgendwann das exzentrische Verhalten des Flüchtlings Peter Gaşpar erwähnt.«

»Aha, das exzentrische Verhalten Draculas.«

»Das nicht gerade. Gilbert ist vielleicht nicht umfassend informiert. Er sprach von einer kindlichen, sympathischen Exzentrik.«

»Zum Beispiel?«

»Du isst täglich in der Professorenkantine, soviel ich weiß.«

»Wo denn sonst?«

»Du wirst freudig empfangen. Freundliches Zuwinken von allen Tischen, du wirst gerufen. Sie wollen dich bei sich haben.«

»Der Vorteil des exotischen Fremden. Er weckt Neugier. Sie wollen Geschichten aus der Steinzeit hören.«

»Vor allem, wenn der Fremde so freigiebig ist. Er erzählt nicht nur, er bringt auch noch Geschenke.«

Gaşpar fragt nicht weiter, er versteht, worauf sie anspielt.

»Du bringst vielerlei Wunderdinge mit. Die belgische und die Schweizer Schokolade hat sie alle umgeworfen.«

»Das habe ich auch beabsichtigt. Der Fremde ist auch neugierig, er will die Roboter des postmodernen Jahrtausends verstehen. Ich habe erstklassige Schokolade mitgebracht. Nur, um zu sehen, wie Diätvorschriften, protestantische Disziplin und Enthaltsamkeit sich in Luft auflösen.«

»Und haben sie sich in Luft aufgelöst?«

»Ja. Die Trüffel sind großartig. Dämonisch. Ich selbst bin verfressen und fett, wie du siehst. Ich wollte sehen, wie die Magersüchtigen und die Fitnessfanatiker reagieren. Ich war wie versessen darauf, die erste Trüffel im Mund eines Asketen zu sehen. Eine, das reichte. Dann tat die Droge ihre Wirkung. Un-wi-der-steh-lich. Dann will man noch eine und noch eine, so viele wie möglich, um sich am Glück zu berauschen, bis man erstickt.«

»Ja, das hat Gilbert mir erzählt. Nach ein paar solcher Vergiftungsséancen bist du zu einer anderen Droge übergegangen.«

»Ich habe gläserweise eingelegte Gurken angeschleppt. Salzgurken, keine Essiggurken, so wie hier. Ein Wunderwerk. Das Wunder des Wilden Ostens.«

»Und dann weitere Wunder.«

»Gegrillte Paprika. Auberginencrème. Göttlich.«

»Ich weiß. Gilbert hat keine der Versuchungen vergessen. Er ist Grieche. Du hast ihn geschafft. Die postmodernen Eingeborenen ebenso. Die Roboter, wie du sagst. Wo hast du all das bekommen, wie hast du es herangeschleppt?«

»Die Schokolade habe ich beim Chocolatier gefunden. In der Mondstadt. Ich habe bestellt, die haben geliefert. Dann ist mein nationaler Ehrgeiz erwacht. In Queens habe ich alle Wunderwerke des Ostens gefunden. Serbische, russische, ungarische, rumänische Geschäfte. Weinblatt- oder Krautwickel, sauer eingelegter Karpfen, Karpfenrogen, gefülltes Huhn, Lammbeuschel, Hirn,

Nieren, Hoden, Feta, Käsebalg, Auberginencrème, rumänische und serbische Würstchen und Cevapcici, eingemachtes Gemüse aller Art. Alles konnte ich nicht kaufen. Nur je ein Glas. Zum Kosten. Der Geschmack des Ostens. Die Zunge kostet, die Zunge spricht. Das Wesentliche. Die Matrix, wie man sagt.«

»Nur an mich hast du nicht gedacht.«

»Doch, habe ich, ich denke immer an dich. Ich wollte den *American Pie* nicht dem Apfelkuchen aus den Karpaten gegenüberstellen, der Vergleich wäre zur Demütigung für die Großmacht geworden. Apfelkuchen, Käsekuchen, Käseklößchen mit Sahne, Pasteten aus Blätterteig, Flammerl mit Himbeeren, Piroggen gefüllt mit Pflaumenmus oder Heidelbeeren oder Quark oder Rosenkonfitüre, aber auch Pfannkuchen mit Süßkäse, Liebesnester mit Zimt, Bienenstich, Matze, die ganze Kochkunst meiner Freunde aus dem Osten des ehemaligen Kaiserreichs, der Bukowina, nicht die meine, ich stamme von der Westgrenze der ehemaligen Habsburgerprovinz. Heute haben wir immerhin neben dem Yankee Pie ein Mirakel. Mi-ra-kel! Ein Geschenk der Götter! Sauerkirschkonfitüre! Einmalig auf diesem Planeten! Aus der Bukowina, wo ein Freund von mir geboren ist. Ein Mathematiker, der von einem Unbekannten auf der Toilette erschossen wurde. Aus der Bukowina stammt auch der Mann meiner Cousine. Also eigentlich auch mein Cousin, oder? Kleine bittersüße Kirschen, durchtrieben schwarz, von unschätzbarem Wert. Kleine weiße Kirschen, bittersüß, schlüpfrig, subtil, unvorstellbar. Göttliches Rezept. Unvergleichlich. Überirdisch. Unirdisch. Himm-lisch!«

Peter zeigt Tara das kleine schwarze Einmachglas neben den kleinen gelblichen.

»Sauerkirschen aus der Bukowina. Geographie musst du noch lernen.«

»Werde ich. Ich bin sicher, es handelt sich um ein Aphrodisiakum.«

»Natürlich. Du schlägst es hoffentlich nicht aus.«

»Tue ich nicht. Gilbert würde es wohl auch nicht ausschlagen.«

Gilbert?! Eine giftige Mücke sticht Professor Gaşpar in die Eingeweide. Umsonst hat er nachts gut geschlafen und sich für das Treffen am Samstagabend vorbereitet. Vergebens, er hat das Spiel nicht im Griff.

»Der Faden wird zum Knoten geschürzt. Der Knoten als Labyrinth. Die Initiation«, fährt Tara fort und setzt zuerst das Glas, dann den Kuchen, und zuletzt das Löffelchen mit Spuren von dem schwarzen und dem gelben Wunder ab. »Die Spirale führt zum Mittelpunkt. Ist der Mittelpunkt das weibliche Geschlechtsorgan? Der Pfeil zielt auf den Mittelpunkt, das Spermium zielt auf die Eizelle. *Regressus ad uterum*. Genau wie *descensus ad inferos*?«

Das Glas erstarrt an Gaşpars Lippen. Er trinkt es aus. Stellt es leer auf den Tisch. Er ist wieder ganz da, bereit für alles Banale und jede Überraschung.

»Du willst also, dass ich hier auf dem Sofa schlafe? Damit du mehr Ruhe hast, weniger einsam bist. Damit ich hier bin, wenn du in Panik gerätst und eine Krankenschwester brauchst? Wäre dir das nicht unangenehm?«

»Ich habe mich an den Gedanken gewöhnt.«

»Du hast keine Angst mehr, abhängig zu werden.«

»Ich werde aufpassen, es wird nichts passieren.«

»Tut mir leid, ich kann nicht. Wechseln wir das Thema.«

»Gut. Wollen wir es Patrick trotzdem erzählen? Den Wunsch als Wirklichkeit darstellen?«

»Mein Wunsch ist es nicht. Nicht mehr.«

»Etwas hat sich verändert.«

»Ja.«

»Aber du lässt dich ein auf das Spiel, den Ersatz.«

»Die Hochstapelei also? Das hat keinen Sinn. Wir geraten in Teufels Küche. Wir können die Lüge nicht mit Anschlusslügen stützen. Patrick versteht keinen Spaß. Jennifer Tang auch nicht. Bei uns sind die Behörden nicht zu Späßen aufgelegt, falls du das nicht gemerkt hast.«

»Das sind sie nirgends.«

»Ich möchte noch Wein. Fürchtest du um deine Nüchternheit?«

»Eher um deine.«

»Die Studentin ist sich nicht sicher, ob der Professor die Wahrheit sagt.«

»Ich bin beschämt, ich habe keine zweite Flasche.«

»Möglicherweise ist auch das nicht die Wahrheit.«

»Ist es auch nicht. Ich habe keine Flasche mehr vom selben Wein, will ich damit sagen. Ich dachte nicht, dass wir sie brauchen werden. Ich wusste auch nicht, ob er gut ist. Ich habe amerikanischen Wein.«

»Der kalifornische ist ausgezeichnet. Besser als der, den wir getrunken haben. Ich hoffe, das ist jetzt keine Beleidigung.«

»Ist es nicht. Ich wollte eine exotische Atmosphäre schaffen mit einem Wein exotischer Herkunft. Doch es ist nicht gut, Vergangenheit und Gegenwart zu vermischen.«

»Dazwischen essen wir Apfelkuchen.«

»Amerikanischen.«

»Ja, amerikanischen. Wir sind in Amerika. Amerikanische Studentin, amerikanischer Professor.«

»Okay. Bis uns der unsichtbare und unermüdliche Tod ereilt, geht das Spiel weiter.«

Der Abend zieht sich hin bis nach Mitternacht. Tara erweist sich als trinkfest und den Fallen des Zwiegesprächs gewachsen.

* * *

»Professor, vergib einem armen unwissenden Heimatlosen. Ich brauche Rat. Ich stehe vor einer neuen Begegnung mit der Polizei der freien Welt. Larry Acht. Mister Murphy.«

Gora schwieg, er war Peters unverfrorene Auftritte gewohnt.

»Der Polizist Murphy wird mich einem neuen, langen Verhör über Dima und Palade und die Elite unseres elitären kleinen Vaterlandes unterziehen.«

»Ich habe dir alles gesagt, was ich damals wusste.«

»Palade sprach von einer gewissen Marga Stern, von der ihm der Heilige Augustin Gora erzählt habe, eine Jugendliebe von Dima, mit der er auch nach seiner eigenen Heirat und nach Margas Hochzeit und Scheidung eine undurchsichtige Beziehung aufrechterhalten hat. Sie ist, soviel ich weiß, nach Transnistrien deportiert worden. Ich weiß nicht, ob sie überlebt hat. Das Wichtige an der Geschichte ist Dimas Gleichgültigkeit gegenüber Marga Stern und ihren Glaubensgenossen. Es war eine Zeit allenthalben lauernder Gefahren. Er hat sich nicht um sie gekümmert, hat ihr kein Wort der Ermutigung zukommen lassen. Palade hielt keine vom Professor gelieferte Information für gesichert, er verdächtigte ihn, alles frei erfunden zu haben.«

»Man erzählte sich, Marga sei in Transnistrien gestorben, das ist aber nicht wahr. Sie hat überlebt, mehr schlecht als recht, ist in das Dorf zurückgekehrt, in dem sie sich während des Krieges versteckt gehalten hatte, und hat sich dort zwei Wochen später umgebracht. Es gibt in Dimas *Lila Heft* vom Ende des Krieges eine kurze Notiz über sie: *Die arme Marga, was mag sie gelitten haben.* Das ist alles. Ein verspäteter Tribut an die Jugend, vielleicht eine umstandsbedingte Pflichtübung.«

»Aha, du weißt also mehr über sie.«

»Ich habe mich kundig gemacht, als ich in der Mansarde verkehrte, wo ständig von Dima die Rede war. Ich habe Nachforschungen angestellt und bin dabei auf die Geschichte der Marga Stern gestoßen.«

»Würde das den Polizisten Murphy interessieren?«

»Zur Zeit der Rassengesetze, als die Deportationen begannen, hat Dima sich nicht um Marga gekümmert«, fuhr Gora fort, als hätte er die Frage nicht gehört. »Er hätte es gekonnt, obwohl er weit weg und in eigenen Gewissensnöten gefangen war. Es gab Kommunikationswege.«

»Hatte er Freunde unter Marga Sterns Glaubensgenossen?«

»Weiß ich nicht, ich glaube nicht. Um Marga weiß ich allerdings. Sie hat sich, gleich nachdem Dima geheiratet hat, ebenfalls trauen, dann aber auch schnell wieder scheiden lassen, schon nach ein paar Monaten.«

»War sie schön? Wie Frau Gora? Wie Ludmila Serafim, Angetraute des herausragenden Professor Gora?«

»Man sagte, sie sei gegen jede Verallgemeinerung – und stolz darauf. Fern jedes Pathos, habe sie Abstraktionen gemieden und sich lediglich auf Tatsachen, Gegenstände, Gefühle konzentriert. Sinn für Maß und Anstand.«

»Man könnte meinen, du hast sie persönlich gekannt.«

»Dima rief sie zu sich, wenn ihn die Sehnsucht überkam, dann beurlaubte er sie, um sie erneut rufen zu können. Eine feinsinnige, diskrete, treue Partnerin. Biologisch ausgeglichen.«

»Hast du biologisch ausgeglichen gesagt?«

»Ja, das sagen jene, die sie gekannt haben. Sie hat Dima geliebt. Marga Stern schien mir eine denkwürdige Person, mit absolutem Respekt vor der Wirklichkeit.«

»Nun ja, das ist jetzt zuviel für Larry Acht. Der Polizist Murphy würde weder die anständige Intelligenz von Marga noch Dimas Gleichgültigkeit verstehen, er würde beides als Pragmatismus bezeichnen, das ist das einzige, was er versteht. Der Geist eines Soldaten, ausgerüstet mit einem Notizheft, in dem nichts steht.«

»Wahrscheinlich hat er euer Gespräch ohne dein Wissen aufgezeichnet.«

»Ich habe kein Aufnahmegerät gesehen.«

»Das muss man auch nicht sehen. Aber vielleicht hat er auch gar keins und nur ein unfehlbares Gedächtnis.«

»Das reicht nicht. Er braucht den genauen Wortlaut der Aussage. Sonst hat sie keinen Wert vor Gericht.«

»Du stehst noch nicht vor Gericht, dahin ist es noch weit. Vielleicht …«

Aber Peter hatte schon aufgelegt.

* * *

»Officer Pereira bestätigt, dass Sie sich vor zwei Jahren zuerst geweigert hatten, jenen Artikel zu schreiben. Hat Sie daraufhin jemand dazu gedrängt?«

»Ich habe ihn freiwillig geschrieben. Nach einigem Zögern. Lustlos.«

»Hat der Präsident des Colleges Sie damals überzeugt?«

»Ich habe ihn um Rat gefragt. Er hat mich ermuntert, ihn zu schreiben.«

»Wie lange haben Sie daran gearbeitet?«

»Sechs Monate.«

»Und wie lange gezögert?«

»Weiß ich nicht mehr. Zwei, drei Monate. Ich habe mich in dieser Zeit kundig gemacht. Es gab keine Quellen. Einige Dinge sind bekannt, andere bleiben im Dunkeln. Oder sie sind nicht zugänglich. In Geheimarchiven verborgen.«

»Kommunistischen? In kommunistischen Archiven?«

»Wahrscheinlich. Nicht nur. Möglicherweise auch bei der CIA.«

»Unterlagen der CIA?«

Der Blick des gedrungenen Kraftprotzes Patrick flackert. Er zieht den Notizblock zu sich heran und schreibt nichts auf.

»Das Visum für die Einreise in die USA beispielsweise. Als Mitglied oder Sympathisant einer extremistischen politischen Vereinigung hätte der Alte eigentlich Schwierigkeiten haben müssen, es zu bekommen. Seine frühen politischen Artikel sind zu einer Zeit erschienen, als es in seinem Land noch demokratische Optionen gab. Die CIA ist nachsichtiger mit jenen Deutschen, die erst nach Hitlers Parteienverbot zu Nazis geworden sind, als mit denen, die es schon waren, als es in Deutschland noch andere legale politische Optionen gab. Das müsste doch auch für alle Länder gelten, oder? Außerdem war der Alte zu Kriegszeiten im diplomatischen Dienst. Auf Seiten der Achsenmächte. Die CIA wusste das alles. Trotzdem hat man ihm keine Schwierigkeiten gemacht. Aber vielleicht …«

»Was, vielleicht?«

»Vielleicht waren die Antikommunisten während des Kalten Kriegs nützlich. Da konnte man die Vergangenheit schon mal vergessen, wenn es sein musste.«

»Pakt mit dem Teufel?«

»Nicht mit dem Teufel. Mit der CIA.«

»Haben Sie wegen der CIA gezögert, den Text zu schreiben?«

»Nein. Ich weiß gar nicht, ob die Hypothese mit der CIA stimmt. Ich habe gezögert, weil ich keine öffentlichen Skandale mag. Und ich habe all die Kämpfe für eine gerechte Sache satt. Der Kommunismus war eine gerechte Sache. Für meinen Vater war er's. Und nicht nur für ihn.«

»Den Menschen den Mund verbieten, durch Arbeit erworbenes Vermögen enteignen, ist das eine gerechte Sache?«

»Das nicht unbedingt. Aber sich dem Faschismus widersetzen beispielsweise. Die Vorstellung von einer gerechteren Zukunft nähren. Die leuchtende Zukunft der Menschheit, das versprachen die Losungen.«

»Was wurde dem Alten vorgeworfen? Ein ehrenwerter Mensch, der mit den Mördern gemeinsame Sache gemacht hat?«

»Das auch. Allerdings zu einer Zeit, das müssen wir anerkennen, als ganz Europa verrückt spielte. Aber nach dem Krieg? Amnesie. Amoralische Amnesie ... Er schien sich nicht um seine Mittäterschaft in der Tragödie zu scheren. Er war ja schließlich in einem pragmatischen Land angekommen, nicht wahr? Es zählte, was er tat, nicht was er dachte. Amerika fördert jede Veränderung.«

»Hatte er sich verändert? Hatte Herr Dima sich verändert?«

»Ich weiß es nicht. Jeder Mensch verändert sich schon mal. Ich glaube nicht, dass er seine Meinung über die Demokratie geändert hat, wenn Sie das wissen wollen.«

»Was hielt er denn von der Demokratie?«

»Korrupt, vulgär. Infantil. Demagogisch. Chaotisch. Stumpfsinnig. Dekadent. Heuchlerisch.«

Der Polizist scheint nicht überrumpelt von dieser Lawine an Adjektiven.

»Hat er diese Gedanken propagiert?«

»Früher einmal. Jetzt wäre es eine Dummheit gewesen. Vielleicht tauschte er sich mit den alten Kameraden darüber aus. Er unterhielt weiterhin Verbindungen mit ihnen. Nostalgische Erinnerungen an seine Jugend, als er wähnte, Teil einer Marschkolonne zu sein? Jetzt tat er seine Arbeit an der Universität, schrieb

Bücher, wurde berühmt. Was hätte es ihm gebracht, sich durch Bekenntnisse selbst das Wasser abzugraben? *Self-indictment*? Hier bei euch, also bei uns, kann man es verweigern, sich selbst zu beschuldigen. Wäre denn die Welt dadurch besser geworden, hätte sie eine bessere Zukunft gehabt? Niemand zwang ihn dazu, selbst seine Fehler und seine Schuld öffentlich zu machen.«

»Warum haben Sie dann die Rezension geschrieben?«

»Ich bin gebeten worden, sie zu schreiben. Nicht um Dima an den Pranger zu stellen, der war tot. Es war schließlich nur die Rezension zu einem Buch in einer Wochenzeitschrift, noch nicht einmal in einer Tageszeitung. Das Buch war mit seiner Zustimmung veröffentlicht worden. Er hat allerhand Memoiren und Tagebücher geschrieben, er betrachtete sich gern im Spiegel. Einem von Fliegendreck übersäten und vom Atem des Autors beschlagenen Spiegel. Ich habe eine aufrichtige Rezension geschrieben. Nicht mehr und nicht weniger.«

»Ohne moralische Absicht?«

»Eine einfache Rezension in einer Zeitschrift mit kleiner Auflage.«

Es folgte langes, langes Schweigen ... »Engel schreiben keine Bücher«, flüsterte der Osteuropäer. Man konnte nicht wissen, ob dies noch zur Antwort gehörte oder in keinerlei Zusammenhang stand. Die kaum hörbaren Gedanken eines Sterblichen ... Officer Patrick hatte sie gehört, er sah Gaşpar misstrauisch an und schwieg.

»Engel schreiben keine Bücher ...« Eine irgendwie bittere und leichtfertige Schlussfolgerung zu Dima oder zu allen Schreiberlingen, die sich an der Eitelkeit und dem Infantilismus ihrer Einzigartigkeit berauschen? Schwer zu sagen, was Peters Gebrabbel bedeutete und ob es überhaupt etwas Bestimmtes bedeutete. Das Schweigen zwischen Befrager und Befragtem weitete sich aus.

»Mister Murphy, ich bin zu einer Aussage bereit.«

Mister Murphy hörte ungerührt hin. Der entscheidende Augenblick war gekommen, die Ermittlungen würden sich als effizient erweisen, der Schuldige war bereit, seine hinterlistigen Umtriebe einzugestehen, die Pflicht des Bullen war es nun, *cool* zu bleiben. Mister Murphy legte seine großen Hände auf die Tischplatte neben die großen Hände von Mister Gaşpar und beugte sich freundschaftlich vor, um dem Unseligen näher zu sein.

»Während ich mit Ihnen rede, wird mir klar, in welchem Ausmaß ich das Produkt meines Landes bin, das will ich sagen. Ich schleiche um Zweideutigkeiten herum, verschärfe sie durch allerhand Ausweichmanöver, die nichts als Ausweichmanöver sind. Ich meide das Wesentliche. Ich dachte, ich wäre geheilt. Ich bin nicht geheilt. Bei uns gibt es einen Unterschied zwischen den Sünden eines Bettlers und denen einer Berühmtheit. Einen großen Unterschied. Sie werden unterschiedlich behandelt, sehr unterschiedlich.«

»So ist es eigentlich überall.«

»Wahrscheinlich, aber ich habe das Gefühl, ich bin verseucht. Bei uns wird zuerst danach gefragt, wer man ist, nicht, was man getan hat. Ich bin nicht immun, das habe ich gemerkt, schon gar nicht im Fall Dima. Wahrscheinlich reizen mich die Widersprüche, Zweideutigkeiten, Geheimnisse, Doppelbödigkeiten, Subtilitäten und ziehen mich mehr an als das Wesentliche. Und oft weiß ich gar nicht mehr, was das Wesentliche ist. So. Das ist mein Geständnis, damit Sie wissen, mit wem Sie reden. Mit einem Verseuchten. Vielleicht nicht vollständig. Nein, nicht vollständig.«

Mister Murphy sah Mister Gaşpar an und lächelte, zum ersten Mal. Mister Gaşpar betrachtete die großen Hände des Befragers und des Befragten nebeneinander auf dem Tisch und lächelte ebenfalls.

»Ich will nur verstehen. Träumte Ihr Landsmann von einer besseren Welt?«

»Das sagen alle Prediger. Er war der Meinung, wir leben in einer desakralisierten Welt. Das ist nichts Neues und auch nicht ganz falsch.«

»De- und wie noch? De-sakra-lisiert?«

»In der nichts heilig ist. Desakralisiert. Aber das Heilige versteckt sich im Weltlichen. So sagte er. Also, es versteckt sich …

Um uns herum, in uns. Dass sich etwas versteckt, bedeutet, dass es sich nicht ans Licht des Tages wagt. Es wird nicht angenommen, ist gefährdet, ausgestoßen. Das verstoßene Heilige, das im Verborgenen weiterbesteht.«

»Wieso im Verborgenen? Die Welt ist voller Kirchen. Und Synagogen und Moscheen. Und buddhistischer Tempel. Ich gehe zur Kirche. Ich bin gläubig.«

»Ich nicht. Soviel ich weiß, gibt es in Los Angeles 250 Sekten, die nicht als eigenständige Religion anerkannt sind. 250 Götter? Vielleicht besser als ein einziger in einer religiösen Tyrannei. Ich weiß nicht genau, was Dima sich wünschte oder was ihm vorschwebte. Gedanken sind ungefährlich, solange sie nicht Wirklichkeit werden. Ich glaube nicht, dass eine sakralisierte Welt wirklich heilig ist. Sie würde mir Angst machen.«

»Die Gründerväter Amerikas waren gläubig. Sie lasen die Bibel.«

»Aber sie begriffen das Individuum als Bürger.«

»Die Religion hilft dem Menschen.«

»Vielleicht. Oder auch dem Staat? Iran ist hier nicht das einzige Beispiel.«

»Dass Sie gebeten wurden, die Rezension zu schreiben, bedeutete nicht, dass Sie es tun mussten. Ging es vielleicht um Rache?«

»Rache? An wem, weshalb? Ich habe Dima gar nicht gekannt.«

»Um ihn geht es nicht. Es geht um seinesgleichen. Ihre Familie hat gelitten.«

»Die Familie? Ja, sie hat gelitten, aber ich bin nach dem Krieg geboren. Meine Eltern wollten all das Furchtbare vergessen. Im Übrigen waren sie von den ungarischen Behörden deportiert worden. Dima ist kein Ungar.«

»Um ihn geht es nicht. Es geht um seinesgleichen.«

Peter schweigt verbittert. Die Familie? Sie wissen also alles, über Dima und über Palade und über ihn selbst. Jetzt wird ihn der Polizist noch nach Einzelheiten fragen zu jenem Uhrmacher, der zum kommunistischen Staatsanwalt wurde, und zu jener Frau vor der Tür des Krematoriums. Er hätte die Rezension nicht schreiben sollen! Er hatte die Verdächtigungen vorhergesehen. Umsonst war er umsichtig, verständnisvoll, abwägend vorgegangen. Rache, Ressentiment, Rankune, hör einer an!

»Nein, von Rache kann keine Rede sein. Die Rezension war wohlwollend, das meinen zumindest die amerikanischen Zeitungen. Ein Lobgesang auf Dima, sagen sie. Ob das stimmt? Ich bin nicht immun gegen die Kultur, in der ich aufgewachsen bin, mitsamt ihrem gespreizten Getue. Provinzielles Elitengehabe am Ende der Welt. Immerhin hat der Kommunismus mich vom Drang nach Enthüllungen geheilt.«

»Sie sagten, es sei von nichts Neuem die Rede gewesen. Also gab es auch keine Enthüllung.«

»Nun ja, ich bin in einer Kultur der Zweideutigkeiten und Ausweichmanöver aufgewachsen. Amerika erzieht mich um.«

»Durch diese Studentin?«

»Vielleicht. An sie habe ich gar nicht gedacht. Hätte ich wohl sollen.«

Das hätte er allerdings. Murphys Bemerkung war durchaus treffend.

»Auch von den Studenten lerne ich, allerdings. Auch von Tara wahrscheinlich. Ich bin neugierig, ich will begreifen, wo ich hingekommen bin. Sie wollen begreifen, wo ich herkomme.«

»In der Rezension heißt es, die Tyrannen hätten ihn fasziniert. Bewunderte Herr Dima die Tyrannen? Weshalb? Hatte er nicht selbst in einer Tyrannei gelebt?«

»Die Militärdiktatur wurde erst nach seinem politischen Engagement installiert. Eine Militärdiktatur, allerdings nach balkanischer Art. Nicht deutsch oder chinesisch. Die Korruption hat auch ihre Vorzüge.«

Der Polizist macht große Augen zu diesem Lob der Korruption, kommentiert es aber nicht.

»Er sollte auch die abendländische Diktatur kennenlernen. Während des Krieges arbeitete er bei der Botschaft eines autoritären westlichen Staates. Die Idee eines nationalen Einheitsstaats, wie er es nannte, missfiel ihm keineswegs. Gott einbringen in die Verwaltung der Gesellschaft, christliches Opfer und Ehre, christliche Erlösung, Wiedereinstimmung des Menschen auf kosmische Rhythmen, die organische Familie im Gegensatz zum degenerierten Individualismus. Ich habe allerhand darüber gelesen, oberflächlich, wie es meine Art ist.«

Die theoretischen Ausführungen ermüden offenbar nicht nur Patrick, sondern auch Peter. Am Ende holt Gaşpar tief Luft wie nach einem überlangen Kraftakt.

»Hat der Präsident des Colleges gehofft, der Artikel würde Ihrem Prestige förderlich sein? Er hat Sie gegen mancherlei Widerstand eingestellt.«

»Ich weiß nichts von solchem Widerstand. Larry, Entschuldigung, Herr Avakian war der Überzeugung, dass dieser Text geschrieben werden soll. Eine gerechte Sache, meinte er. Ich müsse von der osteuropäischen Zwiespältigkeit genesen, meinte er. Er war Student gewesen an der Universität, die den Alten zum großen amerikanischen Professor gemacht hat. Diese Übereinstimmung machte ihm zu schaffen.«

»Wieso haben Sie sich dagegen gewehrt, als Dissident dargestellt zu werden?«

»Ich war nicht im Gefängnis. Ich bin auch nicht auf die Straße gegangen.«

»Sie haben verlangt, dass die Stelle, in der Sie als Überlebender des Holocaust bezeichnet werden, aus dem Hausbuch des Colleges gestrichen wird.«

»Ich bin danach geboren, ich bin kein Überlebender. In unserer Familie war dieses Wort verboten.«

»Warum?«

»Weil es eine Demütigung bedeutet. Ein Freund meines Vaters, ein Auschwitzüberlebender, hat einen Arzt gebeten, ihm die Hautstelle mit der Häftlingsnummer aus dem Arm zu entfernen. Das war das erste, was er nach seiner Rückkehr tat! Er hat nie von jenen Jahren gesprochen.«

»Sie haben im Club 84, wo Sie Ihre erste Anstellung in Amerika hatten, antisemitische Bemerkungen gemacht.«

»Die Eigentümer waren reiche Juden. Ich habe nicht gegen die Juden protestiert, sondern gegen die Arroganz. Die Arroganz des Geldes. Es wurden Riesenmengen an Essen weggeworfen. Ich kam aus einem hungernden Land. Ich hätte auch in einem chinesischen Club protestiert.«

»Warum haben Sie trotzdem den Artikel geschrieben? Diese Rezension.«

Peter schweigt. Nicht weil er nach einer Antwort sucht, sondern um dem Ermittler geradewegs in die Augen zu sehen.

»Ich habe mit dem Professor Palade, bevor er ermordet wurde, ein langes Gespräch geführt. Keiner von uns beiden ahnte, was passieren würde. Ich bin extra hingefahren, um ihn zu besuchen, mit ihm zu sprechen. Er war ein Experte, was dieses Thema angeht.«

»Kannten Sie ihn? Waren Sie befreundet?«

»Ein gemeinsamer Freund hat die Verbindung hergestellt. Palade sah sich in Gefahr, aber ich habe nicht darauf geachtet. Mir ging es um meine Rezension. Ich wollte Informationen, einen Rat.«

»Hat er Sie beraten?«

»Der Alte war sein Mentor gewesen. Er hatte ihm geholfen, nach Amerika zu kommen. Er vergötterte ihn. Er kannte sein Werk und sein Leben in- und auswendig. Er bestand darauf, dass ich den Artikel schrieb.«

»Wieso das denn?«

»Nach dem Tod des Alten kam allerlei Geheimes ans Licht. Palade sah sich unfreiwillig als Komplize abgestempelt. Er begann in der Exilpresse gegen den Nationalismus zu schreiben. Heftig. Explosiv. Er hatte Flecken auf der Sonne entdeckt. Auf seiner Sonne. Er litt. Möglicherweise läuteten diese Texte eine Neubewertung des Meisters ein. Ich bin nicht sicher. Jedenfalls haben sie ihn das Leben gekostet.«

»Hatte er Angst?«

»Ich weiß es nicht. Ein merkwürdiger Mensch. Er neigte zu Gedankenkonstrukten. Ahnungen, Parapsychologie, esoterische Codes. Ich nicht – ich bin für solche Sachen nicht zu haben. Ich sperre mich dagegen. Ich habe nicht richtig zugehört. Verängstigt, ja, ich glaube, er war verängstigt.«

»War die Begegnung hilfreich?«

»Entscheidend.«

»Hat er Ihnen Dinge erzählt, die Sie nicht wussten?«

»Dein Text wird den Alten auferstehen lassen, so sagte er. Und sei es für einen Schlagabtausch. Er wird wieder lebendig werden. Der Schaden an seinem Prestige post mortem wird nicht größer sein als der Schaden, den er sich zu Lebzeiten selbst zugefügt hat, sagte Palade, die Reaktionen auf deinen Text werden nur die Verwirrung seiner Bewunderer aufdecken, das ist alles. Das postume Elend. Das Elend der Heiligsprechung. Mir war es also vorbehalten, die öffentliche Lynchjustiz einzuleiten, doch davon sprach Palade nicht.«

Patrick schweigt und wartet auf die Offenbarung, die echte Offenbarung, ohne Ausflüchte.

»Schockiert hat mich eine Nebensache, unwesentlich, aber ganz real. Verifizierbar. Der Arzt des Meisters.«

Patrick lauert auf den großen Augenblick.

»Der Tropfen, der das Fass zum Überlaufen bringt. Der kleine, aber entscheidende Tropfen.«

Patrick notiert nichts. Der Notizblock und der Füller warten bescheiden an der Tischkante.

»Der Alte hatte einen Fahrer engagiert. Nur für seine Arztbesuche. Häufige Besuche. Er hätte ein Taxi nehmen können, aber er wollte einen Fahrer seines Vertrauens. Er fuhr selbstverständlich nicht selbst.«

»Selbstverständlich?«

»Auch Palade fuhr nicht. Ich übrigens auch nicht.«

»Sie fahren nicht? Und wie kommen Sie zurecht? Der Campus ist weit abgelegen, man kommt nur mit dem Auto in die Stadt. Fährt Sie diese Studentin, Tara Nelson?«

»Manchmal. Selten.«

»Also, der Gelehrte hatte einen Fahrer. Der brachte ihn zum Arzt.«

»Er war nur für diese Fahrten angestellt.«

»Einen eigenen Fahrer zu haben ist nicht üblich. Einen Arzt hat jeder von uns.«

»Dies ist ein besonderer Arzt. Ein Kamerad aus der Jugend. Nach dem Krieg nach Amerika ausgewandert. Auch er ist jetzt alt.«

»Renommiert?«

»Nein, irgendeiner. Dima hätte einen viel besseren finden können. Es fehlte ihm weder am Geld noch am Ruf, er hätte den allerbesten Arzt haben können und wählte den alten Kameraden mit seinen Beziehungen zu rechtsextremistischen Kreisen, amerikanischen und lateinamerikanischen. Dieser Doktor hat ein Buch veröffentlicht. Ich besitze es. Propaganda. Terrorismus. Unter dem Deckmantel des Antikommunismus.«

»Der Titel?«

Gaşpar diktiert, Patrick schreibt den Titel auf, das Erscheinungsjahr, den Verlag.

»Was sind das für extremistische Kreise?«

»Die Antikommunistische Weltliga. Ihr Begründer Otto von Bolschwing war SS-Befehlshaber. Er hat nach dem Krieg mit der Spionageabwehr des amerikanischen Militärs zusammengearbeitet.«

»Eine gerechte Sache.«

»Vielleicht. Die amerikanische Spionageabwehr bot Leuten wie dem Doktor oder dem ehemaligen SS-Mann Bolschwing, der 1961 nach Amerika ausgewandert war, Schutz. Bolschwing hat mehr als zwanzig Jahre hier gelebt, bis zu seinem Tod. Der Arzt, Dimas Kamerad, nahm die nationalsozialistischen und faschistischen Losungen mit neuen Worten wieder auf. Im Gewand der Gegenwart ... Und die Liga ...«

»Ich weiß nicht, was Sie bei einer antikommunistischen Organisation zu bemängeln haben.«

»Ihre Mitglieder. Ein ehemaliger Diktator aus Guatemala. Ein ehemaliger hoher Beamter der Regierung Mussolini. Acht ehemalige republikanische Abgeordnete des amerikanischen Kongresses.«

»Die amerikanischen Kongressabgeordneten vertreten ein freies Land.«

»Natürlich, aber sie stehen einem ehemaligen SS-Befehlshaber aus Holland zur Seite. Eine vornehme Engländerin, Baroness, Vorkämpferin für die Freiheit Europas, und ein einstiger Minister der nationalsozialistischen Regierung Kroatiens. Ein ehemaliger Vize vom amerikanischen Geheimdienst und ein ehemaliger belgischer General und ein ehemaliges Gründungsmitglied der Liberalen Partei Japans und ein ehemaliger ägyptischer Parlamentarier, bekannt für seine Verbindungen zu früheren Nazis.«

»Viele Ehemalige.«

»Ja. Und ein Mitglied der ehemaligen argentinischen Junta. Ein Mitglied der saudischen Königsfamilie. Der Leiter der antimarxistischen Gruppe in Spanien. Zwei Professoren aus Yale. Es mangelt nicht an Nazis, Faschisten.«

»Die Antifaschisten waren Kommunisten.«

»Es gab auch nichtkommunistische Antifaschisten. Dima, der Alte, hätte sich einen anderen Arzt aussuchen können. Die Vergangenheit hätte ihn umsichtig machen müssen. Er besuchte den ehemaligen Kameraden oft. Vielleicht aufgrund einer Abmachung mit der CIA? Dem sollte man nachgehen.« Patrick scheint dieser Vorschlag nicht zu interessieren, er schreibt nichts auf.

»Dima, der Alte, wie Sie ihn nennen, war also nicht nur ein großer Professor in einer pragmatischen Welt. Er erscheint mir nicht allzu pragmatisch, Ihr Landsmann … Und was ist mit dem Schüler des Alten? Dem Herrn Portland?«

»Palade.«

»Okay, Palade. Ein ebenso bedeutender Gelehrter, sagen Sie, Mathematiker, Parapsychologe, Philosoph. Und Antinationalist. Weshalb wurde er ermordet? Von wem? Von den Komplizen Dimas und des Doktors?«

»Ich weiß es nicht. Man munkelt von einer Zusammenarbeit zwischen der Geheimpolizei unseres Herkunftslandes und nationalistischen Exilanten in Amerika. Bewiesen ist nichts. Und dazu wird es auch nicht kommen, da bin ich sicher.«

»Der Drohbrief, den Sie bekommen haben, stammt der von derselben Quelle?«

»Ich weiß es nicht.«

»Sie dachten, es handelte sich um einen Scherz.«

»Das habe ich zuerst geglaubt. Nach und nach bin ich dann dem Verfolgungswahn verfallen. Sie haben mich überzeugt, der Präsident, der Dekan, der Sicherheitsdienst des Colleges.«

»Oder die Studentin, die Ihre Post vorsortiert?«

»Sie auch. Sie teilte deren Befürchtungen. Der Brief geht mir nach, muss ich gestehen.«

»Tut es Ihnen leid, dass Sie die Rezension veröffentlicht haben?«

»Ich hatte Bedenken, wie gesagt. Den Text habe ich veröffentlicht, die Bedenken sind geblieben. Das heißt nicht, dass es mir leid tut. Nein, es tut mir nicht leid. Der Text gründet sich ausschließlich auf Tatsachen ... Dann habe ich von dem Alten geträumt. Mehrere Male. Ich habe ihn vor seiner in Flammen aufgehenden Bibliothek gesehen. Die Flammen griffen auch auf mich über. Ohne Fluchtmöglichkeit auf dem Scheiterhaufen verbrennen. Auch von seinem Schüler Palade habe ich geträumt. Gespräche mit einer Leiche. Einem Gerippe, einem Toten.«

Patrick zeigt kein Interesse für derlei Abschweifungen, der osteuropäische Flüchtling erscheint ihm weiterhin verdächtig.

»Vertrauen Sie Tara Nelson?«

Professor Gaşpar antwortet nicht gleich.

»Ja, ich vertraue ihr. Sie haben eben darauf angespielt, dass sie mir auch bei meiner amerikanischen Umerziehung von Nutzen ist. Dieser Nebeneffekt ist nicht von der Hand zu weisen.«

»Hat sie Ihnen jemals einen Brief geschrieben?«

»Was tut das zur Sache?«

»Wir würden Stil- und Schriftvergleiche anstellen. Wenngleich natürlich auch alles gefälscht werden kann.«

»Sie hat mir keine Briefe geschrieben.«

»Andere Studenten vielleicht? Erhalten Sie Briefe von Studenten? Oder von sonstigen Personen?«

»Kaum. Und ich bewahre sie auch nicht auf.«

Das Verhör scheint beendet. Der Polizist schließt das Heft und lehnt sich entspannt und massiv im Stuhl zurück. Er braucht eine Atempause, ohne Anstrengung und beharrlich mustert er den Verdächtigen. Er legt die großen Hände auf das Heft auf dem Tisch.

»Ich möchte das alles besser verstehen.«

Es war vorbei, doch vorüber war es nicht.

»Verstehen, was Palade und Dima verbindet und was sie trennt. Und wie Sie zu ihnen stehen.«

Der Polizist und der Verdächtige schauen sich in die Augen. Gaşpar zögert mit der Antwort, zu viel hat er zu sagen, zu erklären.

»Dimas politische Entscheidungen entsprechen wahrscheinlich seiner Philosophie. Er zog den Polytheismus dem beschränkenden Monotheismus vor. In der Natur und in der Vegetation sah er die Verkörperung des Alls. Mythen interessierten ihn, ohne dass er ein Mystiker gewesen wäre, und er verfocht das Organische, die Rückkehr zur Natur, zum Kosmischen. Eine agrarische Vision? Die Sache ist komplizierter. Antimodern ist diese Vision wahrscheinlich. Palade war besessen von Rätseln, zugleich beschäftigte er sich mit Informationstheorie und erkenntnistheoretischen Studien. Er betrachtete das Exil als wesentliche kosmische Seinsweise. Seine Obsession waren parallele, austauschbare Welten, die Quantenphysik und die unendlichen Universen. Sein Tod kam nicht natürlich wie bei Dima, sondern plötzlich, rätselhaft. Furchtbar.«

»Haben Sie sich mit all diesen Theorien beschäftigt, bevor Sie die Rezension geschrieben haben? Oder haben Sie mit Palade darüber gesprochen?«

»Sowohl mit ihm als auch mit einem gemeinsamen Freund. Einem Gelehrten. Er hat mir alles erklärt, was ich nicht wusste, und hat mir eine Liste von Büchern gegeben, die zu lesen ich überhaupt keine Lust habe.«

Patrick scheint sich für Gelehrte nicht zu interessieren.

»Verstehe«, verkündet der Polizist und schlägt zum Abschluss mit beiden Händen auf das Heft auf dem Tisch. »Wir sehen uns Freitag Vormittag wieder.«

Die Frist wird wieder kürzer! Befrager und Befragter sagen nichts zu dieser Änderung.

Zwei Stunden später erzählt Tara Nelson Peter Gaşpar in der Cafeteria der Bibliothek von ihrer Begegnung mit Patrick.

»Hat er nach der Beziehung der Studentin zum Professor gefragt?«

»Ja, das hat er nicht vergessen.«

»Was hast du ihm gesagt?«

»Dass wir Freunde sind. Ich helfe dir manchmal. Nicht nur bei der Post. Ich habe am Samstag auf dem Sofa im Vorzimmer geschlafen. Damit du nicht allein bist. Der Wald beunruhigt dich nachts.«

»Ich habe dich also gebeten, bei mir zu schlafen? Das hast du zu ihm gesagt?«

»Ja. Stimmt das denn nicht? Hast du mich nicht darum gebeten?«

»Ja, ich habe diesen Fehler gemacht. Und du hast abgelehnt. Hast du ihm gesagt, dass du abgelehnt hast?«

»Nein.«

»Hast du ihm gesagt, du hättest über meinen Schlaf gewacht?«

»Ja. Ich habe ihm gesagt, dass ich nie mildtätig werde, dass du aber seit dem Brief an Schlaflosigkeit leidest. Da ist es gut, wenn noch jemand im Haus ist.«

»Eine Lüge.«

»Das ist keine Lüge. Eine Lüge ist, dass ich im Haus von Profesor Gaşpar geschlafen habe. Aber du hast dieses Spiel doch selbst vorgeschlagen.«

»Du hast mir damals entgegnet, es hätte keinen Sinn, es würde nur bedeuten, dass wir uns von einer Lüge zur andern hangeln, und dem wären wir nicht gewachsen.«

»Ich habe meine Meinung geändert. Es scheint mir doch interessant zu sein.«

»Interessant? Patrick hat auch mich gefragt, ob du mir neben der Post noch anderweitig verbunden bist. Nein. Nein, habe ich gesagt, überhaupt nicht. Er hat mir nicht widersprochen. Er hat nichts davon gesagt, dass du das Gegenteil behauptet hast. Er weiß also, dass wir lügen. Zumindest du, oder ich. Oder beide. Auch ich habe gelogen: Du hättest niemals einen Brief an mich geschrieben. Die für Studenten betreffende Fragen zuständige Dekanin weiß von den impertinenten Briefen der Tara Nelson. Ich hoffe, Patrick geht nicht ins Detail, sondern hat diesen ganzen Irrsinn satt.«

Er scheint nicht überzeugt von der Aufrichtigkeit der Studentin ihm gegenüber. Wenn sie nun eher mit ihm spielt als mit dem Polizisten?

Bevor sie sich trennen, gibt ihm Tara einen Umschlag.

»Noch eine Botschaft? Noch eine Todesdrohung? Mit Zeit und Ort des Aufeinandertreffens von Mörder und Opfer?«

»Nein. Ich habe dir ein Büchlein mitgebracht, zu deiner Belustigung.«

Gaşpar dankt befremdet, er öffnet den Umschlag nicht. Zu Hause entnimmt er ihm einen schmalen Band.

Ambrose Bierce, *The Devil's Dictionary – Unabridged,* Dover Publications Inc., New York.

Eine Notiz auf dem Deckblatt: *A sardonic partial lexicon of English language. Ambrose Bierce (1824 – ca. 1914), a Civil War Veteran … einer der Ende des 19. Jahrhunderts einflussreichsten amerikanischen Journalisten und Verfasser bemerkenswerter Kurzprosa und humoristischer Verse. Zwei Jahre nach der Veröffentlichung dieses Buches stürzt Bierce sich in die Revolutionswirren Mexikos, seither hat man nichts mehr von ihm gehört.*

Im Buch steckt ein Lesezeichen. Seite 42. *Geology, Ghost, Ghoul.* Ja, *Ghost. The outward and visible sign of an inward fear.* Es lohnt sich, die Definition erneut zu lesen. Das äußerliche und sichtbare Zeichen einer inneren Angst.

* * *

Selbst an den kalten Morgen, wenn man gern länger im Bett bleibt, stand Augustin Gora früh auf. Seit er seinen Wohnsitz, das Land und die Sprache gewechselt hatte, schlief er nur noch mit Hilfe von Tabletten. Der Schlaf war kurz gewesen. Er stand ohne jede Schwierigkeit auf und machte sich gleich an die Arbeit, um die Müdigkeit nicht zu spüren. Viele Stunden saß er am Computer. Er sah auf den Kalender: Donnerstag. Er drehte sich im Stuhl nach links, blickte auf den Hörer. Er drehte sich im Stuhl nach rechts, bückte sich, zog die unterste Schublade auf und legte die Akte RA 0298 auf den Schreibtisch. Das Telefon klingelte. Lustlos betrachtete er den Hörer.

»Heiliger Augustin? Bist du in deiner Höhle?«

»In welcher Höhle?«

»Zwischen Buchdeckeln.«

Gora schwieg, gereizt von der Fröhlichkeit des Eindringlings.

»Ja, zwischen Buchdeckeln.«

»Ich brauche eine Quellenangabe. Du bist eine Autorität, du weißt alles.«

Gora überflog lächelnd ein Blatt aus der Akte: das Gedächtnisprotokoll seines Gesprächs mit Bedros Avakian über die Einstellung von Peter am College.

»Ein Zitat. Ich kann es nicht zuordnen. Ich spüre, dass es ein Zitat ist. Ich bin irgendwann schon mal darauf gestoßen. Ich weiß, dass es existiert, ohne es wirklich zu kennen. Es ist nicht die Sprache der Geburt, sondern die des Todes. Ich zähle auf dich.«

Gora hörte zu und schlug die zweite Seite der Akte auf.

»Ich meine, den Satz irgendwo gesehen zu haben. Vor langer Zeit, als wir noch frisch waren – und wirklich gelesen haben. In eurem Englisch erschließt er sich mir nicht.«

Gora schwieg, betrachtete die Seite von Avakian.

»Der Autor könnte Sir D. sein. Mister Death. Der Hurenbock mit der Sense.«

»Ich sehe, du kennst den Autor.«

»Aber sein Pseudonym kenne ich nicht. Ich sage mir das Zitat täglich auf. Fünfmal, zehnmal. Wach und im Schlaf. Wenn ich spazieren gehe und wenn ich mich auf der Toilette daran erinnere, dass ich einmal jung war. Dann lese ich den schwarzen Zettel wieder durch. Des Teufels Großmutter, die Kebse des Hurenbocks, hat ihn mir geschickt. *Next time,* sagt der Hohe Herr. Nächstes Mal. *Next time, I kill. I promise …*, wiederholt der Geist der Nacht. Soll ich ihm glauben? Man weiß nie, wann er scherzt und was sich hinter seinen Scherzen verbirgt. *Next time, I kill you,* ich bringe dich um, säuselt der Mistkerl.«

Gaşpar hielt inne, dann begann er von vorn und las den ganzen Text in einem Atemzug vor.

»Ein Zitat also?«

»Vielleicht. Ich meine, ja.«

»Mister Bordello liest Literatur! Ich war mir sicher. Ein Snob.«

Es folgte eine wirre Geschichte mit Abschweifungen und Klammern: Peter hat vor Wochen eine merkwürdige Todesdrohung erhalten. Ein Scherz. Die Behörden haben ihn ernst genommen. Und haben ihn gezwungen, das auch zu tun.

»Die Rezension zu Dima, du erinnerst dich. Damals stand ich unter dem windigen Schutz des FBI. Die fragen einem ein Loch in den Bauch. Nachdem sie sich überzeugt haben, dass man kein Schwerverbrecher ist, geben sie einem schwachsinnige Ratschläge. Jetzt kommt ein anderer Ermittler. Weißt du, was Larry Acht zu mir gesagt hat? *Don't relax.* Aber gerade das ist ja meine Natur, *Sir.* Das bin ich, *Mister* Murphy, ich kann nicht relaxen, auch wenn ich immer das Nachsehen habe und darüber Witze reiße …«

Es war nicht klar, ob er nun fertig war oder nicht.

»Ich störe in dieser Morgenstunde, weil ich unter Druck stehe. Ich kann nicht als Analphabet sterben. Ich muss herausfinden, was die beiden Liebenden, Lady Devil und Mister Death, abends vor dem Einschlafen für Bücher lesen. *Next time I kill. Next time I promise you.* Ich verspreche, nächstes Mal ein einziger Schlag. *Next time, a single line. Labyrinth. Invisible labyrinth.* Nun, was meinst du?«

»Ich denke nach«, flüstert Gora.

Er hat die Akte an den Rand des Tisches geschoben. Der Computer kennt die Antwort, aber auch Gora kennt die Antwort und ist verblüfft.

»Vermutungen. Ich überlege hin und her. Der oder jener.«

Er lächelte. Wie sollte man auch nicht an die Lehrjahre des Exils denken: von der schweren, rostigen alten Schreibmaschine, die jährlich der sozialistischen Miliz zur Genehmigung vorgeführt werden musste, zur elektrischen amerikanischen, dann zum Fax, mit dem eine Seite im Nu in die andere Welt geschickt wurde, und zum Computer, der immer neue Computer gebiert. Kosmisches Schisma, planetarisches Heidenspektakel des Banalen. Du bist der Gora geblieben, der sich selbst nicht mehr gleicht.

Er hatte die Klaviatur betätigt, die Zauberformel gesummt, der Computer zögerte, dann erschien auf blauem Hintergrund die Bestätigung. Er hatte nur prüfen wollen, ob der Roboter soviel Wissen besaß wie ein Professor alter Schule. Und siehe da, er besaß es.

Der Heilige Augustin, der Zauberer, auswendig kennt er alle Bücher dieser Welt, wie heutzutage selbst der armselige Computer in einem Kindergarten.

»Der Alte? Dima, der Alte? Schreibt er uns aus dem Jenseits?«, fragte Peter Gaşpar erregt. »All diese Themen, seine Themen … Das Magische, das Labyrinth, die Mystik, das Phantastische. Er ist es, nicht wahr? Er will mich bei sich haben, er liebt mich, er will mich herausholen aus unserer sündigen Welt, nicht wahr?«

»Kann sein. Aber ich tippe auf jemand anderen. *Ich habe erkannt, wovon die Griechen nichts wussten: die Ungewissheit.* Erkennst du das Zitat?«

Schweigen. Gaşpar, der Basketballspieler, nicht einmal dieses Zitat erkennt er. Hat keine Ahnung von der Mansarde der Verdächtigen, zu jener Zeit spielte er Hockey und Bockspringen und eben Basketball.

»Ich habe erkannt, wovon die Griechen nichts wussten: die Ungewissheit«, wiederholt der Heilige Augustin den Satz, den er seinerzeit in der sozialistischen Mansarde gehört hat.

Schweigen. Grabesstille, Analphabetenstille.

»Ich neige zum Blinden. Dem Großen Blinden«, raunt Gora,

eher für sich selbst, überzeugt, dass Peter nicht weiß, wovon er spricht. Peter hatte keine Ahnung von der Mansarde der Vergangenheit. Gora gönnte dem Eindringling und sich selbst eine Atempause, um seiner Erregung und seiner Erinnerungen Herr zu werden. Die Mansarde! Es war einfach zu stark … Peter hatte keine Ahnung von der Mansarde der Verdächtigen.

»Hallo, hallo«, explodiert der Beglückte. »Perfekt! So ist es, ich wusste, dass du die Lösung kennst. Ins Schwarze getroffen. Erledigt.«

Der heilige Bibliotheksfuchs Augustin hat mir den Zauberschlüssel geliefert, brummt Peter Gaşpar jetzt sicher vor sich hin. Da waren sie wieder, die Klänge der Jugend in Gomorrha! Die Sprache von einst! Die jugendlichen Rhythmen! Der Überschwang. Die plötzlich triumphal wiedergeborene Erinnerung!

Gora kannte diesen Rausch, seinen Wirbel. Er wusste, wie es ist, wenn der Leser, das Buch in der Hand, in einer Ecke der Buchhandlung beseligt weint, weil er mit einem Mal des Rätsels Lösung gefunden hat. Aus einer taubstummen Kröte ist plötzlich der Prinz der Jugend ohne Alter und des Lebens ohne Tod* geworden. Ein Gott im Zauberschein seiner Sprache! Jetzt konnte er die namenlose Menge, in der er selbst namenlos herumgeirrt war, hinter sich lassen: Kein Passant würde die Worte vernehmen, das mörderische Zitat verstehen, verborgen in einer Sprache, die keiner verstand außer ihm, dem gekrönten Heimatlosen, für einen Augenblick Herrscher der Welt.

Professor Gora hielt den Hörer noch in der Hand. Er wartete auf den Ohnmachtsseufzer des Phantoms. Nichts.

Die Akte RA 0298, auf der ganz oben *MYNHEER* stand, dämmerte am Rande des Tisches neben den weißen Handschuhen vor sich hin.

Er horchte auf die Geräusche des Hauses. Nichts. Er zog den gelben Ordner zu sich heran. Zögerte noch einen Moment, schlug ihn auf.

* Figur aus einem rumänischen Märchen

Er hatte den in der Bukarester Mansarde diskutierten Text sofort identifiziert, auf den er später in den Kommentaren von Palade und Dima immer wieder gestoßen war. Jetzt verglich er die konjunkturbedingten Varianten, während der Narr in höchster Aufregung in die Buchhandlung rannte, um des Rätsels Lösung habhaft zu werden.

Zwei Stunden später Peters Stimme:

»Purim! Purim! Das ist der Schlüssel. Perfekt! Ich habe den Schlüssel. Er-le-digt!«

Gora haut in die Tasten des Computers, der Begriff taucht nicht auf.

»Du weißt nicht, was Purim ist? Noch nicht einmal das hast du gelernt? Selbst in der Familie der Schwiegereltern, die ja Kommunisten waren, wurde Purim erwähnt. Ich habe Lus Großeltern gekannt. An Feiertagen gingen sie in die Synagoge. Auch du hast sie kennengelernt.«

»Das ist Jahrzehnte her.«

»Du hast den jahrtausendealten Wahn also auch nicht begriffen ... Obwohl du solidarisch bist mit jenen, die davon besessen sind, ich weiß schon. Keine Kleinigkeit für einen, der in unseren Breiten geboren ist. Und noch dazu verlassen worden ist von seiner nicht gerade christlichen Frau. Die Ärmste war sich nicht sicher, ob du sie nicht etwa aus rein symbolischen Gründen genommen hast. Sie hat mir erzählt, dass du gezögert hast, deinem Jugendfreund Izy Koch von der Heirat zu schreiben. Aus Angst, er könnte glauben, du hättest die Gemeinschaft, die Sippe, die Ethnie gewählt und nicht die Frau.«

Diese giftige Bemerkung wäre nicht nötig gewesen. Überhaupt nicht. Gora kochte vor Wut.

Die Stimme hielt inne, Gaşpar wollte sich wahrscheinlich entschuldigen, die Sache mit einer Vorwärtsverteidigung einrenken.

»Es gibt nicht viele Gründe, uns zu lieben. Eine Irritation reicht schon aus als lässlicher Beweis für unsere Fehler, von denen wir nicht wenige haben. Für einen unserer vielen so kleinen wie großen Fehler. Und sei es ein einziger, nur ein einziger Fehler. Schon ist es aus mit uns – er-le-digt. Er-lo-schen!«

Wie Gora schnauft er, wie Gora kann er sich kaum noch erholen. Noch nie hat er mit so viel Leidenschaft und Bitterkeit gesprochen. Es folgt ein langes Schweigen. Gora sammelt seine Kräfte für einen neuen Schwall.

»Purim ist ein Maskenfest. Das Volk der Bücher hat keine fröhlichen Feste. Dieses ist kindhaft fröhlich. Haman, der Ratgeber des Königs von Persien, ein antisemitischer Jago, plant die Tötung der jüdischen Sünder. Esther, die Konkubine des Königs, rettet ihr Volk. Sie muss die erste unter den Haremsdamen gewesen sein. Und so sieht ihr denn das heimatlose Volk die Ausschweifungen nach und feiert seine Errettung vor dem Tod. Es maskiert sich, vergnügt sich, dabei werden dreieckige Süßspeisen gereicht, die man Hamantaschen, also ›Taschen des Haman‹ oder, wie einige sagen, ›Hüte des Ungeheuers‹ nennt. Jahr für Jahr wird die Hure, die die Rettung gebracht hat, gefeiert. Den Sieg über die Hamans dieser Welt. Von denen es nicht wenige gibt, wie das erwählte Volk weiß.«

Mit giftigem Vergnügen wiederholte Peter »das erwählte Volk«. Die Bitterkeit schwand nicht, nur die Stimme wurde schwächer.

»Viele Weise behaupten, der Holocaust habe den Vertrag aufgehoben, den der Allmächtige mit seinem Volk geschlossen hat. Die Bibel sei also nicht mehr gültig. Die Wunder, Verheißungen, Gebote seien entwertet, ihre Zeit sei abgelaufen. Mit einer Ausnahme! Die Legende von Esther, in der Gott nicht vorkommt. Eine weltliche Bettgeschichte, die besagt, die Aufgabe der Heimatlosen sei es, sich aus eigener Kraft zu retten. Aus eigener Kraft! Das ist alles. Purim, das Maskenfest, erinnert an diese Mahnung.«

Gora, der Allwissende, kennt die Geschichte nicht, sieht keine Verbindung zu dem Drohbrief. Die Finger rasen über die Tastatur der Gegenwart. Von neuem beugt er sich über die Akte, bereit, zuzuhören, zu lernen, seine Wissenslücken zu schließen und aufzuschreiben, was er gelernt hat.

»Schau mal, auf deinen Rat hin habe ich in der Buchhandlung die beiden großen amerikanischen Ausgaben der Erzählungen gekauft, *Ficciones* und *Labyrinths*. Ich habe den Text des Großen Blinden gefunden. Das erste Verbrechen. Der erste Buchstabe des heiligen Namens ward ausgesprochen. Das zweite Verbrechen. Der zweite Buchstabe ward ausgesprochen. Das schreibt der große Argentinier. Es folgt das dritte Verbrechen. Dritter Februar. Karnevalszeit. Das Maskenfest.«

»Sagt er das? Spricht er vom Maskenfest?«

»Er sagt es, in beiden Bänden … In beiden Übersetzungen taucht der Karneval auf. In Argentinien ist im Februar Karneval. Die Botschaft, die mir Tara überbracht hat, kam zu Semesterbeginn. Anfang Februar. Ich habe sie erst später entdeckt, ich hinke mit der Post hinterher. Gekommen war sie Anfang Februar. Zu Karneval, also zum Maskenfest. Für das erwählte und heimatlose Volk, für die ständig Bedrohten. Purim. Das Purim im Mondkalender – du weißt doch, was der Mondkalender ist.«

Natürlich weiß Gora, was der Mondkalender ist, so viel weiß selbst der allwissende Gora, aber er schweigt.

»Im Kalender der Vorväter also, der sich nach dem Mond richtet und nicht nach der Sonne, ist bald Purim. Der Zeitpunkt des Verbrechens. Purim ist bald. Bald. Also fällig. Davon kündet das Zitat. Wie du weißt, sind die drei Opfer in der Erzählung allesamt Söhne des erwählten Volkes.«

Vergiftetes Schweigen. Gora schließt die Akte.

»Hast du die Polizei benachrichtigt?«

»Zuerst habe ich den verehrungswürdigen Professor Augustin Gora angerufen, der in meiner Familie Gusti genannt wird. Den Wissenden, den Experten. Um zu erfahren, woher das Zitat stammt. Ich selbst wusste es nicht, aber ich hielt mich für gescheit und fähig, das Rätsel selbst zu lösen. Schlafwandlerisch umherirrend, die Ungeheuer der Nacht im Kopf, hielt ich mich dennoch für klug. Der Professor hat mich gerettet. Er hat mir erwartungsgemäß die Lösung genannt. Der Heilige Augustin weiß alles. Ich habe die Quelle des Zitats erfahren. *Labyrinths* und *Ficciones*. Ich habe die beiden Bände. Ich habe sie gelesen, wiedergelesen, verglichen. Ich bin auf den Karneval gestoßen. Das Maskenfest. Purim. Soll ich der Polizei vom Purim erzählen?«

»Das sollst du, ja, du benachrichtigst jetzt die Polizei, jetzt gleich, sofort! Hast du eine Notrufnummer?«

»Habe ich, natürlich. Der kleine Patrick dürfte es gewohnt sein, dass man ihn von seinem Weib, seinem Hund, seinen Kindern oder seinem Fernseher wegholt. Diesen Gefallen werde ich ihm aber nicht tun. Morgen besucht er mich sowieso. Routinetreffen. Morgen sage ich es Larry Acht. Er wird Maul und Augen aufreißen wie ein Krokodil. Überzeugt, dass ich ihn auf den Arm nehmen will.«

»Du sagst, was du herausgefunden hast.«

»Was habe ich herausgefunden? Soll ich ihm einen Vortrag über phantastische Literatur halten? Über einen argentinischen Autor phantastischer Literatur? Sollen wir beide, Patrick und ich, nach Argentinien fahren, auf den Spuren von Lönnrot und Scharlach, den Gestalten des Jorge Luis Borges? Oder pilgern wir zum Grab von Palade? Oder, noch besser, zum Grab von Cosmin Dima? Legen wir uns auf dem Friedhof auf die Lauer, um zu sehen, wer sich am heiligen Grab bekreuzigt, wer Blumen und Bittschriften niederlegt? Dimas Jünger, Palades Mörder, meine Verfolger? Was soll denn der arme Patrick tun? Den archaischen Kalender, die Mondfeste, das Purimritual erlernen? Oder die Tricks der kommunistischen und postkommunistischen Spionage? Oder sollten wir ins kleine Paris des Balkans reisen, bei einem Bier die alten und neuen Informanten derer treffen, die beschlossen haben, Mihnea Palade beim Meditieren auf dem Toilettenthron umzubringen? Was kann Mister Murphy denn tun? Dem osteuropäischen Professor noch ärger misstrauen, das wird er tun! Der Herr Gaşpar hält in diesem Semester eine Vorlesung über den Zirkus! Wusstet ihr das, teure Mitbürger? Also eine Vorlesung über Masken ... Ob er sich den Brief vielleicht selbst geschickt hat? Um ein wenig Spaß zu haben in der Einöde der Freiheit ... Ein osteuropäischer Gaukler! Der Herr Peter Gaşpar, dem es sterbenslangweilig geworden ist in dem Amerika der unbegrenzten Möglichkeiten – und dem es leid tut, dass er nicht schon zwanzig Jahre früher gekommen ist wie der weise Professor Gora, der Mann seiner Cousine Ludmila Serafim, *the significant other*. Auch das eine Mutmaßung, nicht wahr? Wenn hier ein Toter entdeckt wird, sind die ersten Verdächtigen die Unglücklichen, die im Haus den Toten beweinen. Bei ihnen setzen die Ermittlungen an. Bei jenen, die den Mord gemeldet haben. Was kann Patrick tun? Was würden wir an seiner Stelle tun? ›Achte auf alles Ungewöhnliche in deinem Umfeld‹, hat mir der FBI-Beamte geraten. Kann ich nicht. Ich bin zerstreut und nachlässig. Der fröhliche Ängstliche oder die ängstliche Frohnatur?«

»Nimm die Drohung ernst«, wiederholt Professor Gora gereizt. »Vergiss nicht, Lönnrot stirbt, weil er allzu vernünftig ist. Er sitzt einem vernünftigen Plan auf. Der perfekte Leser ist der, der sich vor Logik, gesundem Menschenverstand, Selbstgenügsamkeit und Skepsis hütet. Er gibt sich ganz und gar dem Text hin, er lebt ihn. Es gibt solche und solche Drohungen, du musst wachsam sein.«

»Drohen? Die können mich auch ohne Drohung umbringen. Ich soll brav sein? Ich bin brav. Ich werde nicht mehr eintauchen in die Dünste des Vaterlandes. Ich habe es für Palade getan. Er hatte mich darum gebeten. Aus! Ich bin weg. Endgültig. Adieu!«

»Palade ist bedroht und dann umgebracht worden.«

»Er war nicht brav. Sie haben die Drohungen wiederholt, er war immer noch nicht brav. Er hat sie gegen sich aufgebracht. Außerdem war er ein Renegat. Renegaten werden bestraft.«

»Was heißt hier Renegat?«

»Dimas Schüler wird zum Antinationalisten, er schändet heilige Sinnbilder. Lässt sich mit einer jungen heidnischen Hexe ein, verliebt sich in Amerika, wo er einen anderen Namen annimmt und sogar seinen Glauben zu ändern bereit ist. Ich bin das alte Übel. Er-le-digt. Basta. Ein weiteres Bubenstück kommt nicht in Frage. Die Rezension war mein einziges Werk. Er-le-digt. Ein Pappenstiel.«

»Da gibt es noch den allseits bekannten, ja berühmten Text *Mynheer* und das unbekannte Meisterwerk. So ging das Gerücht.«

»Das werden die Gerüchteköche geschrieben haben.«

»Du hast eine Drohung bekommen, vergiss das nicht. Eine Verurteilung.«

»Damit ich stillhalte. Ich halte still. Stumm, schwarzer Schwan. Taub wie die Statue des Buddha, stumm wie das Standbild des Moses. Taubstumm wie meine taubstummen Brüder allenthalben, seit eh und je. Ich schere mich nicht um Dummköpfe, die sich mit anderen Dummköpfen verbünden. Sie werden mich vergessen, sie finden schon andere Zielscheiben. Diese Drohung ist der Scherz eines Bildungshubers. Eines Versagers.«

»Versager können gefährlich sein. Hitler war auch einer.«

»Todesurteil? Alle sind wir zum Tode verurteilt. Unsichtbare Autorität? Unüberwindlich? Ein Schwachsinniger mit Bildungsanspuch. Er will scheinen, was er nicht sein kann.«

Als Gora seine Stimme zwei Wochen später wieder hörte, hatte sich etwas geändert.

»Der Wald. Er überfällt mich nachts. Wachen, Hunde, Gerippe, Stacheldraht. Meine Schuld, die Schuld anderer, ich weiß es nicht. Ich schlafe kaum. Ich erwache schweißgebadet, ausgelaugt. An der Tür, vor den Fenstern die Hunde der Finsternis, die Wachen. Ein Glück, dass meine Mutter mich nicht sieht. Ich versinke im Schlaf, im Albtraum, ich erwache erschöpft.«

Hatte er es der Polizei gemeldet? Er hatte es der Leitung des Colleges gemeldet. Eine Studentin hatte ihm dazu geraten.

»Eine Studentin? Wieso das denn?«

Eine Studentin, mit der er irgendwann einen Konflikt gehabt hatte.

»Schön?«

»Lu ist es nicht, keine Sorge ... Keine Doppelgängerin von Lu. Ich kann mit jemandem reden, darauf kommt es an. WASP. *White Anglo-Saxon Protestant*, so viel habe ich auch gelernt. Sie ist nicht so verrückt wie wir. Anders verrückt.«

Die Studentin hatte ihn ermahnt, die Leitung des Colleges in Kenntnis zu setzen.

»Es war noch schlimmer.«

»Wieso noch schlimmer? Wieso war es noch schlimmer?«

»Die Streife. Die Streife nachts. Alle zwei Stunden. Nein …«

Der Heilige Augustin murmelte etwas. Es war nicht klar, was, jedenfalls schrieb er eifrig drauflos.

»Ich habe dir etwas zu sagen vergessen, Meister. Ich habe mit Palade gesprochen. Also dem Bruder. Lucian, Luci. Luci Palade, der noch dort lebt. Er hat mir erzählt, dass die Attacken gegen den Hergelaufenen, also mich, weiterhin in allen Zeitungen geritten werden. Geändert hat sich nur das Klischee, sie reden nicht mehr vom Fremden, dem Verräter, sondern vom Versager. Ich habe nichts geschrieben, ich habe keine Begabung, wie komme ich also dazu, mich zu äußern? Sie haben recht. Wer keine Begabung hat, der hat keine Wahl. Keine Begabung, kein Wahlrecht, kein Stimmrecht im Land der Begabten. Die Idioten haben das volkstümliche Sprichwort vergessen: ›Kinder und Narren sagen die Wahrheit‹. Haben sie doch, oder?«

»Sie betrachten dich als Feind. Versager sind gefährlich, wie gesagt, und sie sind auf Rache aus, pass auf, dass du …«

Der Heilige Augustin grummelte umsonst. Peter war bereits verschwunden, die Stimme war verschwunden, das Gespenst hatte sich mit seinem faulen Zauber ins Nichts zurückgezogen.

* * *

Aus dem Nichts sendet das Gespenst allerdings Rätsel, Hinweise, Fangfragen.

Wieder für sich, rekapituliert der Heilige Augustin. Sollte der zum Leser und Autor herangewachsene Basketballer wirklich nicht von Borges' berühmter Erzählung gehört haben? Kaum zu glauben. Lu dürfte ihm von der Mansarde der Verdächtigen erzählt haben, wo das verdächtige Märchen aufs Tapet kam. Sie dürfte auch von dem Abend erzählt haben, an dem Palade über die Parallelwelten bei Borges referiert hatte. Wenn nun aber Lu, diskret und anständig wie immer, das Schwelgen in der Vergangenheit vermieden hatte, müsste Gaşpar die Geschichte mit Sicherheit von Palade gehört haben. Sie hatten lange über Dima diskutiert, Borges war ein unabdingbarer Bezugspunkt, Dima und Palade hatten beide Arbeiten über den Blinden von Buenos Aires veröffentlicht.

Allerdings hatte Gaşpar in seinen Berichten über die Nächte mit Palade den Namen Borges nicht erwähnt! Keine Anspielung, keine Andeutung, nichts! Auch in der Rezension zu den Memoiren von Dima kam Borges nicht vor. Hatte er damals schon auf sein Spiel mit den Masken und Zitaten hingearbeitet? Hatte die kurze Beschäftigung mit Dimas Dilemma und den Merkwürdigkeiten Palades ihm damals schon zur Vorbereitung seiner künftigen Belustigungen gedient? Ein Drohbrief! Von wegen, Mörder brauchen keine Zitate aus esoterischen Büchern für Minderbemittelte.

Engel schreiben keine Bücher. Was soll das denn, du Spaßvogel? Sie schreiben keine Bücher, also auch keine aus Büchern übernommenen Drohungen. Gora hatte diesen Aphorismus in der Gesprächsnotiz über das Treffen von Patrick und Peter gefunden und wunderte sich erneut über die gelungenen Formulierungen dieses Hanswursts.

Und wie kam es, dass ein im Hause des Kommunisten David Gaşpar und in den kommunistischen Schulen des roten Zeitalters aufgewachsener Basketballer zu all diesen feinsinnigen talmudischen Spekulationen über ein Kärtchen mit Auszügen aus der *New York Times* fähig war?

Professor Gora war überzeugt, dass Peter der Neuheiten der Neuen Welt überdrüssig war und seine Unverantwortlichkeit wieder aufleben ließ. Von Anfang an hatte er angekündigt, sein Spiel mit dem Tod auf auswärtigem Platz austragen zu wollen, und jetzt inszenierte er ein Notturno der Bedrohungen.

Viel Zeit hatte er verloren mit dieser lächerlichen Farce, und nur zu gern hätte er selbst die Polizei angerufen und durchgegeben, dass ein guter Freund, der gerade aus dem Osten geflohen war, hier, im Land der Freiheit, in Todesgefahr schwebte.

Dieser Absatz gehörte unbedingt in den Nekrolog, an dem er gerade arbeitete.

* * *

Das Leben nach dem Tod ist nichts als ein kümmerlicher Nekrolog, sagt Professor Gora. Die Vergänglichkeit nach der Vergänglichkeit hat ihre berufsmäßigen Schreiber, Vermittler, Kunden, riesige Archive und riesige Werbeagenturen. Jede Geschichte mit einem Anfang und einem Ende ist ein Nekrolog.

Because of the short time between the notification of a death and the next publication deadline … Wegen der kurzen Spanne zwischen dem Bekanntwerden eines Todes und der Veröffentlichung der Nachricht haben viele Presseagenturen Nekrologe im Stehsatz, die zu gegebener Zeit aktualisiert werden.

Die letzte Beglaubigung des Erdendaseins darf nicht lapidar und formal sein. Die Wahrheit ist auch die Wahrheit der Phantasie und der Möglichkeiten, die Wirklichkeit besteht nicht nur aus Tatsachen, sondern auch aus Hypothesen und Rätseln, aus unerfüllten Chancen, die sich einmal geboten haben und nicht wahrgenommen worden sind.

Er hat Handbücher zum Verfassen von Nekrologen zu Rate gezogen, die Reihe *Know How* beriet nicht nur in Sachen Gartenpflege, Heirat, Elektroinstallationen, Diabetes, Libido, Wintersport, sondern unweigerlich auch in den letzten Dingen. Das letzte Großereignis: die Kopulation mit Gevatter Tod.

An obituary can be basic … Ein Nekrolog kann sich auf elementare, allgemein bekannte Fakten aus dem Leben des Verstorbenen beschränken, aber auch einen sehr persönlichen Blick auf dessen Leben eröffnen, indem man die Einzigartigkeit dessen, der geliebt oder verachtet wurde, mit Details aus seinem Leben belegt. Der Nekrolog hat sich von einer Abschiedsnotiz hin zu einer vielschichtigen, nachhaltigen Gedenkschrift entwickelt. Er kann die Form einer bewegten und illustrierten Biographie annehmen. Man kann das Nationalarchiv für Nekrologe einsehen.

Millionen und Abermillionen von Beispielen finden sich in The Daily Book of Obituaries, *Nachrufe militärischer und sportlicher Observanz, Nekrologe auf Helden und Hochstapler, Flüchtlinge und Abenteurer, Vertriebene, Animateure, Kurtisanen, Zuhälter, Politiker, Banker, Clowns und Nonnen und Zauberer und Krüppel. Bescheidene, zwielichtige oder exzentrische Lebensläufe.*

Der Nekrolog ist keine einfache Abschiedsnotiz, sondern eine Denkschrift für die Nachwelt. Die Geschichte eines Lebens mit allem, was ein Leben enthält und was zu enthalten ihm nicht gegeben war. Nicht zu vernachlässigen sind die Misserfolge, was man sein und tun wollte und zu sein und zu tun nicht geschafft hat, das Scheitern ohne zweiten Versuch. Hier wird nicht der Kalender abgespult, auch nicht das alltägliche Chaos.

Immer wieder hat er die berühmte Band »Obituary« gehört, die Ende der achtziger Jahre in Florida das Genre des *death metal* lanciert hatte, er hat das Album *Cause of Death* gekauft, hat Notizen zu *The End Complete, World Demise, Set in Stone* und *Buried Alive* gesammelt.

»Weißt du, was Peter gesagt hat, als ich ihn nach Eva gefragt habe?«

Lu war stehengeblieben, sie standen auf dem Bürgersteig vor dem Nordbahnhof und hatten gerade den Gymnasiasten Peter Gaşpar zum Zug gen Norden gebracht.

»Eva ist ganz auf ihn fixiert, nicht auf ihren Mann. Der Sohn ist davon nicht begeistert, protestiert aber auch nicht, er schenkt dem keine Beachtung und geht seinem Basketball nach. Eva hat mir am Telefon von seinem Besuch auf dem Friedhof von Săpînţa erzählt.«

Gora hatte von diesem Friedhof noch nie gehört.

»Der fröhliche Friedhof von Săpînţa in der Maramuresch. Die Grabkränze sind mit lustigen bunten Szenen bemalt. Mit Karikaturen und spaßigen Versen zum Leben des Verstorbenen. Der Chronist des Dorfes verfolgt das Leben der Einheimischen, um ihm dann auf ihrem Grab ein Denkmal zu setzen. Peter war auf Klassenfahrt in Săpînţa.«

Lu berichtete dies mit äußerstem Ernst.

»Bei der Rückkehr hat er Eva davon erzählt. Sie hat ihm aufmerksam zugehört und darauf eine Woche lang nicht mehr mit ihm geredet. Der Tod ist nicht komisch, hat sie gesagt. Ich habe Peter nach seiner Mutter gefragt. Er erzählte mir, David habe das Thema Tod zum Tabu erklärt, nachdem Eva irgendwann bemerkt hat, dass sie aus dem Lager nicht nach Hause, sondern auf einen Friedhof zurückgekehrt seien.«

In recent years, a new journalistic genre has developed: the obituary as entertainment.

Entertainment, was denn sonst?

Werbung, Spaß, Unterhaltung. Die Ware muss anziehend wirken, ob Buch oder Möhren oder Schuhe. Sonst wird sie nicht gekauft, sie verfault und verschwindet. Ich kaufe, also bin ich, ich verkaufe mich, um zu kaufen. Wenn ich nicht gekauft werde, habe ich keinen Wert. Der Nekrolog beweist, dass es mich gegeben hat! Wenn man ihn nicht liest, hat es mich nicht gegeben. Es gibt mich nicht, weil es mich nicht gegeben hat.

It's a new industry, a cavalcade of performers and healers … Es ist eine neue Industrie, eine Kavalkade von Darstellern und Therapeuten, Junggesellen, Spionen, Akrobaten, Stars aus Sport, Film und Jazz, Exzentrikern und Mördern und Bürokraten. Diskursive anekdotische Produkte von zynischer Direktheit, rührend und, natürlich, unterhaltsam.

De mortuis nil nisi bene, das gilt nicht mehr.

Spaß, ohne Vorurteile und Hemmungen, Infantilisierung. Was ist denn schlimm daran, Professor? Ja, was ist schlimm daran? fragt sich der Professor.

Gora lächelte müde und strich verträumt über die blauen Handschuhe auf dem Ordner, den zu öffnen er zögerte.

Luftig weite Hosenbeine aus grüner Seide. Ärmellose durchsichtige Bluse. Sandalen mit einem einzigen Riemchen an den nackten Füßen. Lu, die bleiche Andalusierin. Intensiver Blick, intensive Erwartung. Sie hat die Sandalen abgestreift, die Hose, das Höschen, klein wie ein vergilbtes Blatt. Die prallen Brüste, der heiße Bauch, die langen Arme, die Beine, lang und bebend vor Spannung. Der höchste Augenblick, der Gipfel der Jugendlichkeit. Sie öffnet die Flasche, schenkt ein. Der Klang des alten Kristalls. Auf dem Tisch Himbeeren, Kirschen, der Wein. Sie ist hier und weit weg, im Grün der hohen Bäume.

Sorgfältig putzte sie das Gemüse, sie trug eine Bluse aus luftigem Leinen. Rot, gelb, weiß. Dann wusch sie den Fisch und die Früchte. Sie hatte dünne Gummihandschuhe übergestreift wie ein Chirurg. Weiß, gelb, blau. Sorgfältig zerkleinerte sie das Gemüse, Schnitt um Schnitt. Sie feierte den samtenen Morgen, die ekstatische Munterkeit des Lebendigen. Sie atmete die Physik und die Metaphysik des Tages, liebte das Konkrete und das Heilige, die darin enthalten waren. Konzentration und Sinnlichkeit.

Aphrodisiaka von einst. Gora betrachtete den Wald und schielte dann und wann nach dem Bildschirm, der den Jammer des Tages frei Haus liefert. In regelmäßigen Abständen lehnte er sich im Sessel zurück, legte die Hand über die Augen in der verzweifelten Suche nach Entspannung.

Luftig weite Hosenbeine, durchsichtige Leinenbluse. Die Sandalen, der nackte Fuß. Verblüffung beim Anblick der gealterten runzligen Haut. Der Körper verwelkt, pergamentene Haut, die Haare weiß wie Schnee und wie das Leichentuch. Die Zunge lang und schnell, die Hände bläulich geädert, lang und zart, die Beine lang und dürr: ein Gerippe, klapperdürr, das bei der ersten Berührung in sich zusammenfällt: ein Häuflein Staub.

Sie hat die Sandalen abgestreift, die Hose, das Höschen, klein wie ein vergilbtes Blatt. Die welken Brüste, die Haut des Bauches schimmert ins Blaue, alte Schenkel, die Schamlippen versengt unter dem Büschel gekräuselter weißer Haare. Sie greift mit ihrer schmalen, langen, geäderten Hand nach deiner. Sie umfasst deine Finger und führt sie sich ein, sie stöhnt. Die Wimpern beben, die Stimme ebenso. Ein kurzer Schrei, wie der eines Käuzchens.

Sie öffnet die grüne Flasche, schenkt ein. Der Gläserklang der Vergangenheit. Himbeeren, Kirschen, Wein. Sie legt die Kirsche an die Lippen des Sterblichen. Sie schiebt sie ihm zärtlich in den Mund. Tiefer, immer tiefer. Bittere, alte Finger.

»Wie war deine Jugend?«, fragt sie. »Du hast spät angefangen, nicht wahr?«

Für einen Augenblick schwebt sie im Grün der hohen Bäume. Verbrannter Blick.

»O ja, ich auch. Spät, zu spät. Es tut mir leid, wirklich leid.« Die Lippen saugen, die Zähne beißen, die Zunge leckt. Der Sterbliche wird hineingezogen, gierig der Blick, dünn, altersschwach der Leib, ein müdes Stöhnen, ein Schrei. Hunger und Sättigung, Kopulation mit dem Tod.

Gesichte von einst. Dann und wann hebt er den Blick zu dem blauen Bildschirm: Der Schachspieler wischt sich mit der breiten behaarten Hand über Stirn und Glatze. Der Gegner ist nicht zu sehen, nur das Brett mit den roten und grünen Feldern. Die rote und die grüne Mannschaft. König, Dame, Springer, Läufer, Türme, Bauern.

Der kahle Husar mit dem schwarzen Schnauzer spielt mit den roten Figuren. Er berührt mit dem Zeigefinger die Krone der Dame, hält nachdenklich inne, betrachtet staunend das Schlachtfeld. Die Reiche sind nicht mehr weiß und schwarz, sondern bunt, wie es das kunterbunte Zeitalter erfordert. Er hebt die Hand, führt sie an die Stirn, kratzt sich auf der Glatze, zaust seine Brauen, die eine, die andere. In der Rechten hält er die bunte Dose, auf der in bunten Großbuchstaben steht: COCA-COLA. Peter strahlt, als hätte er ein Zeichen des Himmels empfangen.

Gora lächelt ebenfalls, ganz wach. Die Brause fließt aus der Dose in den hohen, schlanken Becher. Schäumend, kühl, frisch, ein Elixier. Die Rettung.

Er schlürft, wieder und wieder. Trinken Sie Ihr Seelenheil! Die Rettung. Stärkt das Gedächtnis, macht die Gegenwart gegenwärtiger, blendet die Zukunft aus, das Alter und den Nekrolog.

Auf dem Tisch der Ordner. Am Tischrand die Handschuhe der Vergangenheit.

* * *

Bleich, unrasiert, unausgeschlafen – der Professor Peter Gaşpar, der Verfolgte, der Beschwerdeführer, er scheint bereit, die Rolle des Schuldigen zu übernehmen. Der Blick, der Ton, die Fragen, die am Anfang des erneuten Treffens stehen, zeugen von dieser Veränderung. Das Gespräch verläuft anders als die vorherigen. Peter scheint müde und träge, erdrückt von der Last der Schuld, die er aus Überdruss einzugestehen bereit ist. Wenige Minuten später dann ein Szenenwechsel: Er legt die großen Hände auf den Tisch, vor die großen Hände des Polizisten. Er hebt die Hände. Der Zeigefinger der rechten Hand ist auf die beiden Bände auf dem Tisch gerichtet. Er verkündet mit tiefer Stimme:

»Ich habe das Zitat und den Autor gefunden.«

Auf dem Tisch liegt ein Band mit buntgestreiftem Umschlag. Dreizeilig, in goldener Prägung der Titel: *FIC-CIO-NES*. Daneben ein weiterer Band. Hochglanzumschlag, schwarzweiß: *LABYRINTHS. Selected Stories & Other Writings by Jorge Luis Borges*.

Patrick notiert etwas. Er schaut nicht auf, er beugt sich über sein Schreibheft mit Spiralbindung. Das holt er nur zu ungewöhnlichen Anlässen aus seiner großen alten, schäbigen Ledertasche. Er hat den als Beschwerdeführer getarnten Verdächtigen scharf angesehen, dann hat er überraschend zu schreiben begonnen.

Mit der Linken hält er die Bücher auf und notiert Verlag und Erscheinungsjahr. Er nimmt ein Blatt vom Tisch. Er halbiert es und legt die beiden Hälften als Lesezeichen in die beiden Bände, jeweils dort, wo der Text *Death and the Compass* beginnt. Seite 129 in dem einen, Seite 76 in dem anderen Band.

»Argentinier, sagten Sie?«

»Ja, ein großer argentinischer Schriftsteller. 1899 in Buenos Aires geboren. Aus einer Familie spanischer, englischer und wohl auch jüdisch-portugiesischer Herkunft.«

»Also tot.«

»Er hat den Tod hinausgeschoben, er wollte noch den Nobelpreis bekommen. Er hat den Bogen gespannt, so weit es ging – schließlich hat ihn der Tod doch ereilt, mit siebenundachtzig Jahren. Alt und blind.«

»Hat er den Preis bekommen?«

»Nein. Preise sind eine Lotterie. Umso mehr der Große Preis. Chancen hatte er, aber die Presse hat ihn teilweise scharf angegriffen, man behauptete, er sei Faschist gewesen.«

»War er es denn?«

»Blödsinn, er konnte es gar nicht sein.«

»Der alte Alchimist Dima schon?«

»Man kann sie nicht vergleichen. Auch wenn Dima fasziniert war von Borges. Ebenso wie Palade. Und möglicherweise auch der Fanatiker, der mich mit diesem Drohbrief beehrt hat. Weder Borges noch Palade war ein Faschist. Mit Dima ist das komplizierter, das habe ich in meinem Artikel dargelegt. Immerhin war er nicht der typische Faschist.«

»Sondern?«

Peter antwortet nicht, Patrick schreibt nicht. Feindselig mustert er den Verdächtigen wie damals, als er zum ersten Mal wild entschlossen vor seiner Tür stand. Die verzwickten kulturellen Fallen befördern das Misstrauen. Gerede um den heißen Brei, das steht in Patricks Blick zu lesen. Er blättert, hält bei der einen oder anderen Zeile inne, verärgert über die undurchsichtigen Aussagen.

»Ein Krimi?«

»Man kann es als Krimi lesen. Der eine Held ist ein Detektiv, der andere der Tod. Der Logiker, der mit Kompass, Winkel und Zirkel arbeitet.«

Patrick ist gereizt und scheint kurz davor, seine Waffe zu ziehen, um dem Geschwätz des Klugscheißers ein Ende zu setzen.

»Lönnrot. Scharlach. Was sind das überhaupt für Namen?«

»Ich weiß es nicht. Nordischer Herkunft. Namen aus einer Erzählung.«

»Und das Zitat, wo ist das Zitat?«

»Hier, Seite 141: ›*The next time I kill you,*‹ *said Scharlach,* ›*I promise you the labyrinth made of a single straight line which is invisible and everlasting.*‹ *He stepped back a few paces. Then, very carefully, he fired.* In dem anderen Band, Seite 87: ›*The next time I kill you,*‹ *replied Scharlach,* ›*I promise you that labyrinth, consisting of a single line which is invisible and inceasing.‹ He moved back a few steps. Then, very carefully, he fired.* Mein Mörder hat aus dem ersten zitiert. Erschienen in New York, bei Grove Press. Er hat nur den Artikel vor dem Substantiv weggelassen. *Next time,* nicht *the next time.* Ihr Kollege Trooper hatte recht.«

»Trooper? Welcher Trooper?«

»Herr Jim Smith von der Ortspolizei. Von Trooper, der Ortspolizei. Er meinte, es müsse heißen: ***the** next time,* also sei der Absender wohl Ausländer. Er hat die Postkarte an sich genommen und an das Ermittlungslabor in Washington geschickt. Zwecks Untersuchung der Fingerabdrücke. Gibt es irgendeinen Befund?«

»Ich glaube nicht. Das dauert. Das Labor ist überlastet.«

»Natürlich. Im Land der Freiheit ist auch Mord eine Form der Freiheit. Es spielt keine Rolle, ob mein Mörder korrekt schreiben kann.«

»Mörder?«

»Der, der sich als solcher ausgibt. Der Ausländer.«

»Ausländer?«

»So hat Herr Jim Smith gesagt. Es hätte heißen müssen: ***the** next time* und ***I will** kill you.*«

Patrick grinst. Der Ortspolizist erscheint ihm nicht vertrauenswürdiger als der Professor, den er vernimmt.

»Es gibt Amerikaner in der zehnten Generation, die nicht korrekt schreiben können.«

Wieder sieht er den Ausländer, den er vor sich hat, starr an.

»Kann ich die Bände mitnehmen? Eigentlich nur den ersten, den von Grove Press.«

»Natürlich.«

»Okay, ich werde die Erzählung lesen. Ich glaube nicht, dass ich etwas finden werde außer dem Zitat. Gibt es noch etwas in dem Text, worauf wir achten müssen?«

»Das Maskenfest.«

»Was ist das denn?«

»Auf der ersten Seite wird Doktor Marcel Yarmolinsky genannt. Der Podolsker Abgesandte beim Internationalen Talmud-

Kongress. Podolsk ist eine Ortschaft in Osteuropa. Der Talmud ist … Das wissen Sie wahrscheinlich.«

Der Polizist Patrick Murphy schweigt. Der schwarze Blick wird immer schwärzer. Ob Larry Acht Bescheid weiß oder nicht, ist schwer zu erraten.

»Yarmolinsky hat drei Jahre Krieg in den Bergen der Karpaten durchlitten. Im Gebirge meines Landes, das auch das des Alten Dima und seines Schülers Palade-Portland war. In der Geschichte passiert der dritte Mord im Februar, dem Monat des argentinischen Karnevals. Der Drohbrief ist im Februar am College eingegangen. Ein Monat ist vergangen, vielleicht mehr. Jetzt geht es auf den jüdischen Karneval zu.«

»Jüdischer Karneval?«

»Ja. Irgendwie ist es eine jüdische Geschichte. Die drei Opfer sind Juden. Der Autor war besessen von jüdischen Texten und der Kabbala. Und …«

Gaşpar wühlt in seiner linken, dann in seiner rechten Tasche, schließlich holt er ein zerknülltes Stück Papier hervor und glättet es.

»*Sefer Yetzirah,* das Buch der Bildung, verfasst in Syrien oder Palästina im sechsten Jahrhundert, und … und der Tetrarch von Galiläa, den es gar nicht gegeben hat.«

Patrick kratzt sich am Kopf, Peter nimmt den Gesprächsfaden wieder auf.

»Purim ist ein fröhliches Fest mit Masken. Für Kinder. In der Erzählung von Borges kündigt der Karneval den Mord an.«

Die Verblüffung erweist sich als fruchtbar, der Polizist hat einen blitzartigen Einfall.

»Dieser Schriftsteller, wie war der Name?«

»Borges. Jorge Luis Borges.«

»Steht er im Lehrplan?«

»Nein. Vielleicht für *graduate studies* an einer großen Universität. Aber auch hier haben einige Studenten von ihm gehört, da bin ich sicher.«

»Haben Sie irgendwann im Unterricht seinen Namen genannt?«

»Nein, nie. Glaube ich nicht. Ich hatte keinen Anlass.«

Patrick nimmt den Hörer auf.

»Tang? Bringen Sie in Erfahrung, ob hier am College in den letzten drei Jahren eine Vorlesung über den argentinischen Schriftsteller Jorge Luis Borges gehalten worden ist.«

Diesmal hat er den Namen des Schuldigen richtig ausgesprochen.

»Ja, den Namen des Professors, der die Vorlesung gehalten hat, und die Liste der Studenten, die sie besucht haben.«

Der Hörer liegt wieder an seinem Platz, Patrick ist aufgestanden. Er streckt nicht die Hand aus, er teilt nur mürrisch mit:

»Ich melde mich. Telefonisch. Wenn etwas vorfällt, sagen Sie es Jennifer.«

Die Granate im Körper. Der verborgene Tumor, die Ballung von Giftstoffen. Der Tod in der Konserve, die kurz vor der Explosion steht. Aufschub, Aufschub, stöhnt der fettleibige Körper. Die Karikatur im Spiegel vor dem Bett bettelt um Mitleid: der Bauch aufgedunsen von Fäulnis, die Kugelform des kahlrasierten Schädels, die blau geschwollenen Lippen, verschleimte Augenlider.

Ich bin die Mühe nicht wert, Allmächtiger, flüstert der Verurteilte. Es wäre ein lächerlicher Sieg, Dulcissimo, verschieb die Hinrichtung.

Eine halbe Stunde später bat der fette Peter Gaşpar nicht mehr um Aufschub, er ging in Berufung. Die Bäume schüttelten ihre strähnigen Haare im Wind, das Dunkel floss durch den Wald und umfing ihn. Dies ist das nächtliche Tribunal, vor dem er um Gnade bittet. Er hört das Geraune, das hinterlistige Gewinsel der Nacht. Er irrt um die Baracke, er hat keine Lust, in den Käfig zurückzugehen. Weniger die Drohung als jene, die dahinterstecken, machen ihn wütend. Er mag keine Märtyrer, auch keine Helden, er verabscheut die Opferrolle. Er zieht den banalen, undramatischen Tod vor. Krankheit, Selbstmord. Den Schein der Normalität oder des Unfalls. Er trägt schwer an seinem Fleisch. Im Exil hat sein Leib sich ausgedehnt. Ratlosigkeit, Schlaflosigkeit und Sprachlosigkeit.

Die Nacht wird wieder die Geräusche der Hetzjagd mit sich bringen. Schattenhafte Gerippe, die sich die Ohren zuhalten, um das Gebell nicht zu hören, die ihre Augenhöhlen bedecken, um nicht von den Scheinwerfern der Wache geblendet zu werden. Schaudernd vor Kälte und vor Angst, in gestreifter Häftlingskleidung, die viel zu weit um den skelettösen Körper flattert, Eva Kirschner, kahl, blaugefroren, sie wird dort sein.

Die Botschaft des Blinden von Buenos Aires hatte die Meute der Neurose aufgehetzt.

Peter zieht langsam seine Kreise um die Hütte. Er achtet weder auf den Wald noch auf die Hütte, die in Erwartung erstarrt sind. Er sucht seinen Atem zu bändigen. Tief atmet er ein, hält die Luft an, eins, zwei, fünf, so lange es geht, langsam, sehr langsam atmet er aus, gleichmäßig wie beim Einatmen. Eins, vier, langsam, möglichst langsam.

Vor der Tür der Tod. Eine lächelnde Dame mit ergrautem Blondschopf und großen Raubtierzähnen. Schwarzes Kleid bis zum Boden. Mit einem Zettel in der Hand. Das Urteil. Der Beschluss.

»Sind Sie … Wohnen Sie hier?«

Peter betrachtet sie verstört, er zögert mit der Antwort. Nein, die Mörderin hat keine Waffe, nur den Beschluss.

»Verzeihen Sie, aber … Verzeihen Sie, dies ist die Annonce«, stammelt die Hexe. »Verzeihen Sie … Ich war schon einmal da. Sie waren nicht zu Hause.«

Peter sieht sie an, schweigt und ist froh, dass er damals nicht zu Hause gewesen ist.

»Ich war da, Sie nicht, ich habe eine Botschaft hinterlassen. Gattino. Es geht um Gattino. Er ist blind, der Ärmste.«

Ja, der Verurteilte hatte die Botschaft bekommen, vor einem Monat. Der romanische Blinde, die Todesbotschaft.

»Er ist sechs Monate alt. Er ist grau, auf einem Auge blind. Mit einer Entzündung der Atemwege. Haben Sie ihn gesehen? Haben Sie ihn vielleicht hier in der Gegend gesehen? Kurzhaar. Er ist scheu, sehr scheu. Man muss ihn beim Namen rufen, sanft, begütigend. Gatti-Gatti-gattino, pss, pss, Gat-ti.«

Sie reicht ihm das Foto des Katers mit dem einen weißen, toten Auge. Die Alte lächelt süßlich mit ihren großen Raubtierzähnen.

»Ja, ja, gute Frau, ich habe den Zettel an der Tür gefunden. Ich habe es nicht gesehen, das Waisenkind. Also den Heimatlosen. Verspreche ich, natürlich, ich kenne die Nummer. Beide Nummern. Ihre, Helene, und die Ihres Bruders Steve. Ja, ja, habe ich. Ich werde anrufen. Sicher, ich werde sofort anrufen.«

Der Himmel verdunkelt sich. Die Kulisse verstummt. Stumm und lebendig ist auch der Irrläufer. Vergessen der Selbstmord und die Melancholie. Ihn treibt jetzt Gattinos Schicksal um. Italienischer Name, aus Buenos Aires.

Er richtet den Blick in den unlesbaren Himmel, auf den Boden vor seinen Schritten, ein Teppich aus Blättern und Kriechtieren. Er atmet tief ein und langsam, in kleinen Stößen, wieder aus.

Er sieht sich zwischen den Lichtkegeln der beiden Scheinwerfer gefangen, das Auto hält vor der Baracke. Jennifer! Die elegante Sicherheitsbeamtin in einem Mantel von Armani und mit einem Schal von Dior. Flink steigt sie aus, mit einem Lächeln.

»Sie gehen spazieren? Das ist gut für den Schlaf, sehr gut. Können wir reinkommen?«

Die elegante Vietnamesin achtet nicht auf die Unordnung im Raum.

»Ich habe die Liste der Studenten mitgebracht. Es hat eine Vorlesung über Borges gegeben! Vor zwei Jahren. Eine Professorin aus Spanien. Dies ist die Liste der Studenten. Wir vergleichen die Schrift jedes einzelnen mit der auf der Karte. Die Frage ist, ob irgendjemand von ihnen auch Ihr Student war?«

Der Professor geht die Liste durch.

»Nein, ich glaube nicht. Mir kommt kein Name bekannt vor. Ich werde es überprüfen. Morgen, im Einschreibungsbüro.«

J. T. fährt weg, die Liste bleibt auf dem Tisch. Tara ist nicht auf der Liste. Er erinnert sich an keinen der Namen, die er vor sich hat. Sollten Palades Mörder den Täter als Studenten eingeschleust haben? Das wäre gar nicht nötig, er kann in aller Ruhe den Campus betreten, die Hütte des Einsiedlers ausfindig machen, ihm auflauern, wenn er heimkommt, lächelnd aus dem Unterholz treten und vier Kugeln abfeuern, eine nach der anderen, wie es die vier Morde in Buenos Aires vorgeben. Oder das Szenario Palade wiederholen: Nach zwei Stunden Unterricht drängt es den Professor Gaşpar zur Toilette, die Blase fordert ihr Recht. Der Unbekannte geht in die Nachbarkabine. Seit einigen Jahren läuft der Professor Gefahr, sich im Pissoir die Hosen nass zu machen. Er meidet das Pissoir. Er betritt die Kabine, lässt die Hosen runter. Aufrecht vor der Schüssel stöhnt er leise, weil es brennt.

Der Botschafter des Todes steigt auf den Sitz der Nachbarkabine und zielt auf den Scheitel des Opfers. Es ist einfacher als beim armen Palade: Man kann das Opfer im Stehen erwischen statt im Sitzen. Einfach wäre auch die Variante mit der Hütte. Der Schlüssel lässt sich leicht nachmachen. Die Schlaflosigkeit, die Albträume des Nomaden kommen dem Mörder gelegen. Um zwei Uhr nachts steckt Gaşpar in einem neurotischen Serienfilm, um drei, gegen Morgen, reitet er auf einem Elefanten, aus dessen Rüssel sich ein schwerer Schwall von Tränen vom Himmel Richtung Terra ergießt. Der Cineast verfolgt auf dem Bildschirm, wie der Angreifer sich nähert, wobei er das funkelnde kleine Spielzeug um den Finger kreisen lässt, um es dann auf den Verurteilten zu richten. Mörderische Flugbahn: das unsichtbare Labyrinth: die Ewigkeit.

Peter lächelt. Er ist lächelnd eingenickt. Das von J.T. zurückgelassene Papier zittert auf seiner mächtigen Brust. Er atmet tief, schnarcht leise wie ein müdes fettes Küken.

Auf der Brust die Liste mit den Studenten der Borges-Vorlesung. Ein dünner weißer Schild.

* * *

»Wir haben einen Verdächtigen. Wir haben die Handschrift auf der Karte mit der der Studenten der Borges-Vorlesung verglichen. Es gibt einen Verdächtigen.«

»Der Text ist getippt.«

»Aber der Name des Empfängers ist von Hand geschrieben. Ebenso die Anschrift.«

»Also?«

»Der Verdächtige ist aus Kalifornien. Angeblich Pole von Geburt. Er hat ein Stipendium, studiert Politikwissenschaften, und er ist Chefredakteur der Zeitschrift *Journal of Political Studies*, die das College herausgibt. Sehr klug, sehr gebildet, sehr umgänglich.«

»Sehr sehr sehr. Wie heißt er?«

J. T. buchstabiert den Namen von dem Zettel auf dem Schreibtisch.

»E-r-a-s-t. Erast. L-o-j-e-w-s-k-i. Erast Lojewski. Lojewski. Die Eltern sind also Polen. Er schließt dieses Jahr sein Studium ab.«

J. T. ist zufrieden, sie hat schnell gearbeitet, sie ist geschmackvoll geschminkt.

»Haben Sie ihn vernommen?«

»Dürfen wir nicht. Wir haben die Schriftproben nach Washington ins Labor geschickt. Wenn wir einen positiven Befund bekommen, ersuchen wir den Staatsanwalt um die Erlaubnis, ihn zu vernehmen.«

Gaşpar lächelt wehmütig. Der byzantinische Sozialismus hat ihm derlei Skrupel nicht beigebracht. Als Barbar bin ich dem Käfig entkommen. Die Insassen und die Wächter hielten mich für einen liberalen Narren, einen Freidenker, der in den Dschungel der Freiheit verstoßen gehörte. Ich war ein Sklave wie all die andern, mit der Mentalität eines Sklaven. Etwas unbekümmerter vielleicht, auf dem Sprung. Ein Barbar allerdings, ein Barbar.

»Überwachen Sie ihn?«

»Das dürfen wir auch nicht. Solange der Laborbefund nicht da ist. Würden Sie sich sicherer fühlen, wenn wir ihn überwachten?«

»Weiß ich nicht – nun ja. Wahrscheinlich. Heute Nacht habe ich nicht zu Hause geschlafen.«

»Wo haben Sie geschlafen?«

»In einem Motel. An der Hauptstraße, nicht weit weg vom College. Ich habe ein Taxi gerufen, habe nach dem nächsten Hotel gefragt, der Fahrer hat mich hingebracht. Morgens hat er mich wieder zurückgebracht.«

»Motels sind nicht die sichersten Orte.«

»Ich weiß, ich habe genug amerikanische Filme gesehen.«

»Sie hätten mich anrufen sollen, wir hätten eine Lösung gefunden.«

»Ich habe überlebt, hier bin ich. Habe die Ehre, verfolgt und verteidigt zu werden. Intensität! Ich komme nicht dazu, mich zu langweilen.«

Am selben Nachmittag teilte ihm J.T., nunmehr in Nachmittagsgarderobe, mit, dass er nicht der einzige war, der bedroht wurde! Zwei weitere Professoren hatten dieselbe Botschaft bekommen. Nein, die Namen konnte sie ihm nicht nennen. Die Information gehe auf ein Gespräch in der Professorenkantine zurück, das der Sicherheitsdienst zufällig mitbekommen hatte. Also sie selbst, Frau Tang, hatte es mitangehört, und nicht ganz zufällig.

Einer der Briefe war vollständig von Hand geschrieben! Dieselbe Handschrift, die der von Erast Lojewski glich. Auf der Rückseite war nicht das Bild der Ermitage, sondern ein anderes, ebenfalls aus der *New York Times*. Ein Foto von Arafat und eines von Pinochet.

Die beiden amerikanischen Professoren hatten sich nicht an die Verwaltung gewandt. Sie hatten die Postkarte für ein Spiel gehalten, das nicht ernst zu nehmen war. Der Osteuropäer war also besessen von Gespenstern und Horrorvorstellungen? Wollte die amerikanische Vietnamesin darauf hinaus? Hatte denn nicht er, Professor Peter Gaşpar, Larry Eins und den seemännischen Dekan und die verschwiegene Vietnamesin J.T. zu überzeugen versucht, dass die Drohung eine Farce war?

Die als Beruhigung gedachte Nachricht tat ihre Wirkung nicht. Wenn es mehrere sich ähnelnde Briefe gab, hieße das, er war nicht als einziger im Visier. Der Absender musste nicht unbedingt ein Landsmann, Bewunderer von Dima und Mörder von Palade sein. Es konnte sich auch einfach um ein Ablenkungsmanöver handeln, mit dem Ziel, das Opfer in Sicherheit zu wiegen und die Polizei in die Irre zu führen.

»Professor Gaşpar? Hier spricht Gilbert. Professor Anteos Gilbert. Latein und Griechisch, Geschichte des Altertums. Ich höre, Sie haben einen Brief bekommen. Bedrohlich.«

Aha, der Professor von Tara! Also Taras Brief? Ja, der war irgendwann irgendwie bedrohlich gewesen.

Gaşpar fällt noch rechtzeitig ein, dass es sich um einen anderen Brief handeln muss.

»Auch ich habe einen bekommen«, fährt der Grieche geduldig fort.

»Das wusste ich nicht.«

»Konnten Sie auch nicht wissen. Diese Roboter von der Polizei kommunizieren nicht miteinander. Drei Hierarchien. Bund, Staat, lokal. Die Lokalpolizei Trooper meldet generell nichts beim FBI. Denn dort scheren sie sich nicht um Staats- und Lokalpolizei. Ein jeder hat seine Berufsehre! Ich bin zur Staatspolizei gegangen. Zur Polizei des Staates New York. Schon an dem Abend des Tages, als ich den Brief in der Post hatte. Valia, meine Frau, war in Panik geraten. Wir müssen sofort zur Polizei, ihnen den Brief zeigen. Valia ist Russin.«

»Wusste ich nicht. Und was hat das …?«

Vieles weiß er nicht, der Professor Gaşpar, vieles um ihn herum sieht er nicht, geblendet von unsichtbaren Scharaden.

»Allerhand hat das zu bedeuten. Kosovo, die Serben, Tschetschenien. Verstehen Sie doch.«

Der Zuhörer versteht nichts, aber er hat keine Eile, er wartet.

»Valia befürchtete, es sei eine islamische Drohung. Wegen der Unterdrückung der Tschetschenen durch die Russen oder der Unterstützung, die die Russen den Serben in Jugoslawien geleistet haben.«

Dem Osteuropäer sind die komplizierten Zusammenhänge in jenen Gefilden nicht fremd. Er atmet schwer. Der Schwall an Informationen verursachte ihm Atembeschwerden und schließlich weiteren Überdruss. Unnötig war es, Frau J. T. gegenüber aufzutrumpfen, er komme gar nicht dazu, sich zu langweilen. Ein Mangel und ein Überfluss an Informationen haben dieselbe Wirkung.

»Und was ist passiert? Was ist bei der Polizei passiert?«

»Ich habe mit einem Herrn Martin gesprochen. Ich habe ihm alles erzählt, ihm die Karte gezeigt. Er hat mich stundenlang gelöchert. Er hat mich schließlich zu einer Anzeige gedrängt. Ich habe nachgegeben. Um Mitternacht bin ich da rausgekommen.«

»Haben Sie das Zitat entschlüsselt? Haben Sie ihnen den Verfasser genannt?«

»Wieso Zitat? Dieser absurde Satz? Labyrinth! Labyrinth aus einer einzigen Linie! Unsichtbar, ewig? Ein einziger Schlag! Nächstes Mal töte ich dich mit einem einzigen Schlag ... Nein, keine Ahnung, ob das ein Zitat ist. Glaube ich nicht, und es ist auch nicht wichtig. Darum ging es der Polizei nicht. Ich habe ihnen gesagt, wer die Karte geschrieben hat.«

»Wer? Wissen Sie das? Wieso? Woher?«

»Eine Studentin. Eine Studentin aus meinem Kurs. Ich habe ihre Handschrift erkannt.«

»Tara? Tara Nelson?«

»Tara Nelson? Nein, davon kann keine Rede sein. Eine ausländische Studentin.«

»Ausländisch? Woher?«

»Sarajevo. Sie ist mit einem Stipendium zu uns gekommen. Deste. So heißt sie. D., so hat sie die Karte unterzeichnet. Deste.«

»Sarajevo? Sie haben die Schrift erkannt? Wie, wie denn? Ein paar handgeschriebene Wörter – das ist nicht so einfach.«

»Sie hat immer wieder Zettel geschrieben, die sie mir vor der Vorlesung überreichte. Sie fragte nach Quellenangaben, wollte Ratschläge. Ich meinte die Handschrift zu erkennen, aber ich war nicht sicher. Ich wollte es auch gar nicht wissen. Ich habe die Sache der Polizei überlassen, die sollten sich den Kopf zerbrechen. Entscheidend war das Treffen.«

»Welches Treffen?«

»In der Bibliothek. Etwa eine Woche später gehe ich in die Bibliothek, Deste sitzt an einem Computer. Ich trete näher. Frage, was sie macht. Sie zeigt es mir. Sie druckt einen Text aus. Ich erstarre. Der Text, den wir kennen. Ich sage ihr, dass ich den Brief erhalten habe. Sie haben ihn also bekommen. Sehr gut, das freut mich. Sie lacht. Sie hat ein unwiderstehliches Lachen.«

»Hat sie etwas dazu gesagt? Haben Sie begriffen, was sie will?«

»Ich habe sie gefragt, ob ich der einzige Empfänger bin. Keineswegs. Vierzig. Vierzig Briefe! In alle Ecken und Enden Amerikas! Ich habe ihr erklärt, dass solche Dinge strafbar sind. Sie schien verwundert. Verwundert, belustigt. Treuherzig. Das Mädchen ist bezaubernd. Unschuldig, aber ironisch. Zauberhaft.«

Der Professor Gaşpar hatte mehr erfahren als erwartet, er hatte keine weiteren Fragen.

»Wie sie denn die Adressaten ausgewählt habe, wollte ich von ihr wissen. Interessante Leute! Das war das Kriterium. Sagte sie. Treuherzig.«

»Mich kennt sie nicht, ich habe sie nie gesehen.«

»Sie hat wahrscheinlich das eine oder andere in Erfahrung gebracht. Durch die Biographien, die im Jahrbuch des Colleges stehen, oder durch Studenten. Im College sind lediglich vier Sendungen eingetroffen! Das ist alles. Wenig, müssen wir zugeben … Wer weiß, wohin und wem sie Briefe geschickt hat. Ich habe ihr gesagt, dass ich die Polizei benachrichtigen muss. Polizei? Was hat die Polizei damit zu tun? Ich habe ihr erklärt, dass man nicht weiß, welche Auswirkungen solche Spielchen haben können. Sie war verblüfft. Obwohl sie doch eigentlich gerade darauf aus war. Sie ist bezaubernd, wie gesagt.«

»Worauf denn? Worauf war sie aus?«

»Eine Ausstellung! Ein Kunstprojekt, Konzeptkunst. *Installation* heißt das jetzt. Etwas mit dem Byzantinischen Reich. Habe ich nicht ganz verstanden, es hat mich nicht interessiert. Abends habe ich die Polizei angerufen.«

»Sie haben eine Unschuldige angezeigt.«

»Im Gegenteil. Ich habe meine Anzeige zurückgezogen.«

»Zurückgezogen? Haben Sie nicht gesagt, Sie hätten der Polizei am Ende ihren Namen genannt? Den Namen jener, die …«

»Am Ende schon, aber damals nicht. Damals habe ich nur meine Anzeige zurückgezogen.«

»Weshalb? Die Studentin vertrat das Byzantinische Reich. Gerade was Valia, Ihre Frau, vermutete …«

»Blödsinn. Deste ist keine Propagandistin. Auch keine Terroristin. Sie hat nichts gegen die Russen. Herr Gaşpar, wissen Sie, wie sich ein alter Mann, dick und kahl, einer bezaubernden jungen Frau gegenüber fühlt? Wissen Sie das?«

Der Herr Gaşpar weiß es und schweigt.

»Wir kennen uns gar nicht, wir beide, und schon bin ich ins Schwatzen gekommen … Ich stelle lächerliche Fragen. Vergeben Sie mir! Wenn wir schon über diesen verrückten Brief und über Deste reden, dann … Nun, ich habe die Anzeige zurückgezogen. Es hat keinen Sinn, sie stumpfsinnigen Verhören auszusetzen.«

»Ein alter Mann im Angesicht einer jungen Frau?«, fragt sich der Herr Peter Gaşpar plötzlich mit lauter Stimme. »Frust? Das ist es, oder? Von der Scheu zum Frust und dann zur Rache, im Dreivierteltakt … zuerst haben Sie es sich anders überlegt, dann haben Sie es sich noch einmal anders überlegt. Und schließlich haben Sie sie denunziert, nicht wahr?«

Der Grieche Gilbert Anteos war auf einen balkanischen Nachbarn gestoßen, er hatte Lust zu schwatzen, was darauf hindeutete, dass die Geschichte ein gutes Ende gefunden hatte. *Happy end, Hollywood, everything can be fixed.* Peter hatte keinen Grund, ungeduldig zu sein, er bekam sein Happy End, so, wie es nur eine Lachnummer seinesgleichen verdiente. Er schnauft, der Elefant schnauft in seiner Demut.

»Ein Monat ist vergangen, Professor Gaşpar. Ein Monat. Das FBI tritt nicht mit den Polizisten von Trooper in Verbindung, diese treten nicht mit den anderen in Verbindung. Einen Monat lang haben sie alle nichts voneinander wissen wollen! Ich ziehe die Anzeige zurück, und Herr Martin ruft mich an. Er fragt mich nach dem Namen der Person, die die Postkarte verschickt hat. Wieso sollte ich Ihnen den Namen nennen, ich habe die Klage zurückgezogen, die Sache ist abgeschlossen. Es war ein Spaß, habe ich

Ihnen gesagt, ein dummer Scherz, ich habe die Anzeige zurückgezogen. Der Polizist Martin war empört. Sie sind nicht der einzige Betroffene! schrie er. Schließlich und endlich geht es auch um andere Personen, es kann zu Tragödien kommen. Sie nennen mir den Namen, oder ich verhafte Sie. Drohungen, albern wie der Brief. Wie hätte er mich verhaften sollen? Wir sind doch nicht in Nordkorea oder in Iran oder Irak. *Axes of Evil.* Auch in Sarajevo sind wir nicht und nicht in Saudi-Arabien! Aber ich habe nachgegeben.«

»Haben Sie den Namen genannt?«

»Nein, habe ich nicht. Ich habe mich geweigert. Wieder und wieder habe ich mich geweigert. Vali war verzweifelt. Sie wissen ja, die Einwanderer mit ihrer Furcht vor der Polizei. Ich habe mich weiterhin geweigert. Schließlich habe ich Martin immerhin versprochen, ich würde die Person zur Polizei schicken. Er hat mir aufs Wort geglaubt und mich in Ruhe gelassen. Ich musste Deste überzeugen, bei ihm vorstellig zu werden.«

Der alte Mann vor der jungen Frau, brummt Peter. Sie ist zauberhaft, unwiderstehlich. Der dicke alte Mann im Angesicht der zauberhaften Jugend. Unwiderstehlich, die Jugend, nicht wahr? fragt sich Gaşpar und spricht es lautstark in den Hörer.

»Ich habe Deste erklärt, dass die Sache ungeahnte Ausmaße angenommen hatte. Es gab keinen Aufschub mehr. Sie musste zur Polizei gehen, alles erklären, ihre Unschuld beweisen. Acht Stunden lang wurde sie verhört. Aber nicht deshalb habe ich Sie angerufen.«

Ah, die Bombe ist also noch gar nicht hochgegangen, das Geplauder war nur eine Vorbereitung auf die Explosion. Gaşpar beugt die Knie, bereit, einen neuen Schlag zu empfangen.

»Ich rufe in Destes Namen an. Sie möchte um Verzeihung bitten. Sie traut sich nicht. Sie hat mich gebeten, Sie über das Geschehene in Kenntnis zu setzen.«

»Ja, ja, natürlich«, schnauft Peter. »Wann ist die Sache geklärt worden? Wann war sie bei der Polizei?«

»Das ist etwa zehn Tage her. Schließlich haben sie das College informiert. Nicht die Leute vom FBI, sondern das College. Die vom FBI hatten keine Ahnung. Frau Tang gefällt mir nicht, die mischt sich überall ein, also haben wir ihr nichts gesagt. Weitere Vorhaltungen. Beim Dekan, beim Präsidenten. Das arme Mädchen hat schließlich begriffen, dass man im Land des Spaßes keinen Spaß versteht. Sie hat Ihnen an die Adresse des Hotels geschrieben, wo Sie wohnen. Der Präsident hat sie aufgefordert, Ihnen zu schreiben und sich zu entschuldigen. Sie hat es dann auch getan. Sie haben, wie es scheint, nichts bekommen.«

Nein, der Professor hatte nichts bekommen außer der labyrinthischen Drohung mit dem unsichtbaren und ewigen Schlag. Zehn Tage? Deste, die Ärmste – seit zehn Tagen litt sie unter Gewissensbissen? Was war geschehen mit dem Elefanten Gaşpar in dieser Zeit? Er erinnerte sich nur an die Nächte. Intensiv. Mehr kann sich ein Heimatloser nicht wünschen als vergängliche Intensität. Intensiv waren die Tage und Nächte gewesen, und siehe da, schließlich auch vergänglich! Er hatte nicht viel in Erinnerung behalten, er wollte es auch gar nicht mehr wissen, wie und wann er mit Jennifer Tang gesprochen hatte und mit Larry Eins und Larry Acht und Tara und mit dem Seemann von einem Dekan und mit und mit, alles musste schnellstens vergessen werden, verwehen, als wäre es nie gewesen.

Eine halbe Stunde später telefoniert der gar nicht so alte, nur dicke und kahle Mann mit der bezaubernden Mörderin. Daran wird er sich gewiss erinnern. Er ist entschlossen, nichts zu vergessen, um dem gelehrten Gora über das Burleske in dieser Commedia dell'arte zu berichten, der Heilige Augustin wird in seinem Entzücken über das Finale der Farce alsbald literarische Bezüge zitieren.

Eine unwiderstehliche Stimme, eine Kindfrau mit unwiderstehlicher Stimme, da hatte der Spezialist in Sachen Altertum recht. Die Mörderin will den Professor Gaşpar zum *Dinner* einladen, damit sie miteinander reden können. Genauer, sie will ihm ein besonderes Abendessen kochen. Eine balkanische Speise. Ob er eine Küche hat, der Herr Gapsar? Nun ja, das lässt sich einrichten. Perfekt, sie kümmert sich um alles. Er möge ihr nur sagen, wann sie mit den Zutaten kommen kann, um zu kochen. Sie möchte nicht stören. Also lieber alles vorbereiten, wenn der Professor nicht zu Hause ist.

»Nun ja, das lässt sich einrichten, warum nicht«, brummt Gaşpar.

»Da wäre noch etwas, eine wichtige Sache«, fügt die junge Frau hinzu. »Die Diät.« Macht der Professor Diät? Nicht dass es sie etwas angehe, aber sie möchte nicht ... »Sie verstehen, nicht wahr?« Ja, der Elefant versteht und schwitzt, benommen von dem neuen Schlag. Wie sollte der kahle dicke alte Mann mit einer zauberhaften jungen Frau über Diät sprechen, wie denn? Also sagen, wie es wirklich ist, dass er Schmerzen hat, hier und dort, jeden Morgen und nachts und manchmal auch während des Unterrichts, Gastritis, Kolitis, Magengeschwüre, Hämorrhoiden, Nierensteine, davon soll er der jungen Frau aus dem gequälten Sarajevo erzählen?

Deste wartet, die zauberhafte Stimme gönnt sich eine zauberhafte Pause. Zu hören ist nur die Brise ihres Atems. Ein zarter Hauch, ein Sommernachtstraum.

»Was sagten Sie? Was haben Sie gesagt?«

»Ich habe nichts gesagt, nein, nichts«, ächzt der Elefant. »Nichts.«

»Also nichts. Keinerlei Diät! Perfekt!«, verkündet die Köchin siegreich. »Bis bald, bis bald!«, vernimmt Professor Gaşpar den Flügelschlag der Fata Morgana.

Am selben Nachmittag findet er unter der Tür einen großen Briefumschlag, blau wie der Himmel, mit dem Namen und der zarten Handschrift der Sirene Sarajevo. Darin maschinengeschriebene Blätter.

Dear President Avakian,
Following our meeting in your office ... infolge unserer Begegnung in Ihrem Büro, bei der der Herr Dekan und Frau Tang anwesend waren, habe ich Professor Gaşpar einen weiteren Brief geschickt. Ich habe den vorhergegangenen Brief umformuliert. Anbei eine Kopie. Merkwürdig erscheint mir, dass Professor Gaşpar keinen meiner vorherigen Briefe bekommen hat. Diesen werde ich per Express Mail abschicken. Wie ich

Ihnen sagte, war es nicht meine Absicht, Missverständnisse und Unannehmlichkeiten zu verursachen. Ich danke Ihnen für Ihre Hilfe bei der Entspannung der Lage. Ihre Deste Onal.

Ein weiterer Brief, diesmal auf blauem Papier.

Dear Professor Gaşpar,
This is the third letter I am writing regarding … Dies ist der dritte Brief, den ich Ihnen in Zusammenhang mit meinem verunglückten Kunstprojekt, der Installation Babylon Lottery, *schreibe. Es tut mir leid, dass ich Ihnen Unannehmlichkeiten bereitet habe. Der erste Brief, den ich an die Adresse auf dem Campus geschickt habe, enthielt nur Entschuldigungen. Im Gespräch mit dem Präsidenten Avakian und mit Frau Jennifer Tang habe ich erfahren, dass jener Brief Sie nicht erreicht hat. Der zweite Brief war an das Hotel adressiert, wo Sie mit Ihrer Frau wohnen. Präsident Avakian hat mir mitgeteilt, dass auch dieser Brief nicht angekommen ist. Ich lege eine Kopie des Briefes sowie die Projektbeschreibung bei.*
Mit tiefster Wertschätzung, Deste Onal.

Beigeheftet der vorangegangene Brief. Weiß das Papier, wie die Seele der Jungfrauen.

Lieber Herr Gaşpar,
zur Vorbereitung der Kunstinstallation mit dem Titel Babylon Lottery *habe ich Ihnen sowie anderen Intellektuellen, Journalisten, Künstlern, Schriftstellern, Professoren, Politikern eine von mir erstellte Postkarte mit einem Zitat aus der Erzählung »Der Tod und der Kompass« von J.L. Borges geschickt:* Next time I kill you, I promise you the labyrinth made of a single straight line which is invisible and everlasting. *Ich habe erfahren, dass dies einige der Empfänger beunruhigt hat. Ich habe es versäumt, eine solche Möglichkeit in Betracht zu ziehen. Es war nicht meine Absicht, irgendjemanden zu bedrohen oder zu ängstigen. Bitte entschuldigen Sie jedwede durch mich entstandene Unannehmlichkeit. Hochachtungsvoll, Deste Onal.*

An die beiden Blätter, das weiße und das blaue, sind mit einer Büroklammer, rot wie das Höllenfeuer, vier weitere maschinengeschriebene Blätter angehängt. Dickes gelbes Papier.

Ich bin bosnische Staatsbürgerin mit balkanischen, libanesischen, jordanischen, ägyptischen und syrischen Wurzeln. Meine dunkle Haut und die grünen Augen sind das Kennzeichen der Osmanin, und als solche betrachte ich mich auch. Meine Generation fragt sich, weshalb Atatürk, Mustafa Kemal, der entgegen mancher Behauptungen kein Jude war, sein Haus in Saloniki verlassen hat. Ich frage mich, wieso mein Großvater, meine Onkel und Tanten ihre ganze Geschichte in Srebrenica zurücklassen mussten. Wenn die Berliner Mauer gefallen ist, warum sollten dann nicht auch die anderen Mauern fallen? Ich bezweifle, dass der Hass verschwinden würde, selbst wenn sie fielen. Der Hass findet immer neue Opfer. Auch wenn sie über Jahrhunderte denselben bitteren schwarzen Kaffee getrunken und dasselbe Hammelfleisch gegessen und die Brutalität der Moderne gemeinsam erlitten haben, pflanzen Serben und Griechen und Türken, Kurden, Armenier, Aserbaidschaner, Schiiten und Sunniten, die denselben gesalzenen Käse essen, ihren Kindern ihren traditionellen Hass ein. Der Stolz des Hasses! Die Zeit ist gekommen, dass wenigstens wir, die Osmanen, unser Scheitern bekennen. Die Installation Babylon Lottery *soll diese Überzeugung illustrieren. Ich verwende Texte von Jorge Luis Borges, greife zurück auf seine Obsession für Landkarten und Labyrinthe. Ein Labyrinth aus Abteilungen und Landkarten, die miteinander verbunden und doch unabhängig voneinander sind. Die rote Wand der ersten Abteilung steht für Ruhm, Heldentum, Hass. Die Flaschen Schnaps und Slibowitz und die Tassen mit dem Halbmond gehören zu jenen Nationen, die von der Moderne überfallen worden sind.*

Telefon. Wie vom Blitz getroffen lässt Gaşpar die Blätter fallen. Er greift nach dem Hörer, lässt ihn fallen, nimmt ihn wieder auf.

»Hast du gehört? Bestimmt hast du davon gehört. Das Fräulein Deste! Mehrsprachig, weltläufig. Kein Sterbenswörtchen hat sie gesagt. Noch nicht einmal geflüstert. Nichts. Nichts. Keine Ahnung hatte ich von der großen künstlerischen Verschwörung.«

»Kennst du Deste? Deste Onal?«

»Ob ich sie kenne? Sie ist meine Zimmernachbarin! Ihretwegen wollte ich nachts nicht wegbleiben, damit sie keinen Verdacht schöpft. Sie hat mich daran gehindert, die Schlaflosigkeit des Exilanten Peter Gaşpar zu lindern. Exil, Exilanten, es geht um nichts anderes mehr. Entwurzelung, Enteignung, Tod. Was aber ist mit der Wiedergeburt, was ist mit der Freiheit? Man flieht von einem Ort, weil es einem dort nicht gutgeht, nicht wahr? Woher dann diese Nostalgie? Erklär es mir, ich bin eine tüchtige Amerikanerin, ich will verstehen. Das Fräulein Deste zum Beispiel! Ohne auf irgendjemanden Rücksicht zu nehmen, plante sie das große ästhetisch-politische Experiment des Jahrhunderts! Sie fragte mich ständig nach den ungewöhnlichsten, interessantesten Professoren. Leute mit einem Code. Ich zitiere: Code! So sagte sie. Mit einem Code, hör einer an! Peter Gaşpar, Gilbert Anteos, Herr Avakian? Ob sie die Drohung auch an den Präsidenten Bedros Avakian geschickt hat? Gar eine Liebesbeziehung mit ihm gehabt hat? Dazu imstande wäre sie, ich traue ihr alles zu! Verschlossen, süchtig nach Bewunderung, nach undurchschaubaren Beziehungen.«

Peter vermag ihren Redeschwall nicht zu unterbrechen. Er bückt sich, um die Papiere vom Boden aufzusammeln. Mit dem Hörer am Ohr, um ja kein Wort der Anklage zu versäumen.

»Kein Sterbenswörtchen! Kein Laut, kein Komma. Nichts! Osmanisches Reich! Geheimnisse, Verschwörungen, Fallen. Perfidie, sehr geehrter Herr Professor Gaşpar, das ist es. Elegant, kollegial, strahlend, verführerisch, ja, ja, die helle Freude, das ist die teure Deste. Die orientalische Zauberin aus den orientalischen Wäldern im Bett nebenan. Neben meinem wohlgemerkt! Dem der Amerikanerin, die an das glaubt, was sie sieht, nicht an das unsichtbare Labyrinth.«

»Hast du letzte Woche irgendeinen Brief von Deste in meiner Post gefunden?«

»Einen Brief? Weiß ich nicht. Es war ein ganzer Stoß zusammengekommen, ich hatte keine Zeit, ihn durchzusehen. Ich mache es, versprochen. Einen Brief der Ränkeschmiedin? Schauen wir mal, was sie zu sagen hat.«

»Sie hat mich angerufen.«

»Angerufen? So eine Unverschämtheit! Nach allem, was sie getan hat?«

»Sie sagt, sie habe das niemals erwartet. Sie habe nicht geahnt, was für Ausmaße diese …«

»Geahnt! Und ob sie es geahnt hat, da kannst du Gift drauf nehmen! Sie hat es nicht nur geahnt, sie hat es darauf angelegt. Sie wollte sehen, was die Provokation auslösen würde. Um wahrgenommen zu werden, die Bühne zu betreten. Sie erwartete das große Abenteuer. Und das erwartet sie auch jetzt noch.«

»Sie will sich erklären, sich entschuldigen. Sie hat mir ein Gespräch angeboten.«

»Gespräch? Was für ein Gespräch denn? Nach allem, was sie getan hat? Nach allem, was sie dir angetan hat?«

»Eben, deshalb will sie sich ja erklären.«

»Bei der Polizei! Dort soll sie sich erklären. Oder vor Gericht. Ich hoffe, du hast nicht zugesagt.«

»Ich habe zugesagt.«

Schweigen. Kein Ton. Tara hatte wahrscheinlich vor Wut den Hörer von sich geworfen. Nein, hatte sie nicht.

»Wie kannst du so etwas tun? Wie kannst du nur? Nach allem, was du durchgemacht hast … Hat sie dich umgarnt? Was hat sie gemacht? Sag schon, sag es mir, ich bin neugierig. Die balkanische Hexe verfügt über ganz andere Zauberkünste als die naiven amerikanischen Mädchen. Ja, das verstehe ich. Glaub mir, ich verstehe es. Was ich aber nicht verstehe, ist, wie ein in den Stürmen des Balkans geprüfter Mann so leicht einknicken kann. Der erste Windhauch, der erste Lockruf bringt ihn zu Fall. Der erste, mein Lieber, der allererste! Oder hat es mehrere Gespräche gegeben? Mehrere Anrufe, mehrere Präliminarien?«

»Nein, die hat es nicht gegeben.«

Der alte Mann vom Balkan hat Glück, dass er sich nur mit

der Stimme der jungen Frau auseinandersetzen muss und nicht auch mit ihrer Gegenwart. Nachgegeben hat er, der alte Knacker, nachgegeben beim ersten Dufthauch des Elixiers, in der Tat, wahr-haf-tig, dem Elixier der Jugend ohne Alter und des Lebens ohne Tod. Basta, erledigt, mein Kind, Schluss. Nein, er wird nicht mehr nachgeben, gelobt er feierlich, er wird widerstehen, wie er der amerikanischen Studentin so lange heldenhaft widerstanden hat. Ebenso wird er auch jener vom Balkan widerstehen, Schluss, aus, er wird widerstehen, versprochen, er wird widerstehen. Basta.

»Du hast recht. Es war mein Fehler. Im Übrigen hat sie mir eine schriftliche Erklärung geschickt. Ich weiß nicht, was noch zu sagen wäre.«

Tara scheint nicht beeindruckt vom Einlenken des Professors. Sie schweigt.

»Ja, ich sollte absagen. Sie anrufen, einen Vorwand finden, um all das auf den Sankt Nimmerleinstag zu verschieben.«

»Du brauchst keinen Vorwand. Du brauchst keine Vorwände und keine Labyrinthe mehr.«

»Du hast recht«, ächzt der Elefant.

Sie beschließen, sich am Abend zu treffen. Nein, nicht in der Hütte. Der Professor zieht diesmal die Cafeteria der Bibliothek vor. Tara wundert sich nicht, sie sagt zu. Amerikanisches *Fair play*! Erschöpft lässt Peter den Hörer auf die Gabel sinken. Mit geschlossenen Augen streckt er sich auf dem Sofa aus. Die Langeweile, sehr geehrte Jennifer Tang, die Langeweile ob der Neuigkeiten ist noch bedrückender als die Wüste. Er hätte nicht einwilligen sollen in das Treffen mit Mata Hari, und wenn er als leicht verführbarer Tattergreis dennoch bereit gewesen war, von dem Gift zu kosten, das ihm die Spionin aus Sarajevo anbot, so hätte er zuvor nicht ihre Projektbeschreibung lesen dürfen. Die babylonischen Seiten sind langweilig. Eine kalte Dusche nach dem berauschenden Bad. Nein, kalt war sie nicht, nur lauwarm, banal, und sie dämpfte die Illusionen. Das Mittel gegen die Anziehung, hier ist es, auf dem Papier, er muss nur die Hand ausstrecken.

Die zweite Abteilung heißt Bibliothek Babel. Ein sechseckiger Raum, Borges' Logik des Universums und der mathematischen Ordnung. Regale, Monitore, Videos, Szenen aus Citizen Kane, Die große Illusion, Iwans Kindheit, Moderne Zeiten, Panzerkreuzer Potemkin, Rom, offene Stadt, Das siebte Siegel, Die mit der Liebe spielen, Alexis Zorbas. *Jeweils auf zwei Monitoren. Ein Labyrinth aus Bildern unserer Geschichte und unserer Konfusion.*

Überdruss, Lähmung, von oben nach unten und von unten nach oben und an den Seiten auch. Er müsste etwas tun, irgendwas, den Notdienst anrufen, zum Grab von Borges laufen, Gora anrufen. Ja, dem Professor des Rätsels Lösung mitteilen. Das ist das mindeste, was der Heilige Augustin verdient. Oder lieber die ehemalige Frau Gora anrufen, um zu fragen, ob der Brief des Fräuleins aus Bosnien im schäbigen Hotel Esplanade angekommen ist. Oder hat es überhaupt keinen Brief gegeben? Eine unschuldige und gefräßige und bezaubernde Spinne, meine entzückende Deste! Einfach zau-ber-haft, ja, und unschuldig und ge-frä-ßig. Oho, das Wort gefällt ihm, er wiederholt es, betont jede Silbe: ge-frä-ßig. Plötzlich eine furchtbare, krankhafte Sehnsucht nach Lu. Familie, die einzige Familie … Er sieht sie wie durch einen Nebel in den göttlichen Momenten von einst. Er schließt die Augen, öffnet sie, verscheucht mit der Hand das Unmögliche. Lieber sollte er die Augen hinauf zum brennenden Himmel richten, seine Artgenossen wiedersehen, wie sie auf den unendlichen, unend-li-chen dünnen Stelzen erfolglos aufeinander zugehen, das Weibchen zum Männchen, das Männchen zum Weibchen, ohne sich näherzukommen. Zarte, durchscheinende Glieder. Lang, fein geädert. Riesige samtene Ohren. Sam-ten. Prähistorische Stoßzähne. Die Friedhofslast, der aus dem schlaffen Rüssel rinnende Tränenschlamm. Der Rüssel des Weibchens ringelt sich wie ein geschwungener Schwanenhals. Das Männchen lässt seinen Rüssel apathisch zu Boden hängen.

Die dritte Abteilung ist dem Sandbuch *gewidmet. In der Mitte ein großes Buch mit Blättern aus Leinen, auf die militärische Unterlagen, Landkarten, Statistiken, Waffen, Ausschnitte aus alten Zeitungen, Diagramme, Porträts, Nekrologe auf nach dem Ersten Weltkrieg Geborene projiziert werden. Die Projektoren an der Decke werfen immer neue Bilder auf die Seiten des Buchs. Kein Besucher bekommt dieselbe Seite zu Gesicht. Damit illustriere ich die individuelle und kollektive Wahrnehmung von Geschichte.*

Uff! ... Er sehnt sich nach einer Ablenkung. Dringend. Nach einer Stimme. Er braucht eine reale Frauenstimme. Die unnahbare Lu, die Stimme, die er seit Ewigkeiten nicht mehr gehört hat.

In ein paar Stunden wird es Tara sein, die junge amerikanische Gefährtin, aber jetzt, hier, sofort braucht er Lu am Hörer. Vielleicht nicht einmal sie, vielleicht könnte nicht einmal Lu ihn retten. »Ich brauche Unverantwortlichkeit«, wiederholt der Elefant, am Ende seiner Kräfte.

Eine unwiderstehliche Stimme, das hatte Gilbert über Deste gesagt. Die steifen Phrasen der Projektbeschreibung erscheinen ihm allerdings nicht als die beste Grundlage für das Abendmahl.

Die letzte Abteilung, ein dunkler Raum. Der Tod und der Kompass *– der aufschlussreichste Text von Borges. Der Detektiv Lönnrot versucht das Labyrinth der Morde zu entschlüsseln, das ihn in den Tod führen wird. Die Projektoren werfen Bilder von geheimnisvollen Codes, Landkarten, Nekrologen, Auszeichnungen, Waffen, Kriegsschiffen, Flugzeugen an die Wände. Idyllische Schluchten und Täler, Orte für den Skiurlaub und für die Sommerfrische. Das moderne Labyrinth, Metropolen mit Hunderten von Türmen zu Babel, die gen Himmel ragen. Über die Länge des Raums ein breites phosphoreszierendes Band:* NEXT TIME I KILL YOU, I PROMISE YOU THE LABYRINTH MADE OF THE SINGLE STRAIGHT LINE WHICH IS INVISIBLE AND EVERLASTING. *Auf dem Boden vierzig Umschläge von verschickten Briefen und eventuell die Antworten der Empfänger. Sudanesen, Amerikaner, Russen, Libanesen, Letten, Griechen, Nigerianer,*

Armenier, Juden, Chinesen, Bosnier, Argentinier, Ruander, Australier, Italiener, Kambodschaner. Kurzer Lebenslauf jedes einzelnen. Ein großflächiges blaues Band quer durch den Raum. Große weiße Lettern: Exilanten aller Länder, vereinigt euch!

Die Seiten zittern in der zitternden Hand. Gelangweilt lässt er sie zu Boden fallen. Er wählt die Nummer von Gora. Es klingelt lange, einmal, dreimal. Er legt auf. Nimmt den Hörer wieder auf, wählt erneut. Es klingelt lange, einmal, dreimal, viermal.

Vom Band bittet Goras Stimme den Anrufer, Namen und Nummer zu hinterlassen, unter der er zu erreichen ist.

»Wichtige Nachricht, Eure Heiligkeit. Der Hurenbock mit der Sense hat mich zum Narren gehalten. Er hat mir einen Korb gegeben. Er hat mich zum Narren gehalten. Der Tod hat mich abgewiesen, er hat mich gedemütigt. Zum Gespött hat er mich gemacht, Heiliger Augustin. Er lässt mich hängen, er will nichts mit mir zu tun haben. Er hat mich beleidigt, abgewiesen wie einen Bittsteller.«

Klack, Hörer aufgelegt. Im Spiegel Oliver, der Elefant, der Seiltänzer rudert mit den Armen, ohnmächtig und übermannt.

Peter hebt die Blätter vom Boden auf, hält sie sich gegen die Brust. Ein Immunitätszertifikat. Müde schließt er die Augen.

* * *

Das Treffen mit Deste fand in drei Etappen statt, während des Mittagsschlafs.

Der Gong ertönt: zur vereinbarten Stunde. Peter klopft sanft an die goldene Tür. Er wartet nicht, bis ihm geöffnet wird. Er dreht den Zauberschlüssel im Zauberschloss. Mutig betritt er das Zimmer. Ein kurzer Mut. Für die Dauer eines Augenblicks. Er erstarrt auf der Schwelle.

Die Verschwörerin hat die Klause gekehrt, das getürmte Geschirr gespült. Sie hat die Bücher im Regal geordnet, den Teppich und die Bettdecke glattgezogen. Die Fenster sind nicht mehr trüb, die riesigen Schuhe und die riesigen Stiefel und die riesigen Hauspantoffeln stehen brav in Reih und Glied vor dem Garderobenständer. Die Kleider haben ihren Platz wieder eingenommen, wie im Traum. Auf dem Tisch saubere Teller, saubere Gläser, zitronengelbe Servietten, makelloses Tischtuch. Ein Märchen. Rotwein, Schwarzbrot.

Die Würfel des Schicksals sind gefallen. Nein, der Tod hat ihn nicht aufgegeben. Da ist er wieder, dienstbeflissen an der Rampe, bereit, das Spiel und die Kniffe weiter zu betreiben. Er hat die Dekoration aufgefrischt, Herd und Backofen vorgewärmt für das fatale Mahl. Pittoreske, schmackhafte Speisen, byzantinisches Diner. Perfektes Dekor, perfekte Deste, perfekter Tod.

Peter zieht seine Windjacke aus, zögert, kehrt der Hölle den Rücken, hängt die Windjacke an den Kleiderhaken, verharrt mit dem Rücken zum Tisch und zur Gefahr.

»Ich gehe Hände waschen, bin gleich zurück.«

Die Badewanne makellos, Handtücher gefaltet auf dem Hocker. Der gelbe Becher mit den Zahnbürsten und der Zahnpasta. Der rote Morgenmantel am Haken. Im Schränkchen über dem Spiegel Rasierklingen in Reih und Glied, Deodorants, die grüne Flasche mit dem Aftershave.

Der Spiegel über dem Waschbecken funkelt feindselig. Tiefe blaue Ringe unter den Augen.

Er spürt einen Frauenkörper in der Nähe, Hysterie des Verlangens, gequält krümmt er sich im Schlaf. Der alte Hurenbock hat eine jungfräuliche Gestalt angenommen.

Er krümmt sich. Lüstern, ein lüsterner Greis im Schlaf.

»So, ich bin fertig!«

Professor Peter Gaşpar im Türrahmen.

Die Salatschüssel, der Korb mit dem Schwarzbrot. Ungleiches Besteck, aber sauber, ungleiche Gläser, ebenfalls sauber. Eine Karaffe mit Wasser und eine kleinere Karaffe, leer. Gelbe Papierservietten.

»Nein, Kerzen gibt es keine«, erklärt die Studentin.

Sie nimmt die kurze weiße Schürze ab, darunter der kurze

schwarze Rock, kniefrei. Runde bleiche Knie. Schwarze Kniestrümpfe. Das ist keine osmanische Missionarin, sondern eine Pariser Kammerzofe im Dienste von Donatien Alphonse François, Marquis de Sade. Plötzliches Schwarz wie beim Filmriss im Kino. Filmriss, ja, Peter schläft und schläft auch nicht, dann ist er plötzlich wieder auf der Bühne, erschöpft, verschlafen und unversehrt.

»Ich habe Auberginencreme gemacht. Eine Vorspeise, bei der man nichts falsch machen kann.«

»Die Speise der Nostalgie.«

»Ich habe eine amerikanische Kommilitonin gebeten, mich zu einem Naturkostladen zu bringen. Das Garen und Schälen der Auberginen war nicht einfach. Garen auf kleiner Flamme. Hacken womit? Der kleine hölzerne Jatagan, aus Holz muss er sein, unbedingt, sonst wird der Geschmack beeinträchtigt. Ich habe gekostet und wieder gekostet, hundertfach. Bei uns gibt man Knoblauch dazu, bei euch Zwiebeln. Ich habe die Zwiebeln ganz klein gehackt.«

»Trinken wir ein Gläschen. Bei uns beginnt man mit etwas Starkem. Pflaumenschnaps.«

»Ich weiß, wie Slibowitz, nur raffinierter. Obwohl, bei uns ...«

»Nun ja, die Religion ...«

»Ich bin in einer nichtreligiösen Familie aufgewachsen. Bosnien ist durch die sozialistische Säkularisation gegangen. Dann kam die ›Ent-Titoisierung‹, die Resakralisierung. Aber nicht bei uns zu Hause.«

»Ich verstehe, trinken wir Wein.«

Deste war aufgestanden.

»Ich habe eine Karaffe bereitgestellt! Eine kleine für den Wein. Ich mag das«, zwitschert die Mörderin.

»Du hast alles perfekt vorbereitet, wie ein Verbrechen.«

Schnitt, Schnarchen, Finsternis, Ächzen, Peter rudert mit den schaufelgroßen Händen, schwimmt, um davonzukommen.

»Ich habe vergessen, dir Geld für die Einkäufe zu geben.«

»Dies ist meine Einladung. Ich habe Geld. Von meinem Mann.«

»Ah, der ist hier, in Amerika.«

»Er ist weg. Nach Österreich. Er hat ein Café in Linz. Er bestellt Blumen per Telefon und schickt Geld. Die Bestie! Wie alle Männer bei uns. Aber ich ziehe sie anderen vor. Den Mister Know-How kann ich nicht leiden. Mirko ist kompliziert, schwer zu ertragen. Ein Serbe. Der Bosnien-Konflikt hat ihn zerstört.«

Die Geschichten der Scheherazade aus Tausendundeiner Nacht. Der große Leib des Opfers entspannt sich. Ein aufgedunsenes altes Kind, das wieder in seine Wiege findet.

Scheherazade sieht dem Opfer in die Augen. Peter krümmt sich – die kleinen bleichen Finger streicheln seine Schläfe.

»Die amerikanische Langeweile hat mich erbost, hat mich herausgefordert. Die Ausstellung, diese verrückten Briefe, ich wollte sehen, was passiert, wollte die Leere, die Disziplin, die Naivität der Yankees in die Luft jagen.«

Peter betrachtet seine Schuhe, prähistorische Fossilien, von altertümlichen Geistern bewohnt.

Das Hören verdrängt das Sehen, der Mann schaut nicht auf, meidet den grünen Strahl. Schließlich versucht er den Blick zu heben, die bleischweren Lider versagen den Dienst. Die Studentin: knabenhafter Kopf, französischer Pagenschnitt, tibetanisch schräge Brauen, schierlinggrüne Augen, zarter Hals, seidenes Hemd, tief ausgeschnitten, der Rock zu kurz. Nymphchen.

Aufstehen oder nicht, das Chaos nimmt seinen Lauf. So begann vor Zeiten das Chaos der Jugend.

Ohne Eile stemmt er die Last seines Körpers in die Höhe. Er spürt den grünen Pfeil im Brustkorb, im Hirn, in den Eingeweiden, unter dem Gürtel, der ihm in die Haut schneidet.

Ein letzter Ruck, er wälzt sich aus dem Bett auf den Boden. Erschüttert, wach, glücklich, ein Wunder!

* * *

Didaktische Regeln. Lächeln, nach links und nach rechts. Höflicher Gruß, höfliches Lächeln, nach links und nach rechts und in die Runde. Die Bürotür weit offen bei jedem Besuch. Den Blick senken, um nicht in den Ausschnitt zu schauen, nicht auf die bloßen Brüste, die bloßen, auf dem Stuhl an der linken Seite des Tisches wippenden Beine. Paare, eng umschlungen in den Alleen des Colleges. Das nächtliche Jauchzen der Orgien. Der Bildschirm. TV-Reklame. Frisches Gemüse und Zahncreme. Wasserski. Die nackte junge Frau, die den Gespielen zulächelt. Lawinenartige Bilder, freizügiges Weltende, Karneval der Apokalypse, der die Rhetorik der Moralapostel Lügen straft. Die nackten Brüste sind zu ignorieren, ebenso der mit bunten Ringen geschmückte Bauchnabel der Nymphen, die nackten Füße, die durch das feuchte Gras waten, die auf dem Fahrrad rhythmisch kreisenden Knie, die blaue und grüne und orangerote Mähne.

Der Karneval der finalen Kopulation noch vor dem Finale. Die Lehre des Herrn und die proletarische Moral und die politische Korrektheit. Der schamlose öffentliche Auftritt und der moralistische öffentliche Diskurs.

Weltuntergang, heimatloser alter Mann! Neros Rom, das Athen der Endzeit. Die Vorsicht herrscht über den kapitalistischen Pragmatismus, über die Kontraste der Freiheit in der freien Welt, ohne sie zu beherrschen.

Doch die Instinkte sterben dennoch nicht ab. Die lebhaften und brutalen Impulse lassen nicht nach. Professor Gaşpar sieht sich als einsamen nackten Blinden in den Alleen des Colleges! In den Nebel ragt das männliche Glied. Die nackte Waffe, für alle sichtbar. Ein Besessener, der aus dem Asyl der Heuchler entwichen, endlich der Therapie durch Konvention entkommen ist. Unverantwortlich, wie er es sich gewünscht hat. Die Augen eines hungrigen Wolfes, die Hände zitternd vor Ungeduld über der Beute.

Nachmittags in der Cafeteria der Bibliothek hat der Professor keine Wolfsaugen, auch seine Hände zittern nicht. Ruhig lächelnd sieht er Tara an, in Erwartung des Verhörs und der Ratschläge.

»Hast du den orientalischen Abend abgesagt? Hattest du den Mut, die Hypnose zu verweigern?«

Der Schuldige antwortet nicht, er lächelt, nachsichtig.

»Wenn du es nicht getan hast, wird es dir schwerfallen, da wieder rauszukommen. Das Abendmahl der Versöhnung ist fatal! Sie wird dich betäuben. Meine zartbesaitete Mitbewohnerin weiß, was sie will, und sie lässt nicht locker. Sie wird dich umgarnen und als Trophäe in ihren Lebenslauf einordnen unter dem Kapitel ›Im Fall des Falls‹. Du kennst sie nicht, die Komplottistin.«

»Wieso sind wir hier? Wir wollten doch in die Stadt, in ein Restaurant heute Abend.«

»Ich habe keinen Appetit, wenn ich durcheinander bin. Ich möchte die Dinge klären. Ich möchte wissen, ob du das Treffen abgesagt hast.«

»Mach dir keine Sorgen. Es wird zu keiner Katastrophe kommen.«

»Hast du sie getroffen, oder hast du die Absicht, sie zu treffen? Wann?«

»Ich werde absagen. Ich hätte nicht einwilligen dürfen. Sie hat mich überrumpelt, ich war neugierig. Neugierig, kindisch.«

»Das hast du schon mal gesagt. Du hast also nicht zum Telefon gegriffen, um den Märchenabend abzusagen.«

»Ich verstehe nicht, wieso du sie hasst. Ich bin es doch, dem sie ein paar Monate Lebenszeit vergiftet hat, nicht du. Ich habe das Recht, sie zurückzuweisen.«

»Das Recht hast du, aber du bist zu neugierig. Du willst das Gespenst aus der Nähe sehen, das duftige Briefe aus der anderen Welt verschickt hat. Ich habe keinen Grund, neugierig zu sein. Ich kenne die Komplottistin.«

»Du dachtest, du kennst sie. Dann ist das Bild gekippt, in sein Gegenteil. Wieder glaubst du, du kennst sie, aber vielleicht ist sie eine andere. Gehen wir essen. Ich nehme an, du bist mit dem Auto da.«

»Ja, gehen wir. Nach dem Dessert flüchten wir. In die Wüste Nevada. Ich hoffe, das reizt dich.«

»Ich bin beeindruckt und erschrocken.«

»Die amerikanischen Mädchen spielen fair. Sie sagen, was sie vorhaben, nicht wie die Dienerinnen des Orients, die sich unterwerfen, um zu herrschen.«

»Die Amerikanerinnen sind gefährlicher. Eigentlich unausstehlich. Immer im Recht, das sie dauernd einfordern. Keinerlei Zweifel, keinerlei Melancholie. Und kein Flirt. Der Flirt ist zweideutig, nicht wahr? Unannehmbar, inkorrekt?! Politisch und moralisch und religiös inkorrekt. Die amerikanischen Sufragetten haben sehr gerechte und sehr persönliche Kriterien und reagieren prompt, sobald sie vernachlässigt oder übervorteilt werden oder glauben, sie wären es.«

»Oho … Das geht zu weit. Ich habe dich eingeladen, nach Nevada zu fliehen, ein paar Monate wie die Wilden zu leben. Das Abenteuer entschädigt für die Belehrungen. Eine Kur der Freiheit und der primitiven Lebensart. Wir ziehen uns zurück in mein kleines Provinzstädtchen. Voller Konventionen und Anständigkeit. Ich mache dich mit einer meiner Tanten bekannt. Eine unverheiratete Schwester meiner Mutter. Sie wird dir gefallen. Sie widerlegt alle Klischees. Sie hat ihre Zweifel und ihre Melancholie. Wie ich übrigens auch … Dazu noch Fairness. Heiterkeit, Humor, Vitalität. Weisheit. Und sie ist attraktiv. Amerika schenkt dir eine amerikanische Partnerin.«

»Fahren wir zum Restaurant.«

»Fahren wir, aber zuvor besichtigen wir die Höhle des Bären. Um die Fährte des Verrats aufzunehmen. Ich habe das Auto vor der Hütte von Professor Gaşpar geparkt. Zuerst besichtigen wir die Höhle. Einen Augenblick, länger braucht es nicht. Die fremden Spuren wittere ich ganz schnell.«

Das rote Auto vor der Hütte. Gaşpar hält die Tür zur Höhle weit auf.

»Willst du hereinkommen? Tritt ein, nimm die Fährte auf.«

Tara zögert. Sie lächelt und zögert. Konzentriert. Das sieht man an der Falte über ihrer Nasenwurzel, noch unterhalb der Stirn. Wenn die Nachdenklichkeit in Besorgnis umschlägt, tritt diese Falte auf.

Der Professor auf der Schwelle, vor der weit geöffneten Tür. Er macht eine ausholende einladende Geste der Gastfreundlichkeit.

»Nein, ich gehe nicht hinein. Ich bin nicht von der Polizei. Ich bin auch nicht mehr die Studentin von Professor Gaşpar. Auch nicht mehr der Postbote, der Briefe bringt. Ich habe keine *Berechtigung* mehr, um den Begriff von Professor Gaşpar zu gebrauchen.«

Das Restaurant ist leer, Tara ist direkt und fair, wenn auch nicht immer aufrichtig, und Peter ist nicht Pieter, Gaşpar ist nicht Mynheer Peeperkorn, er hat nicht die Leichtigkeit, die unverantwortliche Grazie des Holländers, auch nicht die Vitalität, die sich über Hemmungen hinwegsetzt. Die Gestalt der Zwischenkriegszeit vervielfältigt sich, allerdings im ganz unmittelbaren Umfeld, nicht zwischen den Seiten von einst, sondern in den pittoresken Varianten der Gegenwart: ein Mann, in fünfter Ehe verheiratet mit einer Frau, die jünger ist als seine Tochter aus zweiter Ehe, ein durch Viagra-Kapseln erneuerter Ehegatte – der neue Peeperkorn.

Das verschwiegene italienische Restaurant im diskreten Licht der auf allen Tischen plazierten Kerzen ist ein verheißungsvoller Anfang für das Experiment Nevada. Das erste Glas Wein. Schweigen, das Ticken der Gedanken, der Blick, in dem das Zögern flackert. Der Professor streckt die Hand aus, die Studentin zieht die ihre nicht zurück, schreit nicht vor Schreck über die Berührung. Weder Diskurs über Moral noch protestantischer Puritanismus.

Der Professor umfasst die Finger der Studentin und neigt sich den eigenwilligen Locken zu. Nur zu schnell lässt er sich besiegen oder erobern, statt einfach kraft seiner Präsenz die Beute in Besitz zu nehmen. Tara scheint dankbar zu sein für die Veränderungen, die Peter in den letzten Monaten in ihr ausgelöst hat. Natürlich, lebendig, gegenwärtiger und stärker als die Klischees, die den Wortschatz und die Vorstellung so mancher ihrer Generationsgenossinnen beherrschen, hat sie gelernt, ihren Gesprächspartner mit der Selbstverständlichkeit einer Kameradschaft zu beschützen, die nun jenem Abend der Vertraulichkeit Tiefe verleiht.

Taras Auto parkt in den nächsten Wochen vor der Hütte von Professor Gaşpar. Der Klatsch nimmt zu, aber der Präsident Larry Eins stellt sich allen Verdächtigungen entgegen. Gelangweilt verzieht er das Gesicht, als Jennifer Tang ihn in der Pause einer Routinebesprechung lakonisch und nüchtern darüber informiert, dass Professor Gaşpar gesehen worden ist, ohne Sinn und Ziel läuft er auf dem Campus herum, als hätte er weder Zeit noch Lust zu irgendetwas, nachlässig gekleidet, die Hosen hängen an ihm herab, an einer bestimmten Stelle offen, und das Auto einer Studentin, und zwar just der Verdächtigen in Sachen Drohbriefe, ist vor seiner Hütte geparkt.

Bei der Jahresabschlussfeier nimmt Tara ihr Abschlussdiplom entgegen, Deste gibt bekannt, dass sie für das letzte Studienjahr an eine andere Universität wechselt. Gleich darauf verschwindet Gaşpar vom Campus.

Niemand weiß, ob es sich um eine zeitweilige Abwesenheit über die Sommerferien handelt oder ob er wirklich verschwunden ist, *for ever.*

* * *

Zeitweilige Abwesenheit, oder *for ever*? Niemand hat eine Antwort darauf, weder Goras Nekrologe, die dem Schicksal Konkurrenz machen, noch der treulose Erzähler, der die Wirklichkeit manipuliert, wie Palade mich genannt hat.

In jenen Tagen der Ratlosigkeit rief mich Gora an. Wir hatten uns vor langer Zeit kennengelernt, über Mihnea Palade, den Bukowiner, der ein paar Jahre nach mir das Gymnasium in unserem an Bäumen und Idyllen reichen Städtchen abgeschlossen hatte. Er hatte mich in der Mansarde der Verdächtigen eingeführt.

Palade hatte mich im Zentrum der Hauptstadt, vor der Italienischen Kirche, angesprochen. Wir waren uns nicht mehr begegnet, seit er mich zu Beginn seines Studiums aufgesucht hatte. Bei einem langen Spaziergang im reizenden Park Ioanid unweit des Ortes, an dem wir uns begegnet waren, offenbarte ich ihm meine Begeisterung für die Anonymität großer Städte, er sprach über seinen neuen Freundeskreis, in dem über Literatur und Religion, Philosophie und Kunst debattiert wurde. Er schien aufrichtig erfreut darüber, dass auch ein Politechniker, wie ich einer war, derlei Versuchungen unterlag. Er studierte Mathematik, war also ebenso wenig wie ich mit Leopardi genährt worden und erhoffte sich eine nicht nur landsmännische, sondern auch kulturelle Solidarität zwischen uns. Er gab mir die Adresse der Mansarde und konnte sich nicht verkneifen, hinzuzufügen: »Und das ist kein Besäufnis mit Weibern. Es ist viel schlimmer.«

Etliche junge Männer, ein, zwei Mädchen. Die überschwenglich esoterischen Diskussionen und die jugendliche Selbstgewissheit, die sie befeuerte, langweilten mich, der entschiedene Antikommunismus erschien mir suspekt. Die narzisstischen Wortmeldungen, gespickt mit Zitaten wie mündlich vorgetragene Essays, und all die literarischen Plädoyers irritierten und ermüdeten mich, ich behielt keine besondere Erinnerung an jenen Abend, bis auf die Obsession für Lu.

Weder Gora noch Palade hatten jenen Zustand von Verlegenheit und Skepsis vergessen, in dem ich, der Literaturbegeisterte, mich damals befand. Gora hatte sich, wie ich erfuhr, mit wachsender Intensität in die hitzigen Kontroversen eingebracht, die er nach und nach von der Politik auf die Literatur hin zu lenken verstand. Dort hatte Mihnea Palade seine Ausführungen zu *Der Tod und der Kompass* von Borges, zu Kafkas *Prozess*, zu Orwells Gebrauch der Allegorie, zu Dimas Büchern und Persönlichkeit vorgetragen, und dort hatte er auch Lu wiedergesehen, die er bei den Wochenendfeten musik- und tanzbegeisterter Jugendlicher kennengelernt hatte. Ich habe bis heute nicht vergessen, wie er sie anfangs beschrieben hat.

»Schön ist sie, aber es gibt Augenblicke, da ist sie es nicht – wenn sie ihre Verstörung nicht mehr verbergen kann, dann verlässt sie der Glanz. Sie ist es gewöhnt, zu glänzen, aber in ihrem unbeständigen Wesen kämpft sie stets gegen diese Unbeständigkeit. Dann … Dann ist sie wieder fröhlich, gesellig, mit ihren Gedanken überall und nirgends. Frei und beflügelt, dann wieder in sich selbst versunken. Ich spüre ihre Empfindungen, ihre Empfindsamkeit. Auch wenn sie vollkommen und eisern beherrscht erscheint. In vertrautem Umfeld ist sie unwiderstehlich. Souverän, ja, aber selbstgefällig? Mitnichten, überhaupt nicht! Zerbrechlich, aber mit standhafter Disziplin auf Haltung bedacht. Empfindsam also. Eine außerordentliche sexuelle Prämisse, nicht wahr?«

Palade sollte auch später seinen Neid auf Gora nicht verhehlen, der sich nicht nur auf dessen Beziehung mit der geheimnisvollen Lu bezog, sondern später, nach der Ankunft in Amerika, auch auf die Verbindung zu Dima. Obwohl Dima seinen Nachlass testamentarisch Palade vermachte, schien er insgeheim Gora den Vorzug zu geben. Selbst seine Frau, die er im Exil geheiratet hatte, die noble Engländerin Merrie, so elegant und mondän wie leichtgläubig, schien Gora mehr Vertrauen entgegenzubringen. Sie gewährte ihm nach dem Tod des Alten Einblick in das geheime *Lila Heft* aus den Kriegsjahren. Gora hatte versprochen, mit niemandem darüber zu sprechen und niemals über den geheimen Text zu schreiben. Weder bei seinen Begegnungen mit Palade noch in seinen bibliographischen Hinweisen zu Gaşpars Rezension hatte er das *Lila Heft* auch nur erwähnt.

Ich war konsterniert, gleichermaßen über das plötzliche Verschwinden Gaşpars wie über die Tatsache, dass Gora, nachdem er mir diese sensationelle Neuigkeit erregt mitgeteilt hatte, ohne weiteres wieder auf das Thema Dima zu sprechen kam. Als gäbe es da eine unausgesprochene Verbindung.

»Dima wusste alles über den Krieg, über die Greueltaten der Deutschen im Osten – in seinen Aufzeichnungen aber findet sich darüber kein Wort, ist keine Rede davon, dass er sich Sorgen gemacht hätte über das Schicksal von Marga Stern, seiner Jugendliebe. Er hat sie wohl eine Zeitlang mit seinem Vorgänger geteilt, ist dann eifersüchtig geworden und hat auf eine Entscheidung gedrängt, sie hat sich für ihn entschieden. Entsetzt war er nur über Stalingrad! Was wäre mit Marga und nicht nur mit ihr geschehen, wenn Deutschland gesiegt hätte? Davon schweigt das Tagebuch.«

Wurde Dimas Bewunderer ausfällig gegenüber seinem Meister, weil Peter Gaşpar verschwunden war?! Wegen der Rezension, die er selbst hätte schreiben sollen, statt den Neophyten Gaşpar für seine Zwecke zu nutzen? Aus Sorge um sein Volk?! Gehörte Marga nicht zum Volk? Gehörte sie nicht zu Dimas Volk?

Gora ahnte nicht, dass ich über Marga Stern wenigstens ebenso viel wusste, wie er mir zu verraten bereit war, sein Pathos erschien mir wie ein Ablenkungsmanöver.

»Es geht nicht um eine einzelne Person, sondern um alle, derer die Welt sich entledigen wollte. Mit absoluter Gleichgültigkeit, nicht wahr?«

Gora schien aufgewühlt von Erinnerungen und Ressentiments, die durch Gaşpars Verschwinden erst recht lebendig geworden waren.

»Menschen, derer sich die anderen entledigten, einfach so. Begriffe sind Begriffe, Abstraktionen, Gedankenspiele. Die eigentliche Probe aufs Exempel sind die Menschen, wie wir uns den Menschen gegenüber verhalten.«

Bei einem Einzelgänger wie Gora zeugte diese Behauptung von einer großen Verstörung. Ich habe ihn später angerufen, er mich auch, wir haben das Verschwinden von Gaşpar hin und her gewendet.

Mir war bewusst, dass ich lediglich ein Ersatz war. Mit Lu konnte er über dieses Verschwinden nicht sprechen, vielleicht hatte er es versucht und wagte nun keinen weiteren Vorstoß, er brauchte jemand anderen aus seinem ehemaligen Land. Palade wäre ihm lieber gewesen, von meinen letzten Begegnungen mit ihm wusste er nichts.

* * *

Als er sich nach zwei Jahrzehnten der Abwesenheit entschloss, für eine Woche in das Land seiner Geburt zurückzukehren, um seine Familie wiederzusehen und ihr seine Verlobte vorzustellen, wollte sich Palade mit mir treffen. Ich war erst seit zwei Jahren in Amerika und noch ganz überwältigt von den Lektionen des Unbekannten.

Ich hatte ihm bei meiner Ankunft in der Neuen Welt geschrieben, er hatte mir geantwortet, es gab ein paar Telefonate, er hatte mich mit Gora bekanntgemacht, dann war die Verbindung nur noch lose.

Wir trafen uns im Central Park unweit des Kinderspielplatzes bei den Figuren aus *Alice im Wunderland*. Er behauptete, er sei extra nach New York gekommen, und bestand darauf, dass wir uns an diesem ungewöhnlichen Ort trafen.

Seine Merkwürdigkeiten und Extravaganzen häuften sich, davon hatte ich bereits gehört, und so erlaubte ich mir keine Geste des Befremdens oder des Protestes.

Es war ein herrlicher Frühlingstag, weder warm noch kalt, kein Regen. Wir sahen uns an, lächelten, umarmten uns. Palade schien in Eile, er kam gleich auf den Punkt.

»Ich reise in unser trauriges, humorvolles Land. Vielleicht in den Tod.«

So viel Direktheit hatte ich nicht erwartet, ich beschloss mich bedeckt zu halten.

»Du magst dich fragen, weshalb ich gerade dich ausgewählt habe. Wenige wissen, dass wir aus derselben Stadt stammen. Wir haben uns lange nicht gesehen. Seit jenem denkwürdigen Abend, als ich dich in die damals angesagten Kreise der literarischen Jugend einführen wollte. Du hast dich zurückgezogen. Die Gruppe erschien dir verdächtig.«

Ich erinnerte mich nicht, dass ich damals so deutlich gewesen wäre. Und doch hatte er den Grund meines Verschwindens aus der zauberhaften Mansarde genau erfasst. Die Weisheit der Feigheit ... Ich ging riskanten Situationen aus dem Weg, und davon gab es fürwahr genug.

»Leider hattest du recht. Die Akten der Securitate, sofern sie noch vorhanden und nicht gefälscht worden sind, zeigen, dass du recht hattest. Ein weiterer Grund für dieses Treffen.«

Er fixierte mich ernst und zündete sich eine Zigarette an.

»Du hast vielleicht gehört, dass ich mich mit Esoterik beschäftige. Ich lese die verschlüsselten Zeichen des Schicksals. Die Botschaften in meinem Umfeld, so undurchsichtig sie sind, deuten auf Gefahren hin ... Die können mich natürlich hier ebenso wie dort erwischen.«

Ich wartete auf eine Erläuterung. Es kam keine.

»In unserer Vergangenheit war alles Kompromiss, Komplizenschaft. Schon dass wir die Luft dort atmeten – auch das war Kompromiss und Komplizenschaft. Wieso haben sie mir einen Pass gewährt? Das war gewöhnlich ein Kuhhandel. Man gab was, man kriegte was. Dazu allerhand Tricks. Ein byzantinisches Land, die Karten wurden unter dem Tisch gemischt, nie offengelegt. Beziehungen, Interessen, Schwächen – unauflösbar verkettet. Frag nicht mehr danach.«

Fragen wollte ich ausschließlich mich selbst.

»Die Sprache, das war nicht mein wesentlicher Verlust. Ich war jung, als ich von dort wegging, hier habe ich vom ersten Tag an geschrieben. Ich habe Bücher veröffentlicht, habe weitere in der Schublade. Die große Gefahr ist die, dass einem dauernd Texte abverlangt werden oder dass alles angenommen wird, was man anbietet. Dima zum Beispiel ... Er hat zu viel veröffentlicht. Apropos, die Büttel wollten natürlich Näheres über meine Beziehung zu ihm wissen. Sie wollten seine Rückkehr ins Vaterland festlich gestalten. Seine antikommunistische Vergangenheit war ihnen egal. Die Maskerade hätte ihr Regime legitimiert. Als Jugendlicher hatte Dima davon geträumt, ein Reformator zu sein, nur dass seine Reform reaktionär war.«

Er hielt inne, um nachzudenken oder sich zu erinnern.

»Hast du von der Gruppe um den Physiker Heal gehört? Er ging über glühende Kohlen, ohne etwas zu spüren. Ob wir wohl auch über glühende Kohlen gingen in jener Mansarde? Immerhin spürten wir die Angst, das Misstrauen, die Doppelbödigkeit. In Kalifornien wird die Veränderung des Bewusstseins durch die Technik erforscht. Was ist von diesem Land zu halten? Man sollte nur über die Neue Welt sprechen, die alte ist endgültig veraltet. Wenn sie es nicht immer schon war. Dort in der alten Mansarde des alten Landes habe ich den Kult Dima losgetreten. Aber keiner von uns wusste etwas von Marga Stern. Ich glaube, Gora hat sie erfunden. Seine Nekrologe legen das nahe. Einverstanden, das Leben besteht nicht nur aus Wirklichem und Sichtbarem. Das Mögliche aber ist stets verschlüsselt. Gora befindet sich in Trance, in der Trance der Bücher – dabei hat er allerdings immer wieder auch gewisse Eingebungen.«

Langes, langes Schweigen. Endlos. Palade war verstummt und sah mich nicht mehr, für ihn war ich nicht mehr vorhanden.

»Gleichgültigkeit ist doch menschlich, oder?«

Er hörte mich nicht.

»Entfremdung ebenso, menschlich. Menschlich. Nicht wahr, Mihnea? Menschen sind wir doch.«

»Nun ja, die Nazi-Greuel im Osten waren nicht das, was ihn vorrangig interessierte. Er stand den Glaubensgenossen der Marga Stern nicht feindlich gegenüber. Sie interessierten ihn bloß nicht, das ist alles.«

Er hatte sich eine Zigarette angezündet, er sah mich wieder an.

»Bald werden die letzten Überlebenden verschwunden sein. Vergessen oder bewahren wir das Symbol, ohne das wir uns am Ende selbst nicht verstehen werden?«

Er streifte die Asche ab, dann warf er die angerauchte Zigarette genervt zur Seite.

»Ja, die Gleichgültigkeit, die Entfremdung. Der Selbstbezug. Immerhin war er großzügig, hilfsbereit, empfindsam. Das war er auch früher gewesen, als er grün eingeschlagene Albträume mit Heiligenbildchen darauf anpries. Ich glaube an parallele Welten. Vielfältige Welten. Vielfalt. Also auch Zwiespalt. Nicht immer negativ. Der Mensch ist kein eindeutiges Wesen. Er hat Risse und Geheimnisse. Verborgene Möglichkeiten. Ich bin ein widerwärtiger Sophist, was meinst du?«

Er hatte sich eine neue Zigarette angezündet, sich allerdings vorher besonnen, auch mir eine anzubieten, ich war froh, dass ich das Rauchen aufgegeben hatte. Er starrte mich an, mit einer Aufmerksamkeit, die mir übertrieben erschien.

»Du müsstest Dimas Zwiegespaltenheit begreifen. Euch hat man dauernd abverlangt, vollkommen zu sein, das konntet ihr nicht. Engel schreiben keine Bücher.«

Jahre später erst sollte ich verstehen, dass Gaşpar einen Aphorismus verwendet hatte, der offenbar nicht von ihm selbst stammte.

Ich hatte es nicht gern, wenn ich im Plural angesprochen wurde, allerdings reizten mich, ebenso wie Mihnea, Widersprüche und Risse und Geheimnisse und unerwartete Möglichkeiten, nur erschienen mir die Menschen letztendlich wichtiger als die Begriffe. Wichtiger, Mihnea, glaub es mir, das wollte ich Mihnea Palade klarmachen. Ich kam nicht mehr dazu.

»Stell dir vor, die haben mir keinen Einblick ins Archiv gewährt! Mir! Der ich sein treuer Bewunderer und Schüler war. Sobald ich anfing, Fragen zu stellen, haben sie mir keinen Einblick mehr in Dimas Archiv gewährt. Ich habe ihm geraten, nicht mehr zu diesem fanatischen alten Arzt zu gehen. Wortführer der Eisernen Garde in den Vereinigten Staaten, stell dir das vor! Absolut lächerlich! Ich vermute, du hast von diesem Arzt gehört.«

Mein Schweigen war eine Bestätigung. Palade erwartete keine Bestätigung, er wollte nur sein Gift verspritzen. Ich war zum Zeugen der Nachwelt geworden.

»Wie ich höre, soll Gora das Geheimarchiv gesehen haben. Ich bezweifle, dass er es gesehen hat.«

Er war eifersüchtig. Er hatte Dima vergöttert und nicht erwartet, dass ein anderer ihm vorgezogen wurde.

Dies war ein günstiger Zeitpunkt, um anzugreifen. Ich fragte ihn, ob Gora nicht vielleicht ein Spitzel hätte sein können damals. Die Frage bezog sich indirekt auch auf ihn.

»Ob er es hätte sein können? Jeder hätte es sein können. Nicht weil er vom Schicksal ausersehen gewesen wäre, sondern weil das Schicksal in den Dienst der Obersten Behörde gestellt worden war. Der Teufel war zum kleinen Handlanger geworden, Prügelknecht und Bürokrat zugleich, und der Mensch ist zu ungeahnten Dingen fähig. Unbescholtenheit und Doppelzüngigkeit kommen gleicherweise überraschend. Denk an Ehebruch – ein Doppelleben. Manchmal über Jahre, Jahrzehnte. Der Computer wird die Möglichkeiten vervollkommnen, bis zur totalen Ratlosigkeit. Du hast sicher davon gehört.«

Das hatte ich, so genau aber auch wieder nicht, ich war bereit, alles zu hören und zu lernen.

»Man streift Spezialhandschuhe über, und das Computerprogramm verschafft einem plötzlich Zugang zu der Welt, in die man unvermittelt eindringt. Man funktioniert in einer anderen Welt. Die Hände ergreifen mittels der Handschuhe Besitz von den Gegenständen einer anderen Welt, ertasten sie, handhaben sie, eignen sie sich an, verändern sie.«

Er schweifte ab. Spielte er auf Gora an? Es war nicht klar.

»Ach ja, du fragtest nach Gora. Ich war sein Student, wir standen uns nahe. Er ist vor mir weg, wie du weißt. Man munkelt, durch die Intervention der Verwandten seiner Frau. Ich glaube das nicht. Es wäre ja allerhand, wenn die darauf hingewirkt hätten, Lu von ihm zu trennen. Wie auch immer, der Verdacht bleibt. So auch in meinem Fall. Der große Sieg des Systems. Das allgemeine Misstrauen hat ein längeres Leben als das System selbst. Eine unzerstörbare Hinterlassenschaft.«

Er sah mir wieder gerade in die Augen. Nicht um das Misstrauen zu zerstreuen, wohl eher, um es irgendwie herauszufordern.

»Gora ist ein zivilisierter Mann, in allem. Mitsamt aller Heuchelei und allem Lack der Zivilisation, natürlich. Ob er wirklich so besessen ist von Lu? Es gibt nächtliche erotische Dienstleistungen mit herrlichen, teuren jungen Frauen, die eines einsamen Aristokraten würdig sind. Und ein Aristokrat ist er, nicht von Geburt, aber aufgrund seiner Gelehrsamkeit. Goras Nächte? Geheime Nächte, da kannst du sicher sein. Bücher brauchen die Gesellschaft der Frauen. Der Frauen, nicht einer einzigen. Lu ist nicht eine Frau, sondern mehrere … Was ich weiß, ist, dass Gora legal ausgewandert ist, mit behördlicher Genehmigung. Er hat versucht, Lu nachzuholen. Brauchte er dazu die Hilfe der Institution? Ich weiß es nicht. Dima hat versucht, ihm zu helfen. Gora sprach sich hartnäckig dagegen aus, dass Dima ins kommunistische Vaterland reiste. Nein, nein, nein, um keinen Preis, brüllte Gora, rot vor Empörung. Dima war nicht dermaßen entschieden. Im Alter hatte er die Hoffnung auf den Tod des Kommunismus verloren. Er sehnte sich nach den Orten von einst, er glaubte, sein Besuch käme seinem internationalen Prestige zugute. Die tüchtigen Propagandisten der Institution hatten es geschafft, die Westler davon zu überzeugen, dass unser vergötterter Diktator, das Genie der Karpaten, dabei war, eine besondere sozialistische Demokratie aufzubauen. Eine besondere Demokratie, in einem besonderen Sozialismus. Wir wurden sozusagen zu einer besonderen Gattung.«

Ich hatte von Dimas Absicht gehört, einen Kompromiss auszuhandeln, der einen festlichen Besuch in seinem und unserem Land ermöglichen würde, Goras Widerstand wurde als Beweis seiner Integrität aufgefasst, das alles war nicht neu.

»Hast du vom ehemaligen polnischen Direktor von Radio Freies Europa gehört? Große Verdienste beim Kreuzzug gegen den Kommunismus. Weißt du, was man über ihn herausgefunden hat?«

Ich spitzte die Ohren.

»Ein sehr gebildeter und zudem stattlicher Herr. Verfasser einer vielgeschätzten Monographie über Joseph Conrad. Manche meinen, es sei die beste. Die kommunistische Regierung Polens, bis aufs Blut gereizt durch die Sendungen von Radio Freies Europa, verurteilt den antikommunistischen Direktor zum Tode. Ein Todesurteil in Abwesenheit! Doch die Archive des polnischen Geheimdienstes, was sagen die heute? Der vornehme Intellektuelle und Antikommunist war ein Spitzel! Gute Arbeit, nicht wahr? Wieso haben sie ihn nicht getötet? Die einen brachten sie um, weil sie sich verweigerten, andere erst, wenn sie ihre Arbeit getan hatten.«

Palade brachte die Chronologie durcheinander: Der Verdächtige war zuerst Spitzel des polnischen Geheimdienstes gewesen, dann war er geflohen und für die Feinde tätig geworden.

»Recht hattest du, dich in der Mansarde der Verdächtigen bedeckt zu halten. Wer war Spitzel, wer war es nicht? Ich? Gora? Du? Bist du nicht verhört, von Agenten aufgesucht worden? Wer weiß, was sie in ihren Berichten geschrieben oder verfälscht haben. Sie fälschen immer noch, da bin ich sicher … Jene, die uns zu Spitzeldiensten gezwungen hätten, sitzen jetzt in ihren Villen. Die

Schreiberlinge, die die Partei und den genialen Ersten Genossen hochlobten und sich im Biergarten oder an geschützteren Orten mit einem, zwei, fünf Securitate-Generälen gütlich taten, haben keine Spitzelakte. Oder sie hatten eine, und sie ist verschwunden. Was sagt man dazu? Die gute byzantinische Tradition verbündete sich mit der guten kommunistischen Tradition. Oder der polizistischen. Oder auch der polizistischen …«

Er lächelte, der Herr Palade, er war zufrieden mit seinem Vortrag. Er war gekommen, meine Zweifel zu verwirren, nicht, sie zu zerstreuen. Ich musste die Frage stellen, die ich immer vor mir hergeschoben hatte.

»Aber Lu? Was denkst du über sie?«

Er hatte es immer eiliger, er antwortete sofort.

»Sie war auch in der Mansarde.«

»Dort werden doch nicht alle Spitzel gewesen sein.«

»Keine Rede! Das wäre ja ein Theater gewesen. Nein, nein. Wir haben uns dort gesehen, wollte ich sagen. Dort hat Gora sie kennengelernt und ist bis heute nicht mehr von ihr losgekommen. Es ist nicht nur Gelehrtenwahn, wie man glauben könnte, auch nicht die Klaustrophobie oder Agoraphobie dessen, der sich in Büchern vergraben hat. Das könnten wir verstehen, wir sind selbst nicht vor dieser Krankheit gefeit. Bei ihm ist es etwas anderes. Lu ist nicht eine Frau, sondern mehrere. Eine nicht zu verachtende Chance! Ich kenne sie von den Treffen in der Mansarde, aber auch von Tanzabenden in mondänen Kreisen. Eine Schönheit. Sie kam in Begleitung und tanzte Rock und Twist und Shake und Hula-Hoop. Heiter, fröhlich, angenehm. Hin und wieder mit brüsken Ausfällen wie unter Schock. Ich erinnere mich an einen Abend. Nach Mitternacht, nach stundenlangem Tanzen und Flirten, war die Atmosphäre so weit gediehen, dass man zum nächsten Akt übergehen konnte. Nicht wenige Paare zogen sich in eines der Zimmer zurück, von denen diese Bonzenkinder etliche hatten. Nicht selten handelte es sich hier auch um die Häuser ehemaliger Gutsbesitzer, denen es durch wer weiß welche Winkelzüge gelungen war, diese Immobilien zu behalten. Tanz und Liebe. Partner wurden getauscht, es kam zu Grüppchenbildungen. Lu merkte, was Sache war. Plötzlich wurde sie kreidebleich. Sie griff sich ihre Handtasche, und weg war sie. Besorgt rief ich sie am nächsten Morgen an. Sie erzählte mir, sie sei eine Stunde lang durch das nächtliche Viertel an den Seen bis zum Triumphbogen gelaufen. Erst dort hatte sie endlich ein Taxi bekommen. Sie hatte kein Geld dabei und bot dem Fahrer ihr Armband an. So gelangte sie im Morgengrauen nach Hause.«

Ich begriff, dass ich von diesem Bewohner paralleler Welten keine klareren Antworten erwarten durfte.

Palade wurde nicht in seinem Vaterland ermordet, er kehrte zurück, verstörter als bei seiner Abreise. Er ließ mich wissen, er habe am Kennedy Airport ein paar Stunden Zeit bis zu seinem Anschlussflug in den Mittleren Westen.

Ein stürmischer Tag mit Regengüssen und Unwettern, wie vor der unerwarteten Ankunft von Mynheer Peter Gaşpar und seiner Cousine in Amerika.

Die Flüge waren stark verspätet, viele sogar annulliert. Ich musste stundenlang am Flughafen warten.

»Es war eine gute Reise. Das heißt, sie war schlimm, aber wohltuend. Sie hat mich ernüchtert, sofern das überhaupt nötig war. Jene Revolution, wenn wir sie so nennen können, war eine postmoderne. Das heißt, sie ist es. Sie parodiert sich fortwährend selbst. Betrügereien, Geheimniskrämerei, Relativierungen, Ungewissheiten. Eine postmoderne Revolution in einem surrealistischen Land, was meinst du dazu?«

Ich hatte keine Meinung. Ein surrealistisches Land mit einer postmodernen Revolution, beschrieben von einem Fachmann des Esoterischen und Paranormalen, das verdiente Beachtung.

»Sie sind stolz auf ihre Revolution, sie sprechen von Tausenden von Märtyrern, erzählen mir aber auch von massiven terroristischen Infiltrationen, Verschwörungen des KGB sowie des Okzidents und des Orients, des Südens und des Nordens. Sie reden vom Übergang, aber nicht zum Jahr 2000, sondern zum Jahr 1938, ganz wie Dima. Es gab Momente der Verblüffung und der Wut – Ayesha, meine Inderin, haben sie angesehen, als wäre sie gerade aus der Höhle gekrochen.«

Ich versuchte zu erraten, worin nun trotz allem das Wohltuende an seinem Besuch bestanden hatte. Palade wartete die Frage nicht ab.

»Gefreut habe ich mich über das Wiedersehen mit einigen Freunden. Das hat Erinnerungen aufleben lassen an die Jugend, an Orte, die wir beide geliebt haben. Auch an die Mansarde der großen Streitgespräche. An all die Träume und Zweideutigkeiten.«

Das Wort Zweideutigkeiten erschien mir vielversprechend, ich hoffte, es würden Geständnisse folgen. Sie folgten nicht.

»Und dann habe ich Zeichen empfangen. Zurufe. Appelle. Ich habe sie nicht alle entschlüsseln können. Mein Bruder … Du weißt ja, mein Zwillingsbruder. Zwillinge mit denselben kosmischen Voraussetzungen. Nun, er hat, während ich da war, merkwürdige Träume gehabt.«

Ich befürchtete, wie schon bei unserer vorherigen Begegnung, ein Abdriften in Magie und Phantasmagorie.

»Die Fiktion ist Teil der Wirklichkeit, weißt du doch, man manipuliert die Wirklichkeit. *Unreliable narrator,* wie das hier heißt. Gora macht das auch, aber er behauptet, es handle sich dabei nicht um Fiktion … Die Fiktion wird vom Realen, von den Menschen, produziert und rezipiert, aber auch vom Irrealen. Träume und Vorstellungen und Ahnungen sind menschlich. Selbst die Wissenschaft kommt nur so voran … Um etwas zu entdecken, muss man sich zuerst etwas nie Dagewesenes vorstellen.«

Ich führte meine Tasse an die Lippen und nippte am Kaffee, ohne Palade anzusehen. Die krankhafte Blässe seines Gesichts war mir bei seiner Ankunft sofort aufgefallen, und sie sollte mir danach nicht aus dem Sinn gehen. Er begriff, dass ich nicht an komplizierten Theorien interessiert war, sondern daran, wie er die Reise erlebt hatte.

»Du glaubst also an diese Zeichen …«

»Weißt du, ich suche das Abenteuer, selbst in den oder durch die Gegenstände. Werbung reizt mich, die ihr innewohnende Lüge, ihr Erfolg oder ihr Scheitern. Ihre Chiffre! Wenn ich ein Eis kaufen gehe, kehre ich mit einem Haufen unnützem Zeug zurück. Bloß weil das alles an meinem Weg gelegen hat. Oder wenigstens mit acht verschiedenen Sorten Eis in verschiedenen Farben. Als hätte ich es auf die Begegnung mit dem Unvorhersehbaren, dem Unsichtbaren angelegt. Ich störe den Schlaf der Dinge. Als ich jetzt zu Hause war, bat mich meine Mutter eines Tages, in der Stadt nach Stricknadeln zu schauen. Stärkere Nadeln, sie strickte an einer Wollweste. Ich empfand diese Begegnung mit den Stricknadeln als Versuchung. Seit zwei Jahrzehnten war ich keinen so banalen und phantastischen Weg mehr gegangen: Stricknadeln für meine alte Mutter kaufen. Als ich zurückkam, stand an einer Ecke eine Zigeunerin. Jung, verführerisch. Sie bettelte. Ich blieb stehen, sah sie an, gab ihr Geld, mehr als sie sich erträumt hatte, sie sah mich an, ihre Augen glühten. ›Soll ich Euch aus der Hand lesen?‹ Ich hielt ihr meine Hand hin, sie sah sie an, wieder und wieder, lange, ungläubig, sie zögerte, etwas zu sagen, sie schien äußerst verstört. Ihr seid am selben Tag und im selben Monat geboren wie ich, murmelte sie. Nicht im selben Jahr, nur am selben Tag im selben Monat. Und sie nannte mir Tag und Monat.«

»Wann hast du Geburtstag?«, fragte ich, um der Situation die Spannung zu nehmen.

»Anfang Januar«, beeilte sich Palade, zur Geschichte zurückzukehren. »Steinbock. Ich sehe Blut. Blut am Scheitel, sagte die Zauberin. Ihr sitzt auf einem Königsthron, vom Scheitel fließt Blut. Ein böses Zeichen. Nehmt Euch in Acht vor Feinden, Herr. Vor geschlossenen Räumen, vor Fremden, so sprach das Orakel.«

»Du glaubst also an diese Zeichen, nimmst diese Art Warnungen ernst?«

»Das Leben des Verstandes birgt Gefahren. Nicht nur die offensichtliche, auch die verborgene Wahrheit ist gefährlich. Die Zufälle, die Irrtümer spielen ein verdecktes Spiel.«

»Und wen – wen aus der Mansarde hast du noch getroffen?«

»Ach ja, du denkst an Lu, die Frau Gora scheint dich zu interessieren. Du hast mich schon letztens gefragt, was ich über sie denke. Ich habe sie getroffen. Im Theater. Just beim *Meister und Margarita.* Ein mystisches Stück, oder? Magisch vielleicht? Ich hatte es aus unserer Zeit noch im Kopf. Denk dir, es wird noch gespielt. Lu, ja, mit einem jüngeren Cousin, so hat sie ihn mir vorgestellt. Ein hochgewachsener, stämmiger Mann, kahl und mit einem Schnauzer, sehr schweigsam, aber scheinbar stets bereit, vom Leder zu ziehen. Eingeschüchtert durch Lu, eingeschüchtert durch mich. Ich habe mich mit ihr zu einem Kaffee verabredet. Sie kam sogar. Wir haben geredet. Auch über Gora. Sogar über Gora.«

Das Wörtchen »sogar« wiederholte sich: Sie war *sogar* gekommen, *sogar* über Gora hatten sie gesprochen – das Ungewöhnliche war die Routine des Mihnea Palade.

»Sie sagte, sie sei geheilt. Die Haare kurz, ganz kurz gestutzt, wie ein Junge. Ein Schock. Der Körper schmal, die Bewegungen fahrig, ein Anflug von Zerbrechlichkeit, tiefliegende Augen, die Hände wie früher, prachtvoll. Sie erschien mir größer und leichter. Die Krankheit ist ein Mysterium mit einer eigenen Magie, sie führt einen ans Unbekannte heran, ans Mystische. Umso mehr eine derart schwere Krankheit – man befindet sich im Übergang. In einem Zwischenzustand. Je näher man dem Tod ist, desto stärker empfindet man das Geheimnis des Lebens. Die Krankheit steigert die Sinnlichkeit. In ihren Reden und Gesten lag das Unwägbare, unterdrückt durch Anstand und Angst, durch die Angst vor sich selbst, nicht nur vor den andern. Ich verstehe Goras Besessenheit. Nicht er ist extravagant, sondern sie. Lu ist mehrere Frauen, wie ich schon sagte. So habe ich sie seinerzeit gesehen, so sehe ich sie auch jetzt. Nur erscheint sie mir heute, nach der Krankheit, zugänglicher, offener, freier, empfänglicher …«

Ich hörte zu und hörte nicht hin, natürlich war ich gespannt auf weitere Einzelheiten, aber ich wechselte das Thema, um mich von mir selbst abzulenken.

»Meinst du, die ehemaligen Securisten haben spezielle Gründe, dich auch hierzulande zu verfolgen?«

Er reagierte nicht sofort, so wie ich es erwartet hatte. Er brauchte wohl einige Zeit, um zu entscheiden, wie und was er antworten sollte.

»Ich weiß nicht, was die in ihren Akten haben, ich schließe keine Hypothese aus, ich bin ein Mensch der Hypothesen, ich glaube an Geheimnisse und an geheime Bedürfnisse. Ein Doppel-, ja ein vielfältiges Leben. Hochstapelei ist nur eine gesteigerte Form dessen, was bekannt und akzeptiert ist. Hier, im Amerika der Freiheiten und Tabus, sieht man manch einen Politiker, der einem kurzen erotischen Abenteuer zum Opfer fällt. Der Skandal ist enorm, der Politiker am Boden zerstört. In Frankreich würde man ihn bewundern. Beweist denn der Ehebruch, den es seit Menschengedenken gibt, dass ein Mensch in allem und jedem lügt? Dass ihm die Armen, die Religion, seine Kinder, das Schicksal Amerikas egal sind? Keineswegs!«

Er hielt inne, sah mich lange an.

»Nein, ich war kein Informant, wenn du das wissen willst. Nicht darum sind die Securisten von gestern und heute hinter mir her. Ich kenne ihre Gründe nicht. Vielleicht ist es besser so.«

Er sagte, dies sei unser letztes Gespräch, demnach handelte es sich um eine Beichte.

»Wir leben in dem verachteten und bewunderten Amerika, im von Ordnung und Freiheit besessenen, pragmatischen und religiösen, korrupten und idealistischen Chaos mit Hunderten von Sekten, Tausenden von bewaffneten Rassisten, Analphabeten aller Grade, voller Korruption und Dummheit und Spektakel. Und Größe! Unvollkommen, glücklicherweise. Vollkommen ist nur die Diktatur.«

»Was hat sie über Gora gesagt? Was hat Lu über Gora gesagt? War sie bereit, über ihn zu reden? Warum ist sie ihm nicht gefolgt?«

Palade musterte mich mit enttäuschter Miene. Er lächelte, ein hintergründig komplizenhaftes Grinsen, als wären meine Fragen ein unbeholfener Umweg zur einen unausgesprochenen Frage.

»Lu würde jetzt, erst jetzt, möglicherweise in Betracht ziehen, den Ort zu verlassen, den sie nie verlassen wollte. Ich habe sie nach Gora gefragt. Warum war sie ihm nicht gefolgt? Ich weiß es nicht, ich will es noch nicht wissen, das war ihre Antwort. Jeder von uns ist unersetzbar, ebenso das Alter, in dem er ist, wir können nicht durch uns selbst in einem anderen Alter und unter anderen Umständen ersetzt werden, sagte sie. Ich weiß es nicht, ich will es nicht wissen und ich muss es nicht wissen. Jedenfalls war sie weniger verschlossen und äußerte sich nicht mehr so zweideutig. Okay, setzen wir hier einen Punkt, ich habe es eilig, ich arbeite an drei Büchern, ich habe Verträge, viel zu tun bis zum Mai nächsten Jahres. Der Monat Mai hat einen ganz bestimmten Stellenwert im Traum meines Bruders.«

»Was willst du damit sagen?«

»Eine Sitzung des Politbüros. Des ehemaligen Politbüros. Marionettenhafte Liliputaner aus Stroh und Samt und Watte. Wie im Puppentheater. Der Koch fett, der Gärtner mit Harke, der Stenograph mit runden Brillengläsern. Generäle, junge Männer in den grünen Uniformhemden der Legion, Arbeiter mit Schiebermütze und roter Armbinde, Aktivisten. Über die ganze Wand zieht sich ein Spruchband: *Der Nationalismus, die letzte Zuflucht des Kommunismus*. Zu unserer Zeit klang das anders: ›Der Kader – die Goldreserve der Partei‹ oder ›Der Mensch – das kostbarste Kapital‹. Sie diskutierten meinen Fall, das Datum der Exekution, sie warteten auf ein Zeichen, eine Anweisung. Das Genie der Karpaten schien ratlos, es wandte sich an einen der Ratgeber mit Schiebermütze. So hat es mir Lucian, mein Bruder, erzählt. Der Traum als Warnung.«

Palade zog seinen Schal enger um den Hals. Er trug einen dunkelblauen Anzug wie immer, ein weißes Hemd mit offenem Kragen, der Schal rot, aus weicher Wolle.

»Die Marionette antwortete mit heiserer Stimme, wie ein Bauchredner. Am Feiertag der orthodoxen Heiligen. Das Genie lächelte, angetan von der Grausamkeit des Ratgebers, es nickte und machte eine Geste des Einverständnisses. Die Marionetten holten ihre Notizbücher hervor und schrieben das Datum auf, den

Feiertag im Mai. Dieses Jahr bin ich noch davongekommen, es ist nichts passiert. Leider ist die Zigeunerin nicht hier, sie hätte das Geheimnis entschlüsselt.«

Er zog den Schal noch enger, obwohl es warm und schwül war. Ein dicker Wollschal um den Hals, ein untauglicher Schutz.

Es war unsere letzte Begegnung.

Seither war viel Zeit vergangen. Peter Gaşpar hat Palade vielleicht auch selbst noch einmal getroffen in den Parallelwelten der Transmigration und wird uns mitteilen, ob das Geheimnis seines eigenen Verschwindens das gleiche ist wie das Mihnea Palades.

* * *

Gaşpars Nachricht auf dem Anrufbeantworter klingt wie eine Provokation. Ob er wohl die ganze Zeit über vermutet hat, dass er der Held des Nekrologs auf Goras Schreibtisch ist? Die Nachricht wurde prompt in die Akte RA 0298 aufgenommen. Die unterhaltsame Nachruferei erforderte Professionalität! Gora hatte sie sich angeeignet, er hatte gelernt, die am Leben Gebliebenen bei Laune zu halten: Die Biographie genannte Farce wird zur Farce Nekrolog. Er wählte mal das eine, mal das andere Fragment für die diesseits des Styx Verbliebenen.

Er hat sich lustig gemacht über mich, der Hurenbock! Er hat mich zum Gespött gemacht. Er hat keine Lust, sich mit mir abzugeben. Die vom Band des Anrufbeantworters aufgezeichneten Worte ruhen brav in der *Akte Mynheer.* Dutzende Male hat Gora die Nachricht abgehört, er kann sie auswendig. Mit der Abschrift vor Augen horcht er den Zwischentönen der Stimme nach, vergleicht ihren Klang mit der Niederschrift, sucht nach neuen Bedeutungen. Er ignoriert die Seelenwanderung, an die Mihnea Palade geglaubt hat. Würde Peter Gaşpar sich den ihm gewährten Aufschub zunutze machen, um weiter sein Spielchen mit dem Hurenbock zu treiben, wie er bei seiner Ankunft in der Neuen Welt angekündigt hatte? Oder würde er dem Treiben angewidert ein Ende setzen und beweisen, dass nur er selbst über das Nachspiel entschied?

Ein Selbstmord scheint nicht wahrscheinlich.

Der Verdrossene hat eine verdrossene Botschaft hinterlassen und ist verschwunden. Danach keine Nachricht mehr. Schließt jene Botschaft die Möglichkeit eines Überfalls aus, wie er Mihnea Palade zuteilgeworden ist? Das Telefon in der Baracke des osteuropäischen Professors läutet einsam vor sich hin, das Sekretariat des Colleges behauptet, der Professor habe *leave of absence*, unbezahlten Urlaub beantragt. Steht ein Absender auf dem Umschlag? Die Frage bleibt unbeantwortet, die Bürokraten gewähren keinen Einblick ins Privatleben.

Ist er schließlich mit Deste geflohen? Oder hat er sich mit Tara ins Nirwana von Nevada aufgemacht, um das wahre Amerika zu entdecken, die Wüste der Freiheit? Und mit welcher Tara? Mit jener, die dem Zusammenhang zwischen Leibwäsche und verdorbenen Makkaroni, dem Unterschied zwischen Geruch und Gestank nachging, oder der Postbotin, die Drohbriefe überbrachte? Eine entspannte, herzliche, weise Partnerin ohne jede Verbindung zu der Neurotikerin, die sich nach schlechten Noten sehnte?

Peter ist im Labyrinth Amerikas verschwunden und antwortet nicht. Ist er bei den großen Canyons dem Blinden aus Buenos Aires begegnet?

Gora weiß, dass er ein unzuverlässiger Chronist ist. Beflügelt vom Reiz der Alternative, streicht er mit der Hand über die Akte, schaut hinüber zur Ecke des Tisches, wo die roten Handschuhe ruhen.

TEIL III

Vor seinem Verschwinden hatte Peter eine letzte Begegnung mit Leova Boltanski.

Penn Station! Er entflieht dem Gewimmel, den Blick emporgerichtet, hoch hinauf in den Himmel. Gegenwart! Ge-gen-wart, brummt der Reisende. Losung und Gebet seines neuen Lebens: GEGENWART!

Das gelbe Taxi hält am Rinnstein. Leova wartet auf ihn, wie abgemacht.

»Danke, ein Mann, ein Wort. Der Sowjetmensch ist ein Ehrenmann.«

»Wie der amerikanische Mensch, wenn er gut bezahlt wird. Du hast mich gut bezahlt. Zu gut.«

»Na also … Ich war es dir schuldig. *Noblesse oblige,* sagen die Franzosen. Wie sagen die Ukrainer?«

»Wieso die Ukrainer?«

»Kommst du denn nicht aus dem berühmten Odessa?«

»Ich bin ein Sowjetmensch. Ich habe es dir gesagt, und du hast es nicht begriffen. *Ein Mann, ein Wort**, so sagt man in unserer Familie. Es ist nicht französisch, aber ich glaube, es ist dasselbe.«

»Fast dasselbe.«

»Okay. Wohin fahren wir?«

»Ich habe keine genaue Adresse, aber ich weiß, wo es ist.«

»New York ist kein Dorf, hier braucht man eine Adresse.«

»Weißt du, wo das Lenox Hospital ist? Ein bedeutendes Krankenhaus. Neben diesem Krankenhaus ist eine Arztpraxis.«

»Schon wieder zum Doktor? Ist die Freundin nach Lenox ge-

* Deutsch im Original

zogen? Die Freundin oder Partnerin oder Frau, die dich nicht sehen will und verschwindet, bevor du auftauchst?«

»Nein, sie ist nicht umgezogen. Nicht ihretwegen fahre ich hin.«

»Bist du krank? Psychiater? Ich habe dich auch letztes Mal gefragt und du hast nicht geantwortet. Psychiater?«

»Letztes Mal habe ich geantwortet, und ich antworte auch jetzt. Nein, kein Psychiater. Der Doktor Koch ist Internist, ein altmodischer Beruf in Amerika.«

»So ist es. Überall Spezialisten. Für die linke Hand und für die rechte Hand, fürs Knie und für die Sehnen, für Kopfschmerzen oder Haarausfall. Zehn Finger an den Händen, zehn Zehen an den Füßen? Je ein Spezialist für jeden davon. Zwanzig Spezialisten! Und je ein Spezialist für jeden Finger- und Zehennagel. Noch zwanzig! Zahnärzte, die nur Füllungen machen, andere ziehen Zähne, andere kümmern sich ums Zahnfleisch, wieder andere setzen neue, widerstandsfähige Beißerchen ein. Die Methode Ford, Arbeitsteilung. Höchstleistung. Der Film von Charlie Chaplin. Ich habe ihn in der Sowjetunion Dutzende Male gesehen.«

»*Moderne Zeiten*, so hieß er, oder? Der leistungsfähige, menschenfresserische Kapitalismus. Filme hast du also gesehen im Mutterland des Sozialismus? Wie war es mit Büchern? Hast du Bücher gelesen?«

»Habe ich. So viele ich kriegen konnte.«

»So viele du kriegen konntest? Alle sind wir dort in die Falle der Bücher geraten.«

»Wieso Falle?«

»Ach, das ist so dahingesagt, es war halt auch eine Art Höhle, in der man allein sein konnte, wir hatten nichts anderes, nur Bücher.«

»Doktor Koch … Koch, sagtest du?«

»So heißt er.«

»Also die Lunge. Der Koch-Bazillus, so viel weiß ich noch aus der Schule. Hast du etwas an der Lunge?«

»Ach was, gar nichts habe ich. Ich nenne ihn nicht Koch, sondern Avicenna. Weißt du, wer Avicenna war?«

»Weiß ich, und wenn ich's nicht weiß, ist es mir auch egal. Du bist also im Allgemeinen krank, nicht an der Lunge. Der Nagel am kleinen Zeh des linken Fußes?«

»Ich brauche keine Untersuchung. Ich bringe ihm ein Geschenk. Diese Rolle.«

»Ach, du hast also keine schwere Aktentasche mehr, jetzt hast du eine Rolle. Du fährst also nicht zur Bibliothek, auch nicht zur Cafeteria der Bibliothek, und du wirst auch deine Brieftasche nicht liegenlassen.«

»Nein, ich werde sie nicht liegenlassen. Ich habe Geld, keine Sorge.«

Peter hat eine lange blaue Kartonrolle unterm Arm, mit Deckel.

»Ich überbringe eine Botschaft.«

»So groß? Über die Freundin, die bei ihm arbeitet? Du flehst ihn an, dass er dir in Sachen Liebe hilft, dir ein Elixier verschreibt? Rollen für Karten und Urkunden wie diese da taugen auch für einen Papyrusbogen mit der Zauberformel der Liebe.«

»Ich bringe ihm ein Geschenk. Einen seltenen Stich. Den habe ich für ihn gekauft.«

»Soso, ein Geschenk. Dankbarkeit. Bräuche aus der alten Welt. *Noblesse* – wie sagtest du?«

»*Noblesse oblige*.«

»Ach so, *oblige*. Etwas anderes als: *Ein Mann, ein Wort*. Jetzt verstehe ich. Etwas ganz anderes.«

»Nicht ganz.«

»Ein Dank für die Behandlung.«

»Nicht nur.«

»Du hast gesagt, es ist eine Botschaft. Ist die extra?«

»Ja, extra. Aber auch das Geschenk ist eine Botschaft. Der Brief ist eine andere Botschaft.«

»Aha, über deine Freundin.«

»Über einen Freund. Einen gemeinsamen Freund.«

»Aha. Angenehm oder unangenehm?«

»Unangenehm.«

»Mal warm, mal kalt. Das Geschenk als Dank, der Brief als Gift.«

»So etwa.«

Vor dem Krankenhaus stauen sich Autos und Taxis und Rettungswagen.

»Wir sind da, ich glaube, wir sind da. Wohin jetzt?«

»Noch ein kleines Stückchen. Über die Kreuzung, im ersten Gebäude hinter der Kreuzung ist die Praxis von Koch. Avicenna.«

Leova kommt vor der Praxis zum Stehen. Peter hält das Geld bereit, er zählt nach, er will nicht zu viel zahlen, das würde den Sowjetmenschen kränken.

»Danke, Leova. Auf dich kann man sich verlassen.«

»Kannst du. Wann immer du mich brauchst. Du hast meine Telefonnummer.«

»Ja. Ich habe sie aufgeschrieben, ich verliere sie nicht.«

Plötzlich überlegt er es sich anders.

»Ach, warte doch auf mich. Ich komme gleich, und wir fahren zurück.«

»Wohin, nach Osteuropa?«

»Nein, zur Penn Station. Der Zug geht in einer Stunde.«

»Die Großstadt macht dich müde, du kommst an und haust gleich wieder ab.«

»Sie begeistert mich. Es gibt keine zweite auf der Welt wie diese. Die Mondstadt. Aber ich habe es eilig. Sehr eilig.«

Peter betritt das kleine Wartezimmer voller Patienten, er schaut weder links noch rechts, zwei Schritt bis zur Empfangstheke, wo die kleine Dora, die Spanierin, wacht. Er reicht ihr die Rolle, zeigt auf das weiße Etikett auf der blauen Hülse. »Doktor Koch-Avicenna«. Im Nu ist er wieder draußen.

Leova ist zur Stelle, der Zug ist zur Stelle, Amerika funktioniert einwandfrei, Peter verschwindet.

Auch Gora hat die Telefonnummer von Boltanski. »Mach Gebrauch davon, du wirst dich an unsere Jugend erinnern!«, hat Peter gesagt. Er hat keinen Gebrauch von ihr gemacht und hat keine Ahnung, dass Peter, bevor er verschwand, in Leovas gelbem Taxi unterwegs war.

Koch-Avicenna hätte natürlich etwas vom Abschiedsbesuch des Herrn Peter Gaşpar verlauten lassen können, doch die Nachricht war weder angenehm noch dringlich. Doktor Koch wartete den richtigen Moment ab.

* * *

Er hat sich lustig gemacht über mich, der Hurenbock! … Er hat keine Lust, sich mit mir abzugeben.

Nun, vielleicht hatte er doch Lust, aus dem Spiel war er nicht. Der Aufschub zeigte nur, dass das Abenteuer nicht zu Ende war.

Halb acht Uhr morgens. Gora ist auf den Beinen, auch er bereit für das Abenteuer. Das Abenteuer der Suche nach dem Verschollenen.

Der *Zauberberg* ist nahe, in Reichweite am bewussten Ort auf dem gastlichen Regal, doch Mynheer Pieter Peeperkorn und Hans Castorp, sein gedemütigter Rivale, und die merkwürdige Clawdia Chauchat mit den Mandelaugen, sie alle waren weit weg, in dem Europa von einst.

Gaşpar zufolge musste man im heutigen Amerika suchen. Gora hatte sich auf das Abenteuer vorbereitet, er hatte den großen Bildband vor sich: *Ein Tag im Leben von Amerika.* Wo immer man ihn aufschlägt, stößt man auf das Amerika, in dem der Flüchtling sich versteckt.

Auf dem Stuhl verwaschene Jeans. Vor dem Stuhl, auf dem sandgleichen Teppichboden, die lila Nylontasche, die Armbanduhr mit großem runden Zifferblatt, schwarz mit goldenen Ziffern. Im Hintergrund das hölzerne Bett, der weiße Schirm der Nachttischlampe. Im Vordergrund ein weißer Lederschuh mit Lochmuster, ein brauner Schnürschuh, der große Webster Dictionary. From A to Z. *Links im Bild die nackten Beine, honigfarben gebräunt. Die jugendlich frische Sohle versinkt im Teppich. Gesicht, Schultern und Oberkörper fehlen auf dem Bild. Nur die Beine sind da, in ganzer Länge. Die Nägel rosa lackiert, die Haut zart, von der rosigen Ferse bis zum Knöchel.*

An diesem Morgen ist aus Tara Sandra geworden, aus der Mittelschule Lakeview in Michigan, festgehalten im großen Bildband mit Arbeiten von *200 der führenden Fotojournalisten der Welt.*

Der Band liegt offen auf dem Schreibtisch vor dem Computer.

Sandra ist nicht ordentlich wie Tara, vielmehr außerstande, Prioritäten zu setzen: Das Chaos im Zimmer ist das Ergebnis der Panik, mit der sie sich auf ihr Abschlussexamen an der Mittelschule vorbereitet. Ihre Mitschüler sind auch nicht anders. Andere Zeiten, Professor, eine andere Geographie und eine andere Geschichte als jene, aus denen du geflohen bist.

Acht Uhr morgens. *Deste bereitet sich auf das Ritual vor. Der Prabhupada-Palast auf einem Gipfel bei Moundsville in West Virginia. Prabhupada, Begründer der Hare-Krishna-Bewegung, wacht über seine sechshundert Jünger. Gebürtige Amerikaner, der Stolz der Internationalen Gesellschaft für Krishna-Bewusstsein. Deste ist heute Veena Dasi im klassischen indischen Tanz Bharatanatyam. Goldspangen symmetrisch angeordnet im Haar. Von der Mitte des Krönchens, an einer vergoldeten Kette, ein Perlendiadem mit vergoldeter Rosette, in der Mitte ein grünlich schimmernder Jadestein. Veena Dasis Stirn ist verziert mit filigranen Zeichnungen aus Blattgold. Zwischen den schwarzgetuschten Brauen der rote Blutpunkt. Über die grüne Seidenbluse spannt sich von den Schultern bis zur Taille der Sari, ein gelber Schleier.*

Die junge Veena Dasi, mit bürgerlichem Namen Renee Walker, ähnelt Deste nicht. Deste ähnelt mehr der Ausbilderin Jatila Devi. Auf der Hochglanzseite des Bildbandes richtet Jatila das Krönchen über der Stirn von Renee, die nun Veena ist.

Der Mund leicht geöffnet, die Lippen voller Erwartung. Ein kleines Kleeblatt aus Perlmutt am Nasenflügel. Das Diadem reich an Arabesken. Rot, grün, golden funkelndes Geschmeide. Das samtene Ohrläppchen, die schwarze Haarlocke, schwarze Augen. Brauen und Wimpern wie ein Nachtfalter. Ein Model, geflohen aus dem Serail von Sarajevo.

Im Prabhupada-Palast, West Virginia, Vereinigte Staaten von Amerika, ist Deste zu Jatila Devi geworden! Der Professor Gora betrachtet sie melancholisch und wartet darauf, dass jeden Moment der flüchtige Peter erscheint.

Um neun Uhr hat der Nekrologist das zerwühlte Bett des »Cholo Quartet« vor sich. Eine junge Frau in Hemd und Höschen, ein Handtuch zum Turban gebunden, eine andere mit dem Rücken zum Betrachter, ebenfalls in Hemd und Höschen, mit Lockenwicklern im Haar, ein schnauzbärtiger Mann in Jeans, mit einem Kopfverband, und der kleine Joe, ein Knabe. Auf dem Bett die Bürste, der Kamm, die Hosen, eine Rolle Toilettenpapier. Arturo, Lisa, Rosario: »Cholos«, Mitglieder einer mexikanischen Vorstadtbande, geboren in den USA, im Konflikt mit der hispanischen Tradition und mit der amerikanischen Gesellschaft. Jede und jeder hat einen Spitznamen, sagt der Bildband.

Arturo ist »Chango«, Lisa ist »Bad Girl«, Rosario ist »Smiley«. Sie leben zusammen im White Fence District, einem »Barrio« von East Los Angeles, und fahren gemeinsam ein schrottreifes Auto. Sie haben alle keine Arbeit. Abwechselnd kümmern sie sich um den kleinen Joe, »El Boo Boo«, das Kind der jungen Rosario, der mit dem Turban auf dem Kopf. Der kleine Joe ist als einziger nicht taubstumm. Gaşpar interessiert sich für Taubstumme, wahrscheinlich kennt er das »Cholo Quartet«.

Um halb zehn sucht Gora Peter Gaşpar im 1921 gegründeten Geschäft der Familie Ciemniak in der Joseph Campau Street in Hamtramck, Michigan. Der verfressene Peter – zweifellos bewundert er das Schaufenster, die berühmten *kiełbasa*, die polnischen Würste der Marke Ciemniak aus der Gegend von Detroit.

Um halb elf trifft Gora Frau Eileen Slocum aus Newport, Rhode Island, sie entstammt dem Clan von Roger Williams, der den Staat im Jahre 1636 gegründet hat. Hochgeschlossener roter Blazer. Scharfe Züge im sommersprossigen Gesicht, drahtiges blondes Haar. Die runzlige Hand lässt auf sechzig, siebzig Jahre schließen. Eileen und ihr Mann John, Diplomat im Ruhestand, sind stolz auf ihre elf Urenkel und den imposanten Familiensitz. Der untersetzte, brünette Diener bringt das Frühstückstablett mit dem Silberbesteck und der Kaffeekanne. Carlos Juarez hat bis 1982 in der argentinischen Botschaft in Washington gearbeitet, als der Botschafter im Zuge des Falkland-Krieges abberufen wurde. Nein, das ist nicht der dicke Peter Gaşpar.

Um elf ist die Verfolgung in Nevada angelangt, im Golden Valley. Gina Monteverdi, die Tante, die Tara dem Professor Peter Gaşpar versprochen hat, erwartet ihn an der Straße. Mit der Katze Sofia im Arm, hält sie die grünliche Teekanne, aus der das Aphrodisiakum dampft. Gerötete Wangen mit Grübchen. Volles schwarzes Haar mit weißen Strähnen. Bodenlanger Morgenmantel aus rosafarbenem Flanell. Gina ist gerade aus dem Haus getreten, um den Gast zu empfangen, sie steht an der Kreuzung, die den Namen der abgöttisch geliebten Sofia trägt. Die schwarze Katze mit langen weißen Schnurrhaaren. Sofia-Kreuzung. Auf dem Verkehrsschild, ein Rhombus in Orange, ist eine Katze zu sehen, darunter der Warnhinweis: *Cat. Slow Crossing*. Runter vom Gas, Professor, so machen es die Pilger, sobald sie ins Nirvana Nevadas gelangen! … Die übermütige Sofia verdient diese Huldigung, ebenso ihre Artgenossinnen Marta, Rita, Lucia. Tara hat die italienische Abstammung der Tante in diesem Nirvana ebenso wenig verraten wie die Tatsache, dass Gina vier Zauberkatzen geboren hat.

Auch über Anthony, den Gottgesandten, wohnhaft in der Nachbarschaft, in Reno, Nevada, Seite 65 des Bildbandes, hat Tara kein Sterbenswörtchen verloren.

Schwarzer Anzug, rotes Hemd, weißer Cowboyhut. Am Hals an einer dicken Kette das Kruzifix. An einer weiteren Kette aus Perlen hängt ein knochengeschnitztes weißes Kreuz. Dicke Lippen, weiße Zähne, große, starke Nase. Weißes, schindelverkleidetes Haus. Der orangefarbene Van vollgepackt mit Transparenten: PRO-CHOICE MURDERS – UNBORN BABIES WITH NO CHOICE – ABORTION CRUCIFIES BABIES. *Auf dem T-Shirt des Erzengels Anthony steht in großen roten Lettern* PRO-CHOICE KILLS BABIES. *»Die Leute sagen, ich bin verrückt. Ja, verrückt nach Leben«, murmelt Anthony nachdenklich. Er erscheint um halb acht Uhr morgens vor der Kirche und macht sich auf seinen Kreuzzug durch die Straßen von Reno. »Ich habe zwanzig Jahre in der Armee gedient, aber nie so hart gekämpft. Dies ist der Dritte Weltkrieg. Das Abschlachten der Ungeborenen.«*

Gora klappt den Bildband zu, auf, zu. Er nimmt, gedankenverloren, noch einen Schluck aus der hohen Tasse. Er schließt die

Augen, er schwebt im Nirgendwo. Es ist gut dort, im Nirgendwo. Peter beschwört die Zeit der Heimatlosigkeit herauf, die GEGENWART. Gora verherrlicht die Geographie der Nomaden: »Lieber nirgendwo als überall.« Er vergießt täglich eine Träne der Freude und des Schmerzes über das Glück, nirgendwo zu sein.

Restaurant Smitty, Orleans, Mississippi. Die Brüder John und Jimmy Hardstone.

Die Zwillingsbrüder sind alte Junggesellen, kleiden sich gleich, übernehmen Gesten und Redensarten voneinander. An einem hölzernen Tisch sitzend, schauen J. und J. nach der Tür, durch die der Professor Gora eintritt. Die Zwillingsbrüder, beide Topographen, trinken hier nachmittags ihren Kaffee mit Coca-Cola, wobei sie ihre siebenundachtzigjährige Mutter, mit der sie seit jeher zusammenwohnen, für ein paar Stunden allein lassen. Der französische Fotograf, der gekommen ist, sie im Restaurant Smitty in Orleans, Mississippi, für den Bildband *Ein Tag im Leben von Amerika* abzulichten, ist nicht Monsieur Pierre Gaşpar, nein, das ist er nicht.

Gora schaut auf die Uhr, um zu sehen, welche Zeit der heimatlose Peter in welcher Zeitzone gerade totschlägt. Plötzlich locken die alten Wahnvorstellungen. Von Peter zu Lu ist es nur ein Schritt. Er sucht Gaşpar und trifft erst recht auf Lu. »Ich habe sie nicht gekannt, ich habe sie wiedererkannt«, hat Gora irgendwann gestanden. »Es gab sie schon lange in mir. Ein Wiedersehen, das ich mir nicht zu erträumen wagte und von dem ich doch nur allzu oft geträumt habe.«

Die Exerzitien der Rückschau haben ihn wieder in ihren Bann geschlagen. Die Ehefrau war die Schutzherrin seiner Irrfahrten, hätte es sie nicht gegeben, hätte er sie erfunden. Damals wie jetzt suchte er die Qual mit Namen Lu.

* * *

Die Anziehung zwischen Cousin und Cousine, wenn es denn eine war, stellte einen ganz anderen Bruch mit der Konvention dar als eine Heirat über traditionelle Stammesgrenzen hinweg. Lu verschanzte sich häufig hinter Konventionen, doch Abweichungen von der Norm blieben nicht aus. Als alle Welt von der Auswanderung träumte, lehnte Lu sie ab. Dann taucht sie zur allgemeinen Verblüffung in der Neuen Welt auf, mit einem Cousin, der jünger ist als alle Werber, die sie wahrscheinlich belagert haben. Ihre geheimen Seiten waren nicht zu entdecken in dem Nekrolog, den der Professor Gora für Peter Gaşpar vorbereitet hatte.

Wehmütiger Abend. Das Kastagnettengeklapper der Stöckelschuhe auf dem Asphalt, die Melancholie der Dämmerung. Augustin Gora war in die Betrachtung einer Unbekannten versunken. Als ginge es nicht um den Zauber der Schönheit, sondern um andere Geschenke des Zufalls. Durch Schönheit gewannen sie lediglich an Gewicht, zugleich aber verloren sie auch an Schärfe. Er wollte es nicht wahrhaben, dass der Zufall ihm die Doppelgängerin der Sulamith gesandt hatte.

»Ich habe sie nicht entdeckt, sondern wiedergesehen«, hatte er einmal gesagt. »Sie war schon lange in mir.« Er hätte sich jedoch nicht eingestanden, dass das »Wiedererkennen« ihn hätte blenden, ihn daran hätte hindern können, etwas zu entdecken, was jenseits der Offenbarung des Augenblicks lag. Verstohlen betrachtete er den hochhackigen Schuh mit dem Fersenriemen. Der Riemen ließ den Knöchel frei, das Bein schwang sich sanft von der schmalen Fessel hinauf zum nackten Knie, alles andere war nur noch ein Rausch.

Treffen, Spaziergänge, Einübung im Umgang mit dem Gift. Die Welt entfernte sich. Vortasten, Spiele, Schlaflosigkeit. Die erste Nacht. Er hörte sie raunen: »Ich will es anders.« Gelöst vom Körper der Fremdartigen, lag Gora ausgestreckt auf dem Rücken, als hätte er nichts gehört. Schließlich richtete er sich auf. Lu nach vorne gebeugt, angespannt. Von neuem Keuchen, Rhythmus, Erschöpfung.

Über die Vergangenheit sprach Lu nicht. Keineswegs jedoch, weil sie skandalöse Geheimnisse hätte verbergen wollen, sondern weil sie ihm den Zugang zu einer Intimität verweigerte, die ihr einfach, natürlich, jedoch unantastbar erschien.

War es das? Allzu zahlreich waren die Unwägbarkeiten. Sie hatte Angst vor dem Unbekannten, sie hatte lange gebraucht, sich an Gora zu gewöhnen. Noch mehr Angst machte ihr jedoch das Unbekannte in ihr selbst, und sie war außerstande, es in Gegenwart eines anderen, sei er ihr noch so nahe, ins Auge zu fassen.

Hatte sie in Peter den Verwandten gefunden, die Prämisse des Bekannten? Das Bekannte wiederholt sich und ist langweilig, aber es bietet Schutz; ist das Neue hingegen nichts als Aggression und Illusion?

»Ich habe sie nicht entdeckt, ich habe sie wiedergefunden. Sie war in mir, sie wartete dort«, wiederholte der Ehemann, verlassen von der Frau, von der er sich nicht trennen konnte.

Wo lag der Schlüssel für die Weigerung, dem Gatten zu folgen, dem sie hörig zu sein schien, dem sie absolut ergeben war? War es Resignation – nicht Rebellion? Lu verachtete die Theatralität der Rebellen. Hatte sie denn umsichtig die Alternative abgewogen, ehe sie sich entschieden hatte, dass gerade die ungewöhnliche und riskante Lösung, nämlich zu bleiben, die meiste Sicherheit bot? Das Bekannte, wenn auch schadhafte Vertraute der nahen Umgebung? War denn nicht auch die Prosa der Ehe das Bekannte, das Vertraute, das Stabile?

Der Abend der Rückkehr vom Bahnhof, Jahrzehnte zuvor, hatte er die künftige Verbindung mit Peter angekündigt? Hatte sie sich damals unverhofft selbst entdeckt? Ihre dunkle, urtümliche Bestimmung aus den Tiefen einer Vergangenheit, von der sie allzu wenig wusste. Sah sie sich plötzlich verschlungen von dem Abgrund, der für sie bestimmt war? Die Wiederbegegnung mit Peter nach Goras Abreise hatte vielleicht die Erinnerung an jenen Abend wiederbelebt. Eine Bestätigung. Hatten sie ihre Verwandtschaft entdeckt, die aus einer Vergangenheit herrührte, von der sie beide nicht genug wussten, der weder Peter angehörte, obgleich er von ihren Verwerfungen geprägt war, noch Lu, die nur unterschwellig mit ihr kommunizierte, wenn Panik sie überkam?

Gora hing wie gewöhnlich masochistischen Fragestellungen nach. Seit Stunden zielte er auf den wunden Punkt, auf die schwärende Wunde.

»Du bist nicht zum Fremdenfeind geworden, selbst damals nicht, als dich die Angebetete verlassen hat! Das ist nicht wenig, das ist gar nicht wenig. Weder in unserem idyllischen Ländchen noch an bedeutenderen Orten«, wiederholte das Gespenst Peter in seinen nächtlichen Provokationen.

Jahrzehnte zuvor hatte Peters Auftauchen nicht nur Lus Wahrnehmung ihrer selbst und ihrer Umgebung verändert, sondern auch Peters Wahrnehmung seiner selbst und derer, die um ihn waren. In der Umsicht, mit der er im Haus der Verwandten, denen er damals zum ersten Mal begegnete, umhegt worden war, hatte er etwas Geheimnisvolles, Seltsames gespürt. Wieder zu Hause, befragte er seine Mutter. Nach und nach erfuhr er, was man ihm bisher verschwiegen hatte. Die Wirkung war jedoch keineswegs einschüchternd wie bei der Begegnung mit seiner schönen Cousine, über die er nichts weiter wissen konnte als das, was ihm seine Jugendträume sagten. Die Tragödie, von der Eva ihm mit allzu vielen Einzelheiten berichtete, enthemmte den Sohn. Noch ganz gebannt vom Basketballspiel und vom Feiern und Wandern mit lustigen Freunden, sorgte er sich nicht ums Lernen oder die Karriere, selbst die Ablehnung vonseiten der Architekturfakultät, an der er wegen der parteifeindlichen »Akte« des ehemaligen Parteistaatsanwalts David Gaşpar nicht studieren durfte, machte ihm wenig aus. Er absolvierte ohne Schwierigkeit eine Technische Schule im Fach Architektur und gab sich zufrieden mit dem Sport, dem Trinken, den Frauen, den Büchern. Ja, die Bücher waren auch schon ein Thema.

»Das Lachen, Professor, das ist die Lösung. Wenn es sonst keine mehr gibt. Mynheer Peeperkorn ist die Lösung, Genosse.«

Gora erinnerte sich nur noch an den Titel der Erzählung, mit der Peter die sozialistische Leserschaft erobert hatte. Ein taubstummer Mynheer? Das war doch was!

»Das Lachen, das ist die Lösung. Nicht nur bei Tag, sondern auch nachts. Nachts, wenn die Ungerufenen erscheinen, solche wie ich.«

Gora verscheucht die Erscheinung mit einer ärgerlichen Geste.

Er hat lange nichts mehr von dem Flüchtigen gehört und sucht ihn nur noch in sich selbst.

»Ich kann ihn in mir nicht finden, wenn ich ihn auch noch so lange suche.«

War der nicht enden wollende Nekrolog auf Peter sein eigenes Lamento zu einer fremden Partitur?

Es graute der Morgen. Gora strich müde über die gelben Handschuhe auf dem Schreibtisch. Die gelbe Akte schlummerte vor sich hin.

* * *

Seit Peter Gaşpar vom Abgrund Amerika verschluckt worden war, kostete der Nekrolog den Professor Gora viel Zeit, wobei er zwischen der unmittelbaren Wirklichkeit und der noch unmittelbareren fiktiven Wirklichkeit einen segensreichen Abstand herstellte. Er scherte sich nicht um die Beschränkungen der bürokratischen Biographie, wie er die nackten Daten des Lebenslaufs zu nennen pflegte. Jede Biographie ist am Ende ein Nekrolog, jede Geschichte hat einen Schluss, einen Nekrolog.

Nachdem Peter verschwunden war, gewann der Nekrolog RA 0298 nicht nur an Berechtigung, sondern auch an Dringlichkeit. Wer konnte beweisen, dass Peters Verschwinden nicht endgültig war? Nur Peter selbst, der es jedoch keineswegs eilig hatte, diesen Beweis zu liefern. Wo sollte man ihn suchen, wen fragen? Bei all den Mutmaßungen und Möglichkeiten, die von der bürokratischen Biographie ausgespart wurden.

Gora hielt inne, den roten Stift in die Luft gereckt. Sollte er nicht endlich den Kontakt mit Lu suchen?

Geiger oder Seiltänzer wissen, was Lampenfieber bedeutet, auch Gora kannte den Reiz einer Situation, in der sich jeden Augenblick eine Katastrophe ereignen kann. Man mag die Partitur auch noch so gut beherrschen, die Hand zittert, die Stimme bebt, die Schläfen sind feucht, die Handflächen ebenso, Schlangen wüten im Bauch.

Das Telefon ist in Reichweite, aber Lu ist glücklicherweise nicht zu erreichen. Dort ist das Glück, in der Vergangenheit, aus der es nicht heraufgeholt werden darf, murmelt der Glückliche, ich will keine Gegenwart, ich trenne mich nicht von der Freude.

Den Stift in die Höhe gereckt, der Blick starr auf dem Bildschirm mit den Nekrologen des Tages. Begegnungen und Wiederbegegnungen bei Tag und bei Nacht beschleunigen den Puls und das Denken.

Die Maschinerie des Moments verbindet dich wann immer mit jedem Ort und überträgt deine Redseligkeit und dein Schweigen. Er beherrschte die einfachen Vorgänge, aber sobald er einen Fehler machte – also oft –, waren die Regeln aufgehoben. Er konnte sie nicht wiederherstellen, er fand den Ausgangspunkt nicht mehr. So war es auch mit dem Autofahren, er fuhr perfekt, bis zum ersten Fehler. Die Verwirrung schaltete das Gedächtnis und die Instinkte aus, er brachte nichts mehr zustande. Er hatte das Autofahren aufgegeben, nicht aufgegeben hatte er jedoch, sich jeden Morgen zu rasieren, vor lauter Angst, aus der Übung zu kommen und nie wieder hineinzufinden; auch auf die Krawatte verzichtete er nicht, jedes Mal von der Angst geplagt, dass er vergessen hatte, wie sie zu binden war.

Er war wie gewöhnlich frühmorgens aufgestanden. Herrliches Septemberlicht. Bitterer Kaffee, kurze Lockerungsübungen. Dann hatte er noch einmal nachgelesen über Peters Pilgerfahrt zur Italienerin Gina Monteverdi, Taras Tante, und über die Katzen, die sie geboren hatte.

Stumpf betrachtete er die Handschuhe an der Ecke des Tischs. Dann wandte er sich zum Bildschirm. Rauch, Feuer, Panik. Entsetzte Gesichter. Die Stockwerke sanken in sich zusammen. Apokalypse. Der Himmel war zu einer riesigen Wolke aus Rauch und Flammen geworden, unten am Boden rasten Feuerwehr- und Rettungswagen vorbei. Schreie, Blut, Flammen, der Himmel brannte, doch der Himmel im Fenster von Professor Gora blieb weiterhin apathisch blau und unversehrt.

Gora stand am Fenster. Nichts geschah, der Himmel ungerührt

wie am Anfang der Welt, obwohl die Welt auf dem Bildschirm explodierte und in Flammen aufging wie ein Meteorit. Der Planet war in der Hand der Marsmenschen. Kosmischer Alarm.

Er griff nach dem Telefon. Schnell, schnell, in ein paar Minuten wird eine Verbindung zu den Erdbewohnern nicht mehr möglich sein. Die Hände zitterten, der Hörer zitterte.

»Ja, hier Doktor Koch. Ach, du bist es, Gusti. Ja, ich gehe selbst dran, wie du hörst, Dora ist ohnmächtig geworden, die Ärmste. Ich weiß, ich habe gehört, ich sehe alles auf dem Bildschirm wie du, wie der ganze Globus. Ja, wir sind okay. Vorläufig. Natürlich vorläufig. Es gibt nur noch Vorläufiges. Ja, sie auch. Nebenan, in ihrem Büro. Verschreckt, wie wir alle. Nein, nicht ärger.«

Die Stimme war weg, er wusste nicht, wen er noch anrufen könnte. Er setzte sich, er ordnete die Blätter.

Der Nekrolog des Planeten. Man schreibt ihn nicht mehr mit dem Bleistift oder dem Füller oder mit der schweren alten Maschine, sondern auf dem Bildschirm der in Flammen stehenden Welt. Die Finger auf der Tastatur, die Buchstaben auf dem Bildschirm, man ist allein, aber verbunden mit der Welt, die plötzlich, hoppla, wer weiß wie, in den Rückzugsraum geschwappt ist und mit einem Schwall die schützenden Nischen der Vereinsamung überschwemmt hat.

Die Terroristen hatten die Tugend und die Laster und den Müll und die Herrlichkeiten der armen vergänglichen Welt satt! Überdruss, ja, schlicht und einfach Überdruss. Sie ertrugen die Sünden und die Freuden der Welt nicht mehr. Sie waren entschlossen, die Erlösung zu beschleunigen, die Geschwindigkeit der Fahrt ins Paradies zu erhöhen. Liebe! Liebe wollten sie, nicht wahr? Absolut, immerwährend, blind! Hakenkreuz, Hammer und Sichel, der blutige Halbmond, sie spotteten der unvollkommenen und vergänglichen Menschenliebe. Immerwährende, blinde und blendende Liebe, das verhießen sie. Illumination, Magie, Utopie. Der alltägliche Kleingeist, das Grunzen von Völlerei und Sex, das Auftrumpfen von Überfluss und Unglauben mussten zermalmt werden! Hypnotische Codes: Hakenkreuz, Hammer und Sichel,

Stern, Halbmond, Goldenes Kalb und Ziegenbock, der heilige Krüppel, der Stein der Weisen und das taubstumme Orakel, Erlösung und Anbetung bis in den Tod und darüber hinaus.

Riesige stählerne Flügel am brennenden Himmel. Der Vogel September schwebt golden, souverän und grausam über dem hysterischen Ameisenhaufen. Im stählernen Bauch die Gefangenen.

Das Monster war in den Babylonischen Turm gerast. Flammen und Rauch und Leiber, die durch den schwarzen Äther, über die Klippen und Wogen Babylons geschleudert wurden.

Die Nachrichtensprecherin wiederholte angespannt die Einzelheiten des Angriffs und fügte letzte Neuigkeiten hinzu. Durch die Luft flogen Arme und Köpfe, Hüte und Kinderwagen, das rote Notizbuch des Uhrmachers David Gaşpar und die Aktentasche des Polizisten Patrick, die Bücher des Universalgelehrten Dima und die Brille von Avakian, der Revolver des Detektivs Lönnrot, der Büstenhalter der Sirene Beatrice Artwein und der blinde Kater Gattino und der melancholische Elefant Oliver, es flogen die gelben Blätter aus der gelben Akte vom Tisch des Professors Gora, flatternd in der Luft wie außerirdische Drachen. Der Grabessturm vereinte und verstreute alles, nichts zählte mehr, nur der NEKROLOG.

Recht hatten die Alchimisten und Weisen, wenn sie von Krankheit sprachen, nicht nur von Magie. Ein Syndrom der Verirrung ist die Liebe, meine Kleine, das ist alles, basta. Er-le-digt. Vitalität und Melancholie bis zum Delirium. De-li-ri-um, mein Kind. Nichts weiter in der Bilanz als die Er-in-ne-rung. Die Erinnerung der Liebe, der letzte Blitz, meine liebe Lu. Das ist alles, was bleibt, nur an dich denkt der Ehemann, der daran gehindert wird, die Geliebte in die Arme zu schließen, die seine Frau war. »Es ist mir gutgegangen in deiner Aura, die Freude hat mir weh getan«, so hast du auf den zerknitterten Fetzen Papier geschrieben, nach unserer ersten Nacht. Du warst verschwunden, noch ehe das Morgengrauen uns den Weg zurück in die Welt hätte weisen können. Die Worte sind in mir, jeder einzelne Buchstabe, die stürmische Schrift der Abwesenden.

»Es ist mir gutgegangen in deiner Aura, den Preis werden wir gemeinsam zahlen.« Mann und Frau kennen die Gefahr der Langeweile, Mann und Geliebte kennen den Reiz und den Fluch der Verführung. Alle raunen wir die wirren Worte des Begehrens, seiner delirierenden Ohnmacht. In meiner Papyrusklause ist die Vergangenheit Gegenwart und die Gegenwart ein Echo der Vergangenheit.

Der Vogel September trägt die Botschaft der Liebe, die sich in Hass verkehrte. Von Liebe und Hass verklärt, überbringen uns die von Frömmigkeit geblendeten Piloten den Schrecken.

Kochs Stimme war verklungen, Gora war wieder allein, Dima war weit weg, ebenso Palade und Gaşpar und Larry Eins-Zwei-Drei-Neun. Gern wäre er auf die Straße gegangen, um unter und mit den Nächsten die Apokalypse zu empfangen, aber er verharrte in der von Menschen und Apokalypse verschonten Einsiedelei.

Zweite Ankunft des Erlösers, Armageddon, Auftritt des Antichrist, der Planet, den es aus der Bahn geworfen hat, Rückkehr des Imams, des Ersten und Letzten, Atomkrieg. Der Asteroid der Verdammnis hatte wie ein Geschoss in die Kathedrale der Planetarischen Transaktionen eingeschlagen, wo die Makler, Wucherer und Magier des Goldes alle vier Minuten und dreiundfünfzig Sekunden auf Knien, die Augen starr auf die Wechselkursdiagramme gerichtet, ein und dasselbe lakonische und lüsterne Gebet murmelten: GELD – GELD – GELD – GELD.

Der Professor setzt sich wieder vor den flammenden Bildschirm, holt die jungfräuliche weiße Akte hervor. Auf dem Umschlag große blutige Buchstaben: NEKROLOG DES PLANETEN.

8.45 Uhr: Flugkontrolleure in Boston hören ein Gespräch in der Kabine von Flight 11 mit. »Wir haben Pläne«, kündigt die Stimme in unsicherem, aber verständlichem Englisch an. »Sei still, und dir passiert nichts.« Das Flugzeug dreht ab und hält auf die Metropole des Teufels zu.
8.46 Uhr: Ein nichtidentifiziertes Flugzeug mit 92 Passagieren an Bord rast in das grandiose Bauwerk der Globalisierung, das World Trade Center. Mehrere Stockwerke brennen, die Gasleitungen explodieren.

Der Rauch verdeckt Himmel und Erde, die Ameisen irren verschreckt durch die anliegenden Straßen.
9.05 Uhr: Alarm beim FBI. Ein zweites Flugzeug mit 64 Passagieren fliegt in das World Trade Center und explodiert beim Aufprall.
9.37 Uhr: Eine Boeing 737 – American Airlines 77 – bohrt sich durch drei der fünf konzentrischen Ringe des Pentagons, der Festung der Macht. Die Büros des Gottes Mars stehen in Flammen.
10.00 Uhr: Einsturz des südlichen Turms von Babel, WTC. 110 Stockwerke.
10.10 Uhr: Die Flughäfen der Neuen Welt werden geschlossen. Die Demokratische Front zur Befreiung Palästinas streitet die Beteiligung an der Schlacht gegen die Ungläubigen ab.
10.12 Uhr: Neue Explosion im Pentagon, dem am besten gesicherten Gebäude der Welt.
10.15 Uhr: Das Weiße Haus wird evakuiert.
10.24 Uhr: Einsturz des zweiten Turms von Babel.
10.25 Uhr: Im Libanon feiern die Palästinenser den Sieg über die Yankees.
10.35 Uhr: Die Maschine Air Force One fliegt mit dem Präsidenten der Satanischen Supermacht und einer Eskorte von 50 Jagdflugzeugen zum Präsidentenbunker.

Fünf Stunden zuvor hatte Professor Gora den ersten der verbliebenen Tage seines Lebens begonnen. Er betrachtete die Bücherregale, die weißen Handschuhe auf dem Tisch, die dicken roten Lippen der Sprecherin, die die Nachrichten herunterspulte. Alle Kanäle, CNN, CBS, NBS, PBS, MSNBC, die Trickfilm-, Sport-, Rock- und Pornokanäle, senden den Auftritt der Gruppe *Herostratus*, den Schlager der Läuterung zu einem Text von Yussama-Osama Bin Laden.

Der Babylonische Turm der Geschäftemacher, die Festung des Pentagon, das Weiße Haus des Weißen Clowns … Ist das alles? Und die Bibliothek?

Gora fühlte sich beleidigt. Die planetarische Explosion, bei der dabeizusein er die Ehre hatte, war eine Beleidigung für den Professor Augustin Gora: Er fand es unerträglich, mit den Wahrzeichen des Geldes und der Macht in Verbindung gebracht zu werden! *Herostratus,* die Bande der 19 Dolche, erwies sich als des Großen Finales unwürdig! Die Messerhelden hatten keine Ahnung vom Koran, die Fanatiker wussten nichts von der großartigen Sprache der Bibliothek.

Die Bibliothek enthält Alles, ihr Analphabeten! Die Erinnerungen und die Entwürfe der Welt, das Genie und den Wahnsinn der Getreuen und der Abtrünnigen, die Bibel der jüdischen Propheten und den Koran eures eigenen Propheten und das Testament des gekreuzigten Propheten und *Mein Kampf* des närrischen Propheten und das *Manifest* des marxistischen Propheten. Die Dekrete der Inquisition und die Erklärung der Menschenrechte, die Spiele des Kindes Mozart und des Ohrenmenschen van Gogh, Homer und Krishna und Konfuzius, die Damen Bovary und Karenina und die Mutter Teresa, den Boxer Clay und das Bukarester Telefonbuch von 1936. Alles, alles, selbst den Gedichtband des verehrten Bin Laden, übersetzt in die Sprache des verehrten William Shakespeare, die Verse des Iossif Wissarionowitsch Dschugaschwili und seines Rivalen Mao Zedong.

Aus der Bibliothek kommt alles, nicht aus dem Transnationalen Bordell des Handels, nicht aus der Zitadelle der Raketen oder von der präsidialen Ranch.

Gereizt kappte Gora die Verbindung zur Apokalypse.

Der Nekrolog des Planeten bedurfte des Mynheer. Er holte die Blätter aus der Schublade, auf denen er Peters Begegnung mit dem Polizisten Murphy festgehalten hatte.

»Dima meinte, wir leben in einer desakralisierten Welt«, antwortete Gaşpar. Der beleibte Patrick fuhr im Stuhl auf. »Eine Welt, der nichts heilig ist. Das Heilige verbirgt sich im Profanen«, fuhr Gaşpar fort. »Die Welt ist voller Kirchen, Moscheen und Synagogen. Auch ich gehe zur Kirche«, murmelte der Polizist. »Der Glaubensstaat will uns alle. Dies ist sein wunder Punkt. Der wunde Punkt wird zur Bombe. Die Bombe wird uns zunichtemachen und heiligen.«

Er hatte den Zusammenhang gefunden! Er musste ihn schnellstens den Fräuleins übermitteln, die auf dem Bildschirm das Ende verkündeten. Er saß da, den roten Stift in der Hand, wieder hatte er den roten Stift zur Hand genommen, um am Rand der Seite zu notieren: Zu einfach, Peter! Der alte Dima bezog sich auf das Transzendente, nicht nur auf Gott.

Die Gruppe der heiligen Messer jubilierte im Tam-Tam-Rhythmus des Mordens. *Herostratus*, das war der unvergessene Name dessen, der den Artemis-Tempel von Ephesus zerstört hat, doch niemand weiß, wer ihn erbaut hat. Niemand! Nur der Name des Zerstörers besteht seit Jahrhunderten fort im verseuchten Gedächtnis der Erdbewohner. Die Gruppe *Herostratus* hatte gelernt, das Flugzeug zu steuern und zu zerstören, hätte es aber nicht zu bauen vermocht. Zerstörung, ja, das ist Droge und Verzückung und der große Schlager der Barden des Endes.

Gewissenhaft notierte Gora die Chronologie des Endes.

10.43 Uhr: Ein Flugzeug stürzt über dem Einkaufscenter von Pittsburgh, Pennsylvania, ab.
10.56 Uhr: Yasser Arafat erklärt, dass seine Organisation nichts mit dem Desaster dieses historischen Tages zu tun hat.
11.14 Uhr: Das Gebäude der Vereinten Nationen wird evakuiert, die Freiheitsstatue ist verhangen vom Rauch der Explosionen.
11.30 Uhr: General Wesley Clark erklärt, die Mordaktion sei vom Dichter Bin Laden geplant worden.
11.48 Uhr: Das US-Department zur Kontrolle und Prävention von Krankheiten bereitet sich auf einen Angriff mit Bio-Waffen vor.
11.57 Uhr: Anonymer Anruf beim amerikanischen Konsulat in Porto, der die Explosion des gesamten Planeten ankündigt.
12.17 Uhr: Disneyland wird geschlossen.
12.20 Uhr: Ein Unbekannter bekennt sich im Namen der Japanischen Roten Armee zu den Anschlägen als Racheakt für die Opfer von Hiroshima und Nagasaki. Gleichzeitig bekennt sich ein Anrufer bei der nationalistischen Wochenzeitschrift Al Wahdej *auf Arabisch mit russischem Akzent zum Angriff auf die Türme in New York.*

12.25 Uhr: Auf dem Weltmarkt steigt der Ölpreis um zwei Dollar.
12.26 Uhr: Mark Whening, Sprecher der amerikanischen Botschaft in Bukarest, dankt den rumänischen Behörden und der Bevölkerung telefonisch für ihre Solidarität und entschuldigt sein Fernbleiben vor der Presse mit der Furcht vor einem Anschlag auf sein Leben.

Um 12.27 Uhr unterbricht der Professor Gora die Aufzeichnung der Nachrichten. Er gießt sich ein Glas Milch ein und betrachtet mit dem wiedererwachten Durst des Überlebenden den kühlen weißen Saft der Schöpfung.

12.48 Uhr: Ahmed Mutawakkil, der Außenminister des afghanischen Talibanregimes, weist die Vermutungen zurück, der Dichter Yussuma Bin Laden hätte das Massaker initiiert.
13.04 Uhr: Der politische Analyst Jonathan Eyal stuft die Ereignisse des Tages als »die bestgeplante Aktion dieser Art in der Geschichte« ein.
14.32 Uhr: Zwei Flugzeugträger kreuzen vor Manhattan auf, um drohende Angriffe abzuwehren.
15.35 Uhr: Es wird von der Möglichkeit eines Anschlags auf den Brüsseler Sitz der NATO berichtet.
15.27 Uhr: Die Militärbasis Aviano meldet Gefechtsbereitschaft.
15.59 Uhr: Die Maschine Air Force One fliegt Offutt, Nebraska, an, wo sich die strategische Kommandozentrale der Luftwaffe befindet. Das Weiße Haus gibt bekannt, dass die First Lady von Amerika und die beiden Ersten Töchter sich, Gott sei Dank, an sicheren Orten befinden.

Professor Gora, allem Anschein nach plötzlich überwältigt von der präsidialen Nachricht, bricht von neuem den Kontakt mit dem Planeten ab, er fühlt sich müde. Er legt sich hin. Er schläft tief, betäubt, er wälzt sich im Bett hin und her, er wird die Erinnerung an das Gespräch mit Eva Gaşpar nicht los. Nach dem Angriff war Eva Kirschner-Gaşpar auf Anhieb hysterisch geworden. Sie hatte seit langem keine Nachricht mehr von Peter. Der Irrfahrer entfernte sich immer mehr, doch es gab keine ausreichend große Entfernung mehr, das Unheil ereilte einen überall. Aus dem in

Auschwitz befruchteten Leib war Peter ins sozialistische Gehege und dann in den freien Wahnsinn der freien Welt geworfen worden. Und jetzt, jetzt, wo endete sein Lauf?

Eva war schwer zu beruhigen. Noch schwerer war es, ihr eine Antwort zu versagen. Professor Gora fühlte sich verantwortlich, er war der einzige, mit dem Eva eine Verbindung aufrechterhalten hatte, seit Peter in der Neuen Welt angekommen war. Nein, Peter ist nicht unter den Opfern, liebe Frau Gaşpar, sobald der Irrsinn dieser Tage vorbei ist, werden wir Nachricht vom verrückten Peter erhalten. Alle, ja, alle, seine Eltern im Paradies der Karpaten, der Doktor Koch und seine Assistentin Ludmila Serafim und ihr ehemaliger Gatte Augustin Gora, Frau Beatrice Artwein und der Sowjetmensch Boltanski, alle werden wir Nachricht von unserem guten Peter erhalten.

Wahrhaftig, er hatte an diesem Vormittag just im World Trade Center einen Termin. Unglücklicherweise sollte Peter gerade an diesem Vormittag und gerade in diesem verfluchten Gebäude einen auf Einwanderung spezialisierten Anwalt treffen, bezahlt von Professor Gora. Der Termin war schon Monate vor Peters Verschwinden ausgemacht worden, ich hatte einen berühmten und teuren Anwalt angeheuert.

Dies ist jedoch keine fatale Gewissheit, überhaupt nicht, es ist nicht bekannt, ob er zu dem Treffen gegangen ist, es ist nicht einmal bekannt, ob er sich auf seinen Irrfahrten den Tag und den Ort des Treffens gemerkt hat oder ob ihm an diesem bürokratischen Umstand gelegen war. Sollte er dennoch die Absicht gehabt haben, hinzugehen, dann bestimmt nicht gleich bei Tagesanbruch. Peter tut sich schwer mit dem Aufstehen, wie Sie wissen, das Hotel Esplanade liegt in einiger Entfernung von dem grandiosen World Trade Center, der Termin dürfte für die Mittagszeit vereinbart gewesen sein.

Es gibt außerdem eine optimistisch stimmende neue Annahme. Vor einer halben Stunde ist aus absolut vertrauenswürdigen Quellen bekanntgegeben worden, dass die Söhne und Töchter des erwählten Volkes am Vorabend über eigene Netzwerke davor gewarnt worden sind, sich am Morgen der großen Manipulation in den Türmen zu Babel oder in deren Umgebung aufzuhalten. Manipulation, aber ja: Das Spektakel, das wir alle verfolgt haben, ist eigentlich eine ungeheure Inszenierung. Die neunzehn Schauspieler sind in Wirklichkeit Offiziere der CIA-Spezialeinheiten, die in der arabischen Sprache und muslimischen Bräuchen geschult worden sind. *Herostratus*, der Codename der Operation, ist von einem herausragenden Harvard-Absolventen und Kopf des Unternehmens, Samuel Knish, gewählt worden. Seine Eltern wurden ermordet, als der Junge und seine Zwillingsschwester Judith fünf Jahre alt waren. Sie wohnten in einem abgelegenen Dorf an der Grenze zum Libanon. Samuel ist ein Altertumsforscher, der den Beziehungen zwischen Athen und Jerusalem nachspürt, deshalb hat er der Gruppe von Messerhelden den Namen des berühmten griechischen Zerstörers *Herostratus* gegeben.

Wie dem auch sei, keines der 2974 Opfer des Massakers stammt aus dem erwählten Volk! Kein einziges! … Sie haben recht, der Allmächtige hat jene belohnt, die ihn als erste anerkannt haben und mit denen er den Heiligen Bund geschlossen hat. Wenn dennoch ein paar von ihnen unter den Opfern sind, dann aus Versehen – ja, es gab wohl einige.

Professor Gora hat im Schlaf den planetarischen Bildschirm im Blick und erklärt Eva die Zahlen, die von der elektronischen Post geliefert werden: 246 Opfer in den entführten und explodierten Flugzeugen, 2603 in New York, im World Trade Center und am Boden, 125 im Pentagon der Macht. Um 8.45 Uhr morgens befanden sich in den beiden Babylonischen Türmen 7400 Zivilpersonen, andere Quellen sprechen von 14 154. Jene, die sich unterhalb der Einschlagsstellen aufhielten, wurden prompt evakuiert, andere starben in den Trümmern, manche flüchteten sich zum Dach hinauf, doch da der Zugang versperrt war, warfen sie sich ins Leere. Auch Hunderte von Feuerwehrleuten starben bei der heldenhaften Rettungsaktion. Keines der Opfer, ich wiederhole, kein einziges gehörte Peters Glaubensgemeinschaft an! Sie haben recht, es war nicht nur die Hand des Allmächtigen, der seine

Schuld von Auschwitz wiedergutmachen wollte, sondern auch die Solidarität jener, die gelernt haben, dass sie sich immer, wie Sie richtig sagen, immer nur auf sich selbst verlassen können.

Peter und seine Glaubensgenossen befinden sich lebendig und unversehrt in der Mondstadt, wie er die Metropole der Heimatlosen zu nennen pflegte. Dank ihm sind, davon bin ich überzeugt, auch Tara, auch Deste, auch die Frau Monteverdi mit ihren reizenden Katzen davongekommen. Ich bin überzeugt, dass er sie, als sie ihn begleiten wollten, in das Geheimnis eingeweiht hat, an dem er teilhatte. Peter ist ein Hallodri mit einem goldenen Herzen, großzügig und gut wie warmes Brot.

Die Folgen des Ergebnisses werden unangenehm sein, natürlich, sowohl für Peter als auch für jene Damen, aber nicht tödlich. Peter nannte den Zauberer mit der Sense einen Zuhälter und spielte Verstecken mit ihm. Er behauptete steif und fest, hier in Amerika werde er das Spiel bestimmen. Er hat den Kannibalen auch diesmal um den Finger gewickelt, dessen können Sie sicher sein.

Was heute geschehen ist, markiert den Beginn eines neuen Jahrtausends des Misstrauens und der Schuld. Unweigerlich wird der kindische College-Streich, den sich Deste erlaubt hat, leider zusätzliche Verdächtigungen nähren. Es werden Ermittlungen stattfinden, man wird Persönlichkeiten wie Atatürk und Borges als Zeugen aufrufen, aber auch den Präsidenten Avakian und den Professor Anteos und die Frau Tang und die Studentin Tara Nelson. Ganz zu schweigen von Deste Onal und ihrem Mann, wohnhaft in Österreich, der nach Deutschland geflüchteten Familie, den Verwandten in Sarajevo und im ehemaligen Osmanischen Reich, aber selbst von Peter, Peter Gaşpar und seiner Cousine Lu, dem Arzt Koch, dem Sowjetmenschen Boltanski, der Italienerin Beatrice Artwein, und es würde mich nicht wundern, ganz und gar nicht, wenn auch der Professor Gora in die Riege der Verdächtigen eingereiht würde.

Der Tag hatte sich in die Länge gezogen, er konnte nicht schlafen. Gora warf sich ächzend hin und her, bis er endlich erwachte. Es ging nicht an, dass er bei dieser apokalyptischen Nonstop-Inszenierung fehlte. Die Nachrichten vom Angriff wiederholten und mehrten sich an diesem fatalen Tag und am folgenden und dann an dem einen nicht enden wollenden grandiosen Tag.

Im Glanz der Dämmerung lag die Stadt still, verstummt da. Lange Kolonnen von Fußgängern waren auf dem Weg nach Hause. Die U-Bahnen steckten fest. Das Syndrom der Trauer und der Disziplin, der Solidarität und des Grauens einte die bis gestern so hastigen und vereinzelten Einwohner. Wie sollte man auch nicht jeden verdächtigen, und wie sollte man nicht das Desaster spüren, zu dem die Jagd nach Verdächtigen führt?

Der Professor Gora hatte das immer stärker werdende Bedürfnis nach einem Gesprächspartner. Der Raum krümmte sich, der Bewohner krümmte sich.

Lange hatte die Begegnung mit Eva Gaşpar gedauert. Er hatte auf sie eingeredet, sie hatte ihm zugehört wie eine Taubstumme, die gerade dem Krematorium entronnen war. Er war sich überhaupt nicht sicher, ob er ihre Panik gelindert hatte. Es war auch keineswegs selbstverständlich, dass ihm das gelingen würde. Er freute sich darauf, zu seinen üblichen Gesprächspartnern zurückzukehren.

Die Bücher, ja, das ist meine Festung, liebe Eva. Erinnern Sie sich, wie das war, als Peter nach und nach anfing, die Bücher dem Basketball vorzuziehen? David war damals noch ein Mann im Vollbesitz seiner Kräfte, kein Behinderter in einem Pflegeheim. Verzweifelt über Peters Verwandlung. Zu Recht. Immer seltsamer, besessen von Büchern, vereinsamt. Peter war nicht mehr derselbe, niemand bleibt derselbe nach einer derartigen astralen Initiation.

Eine Todesdrohung in Form eines Buchzitats, wer hat denn so etwas schon erlebt? Der Empfänger sollte sich den Kopf zerbrechen, um den Code zu knacken, und danach, erst danach Schweißausbrüche bekommen, gehetzt von Gespenstern, die sich nicht mehr verscheuchen ließen? Ein Code der Sekte … Die Sekte der Leser hat unserem Freund durch eine junge Frau, die selbst ein paar Bücher gelesen hat, den chiffrierten Aufruf zukommen lassen. Ein Zeichen der Anerkennung, der Wertschätzung und der Warnung. Ein Zitat, finde es und finde heraus, was dahintersteckt, wenn du kannst! Nicht vom Hurenbock kam die Drohung, sondern von der Sekte, wenn nicht gar der Hurenbock der Gott jener Sekte war. Peter hat nicht nur an Angst und Einsamkeit gelitten, sondern auch daran, dass er selbst zur Sekte gehörte. Er wollte den Aufruf um jeden Preis entschlüsseln! Eine Frage der Ehre und des Stolzes.

Wir sind wie Hunde, liebe Eva, wir beschnuppern und erkennen uns sofort an der Sprache der Zitate und der Scharaden. Er vermochte die Quelle des Zitates nicht zu finden, der arme Peter! Ein Lachen bis zum Tode, bis zu jenem Tod, der dann zerredet wird. Er trug das Zitat in sich, aber in der Sprache seiner Jugend. Er konnte es weder heraufholen noch in die Sprache des neuen Lebensalters übertragen. Die Jugend erinnerte ihn daran, dass sie nicht mehr zurückkehren würde, was immer er tat.

Schließlich habe ich ihm geholfen, nicht nur, weil Sie mich in Ihren wöchentlichen Briefen gebeten haben, über seinen Lebenswandel nach der Trennung von Lu zu berichten, sondern auch, weil jenes Zitat überdies mit einem Datum in meinem eigenen Kalender zusammenhing. Allwissend war ich nicht, wie Peter sagt, aber jenes Zitat hatte ich nicht nur im Gedächtnis behalten, sondern wirklich erlebt. Ich verkehrte seinerzeit in einer Gruppe von Studenten, denen die Lektüre zur Droge schlechthin geworden war. Sie suchten in Texten nach allerhand verborgenen Bedeutungen. Die Tyrannei fördert das Bedürfnis sich zu verstecken und den esoterischen Dialog. In der verdächtigen Mansarde der verdächtigen Leser wurde über schwer zu beschaffende alte und neue Bücher, über geheimnisvolle Codes und Bedeutungen diskutiert. Dort bin ich zum ersten Mal auf die Erzählung *Der Tod und der Kompass* gestoßen, der die bezaubernde Studentin aus Sarajevo Jahrzehnte später das bedrohliche Zitat entnehmen sollte.

Ein Zufall über Länder und Meere und Meridiane hinweg! Wer, außer den Sektierern, hätte sich das vorstellen können?

Hier, am Gestade der Freiheit, ist die Sekte natürlich weniger bedeutend, ihr fehlt der Nerv des Aufspürens, aber auch hier waten Heimatlose und Schlafwandler bis zum Nabel in den unterirdischen und überhimmlischen schwarzen Löchern des Esoterischen. Palade und sein großer Lehrer Dima haben gemeinsam, wie auch Augustin Gora, über diese geheimnisvolle und überschätzte Geschichte geschrieben, die die verspielte Deste verrückt gemacht hat.

Ich kannte das Zitat auswendig. In fast allen Sprachen der Erde. Das ist die Wahrheit, welche immer einfacher ist, als wir annehmen.

Ich habe Peter aus der Bredouille geholfen und ihn in eine noch tiefere gestürzt. »Ich habe erkannt, was die Griechen nicht kannten«, erklärt der Blinde aus Buenos Aires. Nämlich die Ungewissheit. Ich habe den Fehler gemacht, Peter auf dieses Zitat hinzuweisen. Sobald ich ihm die Quelle genannt hatte, wuchs seine Ungewissheit. Peter hatte eine Verbindung zu Palades Ermordung und zur finsteren Vergangenheit von Dima gesehen, in der das Esoterische eine verhängnisvolle Rolle gespielt hat. Es war, als erlebte er den Kerker des Sozialismus oder den Terror der Erzengel mit dem Hakenkreuz aufs Neue, verfolgt von allgegenwärtigen Schatten mit unfehlbaren Augen und Ohren und Waffen. Zum Glück war der Aufenthalt in der Hölle, in die er geraten war, von kurzer Dauer. Das Geheimnis sackte in sich zusammen. Der Drohbrief war das Bubenstück eines Mädchens. Peter empfand die Farce als Kränkung und flüchtete in die Wüste Amerikas.

Ja, das wird Folgen haben, Racheakte und Verhaftungen und Verfolgungen. Deshalb zögert Peter vielleicht, sich wieder zu zeigen, er wartet ab, bis sich die Dinge beruhigen. Wie dem auch sei, Peter ist am Leben. Wenn er auch noch so viele Unannehmlichkeiten hat, sie sind nicht zu vergleichen mit dem Massaker von heute.

Heute heute heute, wiederholte Gora vor dem Bildschirm an jenem und an den folgenden Tagen, die zu einem langen erschöpfenden Tag zusammenschmolzen.

Unser lieber Peter ist also, Frau Kirschner, gemeinsam mit Tara und Avakian und Anteos dem von der schönen Kleinen aus dem osmanischen Bosnien erfundenen Spielchen aufgesessen. Man wird gegen sie ermitteln, natürlich, wie gegen so viele andere, Moslems oder Griechen oder Armenier oder Russen oder allerhand andere Flüchtlinge, aber auch gegen Amerikaner, das können Sie mir glauben.

Tage und Nächte erlöschen schnell, ebenso Monate und Jahre und wir, die Sterblichen, doch der Sturmflug des Vogels September geht weiter, ein bizarres astronomisches Paradox. Wochen und Monate und Jahreszeiten an einem einzigen Tag, auseinandergezerrt und fluchbeladen.

Vielleicht haben Sie, liebe Eva, gehört von der formidablen Margarete, genannt Margot. Eine Amerikanerin, keine Irakerin oder Iranerin. Margot H. hat das Desaster überlebt und erfahren, dass ihr Verlobter David bei der Explosion ums Leben gekommen ist. Traumatisiert hat sie beschlossen, sich nicht unterkriegen zu lassen, ihre amerikanische Energie in den Dienst der Sache zu stellen. Sie gelangt an die Spitze des Verbandes der Überlebenden des Turms zu Babel, fordert und erhält Unterstützung von Senatoren und Bankern, von TV-Gesellschaften und Wohltätigkeitsverbänden. Ihre Geschichte rührt die gequälten Seelen der Trauernden, lindert ihren nicht zu lindernden Schmerz. Sie hat furchtbare Szenen inmitten von Leichen erlebt, hat verbrannte Haut gerochen, hat menschliche Eingeweide durch die Luft fliegen sehen. In jenen Augenblicken der Endzeit hat sie natürlich an ihren Verlobten David gedacht, ans Brautkleid und an den Liebesschwur. Ein Feuerwehrmann hat mich auf seinen Armen hinausgetragen, sollte Margot später erzählen, die unglückliche Witwe, die aus dem Jenseits zurückgekehrt war, er hat mich einem anderen übergeben, der mich zum Rettungswagen schleppen sollte. Wir sind nicht bis dorthin gekommen, wir haben unter einem Lkw Schutz gesucht und er hat sich mit seinem massiven, guten Körper über mich gelegt, erzählte die faustische Margarete dem gerührten Planeten, die Luft glühte, wir sahen nichts, ich habe mit Hilfe seiner Gasmaske überlebt, bis Rettung kam. Amerika und die Welt lauschten ihr, versteinert unter Tränen, und tranken

Mut aus ihren mutigen Reden. Sie gab sich nicht geschlagen, sie kämpfte mit sich selbst und mit dem Schicksal, sie wollte siegen und ihren Nächsten siegen helfen.

Seltsam waren nur die Worte, liebe Frau Eva. Als hätte man sie auch schon anderweitig und immer wieder gehört. Ausgelaugte Klischees im Gegensatz zu den so akuten und extremen persönlichen Umständen. Schließlich ist es doch die Sprache, die alles sagt! Der Stil ist der Mensch, haben wir gelernt. Misstrauen kam auf, man fand heraus, dass die heldenhafte Margarete mit dem Brandmal, das sich über ihren ganzen linken Arm zog, am 11. September 2001 nicht in New York gewesen war, sondern in Spanien, wo sie an einer katalonischen Universität studierte.

Erst ein Jahr nach dem Schwarzen September war sie nach Amerika zurückgekommen und hatte ihre Geschichte sehr sorgfältig erdacht. David war in der Tat gestorben, obwohl er dem erwählten Volk angehörte. Er war von dem geheimen Netzwerk der Warnenden schlicht und einfach vergessen worden in jener Nacht der Rettungsaktion. Die Familie des armen David war zwar gewarnt worden, doch vor den Kameras und vor Gericht erklärten die Angehörigen, sie hätten von keinerlei Verschwörung der Warnenden und auch nicht von der berühmten Margarete gehört. Erstere Behauptung ließe uns an letzterer zweifeln, wenn es nicht schwer zu widerlegende Beweise gäbe für die Phantasie der Hochstaplerin, die diese nicht zum ersten Mal missbrauchte.

Das ist der Garten Gottes, des Einzigen. Voll von all den Vielen und Verschiedenen. Eine vielfältige Welt, die sich weiter vervielfältigt, in der Luft und auf der Erde, wie Freund Palade sagte. Vielfältige Welten, daraus besteht der Garten unseres Einzigen und Einsamen Herrn.

Er hatte auch in den folgenden Tagen und Nächten und Monaten das Bedürfnis nach einem Gesprächspartner, der Einsiedler Gora! Es gab so viel zu bereden, und er empfand das Selbstgespräch zunehmend als öde. Evas Schweigen deprimierte ihn.

Auf seinem Tisch war der große Bildband *Ein Tag im Leben von Amerika* ersetzt worden durch einen Stoß von Büchern über den

Rabbiner Paulus von Tarsus, den Vertriebenen, der überall Zwietracht säte wie all die rebellischen Propheten vor und nach ihm. Agitprop für die Vereinigung der Welt unter einer einzigen Flagge! Alle werden aufgenommen und sind gleich in dem neuen, dem einzig gültigen Glauben, sie müssen ihn nur annehmen, sich einreihen in die Armee des allein seligmachenden Glaubens. Jesus hat sich nur an seine Umgebung und an seinen Stamm gewandt, ohne Bekehrungsambitionen, heilig reinen Herzens, wie der legendäre Idiot Myschkin und wie Aljoscha Karamasow und deren Brüder aus anderen Legenden. Die globalisierende Moderne hat ihren Ursprung bei Paulus.

Die Untreuen bleiben ausgeschlossen, wehe ihnen, lehren uns Lenin und Mao Zedong ebenso wie alle Ajatollahs und der faschistische Fieberwahn. War der Dichter Yussuma-Osama der neue heilige Paulus, der entscheidet, wer erwählt und wer verflucht ist? Die Terroristen gehorchen taubstumm, wie unter Hypnose, seinen Befehlen: die sündige Welt zum Einsturz bringen, das Absolute installieren und den Weg zum Paradies abkürzen.

Die Sünde verbirgt sich nicht im Pentagon oder im World Trade Center, sondern in der Bibliothek, ihr Verirrten! Yussumas Poeme stehen neben der schamlosen Beatnick-Poesie und neben dem Koran des Ajatollah und neben den Briefen des Paulus in der Nachbarschaft von Einstein, von Karls *Manifest, Mein Kampf* und Dante. Die Bände der kaiserlichen Köche stehen neben den Lehrbüchern der Traumdeutung in 888 Sprachen und Mundarten der Welt. Krieg und Handel sind nur Spiele im Spielelabyrinth, das die Apathie unserer Artgenossen animiert.

Das ist es, was ich mache, liebe Eva Gaşpar, ich rede mit dem Einsiedler Yussuma und mit dem heimatlosen Paulus in Erwartung des Anrufs von unserem lieben Peter. Peter Gaşpar, nicht der Apostel Petrus.

Die letzten Nächte habe ich in unsinnigen Streitgesprächen mit dem Apostel Petrus aus dem Heiligen Land und dem Apostel Paulus aus Kilikien, dem Griechenland der Diaspora, zugebracht. Ich wollte herausfinden, was geschehen wäre, wenn in der Auseinandersetzung zwischen den beiden Petrus aus Galiläa obsiegt hätte und nicht der jüdische Grieche Saulus, der zum Paulus geworden war.

Was wäre gewesen, wenn? ist auch so ein Spiel, mit dem wir unsere Langweile totschlagen, die Krankheit, vor der nicht einmal der Allmächtige gefeit gewesen ist und die die neunzehn Messerstecher in den Bauch des Vogels September gehievt hat. *Was wäre gewesen, wenn?* ist der Code der Sekte, die die Bibliotheken aufbaut und auffrisst. Die Regale sind voller Bibeln und Kriegslehrbücher, Märchen über Ameisen und Drachen, Himmelskarten, Briefmarkenalben, Wörterbücher zu den Mundarten der Erde.

Eva Gaşpar blieb zurück im langen Schlaf der Nachmittage Goras, der jetzt wieder wach war im Schutz der Bücherfestung.

Benommen dachte der Professor an die Bibliothek und die Bücher. Und an Worte. Saramagos Schreiber verändert mit einem Wort die Geschichte Portugals, Shakespeares Könige herrschen im Kopf des Dramatikers, Dante verbannt den Papst seiner Zeit ins Inferno, als Händler spiritueller Güter, Napoleon wird in Tolstois Chronik zum operettenhaften Wiedergänger, Roth setzt Lindberg, den Anhänger Hitlers, in den Präsidentensessel von Roosevelt, die heiligen Verse werden im Spiel des ungetreuen Rushdie zu satanischen, der Atomknopf leuchtet im Wort Start, Mynheer ist auf dem *Zauberberg* eines Buches geboren, Peter und Paul leben auf den Seiten der Evangelien, der Prophet Yussuma residiert im Koran und auf dem Halbmond des Heiligen Krieges. Das Pech unseres lieben Peter hat seinen Ursprung ebenfalls in Büchern, ich habe ihn in die komplizierte Biographie und Bibliographie des Alten gestoßen, eines Büchersüchtigen, der vor seiner in Flammen stehenden Bibliothek erstarrt zusieht, wie Seiten und Zeitalter in Vergeblichkeit aufgehen. Das konnte ich nicht vergessen, als ich aufgefordert wurde, ihn bloßzustellen wegen der Sünden, die enthüllt zu werden verdienten, aber nicht vergessen habe ich auch die Millionen von Jesussen, die in Krematorien verbrannt sind mit den Büchern, die sie in ihrer Seele trugen, auch nicht den Rabbi Jehoshua von Nazareth selbst, der nur ein Buch in sich trug und der Grund dafür war, dass Tausende andere geschrieben wurden.

Ich bin überzeugt, dass Peter Gaşpar lebt, aber ich unterschätze die Unruhe seiner Mutter nicht. Sie fragt mich jede Woche, was ich über das Schicksal des Verschwundenen weiß. Lu hat mir oft von Eva Kirschner-Gaşpar erzählt zu der Zeit, als wir über die Möglichkeit sprachen, selbst einen Sohn zu bekommen. Auch wenn ich von einer abgöttischen Liebe geblendet war, versagte ich mir schon damals nicht, Fragen zu stellen. Peter Gaşpar verkörperte für das Paar Eva und David Gaşpar die Auferstehung vom Tode, warum sollte nicht auch unser Spross die Erleuchtung besiegeln, die uns zuteilgeworden war?

Der Spitzname »Mynheer« stammte aus einem Buch und von der Parodie, die sein Träger selbst erfunden hatte, die Todesdrohung zitierte einen Autor, der sich zum Hohepriester der Bibliothek ausgerufen hatte. Die Terroristen von heute und von vorgestern und von morgen folgen Zitaten aus Büchern, von denen sie glauben, dass der Große Namenlose sie geschrieben hat. Was sind schon die armseligen Büros kaufmännischer oder kriegerischer Transaktionen gegen den Tempel des Worts? Vulgär kindische Ablenkungsmanöver! Die grandiosen Abenteuer haben ihren Ursprung in den großen stillen Sälen, wo die Liebe ihre Zufluchtscodes in der Wissenschaft und in der Lyrik und in der Navigation, in der Gastronomie und der Astronomie ersinnt. Äther- und Blutspuren beflecken die Seiten der über Jahrtausende gesammelten Lehrbücher und Briefe, die neue Erfindung des kleinen Bildschirms voller Angebote und lakonischer Zwiegespräche hat ebenfalls in der Bibliothek ihren Anfang.

Die Tage und Nächte, die auf den Tag und die Nacht des 11. Septembers folgten, trafen Gora befangen im immer gleichen Dialog mit dem Nichts an.

Es war Tag und es war Nacht und es war der zweite Tag und es waren die Tage und die Wochen und die Jahreszeiten danach: Nicht enden wollten der Tag und die Nacht der Ungewissheiten.

Es wurde Abend, das Licht flimmerte über der friedlichen Landschaft im Fenster. Die Erde drehte sich weiter um ihre Achse und um die Sonne, die unterging, melancholisch wie ehemals, Lus Handschuhe und die Bücher im Regal waren an ihrem Platz, lebendig.

Tag für Tag erwartet Professor Gora den Angriff auf die Bibliothek. Auf die seine und alle Bibliotheken der Welt. Ein entscheidender Simultanangriff auf alle Bibliotheken, gegen die der Turm der Transaktionen und der Turm der Raketen nichts als armselige Improvisationen waren. Ein historischer Tag, in Rot und Schwarz.

Das Telefon funktionierte nicht, oder der Teilnehmer nahm nicht ab an dem historischen Tag und in der historischen Nacht und auch später nicht. Irgendwann, um elf Uhr abends, erreichte ich ihn doch.

»Es geht mir gut«, antwortete der Professor sanft.

Er hatte meinen Anruf nicht erwartet, obwohl er selbst mich unzählige Male wegen Gaşpar und Marga Stern angerufen hatte. Er hatte mir auch von den Briefen Eva Gaşpars erzählt und vom stundengenauen Ablauf des 11. September 2001, den er auswendig wusste, vom heiligen Paulus und dem heiligen Petrus und Yussuma Ben Laden und von dem Ziel, das die schwachsinnigen Analphabeten von Terroristen verfehlt hatten: die Bibliothek.

Ich hatte eine pikante Geschichte über Lu und Michael Stolz vorbereitet. Sie musste aufgeschoben werden, ich nutzte die Gelegenheit von Goras unerwarteter Redseligkeit.

»Es kommt vor, dass die Farce der Tragödie vorausgeht, statt ihr zu folgen, wie Marx meinte. Ich denke an den Brief, den Peter bekommen hat, und an Borges.«

Ich ließ ihn das Ungemach noch einmal zusammenfassen. Ich versprach, ihn bald anzurufen, wir wollten versuchen, ein normales Gespräch an einem normalen Tag zu führen.

Das nächste Telefonat begann wie von mir geplant mit der Nachricht über Stolz und Lu. Darin sah ich die einzige Chance, ihn nach dem Schock aus der Vereinsamung zu holen. Er hörte schweigend zu, ohne zu reagieren, als handelte es sich um eine

Anekdote über Unbekannte. Er fragte nicht, woher ich die Einzelheiten kannte. Dann erlaubte er sich ein paar vorhersehbare Fragen.

»Eine Party?«

»Ein Geburtstag. Ein Vorwand. Auf Long Island, bei einem Paar, das einen Bankerclub verwaltet. Der Mann, ein ehemaliger Flieger, hatte sich in den Westen abgesetzt. Zuerst nach Belgien, dann nach Amerika. Dank politischen Drucks schaffte er es, seine Frau nachzuholen, eine Turnlehrerin. Die hier auf Modezeichnerin umsattelte. Gemeinsam verwalteten sie den Club und nutzten die Räumlichkeiten, wenn sie nicht belegt waren, für eigene Zwecke. An einem solchen Tag fand die Party statt. In der Zeit nach dem großen Angriff. Während und nach Naturkatastrophen werden die Instinkte geschärft. Manchmal bis hin zur Hysterie. Lu ist eine alte Schulkameradin von Raluca, der Turnlehrerin, Stolz kam mit einer bildschönen jungen Afrikanerin, die alle Blicke auf sich zog. Lu erschien spät in Begleitung von Doktor Wu, dem Praxispartner von Koch. Die Atmosphäre war bereits aufgeheizt, aber noch ahnte niemand, dass es zum Partnertausch kommen würde.«

Gora hörte zu, doch er wollte keine Einzelheiten wissen.

»Die Flirts schaukelten sich hoch, drei der Paare tauschten sich schließlich aus. Als sie mit Stolz ging, grüßte Lu kurz hinüber zum jungen Doktor Wu, der Raluca verfallen war.«

Der Professor Gora wollte keine Einzelheiten wissen. Er schien nicht befremdet von meinen allzu durchsichtigen Anspielungen. Wenn das nicht vorgetäuscht und ihm Lus gegenwärtiges Leben wirklich gleichgültig war, hatte Gora mir eine gute Neuigkeit zum Geschenk gemacht.

* * *

Die große Stadt hatte ländliche Vorstädte. Feierliche Starre. Graue Eichhörnchen, eine rotbraune Katze. Die Krähen, die herumstolzierenden wilden Truthähne. Rehe in den Büschen.

Der Wald war, weiß verschneit, über Nacht herangerückt und

kam auch jetzt von allen Seiten näher. Die Zweige schnellten hoch, das weiße Pulver stäubte wild herab von den hohen Bäumen, die aus dem ebenfalls immer näher heranrückenden Erdreich ragten, das sich dann wieder zurückzog.

Jetzt war der Wald weit entfernt, am Horizont, dann wuchs er wieder, kam immer näher mit seinem frostigen Weiß. Wie in einem Stummfilm. Kein Rascheln war zu hören, nichts. Die Zweige neigten sich bebend, kurz davor, zu brechen, der Wind fegte durch den Pulverschnee, aber es war nichts zu hören. Morbide Stille, dann Bewegung. Das bizarre Hin und Her kam zu keinem Ende.

Jetzt, in den ersten Morgenstunden, standen die Bäume feierlich still. Mitten unter den ungebärdigen Eichhörnchen landeten Krähen und flogen wieder auf. Das war alles, hinter dem Fenster Stille, kein Laut, nicht das leiseste Rascheln. Man hörte nichts, nicht einmal die Autos, die auf der Straße vorbeifuhren, nichts.

Professor Gora nahm keinen Anteil an der Landschaft, es war nie anders gewesen. So hatte er es in seinem ehemaligen Land empfunden, und so empfand er es umso mehr am neuen Ufer, ein Eindringling, den es in die unbewusste Natur verschlagen hatte.

Er betrachtete die Umgebung anders als noch vor einem Jahr. Achtsamer gegenüber dem, was existiert und fortbestehen wird, wenn der Betrachter längst verschwunden ist mitsamt der Generation von Eichhörnchen und Krähen und stumpfsinnigen schlanken Rehen, die seinen Aufenthaltsort bevölkert haben. Der Wald wird noch immer hier sein, ebenso der Fluss, der seit urdenklichen Zeiten durch das Tal fließt. Auch in dem Wald seines Landes wäre er eine vergängliche Gestalt gewesen, einen Augenblick lang ein Versuchskaninchen des Unabänderlichen. Die Spuren des Erdenwandels werden verwischt, bis sie ganz verschwinden. Er ließ keine Kinder und Enkelkinder zurück. Selbst wenn er welche gehabt hätte, es hätte die Abläufe und Zyklen der Nachwelt nicht verändert. Er hatte die Zeichen der Endlichkeit lesen gelernt.

Banale Melancholie! Befördert durch einen Anruf, das war alles!

»Das Ergebnis der Kernspintomographie zeigt verstopfte Blutgefäße. Sechzig bis siebzig Prozent. Das wäre gar nicht so schlecht für Ihr Alter. Aber ich bin skeptisch. Es könnte doch schlimmer sein. Wir werden der Sache auf den Grund gehen. Das Alter des Patienten gebietet Vorsicht.«

Jedes Alter, hatte Doktor Bar-El sofort hinterhergeschickt. Das Alter, schon wieder! So hatte auch Koch gesprochen. Der alte Schulkamerad. Er hatte ihn gefragt, ob er in letzter Zeit einen Herztest gemacht hatte.

»Nein, schon länger nicht. Der letzte liegt etwa acht Jahre zurück. Ich habe dann den Arzt gewechselt, statt zu dem Doktor mit den gefärbten Haaren bin ich zu einer wortkargen Ärztin gegangen. Sie sagte, es sei nicht nötig.«

»In deinem Alter empfiehlt es sich, ihn zu machen. Ich überweise dich zu einem guten Kardiologen«, hatte Koch entschieden. »Er hat keine gefärbten Haare. Und wortkarg ist er auch nicht. Allerdings ein Israeli.«

»Die müssen schnell denken können.«

»In deinem Alter brauchst du schnelle Ärzte. So einer bin ich nicht gerade. Wo wir herkommen, da war nichts eilig.«

So hatte die Komödie der Weisheit begonnen.

Die Jugend und die Orte von früher hatten in der Tat einen anderen Rhythmus. Viele Jahre war es her, dass Isidor Koch sich das Bekenntnis seines Banknachbarn Augustin Gora angehört hatte. Nicht in jenem Zimmer, wo sie gemeinsam ihre Hausaufgaben machten, sondern in dem weitläufigen Keller der Familie Koch, voller Weinflaschen und alter Ledersessel. Izy, wie Isidor gerufen wurde, hatte ihn verblüfft angestarrt.

»Wen? Das erwählte Volk willst du lieben? Du hast sie nicht mehr alle! Krankhafte Pubertät … Du bist verliebt in das Volk Jesu, das Jesus gekreuzigt hat? Sagt ihr das denn nicht so? Wir haben ihn gekreuzigt und werden für diese Sünde büßen, in alle Ewigkeit. Willst du eine Legende durch eine andere ersetzen?«

»Wenn es Legenden sind, kann ich sie austauschen, wie ich will.

Wir haben beschlossen, nie mehr von ›wir‹, ›ihr‹, ›die‹ zu sprechen … Ja, Jesus hat sein Volk geliebt. Die Römer waren darauf aus, ihn umzubringen – vielleicht auch die Juden, aber ich glaube es nicht. Sie nahmen den Messias als solchen nicht an, sie zogen es vor, weiter auf ihn zu warten. Sie zogen das unvollendete, offene Denken vor. Idolatrie ist eine fixe Idee, Götzendienst. Aber du verstehst nicht, was ich dir sage.«

»Ich verstehe es nicht, und es ist besser so«, gab Izy schnell zurück.

»Du weißt nichts, denn du hast nichts gelesen. Ich bin für Petrus, nicht für Paulus.«

Izy schwieg begriffsstutzig, als redete man chinesisch mit ihm.

»Petrus hat gesagt, man kann kein Christ sein, wenn man nicht Jude gewesen ist.«

»Wunderbar, dann musst du dich ja nur noch beschneiden lassen. Pimmel ab – pass mal auf, ich zeig's dir.«

Izy machte Anstalten, seine Hose zu öffnen. Gusti stieß ihn angewidert vor die Brust, der kleine Izy wankte.

»Der Apostel Paulus war ein Aktivist. Er wollte die Bewegung erweitern, internationalisieren. Proletarier aller Länder, vereinigt euch! Ich bin für Petrus.«

»Du bist ein Rindvieh, das bist du. Du ersetzt eine Legende durch eine andere, das hast du selbst gesagt. Es wird dir vergehen, mein Herr. Du hattest derlei Anfälle bereits. Wolltest Oblomow sein, Don Quijote. Dieser Holländer, Peeperkorn.«

»Wer bin ich denn, Izy? Niemand.«

»Du bist ein glänzender Schüler. Der beste der Schule.«

»Blödsinn! Ein Klischee. Der brave Bub, der immer seine Hausaufgaben macht.«

»Du machst sie gar nicht immer. Willst du was Besonderes sein? Du bist mein Freund, das ist das Besondere. Du, der Großartige, bist befreundet mit dem fetten Faulpelz der Klasse. Mit Izy, dem Akkordeonspieler.«

»Ihr seid anders, Izy.«

»Du hast gesagt, wir reden nicht mehr von ›ihr‹, ›die‹, ›wir‹.«

»Ihr habt gelitten. Das Mysterium des Leids verfolgt mich.«

»Ach so – soll ich dich denn kreuzigen? Ich verspreche dir, ich trainiere, ich werde der Stärkste der Klasse, der Schule, ich gehe an die Arbeit, bereite das Kreuz, die Nägel, die Dornenkrone vor.«

»Du bist ein unverbesserliches Rindvieh, nicht ich. Ein Ochs bist du, Izy. Schluss, es reicht, wir reden weiter, wenn du größer bist und wahlberechtigt.«

Jahrtausende waren vergangen, Doktor Koch war schon lange wahlberechtigt, die Scherze hatte er vergessen. Dem Patienten fielen sie just vor dem großen Test wieder ein.

»Zu welchem Kardiologen schickst du mich? Wie heißt er? El-Al?«

»Nein, keine Fluglinie. Bar-El. Reimt sich auf El-Al. Bar-El.«

Doktor Bernard Bar-El war ein hochgewachsener dunkler Mann. Elegant, tüchtig. Er dachte schnell und legte sofort einen Termin fest. Der russische Assistent war ebenfalls elegant, höflich. Sorgfältig maß er den Blutdruck, den Puls, erstellte ein Elektrokardiogramm, spritzte das Kontrastmittel. Nach einer halben Stunde aufs Laufband. Berni Bar-El hielt die Hand des Herzpatienten und hatte den Bildschirm im Auge.

»Gut, das ist gut, weiter so. Wie geht es? Kannst du noch?«

»Ja, es geht noch.«

Gerade wenn man meint, den Geist aufzugeben, ist es auch schon vorbei, der Doktor klopft einem auf die Schulter.

»Okay, okay, wir machen Schluss.«

Er hatte den Geist nicht aufgegeben, und er hatte nicht mit diesem Abbruch gerechnet.

»Hast du in letzter Zeit Schmerzen in der Brust gehabt? Kurzatmigkeit, Stechen?«

»Nein, nichts – nur der Magen. Ich war bei Doktor Koch.«

»Doktor Koch hat mir die Ergebnisse der Magenspiegelung und der Darmspiegelung geschickt. Der Magen ist in Ordnung.«

»Nur der Patient liegt im Sterben, so pflegte man bei uns zu scherzen. Der Magen quält mich. Koch hat ein paarmal die Medikation geändert. Umsonst. Ich habe einen Drachen in den Därmen.«

»Okay, das wird schon wieder. Jetzt brauchen wir eine Spintomographie des Herzens. Schnell. Ich weiß nicht, ob die Versicherung das zahlt. Bist du bereit zu zahlen?«

»Wenn es nötig ist, wenn es eilt …«

»Kostet zwischen sieben- und achthundert Dollar. Ich rufe sofort im Krankenhaus an.«

Eine Stunde später war der Patient im Krankenhaus. Die schwarze Frau am Empfang war nett, sie beugte sich sofort aufmerksam über die Liste, die sie vor sich hatte. »Gora, ja, Augustin Gora.«

Zwei Tage später rief Bar-El an. Er war unzufrieden mit der Untersuchung.

»Ich zweifle an dem Befund. Gehen wir der Sache weiter nach. Das Alter des Patienten gebietet Vorsicht. Jedes Alter. Wir machen einen Termin für ein Angiorama. Ruf mich an, damit wir das Datum festlegen können.«

Das war die Morgenbotschaft gewesen.

Die zauberhafte Winterlandschaft hatte keine Ahnung von Bar-El. Fotogene Erstarrung, Pracht. Der Professor betrachtete den Wald. Neben ihm auf dem Sofa der große schwere Bildband *A Day in the Life of America,* Collins Publishers. Blauer Einband. Ein schwarzer Reiter mit einem schwarzen Hut auf einem schwarzen Pferd vor einem blauen Nachthimmel mit weißem Halbmond. Darunter: *We are frenzied and happy and hopeful. We are zealots and zanies and high school kids just starting to wonder what the world is all about …* begeistert und glücklich und hoffnungsfroh: wir sind Eiferer und Verrückte und Kids von der High School, die sich gerade aufmachen, die Welt zu erkunden – so sehen sich die Yankees selbst, mit Humor. Das Album seiner neuen Familie.

Das emblematische Bild: ein blondes Mädchen und ein blonder Junge, weiß gekleidet, tanzen eng umschlungen, verklärt mit geschlossenen Augen. *This is May 2, 1986.*

Wo war ich am 2. Mai 1986? Lu befand sich in unserem ehemaligen Land, Pieter Peeperkorn auf den Seiten eines deutschen Romans, und der künftige Patient Gora hatte noch nichts gehört von verstopften Gefäßen und Angioplastie.

* * *

Gusti Gora und Izy Koch blieben Freunde, auch nach dem heimlichen Treffen im Keller. Die Kontroverse ging weiter, Izy war zunehmend irritiert, Gora versteifte sich auf seine Wahl, für die er sich nicht weiter rechtfertigen mochte.

»Es braucht keine Liebe, Gusti«, wiederholte sein Kamerad Koch. »Es braucht keine Liebe, hörst du mich. Wir in unserer Blödheit erwarten sie dauernd. Liebe. Geliebt wollen wir werden, sieh an! Nach Ewigkeiten des Hasses und der Verirrungen soll uns einer lieben, mit einem Mal. Liebe deinen Nächsten mehr noch als dich selbst? Den Nächsten? Nun ja, verstehe – aber noch nicht einmal den Nächsten kann man so lieben, wie einem das eigene Fell lieb ist. Eine Lüge. Nie und nimmer mehr als dich selbst! Das geht nicht. Und wenn es geht, ist es zuviel. Warum sollte uns einer lieben? Sind wir besser, schöner? Makellos? Sind wir nicht. Also: Man soll uns in Ruhe lassen. Das ist alles, alles! Hörst du? Das reicht! Man soll nicht dauernd von uns verlangen, besser zu sein, schöner, makellos. Es reicht! Es braucht keine Liebe, Gusti.«

Gusti verschanzte sich hinter einer Mauer des Schweigens. Bald darauf mied er die Streitgespräche zu diesem Tabuthema, mit Izy oder wem auch immer. Wenn Kontroversen oder Konflikte dazu oder Witze über Schläfenlocken und traditionelle Flüche laut wurden, verließ er ganz einfach den Raum. So sollte er es auch als Student und weiterhin halten, als er als Hochschulassistent in der Mansarde verkehrte, wo über die brennenden Fragen der Welt debattiert wurde. Lu erfuhr nichts von der jugendlichen Option ihres Mannes für den Apostel Petrus, und Isidor Koch war zu jener Zeit schon in weiter Ferne.

Nach Beendigung des Gymnasiums nahm Izy, man höre und

staune, ein Studium am Institut für Körperkultur und Sport auf. Gora war starr vor Verblüffung. Koch wurde Landesmeister der Junioren im Kugelstoßen, dazu Gewichtheber und Kanute. Isidor Koch, ein Athlet?! Das war nicht die Rolle, mit der seine Glaubensgenossen sich Ruhm verdient und Abneigung auf sich gezogen hatten. Als wäre diese exotische Wahl nicht schon exotisch genug, ging Izy zum Studieren zudem nach Klausenburg, der Hauptstadt Siebenbürgens.

»Du hast doch auch hier eine Fakultät. Wieso gehst du so weit weg?«

»Die Leute dort sind ernsthafter. Ich habe die Witze über mich satt wie meine eigenen. Außerdem – das Unbekannte! Anonym sein! Stell dir vor, keiner kennt dich!«

Gora lächelte. Klausenburg war viel kleiner als Bukarest, die Anonymität würde sich bald erübrigen. Allerdings widersprach er dem Athleten nicht, er sah ihn an, Zuneigung im Blick.

Nach einem Jahr kam Izy nach Hause. Nicht zum Studium, sondern zum Abschied. Er war von einem reichen Onkel aus Venezuela »freigekauft« worden, er verließ das sozialistische Paradies.

»Unser Max ist Erdölmagnat geworden! Geld wie Heu. Denk immer daran ... Wenn du abhauen willst, kaufe ich dich frei. Erwarte keine üppige Korrespondenz, meine Anschrift werde ich dir allerdings bald zukommen lassen. Bald. Wenn sie sich ändert, erfährst du es auch. Du schreibst mir, und ich arrangiere alles. Unser Geheimnis. Ich mache es nicht für den Apostel Petrus, sondern für den Heiligen Augustin Gora, den Sünder.«

Die Anschrift in Caracas kam spät auf einer prächtigen Ansichtskarte. Ein paar Worte. »Hier meine Adresse und mein Gruß. Stets der Ihre, Eure Heiligkeit!«

Gora sandte ihm regelmäßig Informationen über den Werdegang der Klassenkameraden, ohne Anspielungen auf ihr gemeinsames Vaterland oder auf Venezuela. Ein paar Jahre später kam ein Foto. Isidor Koch, Medizinstudent, mit einem Tennisschläger, nebst einer Gruppe schlanker junger Damen, ein Lächeln auf den Lippen. Die Anschrift auf der Rückseite war die einer Einzimmerwohnung, die er sich in Caracas gekauft hatte, nahe der Universität. Dann, nach Studienabschluss, ein Foto aus New York. Hochzeit: Isidor mit Isabel Motola. Elegante Synagoge, elegantes Brautpaar, elegante Hochzeitsgäste. Umseitig eine kurze Nachricht über die Braut: Ärztin, Amerikanerin, Tochter eines namhaften Rheumatologen. »Auf meiner Hochzeit heute an der Fifth Avenue war auch mein alter Freund Augustin Gora. Sein Platz ist hier. Schreib bald.«

Gora antwortete nicht. Der Briefwechsel mit dem Ausland konnte die ohnehin schon ungewisse Aussicht auf einen Pass schmälern.

Bei seiner Ankunft in der Neuen Welt nahm er keine Verbindung mit Doktor Koch auf. Er war auf ein Treffen nicht vorbereitet, zu viel war nachzuholen, und manches konnte gar nicht nachgeholt werden. Izy hätte sich geärgert über Lus Weigerung, ihm zu folgen. Im Brief über ihre erste Begegnung hatte Gora ihm die Schönheit, die Klugheit, die Zartheit des wunderbaren Geschöpfs eingehend geschildert, ohne eine Ethnie anzugeben. Izy hatte nicht nachgefragt. Nein, er war nicht darauf vorbereitet, Doktor Koch zu überzeugen, dass die Volkszugehörigkeit weder ein Auswahlkriterium für ihn gewesen war noch seine Ehe zerstört hatte und dass die Trennung von seiner Frau nicht an seine Überzeugungen gerührt hatte.

Immerhin intervenierte Professor Gora, als Peter Gaşpar auftauchte, und bat Koch, seine ehemalige Frau einzustellen. Izy hüllte sich in Erwartung weiterer Details in Schweigen, bekam sie aber nicht, schwieg weiterhin und stellte Frau Gora ein.

Gusti schob die Begegnung mit dem ehemaligen Kollegen und Freund unter verschiedenen Vorwänden immer weiter auf, Koch schien zu verstehen, dass eine unterschwellige Zerrissenheit der Grund dafür war, und bestand nicht darauf. Bei einem ihrer seltenen Telefongespräche kamen sie überein, das Thema zu meiden. Sie hielten sich daran, bis der Vogel September hereinbrach. Da rief Gora an, um zu hören, ob Lu lebte, die wichtigste Auskunft des Tages. Dann schwiegen sie. Worauf der Drache im Magen sich erhob, er brauchte einen Doktor. Sollte auch Izy einer von den amerikanischen Ärzten geworden sein, die sehr wohl Computer und Statistiken zu lesen verstanden, nicht aber Patienten? Anders wäre er der Konkurrenz nicht gewachsen, sagte er sich auf dem Weg zur Praxis des ehemaligen Kameraden.

»Woher kommen Sie?«, fragte der Taxifahrer.

»Vom Balkan. Sie?«

»Aus der Sowjetunion.«

»Die ist groß. Die Sowjetunion war sehr groß.«

»Der Balkan ist auch kein Dorf. Ich bin aus der Sowjetunion.«

Den Fahrer hatte ihm Peter empfohlen, lange vor seinem Verschwinden. Gaşpar hatte ihn vorgewarnt: »Er ist aus unserer Jugend.«

»Boltanski ist kein litauischer oder kirgisischer Name.«

»Ich bin ein Sowjetmensch. Das war ich, das bin ich geblieben. Sie möchten zu einem Arzt, höre ich.«

»Ja, ein ehemaliger Schulkamerad.«

»Vom Balkan?«

»Vom Balkan. Er hilft mir, den Arzt zu finden, den ich brauche. Was haben Sie dort gemacht, in der Sowjetunion?«

»Militär. Ich war in der Armee. Der Roten Armee.«

»Mit diesem Namen?«

»Mit diesem Namen. Israel Leova Boltanski. Auf der Offiziersschule waren wir zu zweit. Unter 4000 Schülern. Gute Noten, sie konnten uns nichts anhaben. Wir blieben Sowjets. Wenn mich ein Freund um zwei Uhr nachts anruft, weil er mich braucht, bin ich da. Egal wie müde, wie krank. Und krank bin ich. Die Nieren sind kaputt. In eurem wunderbaren Amerika habe ich die ersten zehn Jahre als Fernfahrer gearbeitet. Auf einem Riesenlaster. Tag und Nacht. Ich kenne eure Doktoren. Die fragen einen nach der Versicherung, nicht nach der Krankheit. Wie sind Sie versichert? Nummern, das sind wir. Ziffern, Statistik. Nein, mein Herr, es tut uns leid, der Doktor arbeitet mit dieser Versicherung nicht, wir bedauern. Höflichkeit der Yankees. Business! Das Heil dieses Landes.«

»Wieso das denn?«

»Die Wirtschaft! Die hält die ganze Fäulnis am Laufen. Gier und Gerissenheit, Reiche, die sich weiter bereichern, die Lügen der Politiker, das Gelaber im Fernsehen. Die Demokratie ist eine größere Lüge als Hammer und Sichel.«

»Wirklich?«

»Wirklich. Um Senator zu werden, braucht man Millionen Dollar. Man erbettelt Millionen von denen, die man dann begünstigt? Einzige Rettung: die Wirtschaft. Die Manipulation der menschlichen Schwächen! Sie hält die Fäulnis am Laufen. Arbeit, Business, Geld. Ausbeutung bis aufs Blut. In zwei Minuten bist du gefeuert, wenn der Boss das will. Du verlierst die Krankenversicherung, dann das Haus, das Auto, alles. Also gibst du acht, dass du sie nicht verlierst. Du arbeitest wie ein Sklave, und du magst die Sklaverei. Wenn man bei uns jemanden nach dem Staat fragte, dann sagte der: ›Der Staat? Verfickt.‹ Hier heißt es: *God bless America!* Arbeitswut. Man arbeitet wie ein Tier, bis zur letzten halben Stunde vor dem Friedhof.«

»Und wieso sind Sie hergekommen?«

»Tja – die Kinder. Für sie. Für sie, wie man so sagt. Ein Junge und ein Mädchen. Für sie tun wir alles. Sie haben keine Ahnung, und es ist ihnen egal. Wir schuften wie verrückt, ich und meine Frau. Um ihnen alles zu geben, damit sie alles haben. Eine Generation ohne Seele, mein Herr ... Meine Tochter, die Teuerste. Sofitschka. Sofia Boltanski. Boltanskaja. Studentin am College. Schön, klug, verwöhnt, elegant, alles was man will. Im Sommer fährt sie zu einem Seminar nach Syracuse. Syracuse University! Sie hat irgendwas im Internet gefunden. Sommerkurse an der Syracuse University. Du wirst also weit weg sein von uns? Deine Mutter weiß gar nicht mehr, was sie noch für dich tun soll, damit du alles frisch gewaschen, gebügelt, gestärkt, in vollkommener Ordnung hast. Und was ist mit mir, Sofitschka? Wie kannst du bloß einen Monat lang weit weg von mir sein? Einen Monat, Papa, was ist ein Monat? Wir telefonieren, Papa, wir telefonieren. Hör einer an, telefonieren! Am Ende Kontakt per E-Mail, wär' ja noch schöner!«

Doktor Izy Koch war alt geworden, hatte aber ein intaktes Gedächtnis und das Bedürfnis, es zu zeigen.

»Du bist endlich dort angekommen, wo du schon lange hättest sein sollen. Ich habe dir die Adresse geschickt, wie versprochen, oder?«

»Ja, hast du.«

»Und habe die Änderungen durchgegeben, wenn es nötig war, nicht?«

»So ist es.«

»Du bist ausgewichen. Die Apathie dort hat dich gelähmt. Jahrzehnte. Verschwendete Jahrzehnte.«

Gora schwieg, er lächelte. Er betrachtete den makellosen Kittel von Doktor Koch, die kleine Brille mit Goldrand, die wirren weißen Haare, die weinrote Krawatte, das blaue Hemd, die großen behaarten Hände. Er schaute, lächelte, schwieg.

»Ich hoffe, du hast das Geheimnis bewahrt. Unser Kellergeheimnis.«

»Ich habe es bewahrt.«

»Du hast keine öffentlichen Treuebekenntnisse gegenüber der sozialistischen Utopie und dem sozialistischen Terror geleistet, du hast die gaffende Menge nicht getäuscht, du hast keine Ergebenheitserklärungen unterzeichnet, nicht wahr?«

»Nein, das habe ich nicht getan.«

»Du hast auch nicht für die Geheimpolizei gearbeitet? Sag, dass du es nicht getan hast. Ich höre, die Spitzel waren überall, es war schwer, sie loszuwerden, und es war schwer, nicht einer von ihnen zu werden. Das alles musst du mir irgendwann erzählen, nicht wahr? Gehen wir jetzt ins Sprechzimmer, damit wir sehen, ob dein Körper noch derselbe ist. Über die Seele reden wir ein andermal.«

Im Sprechzimmer agierte Koch sehr sorgfältig, er untersuchte den Patienten von oben bis unten.

»Das mit dem Magen kriegen wir hin, aber ich glaube nicht, dass es damit getan ist.«

So gelangte Gora zum Doktor Bar-El. Nach dem Belastungstest und dem Kernspin rief er Izy wieder an. Bar-El hatte Edward Hospital, einen Australier, für die Gefäßuntersuchung empfohlen.

»Geboren und aufgewachsen in Australien. Heimatlos, wie wir. Ein wirklich großer Arzt. Du bist in soliden Händen. Klein, aber solide. Ich kenne ihn. Keine Sorge!«

»Und wie vereinbart: Sie weiß nichts!«

»Herr Gora, wir kennen uns schon lange. Wir wissen, was ein Geheimnis ist.«

Wir wissen es und erfahren es von neuem, Tag für Tag, bis uns die Keule des Todes weckt.

* * *

Das Laufband mit Chronometer und Pulsmesser. Plötzlich die rote Warnleuchte. Alarm. Der Gong läutet den Countdown ein. Augen auf für die Umgebung, sehen, was man bald nicht mehr sehen wird. Das tote Eichhörnchen vor dem Haus, der morsche Baum. Der Verschleiß des Lebendigen, das Unabänderliche, das alles Gewesene aufhebt, als wäre es nicht gewesen.

Die Freude des Augenblicks einsaugen, seine Täuschungen. Er war nicht mehr jung, und selbst wenn er es gewesen wäre, er hätte keinen Aufschub verlangen können, es galt, das Los anzunehmen.

Die Bücher hatten ihn ferngehalten von den Zyklen des Alters und der Vergänglichkeit. Er betrachtete die Regale, in denen zwischen abgegriffenen Buchdeckeln jene Freunde ruhten, die ihn auf dem Exodus vor dem endgültigen Exodus begleitet hatten. Morgen wird er ängstlich und höflich beim Chirurgen Hospital vorstellig werden, um Lebewohl zu sagen. Eine Verbrüderung, nostalgisch, weil es die letzte ist. Als Epilog noch jenem die Hand ausstrecken, der versucht hat, einen unter den Lebenden zu halten, was gäbe es denn für ein erstrebenswerteres menschliches Ritual?

Wenn man niemanden hat, von dem man Abschied nehmen kann, ist die Einsamkeit in den letzten Augenblicken umso größer, zugleich aber auch reiner, unabhängiger. Die Eltern waren schon lange verstorben, er hatte sich schwergetan ohne sie und auch mit seinen schmerzlichen Sehnsuchtsanfällen, Oblomow widmete dem Müßiggang lange Oden, Izy dagegen verharrte im Keller der Jugend und der heilige Petrus in Galiläa, Kira Varlaam widmete sich ihrem autistischen Sohn, Dima hatte sich ins Nichts verzogen, ein Friede, den er nicht verdient hatte, der Ritter von la Mancha vergab seiner Dulcinea ihre Untreue nicht, Palade war von einer Kugel weggefegt worden wie sein Held Lönnrot, Peter hatte sich durch einen aufsehenerregenden Streich unsichtbar und seinem holländischen Namensvetter alle Ehre gemacht. Das blonde Mädchen fuhr auch jetzt noch, wie in der Kindheit, in der einspännigen blauen Kutsche an dem von Gespenstern betörten Jungen vorbei … Auch Lu hatte überlebt in dem von Aphrodisiaka umnebelten Zauber der Jugend. Nach so vielen Jahren der Trennung, die sie nicht zu trennen vermocht hatte, wäre jegliches Ritual einer Trennung von Lu lächerlich und, wie es sich erwiesen hatte, sinnlos gewesen.

Er strich mit beiden Händen über den glatten sauberen Schreibtisch, links die Bücherstapel, die roten Handschuhe der Vergangenheit. Morgen, nach dem letzten Aufbegehren des Sterblichen, wird alles an seinem Platz bleiben, die Bücher von Lu und der Nekrolog des Verstorbenen, bis auch sie verschwinden werden und jegliche Spur sich verlieren wird. Nur auf der Netzhaut des Edward Hospital wird noch eine Weile das Bild des Patienten erhalten bleiben, der am Ende bemüht war, ihn nicht seiner Dankbarkeit, sondern der Klarheit zu versichern, mit der er der Vergänglichkeit ins Auge sah. Ihr hatte er sich stets mit argloser Hartnäckigkeit widersetzt. Immerhin habe er sich bereichert gefühlt, das würde er zu Hospital sagen, ständig bereichert durch die immaterielle Intensität und ihre unaussprechlichen Freuden, obgleich er überzeugt war, dass schließlich die Materie obsiegen würde. Keinesfalls zu unterschätzen seien sie, die Freuden dieser, wenn auch flüchtigen Widersetzlichkeit, keinesfalls, das würde er dem Australier sagen.

* * *

Der Patient meldete sich zeitig im Krankenhaus, so wie man ihn gebeten hatte. Aufmerksam lauschte er den Anweisungen. Wenn die Gefäßuntersuchung zeigte, dass ein Eingriff erforderlich sei, würde man sofort eine Gefäßerweiterung vornehmen: An der Leiste wird man einen kleinen Ballon und eine Kamera in die Arterie einführen, durch die man bis zu jenem Blutgefäß vordringt, das zu reinigen ist, der Ballon wird die Ablagerungen wegdrücken und das Gefäß weiten, an seiner Stelle wird ein metallischer Stent eingesetzt, der einen erneuten Verschluss verhindert. Man wird nur sediert, nicht anästhesiert, der Arzt ist auf die bewusste Reaktion des Patienten angewiesen.

Auf dem schmalen Bett, an Händen und Füßen fixiert, betrachtete Augustin Gora den Computerbildschirm. Zuerst kam Doktor Pontecorvo, ein hochgewachsener hagerer Mann mit grauen Haaren. Dann Meister Hospital, der Professor. Klein, gedrungen. Kleine Hände und kleine blaue Augen. Weiße Haare, Bürstenschnitt. Der untersetzte, kräftige Leib erweckte Vertrauen.

»Wir machen keine Anästhesie, wie Sie wissen. Wir brauchen einen wachen Patienten. Sie bekommen einen lokal betäubenden Sirup.«

Eine Chinesin reichte ihm den Becher mit der rosafarbenen Flüssigkeit, der Patient trank ihn aus. Er spürte den Einstich und das Vordringen der Kamera, er schloss die Augen, die elektronische Grille arbeitete sich tüchtig vor, der Patient klammerte sich an die Metallstange des Bettes, an das er gefesselt war. Augen zu, Zähne zusammenbeißen.

Hospital stand wieder neben dem Invaliden.

»Ich habe gute und schlechte Nachrichten. Welche wollen Sie zuerst?«

»Die guten.«

»Wir können mit dem Eingriff beginnen.«

Die Lage war also teuflisch, und der Teufel demütigte den Todgeweihten.

»Die schlechte Nachricht ist, dass Sie verstopfte Arterien haben. Zu über 90 Prozent, teilweise sogar 99 Prozent. Die Sahne der

Bukowina … Wenn Sie einverstanden sind, beginnen wir gleich mit der Prozedur.«

»Ich habe wohl keine Alternative.«

»Kaum. Der Eingriff ist nicht unproblematisch. Es gibt ein paar Risiken. Infarkt, Gefäßverletzung. Kommt selten vor, ist aber nicht auszuschließen.«

Der Australier schwieg, der Patient ebenso.

»Also einverstanden? Operieren wir?«

»Operieren wir.«

»In die verstopfte Arterie wird Sauerstoff gepumpt. Der reinigt sie von Ablagerungen. Dann wird die Armatur eingesetzt. Stent, so heißt sie. Sie wird die Arterie offen halten, der Blutkreislauf wird normal funktionieren.«

Der Doktor hatte die Ärmel hochgekrempelt, er setzte sich an den Computer.

Der Pfeil drang geradewegs in den Brustkorb ein. Tief, tiefer. Auf dem Bildschirm suchte sich das Insekt seinen Weg. Eine irrwitzig schwirrende Heuschrecke knabberte an den Abfällen in der Arterie. Ein stetig stechender Schmerz. Gora schloss die Augen, er klammerte sich mit beiden Händen an den Metallstangen des Bettes fest.

»Taxus«, befahl Hospital. »Express 2.«

Der Patient schlug die Augen auf: Aus der untersten Schublade holte die Schwester einen kleinen Zylinder. Sie riss die Verpackung auf, reichte ihn dem Doktor. Ein winziges, zartes Geschoss. Anhaltende giftige Schmerzen bis hinauf ins verflüssigte Hirn. Dann ein weiterer Zylinder. Ein dünner langer Pfeil. Wieder der Stich, Keuchen, Ächzen, der Patient schließt die Augen, öffnet die Augen, er klammert sich am Bettgestell fest, er lässt los, klammert sich wieder fest. Es gibt keine Zeit mehr, sie frisst sich selbst auf.

»Es ist zehn nach zehn«, lispelte die treusorgende Chinesin.

»Wir haben Ihnen zwei Stents eingesetzt«, erklärte Hospital. »Damit haben wir zwei Hauptgefäße versorgt. Die anderen beim nächsten Mal. Kommen Sie in ein bis anderthalb Monaten wieder.«

Er verharrte am Bett und betrachtete lächelnd den Auferstandenen.

»*We're only plumbers. Fixing pipes.*«

Die Türen tun sich auf, der Professor und der Assistent gehen hinaus. Der Patient wird losgebunden. Der schnauzbärtige Pfleger schiebt den Rollstuhl in ein Zimmer im dritten Stock. Der Patient wird ans Blutdruckmessgerät angeschlossen. Das Diagramm erscheint auf dem Bildschirm vor dem Bett. Tabletten und Wasserglas auf dem metallenen Rolltischchen. Die Augen geschlossen, Traumzustand.

Die hochgewachsene blonde Nachmittagsschwester betrat den Raum.

»Sie haben gerufen?«

Die Tabletten stießen ihm sauer auf, die Magenschmerzen kamen wieder. Er konnte gerade noch stammeln: »Woher kommen Sie?«

Die Schöne lächelte: »Aus Polen.«

»Ich dachte, aus Hollywood«, murmelte der Patient.

Hochgewachsen, schlank, bildschön – ihr Auftritt in der Neuen Welt hätte in einer Bar oder auf einer Bühne vonstattengehen müssen, nicht auf dem von Gerüchen und Gestöhne verpesteten Korridor eines Krankenhauses.

Gora ächzte, von Gespenstern heimgesucht, aber er lächelte die schöne Polin an. »Als wäre ich Gaşpar – ich sehne mich nach Mynheer.« Sodbrennen, Schmerzen. Halina kam mit einem Löffel gelber Flüssigkeit. Sie richtete sein Kissen auf, der Löffel näherte sich seinen welken Lippen. Der Patient schlürfte die Mixtur, von Krämpfen geschüttelt und doch selig. Ermattet versank er in den Wassern des Schlafes.

Als er erwachte, hatte die Schwester an Breite zugenommen. Sie trug eine Brille und sah mongolisch aus. Sie lächelte fröhlich, mütterlich, mit makellosem Gebiss. Thermometer. In den Mund, unter die Zunge. Okay, Sie haben kein Fieber, der Blutdruck ist vorbildlich. Sie trug die Bettpfanne weg und brachte auf einem Tellerchen fünf bunte Tabletten und ein Glas Wasser. Bald kommt das Frühstück, dann die Morgenvisite, danach werden Sie entlassen. Die Patienten bleiben nur eine Nacht, das ist die Regel, Zeit ist Geld, der Kranke kommt und geht, was bleibt, ist die Quittung, recht hatte der Sowjetmensch Boltanski. Telefon.

»Hier Doktor Bar-El. Wie geht es Ihnen, Professor? Hospital hat mir gesagt, Sie haben Gefäßablagerungen von 95 bis 99 Prozent. Es ist rechtzeitig eingegriffen worden, mir war klar, dass es eilt. Es ist alles okay, wir sehen uns in zwei Wochen.«

Auftritt Hospital. Ein Bäcker in Weiß mit Käppi, gerade dem Tortenlabor entsprungen. Klein, gedrungen, vertrauenswürdig. Mit den Ergebnisbildern in der Hand.

»Hier sehen Sie, was operiert worden ist und was wir noch zu tun haben. Dies ist die Gefäßverengung, hier die andere Arterie, ihr Verlauf, die Armaturen. Drei Stellen, die eine Arterie war zweifach verengt. Die Stents – neuester Stand, mit einem Belag, der Ablagerungen vorbeugt. Ich hoffe, Sie fühlen sich gut. Die Prozedur der Gefäßerweiterung muss wiederholt werden. Die anderen Gefäße reparieren wir in zwei Monaten. Ich kenne Koch, er hat mir von Ihnen erzählt. Durch ihn habe ich erfahren, was für eine Köstlichkeit das bukowinische Frühstück ist, Sahne mit Walderdbeeren.«

Nein, Doktor Hospital war weder ein Arzt wie bei Molière noch ein Bürokrat der modernen Zeiten.

»Offenbar ist der Andrang der Patienten auch hier so groß wie zurzeit überall.«

»Ist er. Ich komme abends um acht nach Hause und stehe um fünf Uhr auf. Ich wünsche mir mehr Zeit für die Familie, möchte mit den Kindern zusammensein. Was ich hier jeden Tag tue, ist nichts anderes, als Trennungen von Menschen zu vertagen.«

Gora war ganz Auge und Ohr, mit dieser ihm eigenen Formulierung hatte er nicht gerechnet. Es wäre in der Tat bedauerlich gewesen, sich von diesem Unbekannten zu trennen, und unrecht, sich von sich selbst zu trennen, vor einem anderen Zeugen als diesem.

Hospital reichte ihm eine kleine Hand, und der Patient drückte sie mit seiner kleinen Hand. Dann gab der Doktor ihm seine Visitenkarte.

»Meine Assistentin ist flink, sie antwortet umgehend. Rufen Sie jederzeit an.«

Der Patient wälzte sich schwerfällig auf die linke Seite. Hospital hatte noch etwas zu sagen.

»Ach so, fast hätte ich's vergessen. Izy sagte mir, es gibt niemanden, der Sie vom Krankenhaus abholt. Sie haben keine Familie hier, in Amerika.«

»Nein.«

»Eben deshalb habe ich mit einer Pflege-Schwester gesprochen. Sie bestellt ein Taxi und begleitet Sie nach Hause. Sie heißt Elvira und stammt aus Ihrer Heimat.«

Das weißhaarige Großmütterchen ging am Stock und übernahm die Rolle der sorgenden Mutter und Tante und Nachbarin. Ein berührendes Geschenk: die Muttersprache. Das Vertraute, eine Therapie in der Ödnis. Die umsichtige Elvira begleitet den Patienten mit Späßen und behutsamer Unterstützung bis vor die Wohnungstür. Sie bietet sogar an, ihm ins Bett zu helfen, ihn zuzudecken und ihm Tee zu kochen.

»Danke, vielen Dank, Elvira. Sie sind sehr liebenswürdig. Waren Sie 1986 hier, in Amerika?«

Das Großmütterchen sah ihn verständnislos an.

»Ja, sicher war ich hier.«

»Im Mai 1986? Da waren Sie hier?«

»Ja, sicher war ich hier. Ich bin 1969 gekommen.«

»Am 2. Mai 1986 waren Sie also hier?«

Elvira starrte ihn an, sie begriff nicht, was der Professor wollte. Sie kam nicht vor in dem Bildband *Ein Tag im Leben von Amerika*, sie wusste nicht, dass der 2. Mai 1986 *that day* war. Gora dankte ihr für die Begleitung, schloss die Tür auf, beugte sich nach links und stieß sie mit der Schulter auf.

* * *

Die große Welt ist klein. Koch kannte Larry Eins, genannt Avakian, der kannte Larry Zwei, der wiederum Beatrice Artwein kannte.

Gaşpar hatte seine eigene Welt mit in Goras Welt gebracht, dieser hatte ihm Dima und Palade geschenkt. Der Drohbrief an Gaşpar hatte die Mansarde der Verdächtigen aus einer anderen Zeit auferstehen lassen.

Jetzt trat Gora in eine neue Phase der Einsamkeit ein. Im Bett der Genesung war ihm die Bilanz seines Exils kein Trost: Er hatte Studien zur mittelalterlichen spanischen und französischen Literatur veröffentlicht, Essays zur lateinamerikanischen Prosa, Untersuchungen zu volkstümlichen Mythologien und zur Folklore in totalitären Staaten, er hatte an großen Universitäten gelehrt. Das alles erschien ihm wie die Fortschreibung einer Simulation.

Immer noch bewunderte er Amerika, weder seine Widersprüche noch sein Stumpfsinn erbosten ihn. Ohne jede Hoffnung auf Verwurzelung, in heiterer Abgehobenheit. Die Bewunderung eines Kindes, das sein Spielzeug in dem Bewusstsein gebraucht, dass es lediglich dies ist, ein unpersönliches Spielzeug. Statt der kurzen und launigen Nekrologe hatte er ein aufwendigeres Experiment in Angriff genommen. »Stimulierend« nannte er es.

Er war weder Don Quijote noch Herr K. noch Oblomow, weder Hans Castorp noch Ulrich ohne Eigenschaften oder irgendeine andere von den Gestalten, die seine Jugend geprägt hatten. Der Präsident Avakian bedauerte seinen Weggang vom College an eine große Universität und ließ ihm dieses Bedauern durch Koch übermitteln. Als zivilisiert, gelehrt, umgänglich bezeichnete er ihn Koch gegenüber, der sich wiederum beeilte, Gusti diese guten Worte zu überbringen. »Tut dem Ego gut«, hatte Izy Koch hinzugefügt.

»Ja, ich mag Ihren Freund, Doktor. Selbst die Irritationen, für die er hin und wieder sorgte. Merkwürdigkeiten. Man hat mir von der Kollegiumssitzung erzählt, in der es um die Einführung neuer Kurse zum Herbstsemester ging. Der Russischprofessor hatte als Thema ›Homosexualität in der russischen Literatur‹ vorgeschlagen. Herr Gora konnte daraufhin den Mund nicht halten. In der russischen Literatur? *Nitschewo.* Wer? Tolstoi, Tschechow, Puschkin, Dostojewski, Babel? Gogol war impotent, Liebe machte er mit einer großen Gummipuppe, die er eigens hatte anfertigen lassen. Das ist nicht die französische oder die deutsche oder die englische Literatur, dozierte der Osteuropäer. Die Kollegen und Kolleginnen verstummten. Der junge Russischprofessor war zur Salzsäule erstarrt, er war auf jemanden gestoßen, der mehr wusste als er.«

Der Genuss, mit dem Avakian von dem Vorfall erzählte, ließ auf den Genuss schließen, mit dem er selbst die Geschichte zum ersten Mal und dann immer wieder gehört hatte.

»Der Russischprofessor brachte ein paar nachrangige Namen vor und – Zwetajewa. Von der Zwetajewa weiß ich nichts, entgegnete Herr Gora, keine Ahnung, und sie interessiert mich auch nicht. Sie war mit einem Mann verheiratet, den sie liebte, hatte einen Sohn und etliche Liebhaber, aber das ist nicht das Problem. Ein Name reicht nicht für eine Vorlesung. Als abgestimmt wurde, gab es vier Enthaltungen, Professor Gora war dagegen, die anderen dafür. Frau Van Last, Professorin für viktorianisches Theater, verließ indigniert den Saal. Von der Tür aus drohte sie dem Exilanten mit dem Finger. Sie, Sie stecken immer noch in Ihren Lehrplänen aus dem Osten fest, hier arbeiten wir in einem anderen Jahrhundert. Ob sie wohl recht hatte? Sie kam zu mir und beschwerte sich über Gora, er sei ein Stalinist. Es kamen auch andere. Ich bin nicht darauf eingegangen. Er war nicht in Amerika gestrandet, um sich der Zensur zu unterwerfen, und ein Stalinist war er auch nicht, weder damals noch heute, ich kannte seine Biographie. Er hatte seine Meinung gesagt. Streng literarisch. Er war überstimmt worden. Was wollten sie denn noch? Er ist nicht gekommen, um sich über sie zu beschweren, sie hätten keine Ahnung von russischer Literatur. So ist das bei uns, in der großen Demokratie voller Tabus. So sind die Leute, sie brauchen feste Anhaltspunkte. Das verbissen an diesen Punkten festgezurrte Denken beschwört zyklisch Wirbelstürme herauf. Sexueller Kindesmissbrauch, Diät, fliegende Untertassen, Mauergespenster, Botschaften von Toten. Inzwischen habe ich selbst ein paar interessante Romane von homosexuellen Russen entdeckt. Damals aber kannte man sie nicht, niemand wusste von ihnen. Gora hat an keiner Kollegiumssitzung mehr teilgenommen. Ich vermisse Gora.«

Avakian hatte immer langsamer gesprochen, behauptete Koch nach einer langen Pause, in der er Gustis Reaktion abwartete.

»Nach jenem Zwischenfall hast du an keiner Kollegiumssitzung mehr teilgenommen, hat mir Avakian erzählt. Beim Mittagessen in der Kantine hast du dir einen Tisch mit zwei Stühlen ausgesucht, auf den einen hast du deine Tasche und deinen Mantel gelegt. Du hast zu verstehen gegeben, dass du allein sein willst, und es ist dir gelungen. Die Kommentare dazu waren nicht gerade wohlwollend. Einsamkeit ist verdächtig in Amerika, sie wird als Arroganz gedeutet. Aber der Präsident Avakian vermisst dich.«

Avakian hatte eine bestimmte Reaktion seines Zuhörers erwartet, erzählte Izy, er hatte erwartet, dass seine Weisheit und seine Großherzigkeit gewürdigt würden.

»Ja, ich vermisse ihn. Die Studenten hatten ihn gern, sie gaben ihm den Spitznamen ›Pnin‹. Als er sich versetzen ließ, sagte ich ihm: Ich würde Sie am College behalten, selbst wenn Sie nicht der Gelehrte wären, der Sie sind. Einfach damit die Studenten Ihre Rechtschaffenheit und Ihre Lauterkeit schätzen lernen. Beim Abschied sagte ich ihm, Timofej Pawlitsch, ich hätte Sie unbeschränkt und unter allen Umständen am College behalten. Ich weiß nicht, wie lange ich Nabokov ertragen hätte, doch Sie immer, Timofej Pawlitsch, sehr wohl, mit Sicherheit. Er lachte, er kannte seinen Spitznamen, und er mochte Pnin.«

Der Doktor Koch hatte dazu seinen eigenen Kommentar.

»Der Spitzname überrascht mich nicht. Auch ein Büchername! Grüne Pferde an den Wänden, sagen unsere Leute auf dem Balkan. Nicht nur grüne Pferde, auch noch an den Wänden. Oder in Büchern. Hirngespinste. Den heiligen Petrus habt ihr auch aus Büchern. Autofahren hättest du lernen sollen, um dieses außergewöhnliche Land zu erkunden, durch die Welt zu reisen. Nicht zu Konferenzen oder Universitäten, sondern durch die wirkliche Welt. Wirkliche Menschen bezaubern, wie du es gekonnt hättest, dich bezaubern lassen, wie du es verdienst. Deinen Vortrag über das erwählte Volk vergesse ich nicht. Das erwählte Volk, das Volk des Buches. Natürlich, das Buch! Obwohl du keinen einzigen Erwählten kanntest außer dem Fettwanst und Akkordeonspieler der Klasse. Also mich. Jesus und Petrus und Judas und Paulus und ihre Glaubensgenossen hast du in Büchern kennengelernt. Das Heilige Land ist das Land des Buches, nicht wahr? Du hast mich gefragt, ob ich von dem Mann ohne Eigenschaften gehört habe. Gehört, nicht gelesen! Als ginge es um einen Nachbarn. Du wusstest, dass ich kein Leser bin. Du hast zu mir gesagt, ich werde es nicht vergessen: Euer einziger Adel ist der des Buches, ihr habt euch nie lange genug an einem Ort aufhalten können, um die Struktur eines gesellschaftlichen Adels aufzubauen. Nur das Buch, die wirkliche Aristokratie. Aus dem Unglück entstanden. Ich lauschte mit offenem Mund und ebensolchen Augen und Ohren. Der Mann ohne Eigenschaften? Was sollte das nun heißen? Ohne Eier in der Hose? Du hast gelacht, ich hoffe, du lachst auch jetzt. Aber die Zeit ist vergangen und vergeht. Auch für einen, der sich zwischen Büchern versteckt.«

Der Vortrag des Doktor Koch! Die Zeit verging anders jetzt, mit anderer Geschwindigkeit, mit anderem Maß. Der Körper bleibt sich nicht gleich, und anderes demnach auch nicht, weder der Geist noch der Stolz, noch die Frustrationen. Nicht einmal die Ungewissheit ist dieselbe. Auch nicht das unvollständige Denken … Nichts von den großen Worten ist mehr, was es war.

»Ist sich denn irgendetwas gleichgeblieben?«, fragt das Gespenst des Abends.

»Die Frau in mir«, murmelt Gora. »Unbesiegbar, weil abwesend.«

Das dichte schwarze Haar zu einem langen dicken Zopf geflochten, der über den Rücken herabhängt. Die großen glühenden Augen. Tief, intensiv, kindliche Melancholie. Die mattweiße Stirn. Die orientalisch geschwungenen Brauen. Die Vogelnase, mit spitzer Feder gezeichnet. Die markanten Lippen, leicht bebend. Der junge Hals. Alabaster.

Die Eifersucht hat ihren Ursprung nicht nur in der Vorstellung, sondern auch in der Erinnerung. Dort bewahrt der verlorene Leib die verlorene Seele. Dort, in der Erinnerung: Sie war nackt, reckte die Beine in die Luft oder kniete vor ihm. Mit einem Wimmern empfing sie den Mann. Dort, Professor, hörst du das Wimmern der Lust, dort siehst du, wer du gewesen bist bei ihr, die nicht mehr ist. Und du siehst den Statthalter. Blut tropft vom Dolch der Erinnerung. Der Schmerz des Augenblicks wächst und wächst.

Ein Keuchen, das ist die Liebe, das, was die Bücher Liebe nennen. Das Wimmern der kindlichen Seele. Peter über der knienden Frau, die leise wimmert wie einst. Die bleichen Brüste, die Rundung der Schenkel, die Muschel des Geschlechts. Die langen Arme, die Gora sehnsüchtig umschlingen, die Gaşpar sehnsüchtig umschlingen. Eine ruckartige Kopfbewegung. Die schwarze, in den Nacken geworfene Mähne.

Wieder krümmte er sich, der alte Professor Gora. Von neuem verlassen. Odysseus, der Gehetzte, doch nicht Richtung Heim, sondern fort von allen Häusern, mitten unter die Irrfahrer, welche die Ketten verloren haben, mit denen sie irgendwann an den Mast gefesselt waren. Wie er träumten sie von dem trügerischen Hochgefühl des Überlebens, von der Befreiung.

Er fühlte sich alt, der alte Professor Gora. Das Paar Lu und Peter verwies ihn zurück, in unwiederbringliche, vergiftete Zeiten.

Das Exil vor dem Exil, dann die Irrfahrt, die Hoffnung, dass Lu zurückkommen würde. Dann die Routine, die Arbeit rund um die Uhr, in einem Land, das rund um die Uhr arbeitet, bemüht, sich selbst zu vergessen. Lange Tage und kurze Nächte und lange Jahre und die immer höhere Geschwindigkeit, mit der die Zeit verrinnt. Der Kalender nach Crusoe: zwanzig Jahre am neuen Ufer. Verstörung, Entzücken, Regeneration und schließlich Entfremdung. Ein dynamisches, gastliches Land, aber auch eine Trennwand. Im Land der Ausgewiesenen genießt der Fremde Vorteile – allerdings würde er es nicht wagen, für irgendeinen Bewohner dieses Gemischs von Rassen und Sprachen und Glaubensbekenntnissen, die das Reich des Unbekannten ausmachen, den Nekrolog zu komponieren.

Auf dem Tisch lag offen der massive Band *Ein Tag im Leben von Amerika*, die Einöde, in der er nach Tara und Deste und Peter suchte.

Langsam schließt Gora den Band. Er schließt die Augen. Er ist müde geworden, nicht zum ersten Mal. Er sinkt erschöpft in den Sessel zurück. Eine Minute, fünf, lang wie fünf Stunden.

Er schlägt die Augen auf, entdeckt die weißen Handschuhe auf dem Tisch. »Die schönsten Hände der Welt«, hört Professor Gora. Der Zeigefinger, der Mittelfinger, der Ringfinger mit dem Ehering, der kleine Finger und der Daumen, der Dicke, der nicht dick war, nur scheu und verschlafen. Die Nägel, rosige Kappenschilder mit weißem Rand. Fünf röhrenförmige Wesen, die Magie des Tastens. Der Professor glaubte nur an Bücher, aus Büchern wusste er, dass die Nervenenden nirgendwo im ganzen Körper so dicht beisammen liegen wie in den Fingerspitzen, die lateinische Bezeichnung *manus–manus* stellt in dem korrupten Latein seines Landes eine Beziehung zwischen Hand (manus) und Handschuh (mănuşă) her. Er hätte gern ein Gedicht über die Hände geschrieben, aber er war kein Dichter.

Er hatte an einem stickigen Sommertag in London die Ausstellung »Die Hände« besucht. Stundenlang hatte er den Saal abgeschritten, hin und her, war immer wieder erstarrt vor den Bildern und immer wieder zurückgekehrt zu den schwieligen Händen des Inders, zu den kindlichen Fingern des Zwergenclowns, zu den elfenbeinernen Knöcheln der Geisha und dann zu der Boxerfaust und den bleichen Fingern des Pianisten, die zärtlich über die Tasten strichen, dann wieder zu der hingestreckten weißen Kurtisane, die entrückt ihr Geschlecht streichelte, dem Soldaten mit dem Finger am Abzug, den Falschspielern, die das Glück manipulierten, zu dem Koch, der einen riesigen Krautkopf, grau wie das Hirn von Neanderthal, glücklich an die Brust drückte, dem löchrigen Handschuh des Radfahrers und dem durchsichtigen des Chirurgen und den seidenen der Schauspielerin, die das Gedächtnis des Jahrhunderts beherrscht.

Es war kühl in der großen menschenleeren Galerie, nur eine junge Irin mit roten Haaren und der Silhouette einer Ballerina saß in einem kaffeebraunen Ledersessel und betrachtete ihre sommersprossigen Finger. Seinerseits betrachtete er sie von fern in der Hoffnung, sie würde aufblicken, aber nein, das Mädchen mochte sich nicht trennen von dem Bild, das seine ganze Aufmerksamkeit in Anspruch nahm.

Draußen jede Menge Leute und Schwüle überall, aber bald fand er das Geschäft, von dem er gehört hatte. Klein, elegant, überteuert. Er kannte die Größe, er suchte die ersten zwei Paar Handschuhe aus, für seine Sammlung.

Die Magie des Tastens vermochte er nicht zu beschreiben, er wusste nur, dass sie das Blut sofort in Wallung versetzt. Die Hände, ein Teil des Gehirns, werden in höherem Maße vom Kortex gesteuert als jeder andere Teil des Körpers! Das sagten seine Freunde, die Bücher. Er hatte wie ein Besessener die Linien der Hand untersucht, sie wie ein Pilger durchwandert. Der Fingerabdruck, unverwechselbar. Die Linie des Herzens, die Linie des verschwendeten Lebens. Die Länge und die Form der Handfläche und der Finger beschworen den geheimnisvollen Charakter der Verschwundenen herauf. Sanft spreizte er ihre langen feingliedrigen Finger, geblendet von dem Perlmutt der fein gerundeten Nägel mit dem weißen Rand.

Er hatte versucht, die Handschuhe durch Reproduktionen der von Dürer gezeichneten Hände zu ersetzen, die sich auf dem Tisch stapelten. Es war ihm nicht gelungen. Handschuhe, weiß und schwarz und rot, gelb, blau, aus Leder und Seide, Wild- und Schlangenleder, teuerster Wolle und feinster Baumwolle, erbeutet auf triebhaften Jagdzügen durch die Auslagen der teuersten Geschäfte der Welt.

Nichts konnte die Freude ersetzen, die er empfand, wenn er eine möglichst hohe Summe für diese seine Mitbewohnerinnen ausgab. Er betrachtete sie, stapelte sie, holte sie ans Licht, nacheinander oder alle auf einmal, in einer Mischung aus Wut und Begeisterung, wie an diesem Abend.

* * *

Auf die Gefäßerweiterung folgt eine Depression, hatte Doktor Koch ihn gewarnt, und Doktor Bar-El hatte es bestätigt. Koch rief täglich an und wiederholte, die Depression sei, wie statistisch erwiesen, eine Folge des Eingriffs und werde bald vorübergehen.

Statistiken, natürlich, ohne sie geht es nicht, Koch war Amerikaner geworden.

»Der Kalender wird zum Metronom, ich weiß. Aber dir geht's gut, es wird dir gutgehen. Du hast Zeit gewonnen, die Medizin vollbringt Wunder heutzutage.«

Etwa eine Woche später lud Koch ihn ein, damit er seine Familie kennenlernte. Er konnte nicht wieder absagen, er konnte es nicht mehr aufschieben.

»Du musst raus, du kannst dich nicht ins Geschreibsel vergraben. Es schützt dich, ich kenne diese Theorie, manchmal aber schützt es dich nicht mehr, sondern erstickt dich. Meine Frau ist eine gute Gastgeberin, und wir haben zu lange nicht mehr richtig miteinander geredet.«

Die amerikanische Zeit ist kurzatmig, die guten Absichten finden nur selten ihre Erfüllung, doch sie wussten beide, dass sie sich stets aufeinander verlassen konnten.

In der spektakulären Wohnung der Familie Koch an der Madison Avenue hellte Isabell die Atmosphäre im Handumdrehen auf, die Kinder legten die Unbeschwertheit der neuen Generation an den Tag, aber auch Reste der Erziehung alter Schule, sie hörten interessiert zu und beteiligten sich zurückhaltend und intelligent am Gespräch.

Statt der Schokoladentorte, die alle aus Diätgründen verschmähten, wurde das leidige Thema angeschnitten.

»Ich bin zu der Überzeugung gelangt, dass du recht hattest«, begann Izy, wobei er den Knoten der bordeauxroten Krawatte lockerte, die perfekt zu seinem hellblauen Seidenhemd passte. »Sich offen auf die Seite des Opfers schlagen.«

Er machte keine Anstalten zu erklären, wer das Opfer war.

»Ich habe mich zum erwählten Volk bekannt. Eben weil ich die Opferrolle ablehne, nicht, weil ich sie annehme.«

Die Familie hatte diese emphatische Erklärung wahrscheinlich schon oft gehört. Doch den Hintergrund hörte nur Gora heraus. Einen vor langer Zeit im Keller der Familie Koch vereinbarten Code. Isabel und die schönen Zwillinge der Familie, Antonio und Carla, sahen in Izy einen bewunderungswürdigen Verfechter der Sache. Sie alle sprachen von den Manipulationen in der Presse, dem Spiel der Großmächte, der Verlagerung der Antipathien von rechts nach links.

»Es ist nicht eigentlich eine Verlagerung«, wandte Izy ein. »Es ist eine Konzentration.«

Gora sah ihn aufmerksam an, obwohl er nicht aufmerksam bei der Sache war. Der Schmerz in der Brust hielt an und verstärkte die Verunsicherung und Verschüchterung. Er konnte sich kaum konzentrieren. Der Arzt merkte es nicht, und das war eben gut so.

»Du hattest recht, damals, mit den beiden Aposteln. Ich vermute, du bist der Sache weiter nachgegangen.«

»Nein, ich bin ihr nicht weiter nachgegangen.«

»Ich schon. Paulus war radikal. Petrus war es nicht. Aber ...«

Die Tafelrunde war beim Kaffee angelangt, Izy sollte mich nicht provozieren, dachte der Patient, weder der Kaffee noch die Kaffeehausphilosophie tut einem Herzkranken gut. Der Herzkranke konnte sich nicht konzentrieren.

»Ich habe nicht vermutet, dass du dich mit derlei Lektüre beschäftigst.«

»Ich beschäftige mich nicht damit, ich wollte das nur für mich klären. Der Messias steht für die Vollendung. Die Gewissheit, den Abschluss, den Endpunkt. Endliches Denken. Du hast irgendwann gesagt, dass dich das unvollendete, offene Denken reizt. Die Erwartung.«

»Ich brauche keine okkulten Rechtfertigungen mehr.«

»Irgendwann hast du sie wohl gebraucht.«

»Es ist spät, die Patienten gehören ins Bett.«

»Ich habe geglaubt, du wirst Schriftsteller. Dich interessierten die Bücher, die Fiktion.«

»Leider bin ich zu rational.«

»Also passt du dich hier an. Der Pragmatismus ist rational.«

»Mag sein, aber er ist eine Vereinfachung. Eine Beschränkung.«

Der Doktor wollte nicht, dass der Patient geht, er wusste, dass zu Hause niemand auf ihn wartete.

»Ich erzähle dir etwas über Freund Gaşpar.«

Sie saßen in Izys Zimmer, die andern hatten sich zurückgezogen.

»Er war bei mir, vor etwa einem Monat. Bevor er verschwand. Er ist doch verschwunden, oder? Ich habe davon gehört und glaube es nicht. Er versteckt sich wahrscheinlich, er wird wieder auftauchen. Vor seinem Verschwinden kam er zu mir. Nicht in die Sprechstunde. Ein Höflichkeitsbesuch. Er hatte eine Rechnung zu begleichen. Er wollte mich nicht sprechen. Er gab eine Rolle mit einem Kunstwerk für mich ab.«

»Mit einem Kunstwerk?«

Gora war wach, konzentriert. Izy hatte es geschafft, den Körper aus seinem Kopf zu verjagen. Die Denkmaschine brummte wieder, von der Überraschung befeuert.

»Ich zeige es dir, wenn du willst.«

»Gern.«

»Er hat mir ein Werk von unschätzbarem Wert geschenkt. Ein Aquarell, das Werk eines Elefanten.«

Gora stand unter Strom, er konzentrierte sich, sein Herz schlug heftig.

»Aquarell, Zeichnung, ich kenne mich da nicht aus. Die Meisterschaft eines Künstlers. Elephas Maximus. Elephantus. Die Rache des Herrn Gaşpar! B. B., die Königin der Tiere, sie hatte recht. Erinnerst du dich an Brigitte Bardot? Blanke, nackte Schönheit. Jetzt ist sie eine alte Frau, die ihre Liebe zu den Tieren pflegt und sie schützt. Ich vermute, sie besitzt auch Werke von Elephantus.«

Izy zog unter dem massiven Schreibtisch eine blaue Röhre hervor, aus der er die Zeichnung gleiten ließ. Er rollte sie auf, wendete sie, um ihm das Echtheitssiegel zu zeigen. *Thai Elephant Conservation Center.* Auf Englisch und Thai. Daneben handschriftlich:

Aet/Male, 11 years old. Der Rüssel hält den Pinsel. Kreisel, gelb und schwarz.

»Der Künstler Aet steht unseren Zweibeinern nicht nach, die Millionen für eine Kleckserei kassieren. Ich denke, du kennst die Geschichte von Hokusai … Der Kaiser ließ ihn rufen, damit er ihm die Malerei vorführe. Der Maler breitete eine Leinwand auf dem Boden aus und verlangte nach einem Huhn. Er tunkte das eine Bein des Huhns in rote Farbe und ließ es über die Leinwand laufen. Dann tunkte er das andere Bein in blaue Farbe. Alsbald war das Huhn wieder über die Leinwand gelaufen. Als der Kaiser den Meister fragte, was das Gemälde darstellte, antwortete Hokusai ohne zu zögern: Herbstdämmerung. Ich weiß nicht, ob der Kaiser dem Scherz etwas abgewinnen konnte. Aber ich schätze Gaşpars Revanche. Wir haben ihn immer einen Elefanten genannt. Wegen seines skandalösen Körperumfangs. Er wurde immer fetter und es war ihm egal.«

Gora betrachtete die gelben und schwarzen Windungen. Gelb ging in Schwarz über, Schwarz wurde unvermittelt zu Gelb. Nein, nicht schlecht.

»Was hat es für einen Titel?«

»Ich weiß es nicht, Gaşpar hat mir keinen Titel genannt. Nennen wir es ›Ohne Titel‹.«

»Die Kunst eines Elefanten braucht einen Titel. RA 0298. Das ist der Titel.«

»Das ist kein Titel. Das ist eine Registriernummer.«

»Alle werden wir zu Registriernummern. Nicht auf den Arm tätowiert, wie in Auschwitz, sondern auf Kreditkarten geprägt. Visa Card, Master Card, Platinum Card. Social Security Card, Insurance Card, Metro Card. Resident Card. Resident Alien Card Number 0298. Gaşpars Nummer. Alle sind wir Nummern, hat der sowjetische Taxifahrer Boltanski gesagt. Auch das weiß ich von Gaşpar. Boltanski ist sein Fahrer.«

»Diese Komposition stammt nicht von Gaşpar, sondern vom Künstler Aet, elf Jahre alt. Dein Freund hat eine Notiz mit der Geschichte des Werks und seines Urhebers beigelegt. Er hat betont, dass es sich bei dem Geschenk um eine Extravaganz handelt und nicht um eine Beleidigung. Eine Menge gelehrter Informationen, die mich überzeugen sollen, dass es eine ernste, ehrenwerte Sache ist. Hast du von dem großen kambodschanischen Koch des ›Pierre‹ gehört? Das ist ein verdammt teures Restaurant, wo Kissinger und Sharon Stone und Norman Mailer und die Bosse von der Wall Street essen. Herr Gerard. Gerard Fun, der kambodschanische Adlige, der in Paris studiert hat, während sein Land von den Kommunisten verwüstet wurde. Er ist als Koch berühmt geworden und hat es nach New York ins ›Pierre‹ geschafft. Dort hat Beatrice ihn kennengelernt.«

»Beatrice? Welche Beatrice? Dante ist doch nicht etwa auferstanden.«

»Ist er nicht, und es tut mir nicht leid darum. Beatrice, Gaşpars Freundin. Larry Fünf, so nannte er sie. Anfangs habe ich nichts begriffen, Gaşpar sprach in Rätseln. Larry Fünf, Larry Fünf, schließlich bin ich draufgekommen, dass eine Frau gemeint ist. Eine reiche Witwe. Eine ehemalige Kommilitonin von Gaşpar aus der Zeit, als er seine Doktorarbeit an der New York University in den Sand gesetzt hat.«

»Ja, ich weiß. Und die Elefanten?«

»Der Herr Gerard machte Beatrice mit zwei kambodschanischen Exilmalern bekannt, arm und begabt. Die empfängliche Beatrice war bereit, das Projekt ›Malende Elefanten‹ zu unterstützen. Eine Kunstschule für Elefanten, die ja kaum noch gebraucht werden. Die Haltung kostet Geld, ebenso die medizinische Versorgung. Ich habe gelesen, dass jedem Elefanten bei der Geburt ein junger Mann zugewiesen wird, der ausschließlich ihn betreut, bis zum Tod. Es handelt sich hierbei um asiatische Elefanten. Mit den afrikanischen verhält es sich anders. Gaşpar hat das Bild bei Christie's ersteigert. Beraten hat ihn Beatrice. Ich glaube nicht, dass dein Freund noch einmal in die Sprechstunde kommt. Er hat es satt, von mir zu hören, dass er so dick ist wie ein Elefant. Vielleicht ist er nach Thailand gegangen.«

»Hat er denn etwas in dieser Richtung gesagt?«

»Nein, aber er hat nicht mehr nach Lu gefragt. Er ist hereingestürmt, hat die Rolle abgegeben, und weg war er. *For ever.*«

Gora schwieg, Koch schwieg. Die Aufführung war zu Ende.

»Du warst großartig, Izy, du warst phantastisch. Ich habe die Gefäßerweiterung vergessen, die Stents, die Panik.«

Izy sah ihn an und lächelte.

»Das freut mich. Da wäre noch etwas. Wenn wir schon dabei sind … Gaşpar hat auch einen Brief hinterlassen. Er teilt mir mit, dass er zwar keine Sympathie für das Wappentier der Republikanischen Partei hegt, der Prophet Mohammed allerdings im Jahr des Elefanten geboren worden ist. Ich solle das nicht vergessen! Vierzig Jahre vor der Geburt des Islam. Und der König von Abessinien, der Tyrann Abraha, habe, als er Mekka angriff, nicht nur ein riesiges neues Heer eingesetzt, sondern auch viele Elefanten. Gaşpar meinte, vor seinem Verschwinden meinen Bildungsstand verbessern zu müssen.«

Jetzt lächelte auch Gora seinem Freund zu.

»Und da gibt es noch eine merkwürdige Anspielung. Er sagt, ich solle dich fragen, ob du einen Decknamen gehabt hast. Dabei geht es um die Geheimpolizei, nicht wahr?«

»Ich vermute es. Darum, ob ich ein Spitzel gewesen bin. Das waren viele. Verfolgte und Verfolger, das war das Spiel. Manchmal beides in einer Person.«

»Ich habe schon gewusst, wovor ich fliehe. Ich würde gern darüber sprechen. Wir beide können doch über alles reden, nicht wahr? Zwischen uns wird sich nie etwas ändern, oder?«

»Natürlich.«

Izy war überzeugt, dass ein langes Gespräch folgen würde. Doch Gusti schien nicht dazu aufgelegt.

»Ja, das ist interessant. Wir reden ein andermal. Ich bin müde, es ist spät. Du warst großartig, Izy, phantastisch. Ich habe die Gefäßerweiterung vergessen, die Stents, die Panik.«

Die beiden Kameraden umarmten sich brüderlich, ganz so wie einst.

Izy blieb gedankenversunken in der Tür stehen. Er staunte nicht über Goras Weigerung, sondern über die Art und Weise, wie dieser seine Fragen abgeblockt hatte. Zweimal hatte er ihm mit denselben Worten gedankt, sie einfach mechanisch wiederholt. Zu Hause schlief Gora sofort ein. Am nächsten Morgen fühlte er sich vollständig wiederhergestellt.

* * *

Wiederhergestellt setzte er sich vor den Bildschirm.

Das Nationale Elefanteninstitut Thailand kündigte außergewöhnliche Geschenke für Tierliebhaber und Kunstliebhaber aller Art an. Originalgemälde von Elefanten, ausgeführt mit oder ohne Anleitung durch die Hand oder den Verstand des Menschen. Keinerlei Fälschung war in dieser Sammlung abstrakter Kreativität zugelassen – so nämlich lautete der Titel der Kollektion, Abstrakte Kreativität.

Das Papier, auf dem die Gemälde ausgeführt wurden, war eigens für die Kollektion »handgeschöpft« worden, zu hundert Prozent wiederverwertbar, keimfrei, nach allen Regeln des Umweltschutzes hergestellt, die aus England und Frankreich eingeführten Acrylfarben waren von bester Qualität.

Die Elefanten waren also in der Lage, ihre Riesenleiber zu vergessen, stellte der Patient ermutigt fest. Jeder hatte von seiner Geburt bis zum Tod einen eigenen Pfleger und Ausbilder, der seinen Stammbaum und seine Biographie genauestens kannte. Die Ausbilder wurden für das Große Projekt in besonderen Lehrgängen geschult: wie Pinsel und Farben anzurichten waren, wann das Zeichen zum Beginn und vor allem das zum Schluss zu geben war. Der schöpferischen Übung im richtigen Moment ein Ende zu setzen, das war wesentlich. Die Elefanten allein kommen zu keinem Ende, sie würden unablässig weitermachen.

Das berühmte Conservation Center in Lampang kämpfte gegen das Aussterben der asiatischen Elefanten, deren Zahl von den 100 000, die zehn Jahre zuvor in Thailand gelebt hatten, auf die Hälfte zusammengeschmolzen war. Die vom Center Lampang eingeworbenen Fördergelder wurden für Haltungskosten verwendet sowie dazu, ihr dramatisches Schicksal in der Welt bekannt zu machen.

Es ging nicht nur um Thailand oder Südafrika, sondern auch um Colorado Springs, wo die Gemälde der berühmten Künstlerin Lucky in einer ihr gewidmeten Ausstellung auf dem Flughafen verkauft wurden. Lucky, geboren 1980, war 1981 in den Zoo Cheyenne Mountain gelangt, nachdem sie im Kruger National Park in Südafrika zur Waise geworden war. Sie lebt hier zusammen mit ihrer Freundin Kimba, die ebenfalls aus Südafrika stammt. Trotz ihres spektakulären Leibesumfangs und Gewichts hat sich Lucky in wenigen Wochen an die Ausbildung gewöhnt. Sie legt Wert auf Details und arbeitet nur mit Pinseln, die sie mag. »Elefanten haben mehr als 100 000 Muskeln«, unterrichtete der Computer Professor Gora, der das Fest zum 48. Geburtstag des afrikanischen Elefanten Hydari im Zoo von Philadelphia verfolgte. Hydari, kurz Dari genannt, wurde als Ältester seines Stammes gefeiert. Dann fand Gora sich im Zoo von Toledo, USA, wieder, wo der kleine Louie zu seinem fünften Geburtstag eine Festtagstorte und Geschenke nach seinem Geschmack erhielt. Im Zoo von Oakland wurde das Publikum in das Diät- und Betreuungsprogramm der Elefanten eingeführt, in Los Angeles beging man den Aufbruch der reizenden siebenjährigen Ruby zu einer Schauspielkarriere bei der Performing Welfare Society.

»Bild schlägt Wort! Bei derartiger planetarischer Verbreitung kann die Bibliothek nicht mithalten.«

War das Gaşpars Stimme? Die Frage schoss sieghaft durch den Nebel seiner Gedanken.

»Gibt es noch ein derart verrücktes und großartiges Land? Idealistisch und pragmatisch, zynisch und gläubig. Groß-ar-tig! Das ist es, basta! Novica, die Online-Handelsagentur, vertritt fünfzehn Akademien für Elefantine Malerei. Elefantin, ist das korrekt? Es ist korrekt und großartig, Groß-ar-tig, basta.«

Online, schau dir das an! Elefantine Malerei! Fünfzehn Kunstakademien!

Wie erfährt man das alles? Aus Büchern? Aber nein, über den dummen kleinen Bildschirm!

Er hatte sich schwergetan mit dieser Erfindung, schwerer als Lucky mit ihren Pinseln, aber sie war zur Notwendigkeit geworden wie aller eitle Tand, der an die Stelle von anderem Tand tritt. In Sekundenschnelle findet man alles, was man sucht, aber ein Fehler genügt, und, hoppla, schon weiß man keinen Ausweg mehr aus dem Labyrinth. Man irrt gedemütigt herum, man erinnert sich nicht mehr an die Wiederherstell-Funktion. Nur die Technisch-Kindliche Heilsarmee kann einen auf den rechten Weg bringen: drei- und acht- und achtzehnjährige Kinder mit winzigen Laptops in den Ohren und in den Nasenlöchern. Alle dem magischen Instrument und nicht der mütterlichen Plazenta entsprungen.

In Sekundenschnelle tut sich, hoppla, die Informationskonserve wieder auf, wie im Märchen. Es bedarf keiner Bibliothek, keiner Schule und keiner Bücher, Professor, der Knirps drückt einen Knopf, und da ist sie: die Information. Eine andere Epoche, andere Bedürfnisse, andere Geschmäcker, der Reiz der Elefantendame Lucky überwindet die Schranken von Zeit, Raum und Generationen.

Lucky, der Star von Cheyenne Mountain, bevorzugte Temperafarben, Rosa und Rot. Sie signierte jede Arbeit. Während der Rüssel anmutig den Pinsel führte, gab die riesige Vierbeinerin ekstatische Laute von sich: ein befriedigtes Brummen, wie es nur in den Ateliers der großen Künstler zu vernehmen ist. Die Stimmen des Pöbels störten sie. Angewidert vom Geraune der Bewunderer, hielt sie inne, und es vergingen viele Minuten, ehe sie ihre Inspiration wiederfand. Wenn der Ausbilder das Schlusszeichen gab, signierte Lucky ihr Werk mit einem eigenwilligen Rüsselschwung, und Freundin Kimba setzte als Stempel ihren Fuß auf die Signatur der Künstlerin.

Und Aet, der elfjährige männliche Künstler, der Urheber des Meisterwerks RA 0298? Gora suchte ihn mit eifrigem Bemühen unter den Berühmtheiten und wartete auf telepathische Signale von Gaşpar.

Plötzlich verdächtige Signale in seiner Brust. Er wagt es nicht, seinen Blutdruck zu messen, er verweigert sich der Warnung.

Auf dem Bildschirm tauchten Gott sei Dank neue Nachrichten auf: An den Gestaden des Schwarzen Meeres hatte der fettleibige Kandidat für das Amt des Bürgermeisters der Hafenstadt Tomis, dem Exil Ovids, Herr Victor mit dem Spitznamen Elefant, im Wahlkampf einen solchen, mit ausladender Volkstracht behängt, durch die Straßen der Stadt geführt. Siehe da, Elephantus war also nicht nur im Wahlkampf von Uncle Sam tätig, sondern auch am Pontus Euxinus, wo der verbannte Ovid seine Entfremdung beklagt.

Gora neigte immer mehr zu der Überzeugung, dass Gaşpar sich in Thailand befinden müsse, an einer Schule für Elefantenausbilder. Er hatte irgendwann ein Buch über den Barock veröffentlicht – die Kunst der Elefanten würde eine verbesserte Neuausgabe mit hoher Auflage ermöglichen.

Er nahm das Buch aus dem Regal, in dem Pieter unter den Augen des melancholischen Bücherliebhabers Castorp und Madame Chauchats starb. Nachdem Mynheer Peeperkorn, vom Tropenfieber hingerafft, seinen burlesken Geist aufgegeben hatte, verschwand auch der melancholische Castorp, verschlungen von der Apokalypse des Krieges. »Lebe wohl, Hans Castorp, des Lebens treuherziges Sorgenkind!«, raunte sein Nekrolog und schloss mit einer Frage: »Wird auch aus diesem Weltfest des Todes, auch aus der schlimmen Fieberbrunst, die rings den regnerischen Abendhimmel entzündet, einmal die Liebe steigen?«

Die Frage hatte Bestand auch jenseits der Seiten, auf denen Pieter Peeperkorn gestorben war, aber es war keine Zeit mehr für alte Fragen. Gora musste den Doktor anrufen. Ein Abenteuer, dringlicher noch als das der Lektüre.

* * *

Besetzt, besetzt, tack-tack-tack. Leitung besetzt. Fünf, zehn Minuten. Endlich! Die rettende Stimme.

»Doktor Bar-El bitte. Ich bin ein Patient. Gora mein Name. Ein Notfall.«

»Warten Sie.«

Fünf, zehn Minuten. Klick, die Verbindung ist unterbrochen. Gora maß seinen Blutdruck. Viel zu hoch. Er atmete schwer. Er versuchte ruhig zu bleiben.

»Doktor Bar-El bitte. Wir sind unterbrochen worden. Ich bin …«

»Ja, ja, Gora, der Professor, ich weiß, warten Sie …«

Er wartet. Nichts. Doch, da war sie wieder, die schläfrige Stimme.

»Der Doktor ist beschäftig. Er ruft in zehn Minuten zurück.«

Er schloss die Augen. Zehn Minuten, das ist nicht lang, in zehn Minuten stirbt niemand. Zehn Minuten, zwanzig, dreißig. Dreißig! Dreimal zehn, man kann auch in weniger als dreißig Minuten sterben.

»Ich bin es wieder, Gora, der Patient von Doktor Bar-El.«

»Ach ja – hat er Sie nicht angerufen? Wirklich nicht? Warten Sie.«

Klick, er wurde in Bar-Els Sprechzimmer durchgestellt.

»Hallo, ja. Professor Gora? Was ist passiert?«

»Nun, heute, also vor einer Stunde …«

»Augenblick, Augenblick. Leg nicht auf, wart einen Augenblick …«

Den Hörer am Ohr. Ein Augenblick, zwei, neun. Der Patient schaut auf die Uhr – zehn, zwölf Minuten. Er haut den Hörer auf die Gabel.

Bluthochdruck, ein Alb auf der Brust, flacher Atem. Nackenschmerzen. Links in der Brust die hinterlistige Neuralgie. Die Armaturen in den Arterien, er spürte sie bis ins Hirn. Im linken Arm, oberhalb des Ellbogens, in der Achselhöhle, ein stechender Schmerz.

Die Pillenröhrchen auf dem Nachttisch. Plavix, Toprol. Aspirin, Norvasc, Cozar, Vytorine, Xanax. Die Heilmittel des Alters.

»Jetzt bist du wieder jung, wie neu«, hatten nach der Operation Koch und Bar-El und Hospital verkündet. »Du kannst essen, was du willst, feiern, wie du willst. In Maßen, aber nach Lust und Laune. Lebenslust, das ist das Rezept.«

Um seine Lebenslust sicherzustellen, hatte Bar-El sieben Rezepte neu ausgestellt.

Auf der Handfläche die kleine grüne Pille. Er spaltet sie. Wenn er schon nicht an den Doktor herankommt, nimmt er eben ein halbes Cozar, er wird früh schlafen gehn, wird tief schlafen und morgens wieder auf der Terra sein. Und so kam es. Die Finger auf der Tastatur des Computers. »Lieber Doktor Bar-El, gestern habe ich mehr als eine Stunde am Telefon zugebracht bei dem Versuch, Sie zu erreichen. Ich möchte Sie sprechen können, wenn ich es brauche.«

Schweigen, einen Tag, zwei, neun.

»Wie, er hat dich nicht angerufen? Auch nicht am zweiten, am dritten Tag? Auch nicht, nachdem du ihm geschrieben hast? Zum Teufel mit ihm! Du brauchst einen Arzt in Bereitschaft«, erklärte Izy.

»Er ist ein guter Arzt. Er hat eine exakte Diagnose gestellt, jenseits des verwirrenden Testergebnisses. Aber er ist nicht zu erreichen. Ich habe trübe Tage. Ich kann nicht durchatmen, ein tiefer Atemzug ist unmöglich. Nach zwei Dritteln bin ich am Ende, ich kann nicht weiteratmen.«

»Ich weiß, wie das ist. Ich schicke dich zu einem anderen Kardiologen. Es tut mir leid, dass es mit diesem nicht geklappt hat.«

»Ich will keinen anderen. Bar-El hat mich gerettet.«

»Hör zu, Gusti, wir kennen uns schon lange. Ich weiß, deine Lieblingsmannschaft heißt *Erwähltes Volk.* Ich habe ein Praktikum in Tel-Aviv gemacht, im Hadassah, ihrem großen Krankenhaus. Gute Ärzte, besser als die hier. Aber hektisch, auf Schnelligkeit geeicht. Sie sind auf Alarm getrimmt, auf Geschwindigkeit, sie leben mitten im Krieg, unter der Bedrohung von Bombenattentaten. Sie haben keine Zeit, sie befinden sich im Jahr 5700, und sie sind viele, sie haben keine Zeit. Bedenke, fünftausendsiebenhundert! Schluss, du gehst zu einem anderen.«

»Ich versuche es noch einmal mit Bar-El. Es fällt mir schwer, mich von jemandem zu trennen. Diese Schwäche kennst du ja.«

»Ja, die kenne ich. Es fällt dir schwer, dich zu trennen, vom Vaterland, von mir – von Lu. Du hast Kontaktschwierigkeiten. Okay, ich schicke dich zu einem ihresgleichen. Das heißt, unseresgleichen. Euresgleichen, ich will den heiligen Petrus nicht kränken. Doktor Liebling. Er behandelt auch mich. Liebling! Zufrieden? Ich rufe ihn an. Gleich jetzt rufe ich ihn an.«

Gora insistierte, er gab nicht nach. Er bestand darauf, weiter von Bar-El behandelt zu werden. Von neuem Panikattacken. Schwitzen, Schüttelfrost, steifer Nacken. Am liebsten hätte er sich im Bett zusammengerollt und Boltanski angerufen, damit der ihn mitsamt Bett zur Notaufnahme brachte. Bar-El hatte keine Ahnung von dem Treueüberschuss des Patienten. Er ging nicht ans Telefon, das Fax war tot, Mails wurden nicht zugestellt.

Der Blutdruck heute wie gestern 190 zu 95. »Zahlen sind wir, Mann. Hören Sie auf den Sowjetmenschen, wir sind Zahlen, mehr nicht. Die Kapitalisten können nichts anderes als zählen. Ärzte, Anwälte, Müllmänner, Senatoren, Polizisten. Alle. Wer auch immer, jeder. Sie zählen, das ist alles, was sie machen!«

Gora rief den Australier an.

»Ja, ich erinnere mich an Ihren Namen«, antwortete die Sekretärin müde. »Doktor Hospital ist bei einer Kardiologiekonferenz in Michigan. Er kommt heute Nachmittag wieder. Er sitzt schon im Flieger. Sobald er da ist, rede ich mit ihm. Bluthochdruck und diffuse Schmerzen in der Brust, verstanden. Sie wissen nicht, ob es der übersäuerte Magen ist oder das Herz. Stiche, Schwäche, hoher Blutdruck. Panik? Ja, Panikattacken, habe ich notiert. Ich sage ihm das alles, da können Sie sicher sein.«

Hospital rief am späten Nachmittag an.

»Okay, kommen Sie übermorgen so früh wie möglich. Wir machen eine zweite Gefäßerweiterung. Gehen Sie morgen zur Blutabnahme. Sie werden aufgenommen, übermorgen operieren wir.«

Gora schluckte ein Aspirin und ein Beruhigungsmittel.

»Natürlich gibt es Risiken. Immer gibt es Risiken. Das habe ich Ihnen auch beim ersten Mal gesagt. Infarkt, Hirnschlag. Alles möglich. Allerdings selten. Wir arbeiten nach Statistiken, das Risiko besteht, hoch ist es aber nicht.«

Statistiken – klar, der Sowjetmensch hört so etwas gern. Selbst Hospital kommt nicht an der Arithmetik der Globalisierung vorbei. Der Kapitalismus mit menschlichem Antlitz hat den Sozialismus mit menschlichem Antlitz besiegt. Auch er wird explodieren, wir werden explodieren, singt die Band *Herostratus*.

Der Schatten auf der Brust breitete sich aus. Die Spinne erfasste die linke Schulter, den linken Arm, beim Stöhnen schwoll der Brustkorb an und wieder ab. Sinkende Anspannung, Erschlaffung. Keuchender Atem. Steifer Nacken, Granit. Professor Gora hat niemanden, von dem er Abschied nehmen könnte, dem er seine Erinnerungen, seine Nekrologe hinterlassen könnte. Er hat den Nekrolog auf Peter nicht abschließen können, jetzt treten Izy und Bar-El und der Australier Hospital in den Vordergrund.

Die Akte Gora, prallvoll mit Röntgenbildern der Gefäße vor und nach der Verjüngung, Bildern des Herzens, Kardiogrammen, Analysen des Blutes, des Urins, des Speichels und der Schuppen, Stress- und Belastungstests, Rezepten und therapeutischen Anweisungen. Ein technischer Nekrolog, ohne Worte, in Zahlen, wie es das neue Jahrhundert erfordert. Ohne Erinnerungen oder Metaphern. Die Stents werden nicht verrotten in jenem Erdreich, wo Knochen und Herz und Erinnerungen verrotten werden, wiederholte der Nekrolog.

»Sie sind repariert! Sie sind jung, wie neu. Sie können alles machen, alles essen«, deklamierte der Gott im weißen Kittel. »Höchst widerstandsfähige Stents. Aus seltenem Metall, unverschleißbar. Sie überdauern selbst in der Erde, länger als alles andere.«

Gora war eingenickt, den Spruch des Mephisto als Echo im Hinterkopf. Er lächelte. Der Teufel war ein Clown, der ihm die Jugend zurückgab, dafür aber nicht seine Seele forderte, sondern nur die Versicherungskarte. Nicht die Seele, Genosse Boltanski, nur die Versicherungsnummer. Die Nummer, das ist alles, nicht die Seele. Die Versicherungskarte. Blue Cross, Blue Shield, Medicare, Atlantic, AARP. Konto und Versicherung.

Er lächelte, der Professor Gora, obwohl er müde war, sehr müde und schläfrig. Die Panik hatte ihn ausgelaugt.

Er erwachte und sah durchs Fenster auf den Wald. Abendsonne, der Tag dämmerte dahin. Der Kopf auf dem Tisch. Die Müdigkeit weitete sich. Der Körper aus Wachs. Ein Sirren, vorerst zaghaft, dann hartnäckig, wie eine Grille. Das Telefon. Er hatte den Klingelton ganz leise gestellt, er konnte Alarm nicht ertragen. Er streckte die Hand aus. Der Hörer war schwer, er vermochte ihn kaum zu heben.

Er erkannte meine Stimme nicht, er war völlig durcheinander.

»Ja, ich bin schläfrig. Ein schwerer Tag, ja, und eine schwere Nacht. Kommt noch, morgen. Eine zweite Gefäßerweiterung. Die Heuschrecke wird den Müll in den Adern wegfressen. Ich werde alles auf dem Bildschirm sehen. Das neue Jahrtausend, foto-moto-lotto, auf dem Bildschirm.«

Gora verstummte.

»Ich rede wie Gaşpar. Ich habe ihn in einem fort gesucht, vergeblich, in mir und außerhalb. Jetzt, wo die Krankheit mich von den Büchern weggerissen und mich ins Chaos geschleudert hat, rede ich wie er. Rede ich wie er?«

Ich hatte nicht den Eindruck, aber wer weiß, nein, eine einfache Nachahmung war das nicht gewesen.

»Nun ja, wo waren wir stehengeblieben? Natürlich gibt es Risiken. Aber selten, sagen die Statistiken. Also, die Doktoren sagen, dass die Statistiken das sagen. Du hast recht, glauben wir ihnen, es bleibt uns nichts anderes übrig.«

Aufmerksam hörte er sich meine Wünsche an, als wären es wichtige Neuigkeiten.

»Danke, danke. Ich sollte dich auch anrufen, ja, wir sollten öfter miteinander reden. Nach der Operation. Ruf mich an nach der Operation. Ja, ja doch, es ist auch meine Schuld, und nicht die einzige. Ich weiß nicht, ob sie glücklich ist. Nein, weiß ich nicht, ich bin nicht der heilige Augustinus.«

Die Welt ist gut, die Menschen sind gut, murmelte Gora wahrscheinlich, nachdem er den Hörer aufgelegt hatte. Gut ist die Welt auch in den Träumen, die von Krankheiten oder Medikamenten herrühren, wenn man Bücher und Träume hat, muss man die Welt weder verachten noch aufgeben.

Der Anruf hatte ihn gefreut. Der Anrufer schien ein anständiger Mensch, er wollte dem Patienten gute Besserung wünschen. Ein Wohlgesonnener, der es verdiente, dass man seinen Nekrolog vorbereitete.

Gora lächelte, ein Schatten, kindlich und schlau, flog über das müde Gesicht.

TEIL IV

Der Taxifahrer ist nicht mehr Boltanski, sondern ein Student aus Senegal, verliebt in Amerika und in den Ferien in der Heimat, die Krankenschwester ist nicht mehr die schöne Polin, sondern ein indianisches Mütterchen mit Brille. Doktor Hospital aber war derselbe. Gedrungen, wortkarg, vertrauenerweckend.

Er erschien in dem großen Saal zur OP-Vor- und -Nachbereitung in Begleitung von zwei jungen Assistenten, die beide einen Kopf größer waren als er. Er ging zu drei der acht Betten, alle getrennt durch einen an der Decke befestigten, geblümten Vorhang.

»Heute sind Sie nicht der erste, Sie sind der zweite. Wir setzen mehr Stents ein als beim letzten Mal. Es wird länger dauern. Ansonsten ist es dieselbe Prozedur.«

Der Patient schwieg, nackt lag er unter einem hellblauen Kittel aus Krepp. Die demokratische Nacktheit versetzte ihn zurück ins Säuglingsalter.

»Sie kennen ja den Ablauf. Die winzige Kamera dringt durch eine Schlagader in den Herzbereich vor und sendet Bilder. Der Ballon weitet das verstopfte Gefäß, es wird gereinigt, dann werden die Armaturen eingeführt.«

Reparaturen! *Plumbing*! Dreißig pro Tag in diesem Krankenhaus, achthundert im Monat, Tausende in ganz Amerika. Wie Autoreparaturen.

Hospital musterte den Patienten.

»Wir verwenden Taxus Express 2. Edelmetall mit Schutzbeschichtung gegen weitere Ablagerungen. *Paclitaxel-Eluting Coronary System*. Zuverlässig.«

Das Bett auf Rollen. Der Fahrstuhl, 18. Stock, Saal 9, weit geöffnete Tür. Die Schwester ist Koreanerin. Der Becher mit der rosafarbenen Flüssigkeit. Arme und Beine werden fixiert. Der Assistent, der Professor, der Computer. Los.

Diesmal war der Bildschirm am Kopfende plaziert, der Patient sah nicht, wie das Insekt den Abfall in der Arterie wegknabberte. Er sah die Schwester, den Doktor, den Assistenten. Plötzlich der Stich. Links im Brustkorb, immer weiter links. Weiter und weiter. Feine Fühler, stechende Nadeln. Schmerz. Brennend. Spitz, anhaltend. Der Sauerstoffballon weitete die Gefäßwände. Einführung des Zylinders. Der Patient schließt die Augen, er versucht, den Verstand vom Körper zu trennen.

Schlaf, Professor Gora, das Ende wird dich in den grünen Wassern des Traumes ereilen, ein altes Kind, mit Fühllosigkeit gesegnet. Der Schmerz ist nur der Prolog zur Fühllosigkeit.

»Taxus«, ließ sich die Stimme des Australiers vernehmen. »Express 2.«

Eine feingeschliffene, feindselige Kralle. Der Patient biss die Zähne zusammen. Der einen Monat zurückliegende Eingriff erschien ihm jetzt als sanfte Falle, die seine Wachsamkeit hatte einlullen sollen, dies hier war nun wahrhaftig das Finale.

»Taxus. Express 2.«

Die Schwester beugte sich über eine offene Schublade, nahm ein weiteres Paket heraus, öffnete es, reichte das Röhrchen.

Die Zeit verlangsamte sich, schleichende, gedehnte Sekunden. Der hartnäckige Schmerz raubte dem Gefesselten den Atem. Tortur, Terminus.

»Taxus. Express 2.«

Er knirschte mit den Zähnen, kniff die Augen zusammen. Er war kein Buddhist, der gequälte Körper hatte sich nicht von dem gequälten Verstand getrennt. Er zählte die Sekunden, die sich langsam in der durchstochenen Brust ablagerten.

»Wie geht es?«

Mit wem sprach der Doktor, mit Gott, mit dem Tod? Der Zauber der computergesteuerten Verjüngung hatte seine eigenen Gesetze und seine eigene Sprache.

»Wie geht es, Professor? Wie geht es Ihnen?«

»Ach, es geht. Es geht so.«

»Es dauert nicht mehr lange. Zehn Minuten, vielleicht zwanzig.«

Also eine Stunde, vielleicht zwei. Der Stich drang weiter vor, lange Klingen, die Brust unter dem Druck eines Granitblocks. Arme und Beine in ledernen Schellen. Die Decke, eine riesige Granitpresse, senkte sich auf die Brust. Luftlöcher, Ersticken.

»Express 2.«

Vielleicht sollte er doch schreien! Die Amerikaner achten die Beherrschung von Schmerz, aber auch dessen Ausdruck. Ein Dschungelschrei: Aufhören! Auf-hö-ren! Das Recht des Patienten, der Tortur Einhalt zu gebieten! Der Tod, der alte Hurenbock, amüsierte sich, er wusste, dass das Aufbegehren der Sterblichen lachhaft ist.

»Express 2. Nur noch ein bisschen, Professor Gora. Ich weiß, es ist schwer – noch ein bisschen.«

Eine Stunde, zwei, neun, egal, die heiligen zehn Minuten sind auch eine Ewigkeit. Er konnte nicht mehr schreien, er war am Ende, er hatte den Augenblick verpasst, den Pakt mit Mephisto zu kündigen, er hatte keine Kraft mehr, er hielt es keinen Augenblick länger aus, keinen Augenblick länger, keinen.

»Schluss, aus, wir sind fertig.«

Zehn Minuten – nur noch zehn Minuten. Nein, noch eine Sekunde, zwei, fünf, acht Sekunden, fertig.

»Das war schwer, ich weiß. Fünf Stents! In schwieriger Lage. Für mich war das auch kein Vergnügen.«

Der Doktor zog den schweißnassen Kittel aus und warf ihn in die Ecke. Mit schamlos nacktem, muskelbepacktem Oberkörper ging er aus dem Saal.

Der schmächtige Schnauzbart schob das fahrbare Bett zum Lift, dann bis zur Tür mit der Nummer 568. Ein helles, durch einen Vorhang geteiltes Zimmer. In jeder Hälfte ein Bett. Nachttisch aus Metall, Fernseher, Monitor des Blutdruckmessgeräts, Fenster zum Innenhof.

»Ich höre, es hat lange gedauert. Zweieinhalb Stunden. Das ist lang! Fünf Stents. Sie hatten zwei, jetzt sind es sieben. Generalüberholung.«

Er erkannte die Stimme. Das dunkle Timbre der Polin. Zurück aus dem Jenseits, vermochte er die Unbeschwertheit des Tages kaum zu ertragen.

Die Generalüberholung trennt den Körper nicht vom Kopf … Anschluss ans Messgerät, Bettflasche, Spritze.

»Versuchen Sie zu schlafen. Die Stelle mit dem Verband wird weh tun. *Angio-Seal Vascular Closure Device,* so nennt man das. Die Wunde wird sich nach und nach schließen, der Pfropfen wird im Laufe von neunzig Tagen vom Körper absorbiert. Falls ein weiterer Eingriff nötig ist – aber nein, dazu wird es nicht kommen. Jedenfalls wäre die Punktion mindestens einen Zentimeter von dieser Stelle entfernt. Nehmen Sie die Tabletten, schlafen Sie. Der Klingelknopf ist am Nachttisch, bei Bedarf klingeln Sie.«

Die Augen geschlossen. Er konnte sich nicht bewegen, er wollte es auch nicht. Einschlafen, nur das wollte er. Ausgepumpt, betäubt hindämmern, einschlafen, unerreichbar. Anästhesiert, berauscht. Ewigkeit.

Der Lärm am Nachbarbett grenzte an einen Skandal. Der Patient, die Ehefrau, die Tochter, der Schwiegersohn. Alle hatten etwas zu sagen, nacheinander oder gleichzeitig.

»Ich bin Bill McKelly. Kelly & Kelly Corporation, New Jersey. Ist bekannt, in der Tat. Ich hatte vor einem Monat einen Eingriff in New Jersey. Das muss jetzt neu gemacht werden. Deshalb bin ich hier. Ich bin ein Freund von Doktor Chase. John Chase, der Dermatologe. Der Chef. Der Chef der Dermatologie. Alle Welt kennt ihn, da bin ich sicher. Wie gesagt – ich will, dass meine Frau über Nacht hier bei mir bleibt. Ich weiß, ich kenne die Vorschriften, es gibt auch Ausnahmen. Auf dem Sessel, ja, sie wird auf dem Sessel schlafen. Okay, ich rufe Chase an.«

Entnervt erklärte Bill seiner Frau, dass John versprochen hatte, die Sache zu regeln, und gefälligst Wort halten sollte. Es folgte das ruppige Gespräch mit Johnny, dann erschienen zwei Burschen mit einem Klappsessel. Der Lärm flaute nicht ab. Es wurde über eine Hochzeit in Minnesota diskutiert, die in zwei Wochen stattfinden sollte. Flugtickets, Geschenke, Kleidung.

Die Polin brachte neue Tabletten, Tee gegen Magensäure. Und ein großes dickes Buch.

»Sie haben den Bildband vegessen. Heute Morgen. Im Vorbereitungssaal. Vielleicht nützt er, wenn Sie nicht einschlafen können. Zusammen mit dem Schlafmittel müsste er wirken.«

Halina lächelte und zeigte ihre Zähne, so weiß wie der polnische Schnee.

»Soll ich den Fernseher einschalten? Würde Ihnen das Spaß machen?«

Nein, würde es nicht. Die Tochter und der Schwiegersohn von Herrn Kelly waren gegangen. Die Frau schwieg, ihr Mann schnarchte. Gora suchte nach dem Schlafmittel.

Er erwachte mitten in der Nacht. Er wollte die Augen aufschlagen, schaffte es aber nicht. Er spürte den Lichtschein, der durchs Fenster drang, er hätte die Augen aufschlagen wollen, doch die Lider waren schwer.

Auf dem Bildschirm das Schachbrett, ein halbvolles Glas. Schwarzes Getränk, dicke Blasen steigen auf. Daneben die Dose. Coca-Cola. Die Jahrhundertpartie! Peter ist ein Star geworden, die Neue Welt liebt die Stars. Der Patient öffnet die Augen nicht, die Lider sind schwer wie Grabsteine. Lärm, Aufregung, jemand hat das Schachbrett umgeworfen. Keine Gnade für den König, die Dame, die Läufer, sie rollen über den Boden in die phosphoreszierende Ecke des Raums.

»Ein bisschen, ein klein bisschen nach links. Noch ein wenig. Sie müssen aufwachen.«

Schwer kam er zu sich, er hatte Halinas Gurren erkannt.

»Ein bisschen, nur ein bisschen, wir kriegen Sie schon wach.«

Sie hatte sein Kissen hochgezogen, fasste ihn nun um die Leibesmitte und richtete ihn langsam auf. Er sah sie, endlich hatte er die alten Lider aufgeschlagen.

»Sie haben zu hohen Blutdruck. Er ist stark gestiegen.«

»Woher wissen Sie das?«

»Wir beobachten die Werte. Auf dem Großbildschirm mit den Diagrammen aus allen Zimmern.«

Auf dem Bildschirm spielte Peter nicht mehr Schach mit Mephisto. Die grünen Kurven mit den grünen Ziffern waren zu sehen. Der Strudel der Panik, schwerer Atem. Links in der Brust das feindselige Rüstzeug. Der Blutdruck war gestiegen: 200 zu 99. Der diensthabende Arzt war da, eine chinesische Assistenzärztin und eine hochgewachsene rothaarige Pflegerin. »Ja, versuchen wir es mit einer Spritze.« Eine Einwegspritze, dann noch zwei Kanülen zur Blutabnahme.

»Was nehmen Sie gegen Bluthochdruck?«

Er hatte gemurmelt: Cozar 50 mg. Also bekommt er die blaue Pille: Cozar 100 mg.

»Beruhigen Sie sich, schlafen Sie, wir kommen in einer Stunde wieder.«

Halina deutete verschwörerisch auf den Klingelknopf am Nachttisch.

Die Kurven bewegten sich schnell auf und nieder. Er schloss die Augen, er öffnete die Augen. 191/92, 194/93.

Halina beugte sich fürsorglich über ihn und hielt ihm ein Wasserglas an die Lippen.

»Der Wert des Kontrollenzyms ist zu hoch. Sie müssen einen Tag länger bleiben.«

Wurden die Analysen etwa sofort ausgewertet? Wer hatte beschlossen, den Patienten einen Tag länger im Krankenhaus zu behalten, allen Regeln der Wirtschaftlichkeit zum Trotz? Die Lage musste ernst sein, sonst würde man kein zusätzliches Geld ausgeben. »Wir sind Nummern, Konten, das ist alles«, warnte der Sowjetmensch.

Halina beugte sich wieder über ihn, nahm Blut ab und klopfte das Kissen zurecht.

»Alles wird gut. Der Blutdruck sinkt, er ist bald in Ordnung.«

»Ja, ich sehe es, 189/90. Ist das ein Rückgang oder ein Irrtum?«

Halina lächelte, ohne zu antworten. Der Patient lächelte auch, gern hätte er sie gebeten, über ihre Ankunft in Amerika zu erzählen, den Englischkurs für Einwanderer, zwergenhafte Mexikaner, methusalemische chinesische Greisinnen und vollbusige Brasilianerinnen, den ersten Arbeitsplatz als Köchin in einem portugiesischen Restaurant, die Abendkurse in erster Hilfe, die Affäre mit dem Marineoffizier, die erste Reise nach Texas, die Ankunft des Bruders aus Łódź.

Der Patient lächelte müde, stumpfsinnig, er hatte nicht die Kraft, um etwas zu bitten oder etwas zu hören, das Lächeln der Polin genügte ihm.

Vier Uhr morgens. Um sechs beginnt das Hin und Her, das Fieber der Sterblichen wird gemessen, die Räume werden kontrolliert, das Frühstück kommt, die Morgenvisite, der Zauberer Hospital.

»Der Enzymwert ist besser. Wir behalten Sie aber trotzdem noch einen Tag hier. Kein Grund zur Sorge. Heute nehmen Sie an den Schulungen für die folgenden Monate, das nächste Jahr teil. Medikamente, Notfälle, Diät, Gymnastikprogramm, regelmäßige Kontrolle.«

Auferstehungskurse, gemeinsam mit anderen Privilegierten.

In der folgenden Nacht waren die Schmerzen erträglicher, der Blutdruck hatte sich beruhigt.

»Es wird alles in Ordnung kommen«, versicherte ihm Doktor Hospital. »Sie sind verjüngt, aber dies ist keine Jugend zum Spaß. Diät, Gymnastik, Medikamente.«

Der Patient sah ihn an und wusste nichts zu entgegnen. Er wollte in die Nachbarschaft des Australiers aufgenommen werden, wo immer Edward Hospital auch wohnen mochte, er versprach ein diskreter Nachbar zu sein, er sah, wie gehetzt und müde der Zauberer war, der täglich, Dutzende, Hunderte Male von einem wehen Herzen zum nächsten wechselte, zäh und zielbewusst und lächelnd, nein, er würde ihn nicht stören, er strebte nur die schützende Nachbarschaft dieses Gottes der Herzkranken an. Das war alles, was er sich wünschte, das wäre genug, es würde die Panik und die Einsamkeit mildern, ja, warum sollte er es nicht sagen, selbst die Einsamkeit. Er nähme jeden Umzug in Kauf, nur um in der

Nähe von Hospital zu sein, als unsichtbarer, verschwiegener Nachbar, in der Nähe dieses Bruders, der jünger und weiser und nützlicher war, als er, Augustin Gora, es jemals zu sein vermocht hatte.

»Ich möchte Ihnen danken für …«

»Nein, nicht doch, lassen Sie … Gestern hätte Elvira Sie nach Hause begleitet wie letztes Mal. Heute kann sie nicht. Aber ich habe mit dem Pförtner geredet, er bestellt Ihnen ein Taxi und spricht mit dem Fahrer, damit er Sie bis zur Wohnungstür begleitet. Sie haben meine Nummer, rufen Sie mich an, jederzeit.«

Zu Hause, im Bett der Einsamkeit! … Er war zufrieden, er hatte Peter geortet, am Schachbrett auf dem Bildschirm der Planetennacht, es war ihm gelungen, ihm ruhig flüsternd zuzureden wie einem lieben verwirrten Vetter, den Verwirrten zu überraschen und zu rühren. Peter hatte die Partie abgebrochen und seinerseits mit ihm gesprochen, scheu und ergeben wie mit einem älteren und klügeren Vetter.

Woher er auch kommen mochte, aus Nevada, von Gina Monteverdi, Taras lebenslustiger Tante, oder aus der polygamen Zuflucht des Mormonen Alexander Joseph mit seinen neun Frauen auf dem Gut Long Haul bei Big Water, Utah, oder vom Lehrgang für Maskentheater der Methodistenkirche in Winston-Salem, North Carolina, oder von der »Sea Hawk«, dem Schiff der Küstenwache von Key West, Florida, die über 10 Millionen Kilogramm Marihuana und rund fünftausend Kilogramm Kokain aufgebracht hatte, von welcher Seite des Bildbandes *Ein Tag im Leben von Amerika* er auch kommen mochte, natürlich war Peter am Abend des 9. September 2001 schließlich und endlich in New York angelangt.

Er hatte nicht vergessen, dass sein Vetter Augustin Gora, der Professor, Monate zuvor im Hotel Esplanade, Ecke 48. Straße/8th Avenue, ein Zimmer für ihn gebucht hatte. Dienstag, den 11. September, hatte er einen Termin bei dem Anwalt, den Professor Gora engagiert hatte, damit er ihm die wundersame Green Card beschaffte. Damit sollte auch er einer von den neuen Menschen in der Neuen Welt werden und keinen Grund mehr haben, sich in der Wüste zu verstecken. Niemand wusste von dem Termin im World Trade Center, niemandem hatte er das Geheimnis gelüftet, das er mit Professor Gora teilte, es war ausgeschlossen, dass der Stand der Gestirne ein Verbrechen, wie es Palade getroffen hatte, begünstigte.

Plötzlich, um 8.46 Uhr, der Wahnsinn. Die Band *Herostratus*: Neunzehn Messerhelden bestreiten das Jahrhundertspektakel. Die Fernseher der Welt verfolgen die Flugzeuge, die mit ihren Passagieren und neunzehn Todesengeln auf die Erlösung zufliegen.

Peter versucht, die U-Bahn, die Zone der Hysterie, zu verlassen. Die Bahn ist zum Bersten voll. Die Menschen verkrampft, Taubstumme und zynische Spaßmacher, man kann kaum noch atmen. Die Gesandten des Allah Yussama Osama beschworen auf den Bildschirmen der Welt das Paradies der Heiligkeit und Ewigkeit. Die U-Bahn war angehalten worden. Die Wagen fest verschlossen. Nein, er hatte keinen Verfolger, keinen Verdächtigen entdeckt. Körper, gefangen, dicht an dicht, unausstehlich allesamt. Mittendrin David und Eva Gaşpar.

Zehn, fünfzehn Minuten, zwanzig, dreißig Minuten standen David und Eva eng beieinander im hinteren Teil des Wagens. Minuten sind Stunden, vierzig Minuten sind Ewigkeiten. Ein Infarkt kann viel schneller kommen.

Minuten, bevor die U-Bahn sich wieder in Bewegung setzt.

* * *

Vorsichtige Bewegungen. Der Verband schützt die Stelle des Einstichs, die Wunde ist grünlich, bläulich, aber die Haut wird zu ihrer Blässe zurückfinden.

»Anfangs kurze und langsame Spaziergänge. In der zweiten Woche leichte Gymnastikübungen. Nach und nach sollen sie zur Regel werden. Eine halbe Stunde am Tag. Oder auch länger, vierzig Minuten. Messen Sie den Blutdruck zu verschiedenen Tageszeiten. Notieren Sie die Ergebnisse. In einem Monat sehen wir uns dann alles noch einmal an.«

Der Spaziergang war kurz. Panikanfälle, Stiche in den Schläfen, der Leib von Giftstoffen durchsetzt. Entfremdeter Körper. Verwirrende Signale. Der Sensor im Hirn ließ sich schwer abschalten, der Körper driftete dahin. Der häufige Fehlalarm förderte die Unruhe. Die verstörten Gedanken verhaspeln sich, man weiß nicht mehr aus noch ein. Der Notarzt, schnell, schnell. Der Nachbar Hospital war kein Nachbar und betrachtete sich nur als *plumber,* als bescheidener Installateur, der Blutleitungen reparierte. Der Herzkranke musste vom planetarischen Rettungsdienst aufgenommen werden, der jederzeit gezielt eingreifen kann.

Das sind nicht die Überreaktionen der Einsamkeit, wie Izy meint, es sind die Ziffern des Blutdruckmessgeräts. Ziffern im Zeitalter der Ziffern und Nummern, wie uns der Genosse Boltanski lehrt.

Er wird Bar-El nicht anrufen. Er wird seine Nägel schneiden, das wird er tun. Starrer Blick auf das Blutdruckmessgerät, das verrückt spielt.

Wer soll bloß deine Nägel schneiden, Professor? Sosehr du dich auch auf diese Schinderei konzentrierst, am Ende bleibt dir die Unglückssekunde doch nicht erspart: Du hast die Schere zu tief angesetzt, der Nagel und der Finger und die Hemdmanschette sind voller Blut. Verdünntes, in Wallung geratenes Blut, das nur schwer gerinnt.

»Vermeiden Sie Blutungen! Die Medikamente verdünnen das Blut, möglicherweise können Sie es nicht stoppen und holen sich eine Infektion. Eine Infektion ist schlimm, sie kann auf das Herz übergreifen. Es hat fatale Fälle gegeben.«

Neosporin für Wunden, gegen Infektionen! Du findest die Salbe nicht, das Pflaster auch nicht, du hältst keine Ordnung unter deinen Sachen, sie spielen Verstecken mit dir. Madame Neosporin und Sir Hansaplast amüsieren sich über die Kopflosigkeit des Kopflosen. Wo steckt ihr, ihr Saboteure? Hokuspokus, es war da und dann nicht mehr, genau wie wir Sterblichen, heute werden wir geboren, morgen sind wir verschwunden. Ha, na also, da seid ihr, hier zwischen den Handtüchern. Als wäre ich Gaşpar, der

Fettwanst und Spaßvogel, mit seinen Blindekuhspielen, da bin ich und nirgendwo.

Das Blutdruckmessgerät: 189/94. Schwerer Nacken, der Körper ist zurück im Kopf. Alarm an den Nieren und in den Eingeweiden, auf den Harn- und Atemwegen, in den Blutgefäßen. Ächzen, Stiche, du weißt nicht, woher die Attacke kommt. Du möchtest schlafen, im Schlaf aufgehen, vergessen werden vom Großen Dispatcher.

Verdauungsstörungen, Krämpfe, Brand. Wird sich das neue Leibesalter auf der Toilette abspielen? Eine defekte Zündkerze hier, ein Kontaktfehler da, ausgeleierte Stoßdämpfer, löchriger Vergaser, Verschleiß an der Pumpe, an den Bremsen, Blechschäden. Die Gefahr kam nicht vom Herzen. Die Leitungen waren gesäubert, die Schweißstellen verstärkt, der Motor gewartet worden. Die Atmung arbeitete, die Armaturen des Fakirs Faust hatten die Gefäße erweitert, das Blut rauschte.

Das Unvorhergesehene ist der Vorteil der Herzkranken, die große Gefahr und der große Vorzug. Mit einem Mal, zack, ist es aus, wird dir die Ruhe geschenkt.

Auf dem Weg zum Sofa blieb Gora stehen. Das Verlangen nach Schlaf und die Angst vor dem Schlaf. Ein Zögern siegte über ein anderes, gegenläufiges. Es blieb ihm nichts anderes übrig, als aufgeregt auf und ab, kreuz und quer durch das Zimmer zu gehen, bis er wieder auf dem demokratischen Thron im Badezimmer zu sitzen kam. Dort befragte er seine Weisheit, die Feigheiten, die von ihr befeuert wurden. Es war Tag, noch war es Tag, dann wurde es Nacht, dann folgte der zweite Tag, wie in der Bibel. Das Blutdruckmessgerät zeigte sich von seiner netten Seite, ebenso das Gespräch zwischen Atmung, Magen und Hirn. Der Patient lauerte auf Warnzeichen, auf deren Häufung. Blutdruckwerte vom Tag und von der Nacht, Zahlen, Zahlen, Genosse Boltanski, Zahlenkolonnen beziffern die Kardiogramme des Alltags.

Gora wiederholt: Es ist nicht die Angst. Nein, es ist nicht die Angst, nur die Demütigung durch die Ungewissheit, der Sadismus des Aufschubs. Ich bin dem Körper unterworfen, auf den ich mich nicht mehr verlassen kann. Er hat mich verraten, er ist kaputtgegangen und hat sich in den Kopf verzogen, da kriege ich ihn nicht mehr heraus, umsonst redet Izy auf mich ein, ich kriege ihn nicht vom Fleck. Schluss, aus, ich mache mich an den Nekrolog, den *Nekrolog Gora*. Der Bericht von einem weiteren Tod, der nichts besagt, wird die Gelassenheit zurückbringen, und die Gelassenheit wird den Blutdruck und die Unruhe besänftigen.

Sonniger Nachmittag. Er setzte sich an den Schreibtisch, vor den Computer. Der blaue Bildschirm, die ersten Buchstaben. Weiß, klar, sauber, vertraut, wie früher.

Im Fenster die Kugel der Sonne, in der die Ewigkeit wohnte. Die Sonne hoch am heiteren Himmel und hier, nahe, im Fenstergeviert und auf dem roten Fußboden.

So begierig er war, Buchstaben und Beistriche und Fragezeichen in Bewegung zu setzen, die sich selbst fortschrieben, er berührte nicht die Tasten.

Die Tastatur lähmte ihn. Er zog den Amerika-Bildband, groß und dick, vom linken Rand des Schreibtischs zu sich heran. Beim letzten Mal hatte Peter mit dem Mormonen und dessen Frauen geplaudert. Dann mit dem Marineleutnant der Küstenwache, der Schmuggler aufspürte. Dann war Zeit vergangen: die erste Gefäßerweiterung des Nekrologschreibers, dann die zweite. Peter war in das Tohuwabohu von alten Fernsehern bei Baker in Phoenix, Arizona, geraten. Herr Baker mit nacktem Oberkörper in kurzen Hosen und Kniestrümpfen, zerrissenen alten Turnschuhen ohne Schnürsenkel, mit großen ölverschmierten Händen. In Colorado durchstreifte er den riesigen Flugzeugfriedhof, den die J.W. Duff Aircraft Co. seit vierzig Jahren betrieb, dann North Slope Borough in Alaska, 200 000 Quadratkilometer Eis und Tundra, mittendrin der Ort Barrow und sieben kleinere Dörfer: 20 Prozent der Ölförderung Amerikas. Der Bürgermeister, ein Eskimo wie 80 Prozent der Einwohner seines Verwaltungsbezirks, erzählte von der Walfangsaison. War er denn wirklich unter die Eskimos gelangt, Mynheer Gaşpar, oder war er nirgendwo mehr?

Gora legte die Hand auf den Bildband. Die blauen Handschuhe

an der Ecke des Tisches. Plötzlich Atemnot. Er versuchte, regelmäßig ein- und auszuatmen, wie man ihn angewiesen hatte. An Stirn und Schläfen perlte der Schweiß. Schüttelfrost. Er zitterte. Im Schlafzimmer das Blutdruckmessgerät. Der kurze leise Summton: 196/102. Bar-El oder Lu oder Hospital oder Peter oder der Ermittler Murphy oder der tote Dima, irgendjemand musste dem Sterbenden zu Hilfe eilen!

Es war spät, selbst der Dichter Yussuma Bin Laden ruhte, da war niemand, den er rufen konnte. Izy!

»Du rufst den Notarzt, mein Junge. Du wirst doch nicht die ganze Nacht mit diesem Blutdruck zubringen. 911. Du hast die Nummer. Die Jungs kommen schnell, sie nehmen dich mit und behandeln dich schon unterwegs, noch vor der Ankunft. Nachdem sie dich im Krankenhaus untersucht haben, sagst du ihnen, sie möchten mich anrufen. Wenn sie hören, dass ich Arzt bin, tun sie's. Nicht aus Kollegialität. Aus Angst. Ja, ja, sie sollen mich anrufen. Es ist nicht schlimm, aber schieb es nicht auf. Du hast genug aufgeschoben im Leben. Jetzt ist Eile geboten.«

Der Patient auf der Trage, das Blutdruckmessgerät am linken Arm. Er hat den süßen Saft geschluckt, dann Aspirin, der Retter hat seine weise Stirn gestreichelt und ihm versichert, dass bald alles gut sein wird.

Die Hallen der Notaufnahme. Gedränge, viele Kandidaten, die um Aufschub betteln. Zwei Ärztinnen im Praktikum. Eine dralle sommersprossige Blondine mit flottem Mundwerk und eine schlanke schweigsame Thailänderin mit fingerhutgroßen Brillengläsern auf einem winzigen Babynäschen. Fragen und Antworten, die Geschichte des kranken Herzens, steigender Blutdruck. Der Patient hatte kein Fieber, trotz Schweißausbrüchen und Schüttelfrost. Der hatte ihm im Notarztwagen zugesetzt und hielt jetzt an. Ein anhaltendes leichtes Beben.

Es wurde ihm Blut abgenommen, er wurde in die Radiologie gebracht, bekam zwei rosarote Pillen und einen Becher Wasser. Die sommersprossige Irin beeilte sich, den Fall abzuschließen.

»Nichts Besonderes. Wie Sie sehen können, ist der Blutdruck

gesunken. 140/85. Die Werte sind normal, auch das Röntgenbild, das Kardiogramm. Wir lassen Sie gehen. Taxis fahren hier ständig vor, Sie kriegen gleich eins. Sie haben Glück, Sie können die Nacht zu Hause verbringen.«

»Woher kommt diese Krise?«

Die Dralle hatte keine Zeit für Kommentare. Sie hob die kleinen wulstigen Hände zur Decke.

»Wissen wir nicht. Wissen wir nicht.«

Ihre thailändische Kollegin reicht ihm die Entlassungspapiere.

»Das kommt vor – in einem gewissen Alter kommt es zu Unregelmäßigkeiten. Die Analysen sind gut, auch Röntgenbild und Kardiogramm, hat Rebeka Ihnen ja schon gesagt.«

Aha, Rebeka, die Iren suchen sich Namen aus der Bibel.

Das Alter also! Man muss das Alter berücksichtigen, es zwingt einen, es zwingt einen zu …

»Eigentlich jedes Alter«, ergänzte die junge Frau.

Zwei Wochen später passierte es wieder. Der Traum von Lu. Weiße Seidenbluse. Sorgfältig putzte sie das Gemüse, richtete die Himbeeren, die Kirschen an, entkorkte die Weinflasche. Die sanfte Freude des Lebendigen, Konzentration und Sinnlichkeit. Eine weite dünne Hose aus grüner Seide. Darüber eine durchsichtige ärmellose Leinenbluse. Barfuß in Sandalen mit einem einzigen Riemchen. Der schlanke, biegsame Körper. Schmaler Kopf, andalusisch. Der Körper vibrierte bei der ersten Berührung. Sie streifte die Sandalen ab, die Hose, das winzige Höschen, ein rostrotes Blatt. Die Lippen der Scham, das Büschel Kraushaar. Die Wimpern bebten, ebenso die Stimme. Die elektrisierten Finger greifen sich den Gefangenen. Der Blick geht ins Weite, ins Grün der hohen Bäume, Geraune und Seufzer, die den Gebannten locken.

Plötzlich das Gewicht im Brustkorb. Er atmete schwer, Schweiß trat ihm auf Stirn und Schläfen, die Kälte kroch in die Beine, die Arme, die Schultern. Er zitterte. Der Nacken schmerzte, die Beklemmung wuchs. Hals und Hände wurden feucht. Er fror. Er zitterte.

Das Blutdruckmessgerät drohte: 201/110. Telefon: 911. Die Retter, das Krankenhaus, die Untersuchung, die Analysen. Gute Ergebnisse. Nach zwei Stunden war der Blutdruck gesunken: 143/90.

Gewinnzahlen habe ich aus der Zeitmaschine gezogen, Genosse Boltanski: Temperatur, weiße und rote Blutkörperchen, Blutzucker, Cholesterin, selbst Cholesterin und Blutzucker sind ganz brav. Mehr können wir nicht verlangen, das sind Noten für gutes Betragen.

Bei den folgenden Krisen rief er den Notarzt nicht mehr, er nahm eine Tablette für den Blutdruck und ein Schlafmittel.

Er brauchte einen Psychiater, hatte Izy ihm erklärt. Er war noch nie bei einem gewesen, und er strebte auch die Gleichgültigkeit nicht an, die man als Gleichgewicht bezeichnet. Der Schulfreund versicherte ihm, er werde sich weder indiskreten Fragen noch einer harten Behandlung aussetzen müssen, und er werde auch nicht als hyperaktives Gespenst wiedergeboren werden.

Herr Stephen Kelly war hochgewachsen, hager, grauhaarig, wortkarg. Der Patient teilte ihm mit, dass er sich nicht auf irgendwelche Beichten einlassen wolle, er wünsche nur die eine Pille, die ihm funktionieren helfe, das sei alles.

Der Psychiater lächelte, zustimmend, wie es schien.

»Wo liegt das Problem, was ist passiert?«

Der Professor gestand, dass er eine Kalenderkrise durchgemacht hatte. Er wurde nicht gefragt, was er darunter verstand. Von sich aus fügte er hinzu: Gefäßerweiterung in zwei Prozeduren. Langsame und unsichere Konvaleszenz mit Panikattacken, ergänzte er noch. Hoher Blutdruck, Schüttelfrost, Keuchen, Kurzatmigkeit.

Stephen Kelly schwieg weiter. Ach ja, bemerkte der Patient noch, er hätte gern die kleinste Dosis des Medikaments. Vielleicht sogar noch weniger.

Der Doktor lächelte, er schien mit allem einverstanden, was er gehört hatte. Er verschrieb ein Medikament mit wohlklingendem Namen.

»Aus der Familie Prozac.«

»Prozac? Ich habe furchtbare Geschichten über das Wunder Prozac gehört. Eine meiner Studentinnen nahm Prozac, und aus ihrer Depression wurde ein fortwährendes Lächeln. Grinsen. Gesichtskrampf. Sie hätte sogar die Bodyguards des Präsidenten erschreckt.«

»Die Mindestdosis sind 0,5 Milligramm. Wir beginnen mit dem Viertel einer 0,5er Tablette. Wir erhöhen stufenweise und sehen, was passiert. Ist das für Sie okay?«

Es war okay. Beim nächsten Besuch wurde die Dosis auf 0,25 erhöht. Die wortkarge Sprechstunde kostete 300 Dollar. Im Unterschied zu Bar-El reagierte Doktor Kelly prompt auf jeden Anruf.

Die Dosis wurde auf das Minimum erhöht. Dann der Anfall, die Beklemmung. Nackenschmerzen, Zittern, Schweißausbrüche. Kelly empfahl zuerst, die Dosis herabzusetzen, dann ein anderes Medikament.

Der Patient bekam ein neues Rezept. Er sah es sich lange an, dann ging er weder zur Apotheke noch zurück zu Kelly.

Gymnastik sollte die Tabletten ersetzen. Doktor Bar-El schickte ihn zu einer dreimonatigen Kur. Heilgymnastik. Zehn Minuten Aufwärmen, dann je zehn Minuten Bewegung an drei verschiedenen Geräten, danach zehn Minuten Entspannungsübungen. Busfahrt aus der Vorstadt bis zur York Avenue und zurück. Die Anstrengung nahm zu, die Müdigkeit nahm ab, der Tag ordnete sich um diese Abwechslung. Neubelebung, Zugewinn an Würde.

Das Experiment war Ende August abgeschlossen. Bei der Schlussfeier versprach jeder Kursteilnehmer, er werde täglich 30 Minuten turnen oder eine Stunde lang mit erhöhtem Tempo spazieren gehen.

Die öden Stunden kamen wieder, die Visionen. Die durchsichtige Leinenbluse. Die Sandalen, der nackte Fuß. Der schlanke Körper im Mondlicht. Andalusischer Kopf, intensiver Blick. Sie streifte die Sandalen ab, die Hose, das Blatt von einem Höschen, nahm die Hand des Patienten in ihre lange, schmale, zarte Hand, formte sie zur Faust. Die Wimpern bebten ebenso wie die Stimme, die Finger zitterten elektrisiert.

»Wie war deine Jugend?«, fragt sie. Gierig konzentriert hört sie zu und ist doch schon weit weg, im Grün der hohen Bäume. Einen Wimpernschlag lang, bis man es merkt. Schon ist sie wieder da. Der Blick ausgebrannt, die Finger berühren die glühende Mitte.

Einen Monat später geht Gora wieder zum Psychiater. Neue Praxis, vier Arzthelferinnen, Fahrstühle, Toiletten. Der grauhaarige Doktor Kelly wirkt vertrauenerweckend. Eine andere Tablette. Kleine Anfangsdosis. Die Normaldosis, erhöht um eine Vierteltablette, tat ihre Wirkung. Der Patient schien sein Mittel und seine Dosis gefunden zu haben. Er schlief gut, er fühlte sich nicht müde. Er begann wieder zu lesen und am Nekrolog zu schreiben.

Er akzeptierte seinen Status als Herzkranker: ein Cocktail aus sechs Tabletten am Morgen, zwei abends zum Dessert.

Er dürstete nach allem Lebendigen. Bücher und Bäume, Gesichter und Speisen, der Fluss, Lus Handschuhe, der Stuhl, der Computer, die Badewanne, der winterliche Wald, der Bildband eines amerikanischen Tages, die Katze auf der Terrasse, das Telefon, das blaue Handtuch, die lächerlichen Schuhe. Er hatte die Kraft zum Aufbegehren verloren, das Absurde hatte sich ins Komische gewendet. Kurz, ja kurz war sie gewesen, die Bahn, ein närrisches Herumirren auf dem Eigentum, genannt Biographie. Er war bereit zur Rückschau.

Er schob den gelben Ordner weg, griff nach den Handschuhen. Er legte sie nebeneinander vor sich hin, den linken links, den rechten rechts. Eine Hand auf jeden. Die Hände waren kleiner als die Handschuhe, doch er schaffte es nicht, sie überzustreifen. Seine Hände waren kürzer als die von Lu, aber breiter. Selbst wenn es ihm gelungen wäre, hineinzuschlüpfen, hätte er die Spitzen ihrer zartgliedrigen langen Finger nicht zu spüren bekommen.

Er presste die Hände auf die beiden Handschuhe, die linke auf den linken, die rechte auf den rechten. Sein Handrücken hätte ihre Hand verdeckt. Die Haut vibrierte. Magnetfeld, Vereinigung.

Durchs Fenster betrachtete er den Wald. Die Hände auf den beiden Wiederbelebungshandschuhen.

Doktor Hospital hatte ihm die Möglichkeit gegeben, die wundersame Berührung erneut zu spüren.

* * *

Die Lotterie hatte ihm einen Aufschub gewährt. Zurückgeholt aus dem ewigen Jenseits, ausgesetzt an der Grenze, lernte Gora Gelassenheit, Abgeklärtheit, aschene Gleichgültigkeit.

Neue Spiele: Morgenturnen, Abendspaziergang. Blutdruckmessen, Tabletten, die Besuche bei Frau Doktor Morse, die den Platz von Bar-El eingenommen hatte. Elvira kam zweimal die Woche, um sauberzumachen und ihm die Restaurants zu ersparen, die er am Wochenende dann erst recht in Anspruch nahm.

Nach der zweiten Gefäßerweiterung ließ sich am Telefon wieder ein Gesprächspartner vernehmen.

»Na, wie geht es dir? Besser?«

Ich bestand darauf, alle Einzelheiten des Eingriffs zu erfahren, warum er eine Nacht länger im Krankenhaus geblieben war, die Gründe für die hysterischen Schwankungen des Blutdrucks.

Er schien erschlagen von dem Schock, den er erlebt hatte. Ich musste ihn von der Krankheit ablenken.

»Erinnerst du dich an die Revolution am College?«

»Ja, natürlich«, brabbelte Gora.

»Wir waren Neuankömmlinge. Dir erschien die Situation als gute Einführung. Du hast mir den Mechanismus dieser Justizseuchen erklärt. Zyklisch seien sie, meintest du, die Menschen hätten stets das Bedürfnis nach einer Illusion von Moral. Balkonreden, Absperrungen am Eingang zur Verwaltung, Streikposten, kriegerische Losungen … Für einen dem kommunistischen Paradies Entkommenen war das alles wie eine groteske Parodie.«

Ich hatte gehört, dass Gora zu niemandem mehr Kontakt hatte, außer zu Elvira. Er war scheu geworden, seines Körpers nicht mehr sicher, sagte er. Ich versuchte es auf einem Umweg und war froh, dass er auf das Spiel einging.

»Ich habe die Zeitungsausschnitte aufbewahrt. Der Skandal um die Vergewaltigung, die keine war. Die Revolution. Der Prozess. Das Schmerzensgeld für die Studentin.«

Die Anfangsjahre in der Wüste der Freiheit – ich hatte herausgefunden, dass in dieser Verbannung ein jeder seine Oase suchte. Religion. Rhetorik. Wohltätigkeit. Abhängigkeit von Vorgesetzten und vom Bankkonto. Frustrationen. Das außergewöhnliche Experiment dieser Zeit versteht man erst nach und nach.

»Und dieser hochgewachsene brünette Student Tim? Er kam und bat um ein Gespräch, für Tereza. Tim und Tereza. Dann der Hirsch ...«

»Hirsch? Was für ein Hirsch?«, fragte Gora.

»Tim hatte einen Hirsch erlegt. Er hatte ein Gewehr, einen Jagdschein. Es war Jagdsaison. Also alles legal. Der Skandal war die Häutung. Er brachte die Beute ins College und häutete den Hirsch auf seinem Zimmer, gemeinsam mit anderen Studenten. Als er zum Präsidenten gerufen wurde, entschuldigte sich Tim, forderte aber zugleich auch klare und strenge Maßnahmen gegen den, der irgendwann Tereza vergewaltigt haben sollte.«

»Tim ist jetzt Leiter einer Organisation für die Rechte der Einwanderer in Santa Fe, Tereza ist verheiratet und hat drei Kinder, ihr Angreifer von damals ist Anwalt an der Wall Street. Du hast mich gebeten, dir jede Phase der Begebenheit zu erklären, damit du verstehst, wo du lebst.«

»Ja, ja, eine andere Frage. Hätte Palade ein Spitzel sein können?«

Gora hob, wie ich vermute, die Brauen gen Himmel.

»Ob er es war, kann man herausfinden. Ob er es hätte sein können, nun ja – da können wir nur mutmaßen. Viele von denen, die es nicht hätten sein können, sind es gewesen. Dass sie es waren, heißt das, man hätte davon ausgehen müssen, dass sie es sind? Selbst wenn niemand es vermutet hätte, noch nicht einmal sie selbst? Wir dürfen nicht vergessen, wann, weshalb und wie sie geworden sind, was sie nicht hätten sein sollen.«

»Entschuldige, ich glaube, das ist jetzt nicht der richtige Augenblick für ein solches Gespräch.«

»Doch, schon.«

»Es geht mir eben nach. Meine Schuld, ich werde die alten Gifte nicht los. Wir sollten über Amerika reden.«

»Ja, das wäre interessanter. Unsere alten Geschichten erscheinen nur deshalb interessant, weil sie bizarr sind.«

»Okay. Ich rufe dich noch mal an, versprochen, mit vergnüglicherem Gesprächsstoff.«

»Ich würde mich freuen. Keiner ruft mehr an …«

Es war überhaupt nicht zu ersehen, ob er sich wirklich freuen würde, aber ich fühlte mich nicht mehr schuldig wegen meiner Anspielungen.

* * *

Die Gliederpuppe schüttelt ihn, würgt ihn. Bekleidet mit einer dünnen, durchsichtigen weißen Seidenbluse. Sie würgt ihn sorgfältig, aufmerksam, freudig. Sanftseidener Tod. Wenn du glaubst, der irdischen Sünden ledig zu sein, lässt du dich langsam, sanft, mit unendlicher Sorgfalt hinabgleiten. Du schüttelst den Albtraum ab und erwachst vor der Akte.

Auf dem Umschlag das Geburtsdatum. Irgendwann war es einmal das Alter der Weisheit, jetzt ist es das Alter von Viagra. Er hätte sich nicht vorstellen können, der alte Herr von Aschenbach, beschämt von der Schminke, die der Barbier ihm aufgetragen hatte, welche Wunder ihm im neuen Jahrhundert widerfahren wären. Das Zeitalter aller Möglichkeiten und der Ersatzteile. Ersatzniere, Ersatzleber, neue Nase, neue Lippen und Augenbrauen, Augenfarbe und Geschlecht nach Kundenwunsch, Medikamente für Kopf und Beine, Schlaf und Schlaflosigkeit, für Wahnsinn, Schnupfen und Krebs, Impotenz und Neid, Glatze und Rheuma, Herzverpflanzung und Haarverpflanzung und Netzhautverpflanzung, Apparate für Taube und Blinde und Krüppel. Nichts geht verloren, alles verändert sich und wird ersetzt. Endlich finden auch die Toten Verwendung: Die Testamente verfügen nicht nur die Verteilung der auf Erden hinterlassenen Güter, sondern auch jene der Galle, der Leber, der Nieren und der Lungen, die einem neuen Körper dienen und sich selbst erneuern sollen.

Wann und wie ist die Zeit vergangen?

Der Exilant hat den neuen Ort und die neue Zeit angenommen, umgehen gelernt mit Fax und Internet und Mobiltelefon, Bankkonto und fliegenden Untertassen, mit den religiösen und sexuellen Sekten, der Erziehung durch die Bibel und durch Pornofilme, doch er ist dabei in einer Vergangenheit geblieben, die da heißt: Lu.

Weshalb war er so besessen von Mynheer Pieter Peeperkorn, dem Gegenstück zu dem, was er selbst war oder hätte sein können, wieso wollte er Peter Gaşpar wiederbeleben? Und warum hatte er die vor Jahrtausenden in dem feuchten und finsteren Keller mit dem fetten Izy geführte Diskussion nicht vergessen, bei der er seine Bewunderung für das Volk Jesu dargelegt hatte, obwohl er der Religion gegenüber gleichgültig war und auch bleiben sollte? Was hatte ihm gefehlt und was fehlte ihm, und was wäre die Erklärung für das nie erfüllte Bedürfnis, ein anderer zu sein? Weniger vorsichtig, weniger eminent. Rebellischer, nicht nur in Gedanken, freier, nicht nur im Traum, schlauer und verlogener, geheimnisvoller und schuldhafter, von Stürmen heimgesucht. Würdiger des Hasses und des Mitleids und der Bewunderung vonseiten all der Maskenträger um ihn herum?

Auf der neuen, grauen, erdfarbenen Akte, auf die das Schicksal in roten Großbuchstaben GORA geschrieben hatte, lag das blaue Blatt mit der Unterschrift von Doktor Hospital.

It seems that the coronary artery disease and the epigastric discomfort were unrelated … Die Koronarinsuffizienz und die Verdauungsprobleme scheinen in keinem Zusammenhang zu stehen. Die Untersuchung der erweiterten Gefäße lässt auf eine Kombination von fokaler und diffuser Erkrankung schließen, die möglicherweise ein schon früher bestehendes Kreislaufsyndrom verstärkt, sowie zu einem Zustand der Hyperkoagulation geführt hat. Was die Risikofaktoren der Herz-

Kreislauf-Erkrankung betrifft, weist der Patient einen grenzwertigen Bluthochdruck, eine grenzwertige Hypercholesterolämie (mit niedrigem HDL-Wert) und einen grenzwertigen Blutzuckergehalt auf. Borderline hypertension, borderline hypercholesterolemia (and low HDL), and borderline blood sugar.

Borderline! Der Bürger des Archipels Borderland! Dieser Charakter war im Grenzland zu verorten. Auf der Kippe, an der Grenze, im Nirgendwo. *Borderline*!

Der Bürger Borderline zog den Vorhang zu. *Go to the Zoo*, sagte er sich. Im Zoo der Straße würde er seinesgleichen treffen. Er bleibt jedoch im Haus, ein in der Garage vergessenes Fahrzeug.

Der Kaffee, der Klumpen Haferflocken, die Tabletten. Auf dem Bildschirm des Fernsehers die Bubenstücke der Gattung, Schach gegen das Schicksal.

Die Gymnastik, die Dusche. Er beginnt den Tag. Einen Tag hatte er gewonnen, eine unvergleichliche Leistung, behaupteten die Mitbürger in der Neuen Welt. Sie hatten recht. Die Farce, zu sein, das Wunder, zu existieren.

* * *

Er betrachtete den Bildschirm, den Tisch, an dem Peter Schach spielte, nachdenklich, den Becher Coca-Cola zur Hand. Es war spät.

Es war spät, aber die Uhrzeit war mir egal.

»Hast du den Artikel über Gefäßerweiterungen gelesen?«

»Wo denn, wo hätte ich ihn lesen sollen?«

»Heute, in der *New York Times*. Erste Seite.«

»Ich kaufe keine Zeitungen mehr. Lesen möchte ich höchstens noch alte Zeitungen, aus dem Jahr meiner Geburt. Vor sieben Jahrzehnten.«

»Das wäre ja ganz amüsant. Allerdings würdest du dann nichts über die neueste medizinische Forschung erfahren.«

»Und zwar?«

»Über diese, wie heißen sie nur, Stents.«

»Ich kenne das Wort.«

»Seit ein paar Jahren wird ein neuer Typ eingesetzt, beschichtet mit einer Substanz, die die Ablagerungen in den Gefäßen verhindert. Jetzt hat man festgestellt, dass der alte Typ besser war.«

»Mir haben sie den neuen eingesetzt, mit dem Speichel des Mephisto imprägniert. Ich habe darauf bestanden, dass ich das Neueste, Leistungsfähigste bekomme. Doktor Hospital war damit einverstanden. Vertrauenswürdig, der Mann.«

»Bloß nichts dramatisieren … In zwei Monaten wird man herausfinden, dass eigentlich die neuen besser sind.«

»Hauptsache, die Amulette überdauern, nachdem man verrottet ist. Dann können einen die Archäologen erkennen.«

»Wie viele hat man dir eingesetzt?«

»Sieben. Die magische Zahl.«

Gora hatte Lust zu reden, ich hatte Glück.

»Ich weiß, Palade war dein Student. Sie haben ihm anfangs den Pass verweigert und ihn ihm erst nach einem Jahr gegeben, nach einem zweiten Antrag. Auf Drängen der Amerikaner. Sie haben ihn ihm gegeben, obwohl sie es eigentlich nicht wollten. Irgendwie seltsam.«

»Was war nicht seltsam dort? Ich weiß, worauf du anspielst.«

»Ich mache keine Anspielungen, ich frage. Ich versuche die Krankheit loszuwerden, die wir alle von dort mitgebracht haben. Das Misstrauen.«

»Das hieße, dass auch ich ein Informant war, oder? Sie haben auch mir den Pass gegeben.«

»Der Fall liegt anders. Ludmilas Verwandte könnten nachgeholfen haben. Vielleicht haben sie einen Pakt geschlossen.«

»Und du – du bist doch auch mit einem Pass gekommen.«

»Mich wollten sie loswerden. Das beweisen die Geheimdienstakten. Ich habe Spitzel unter Nachbarn, Freunden und Verwandten entdeckt. Ich war naiv, jetzt bin ich misstrauisch.«

»Ich erinnere mich an deine Ankunft. Palade hat sie mir angekündigt, er sagte, er habe dir meine Telefonnummer gegeben. Aber du hast nicht angerufen, erst nach etwa sechs Monaten. Als ich dich fragte, wie es dir geht, sagtest du, du hättest einen *Jetlag*, seist noch benommen durch die Zeitverschiebung. Ich wusste deinen Humor zu schätzen, aber du klangst mitgenommen und verloren.«

»War ich. Beim Abflug, auf dem Flughafen, war mir die Zunge herausgeschnitten worden.«

»Ich erinnere mich, du sagtest, als sie dir den Abflugstempel verpassten, hätten sie dir auch die Zunge herausgeschnitten. Das haben wir alle durchgemacht.«

»Alle nun auch wieder nicht. Palade kam als junger Mann, und Professor Gora konnte sowieso alle Sprachen.«

»Ich habe dich dann zu meinem Freund Koch geschickt. Izy Koch.«

»Du hattest recht damals, er wollte kein Geld. Aber ich merke, dieses Gespräch ist nicht besonders interessant. Ich langweile dich.«

»Es ist interessant, aber es langweilt mich auch. Ich habe meine Freude an den Dummheiten und Wohltaten dieses Landes. Ich vermute, du kannst auch zufrieden sein.«

»Bin ich. Ich dachte, meine Frage zu Palade würde dich amüsieren. Ich weiß nicht, ob ich dir erzählt habe, dass wir zusammen zur Schule gegangen sind. Unterschiedliche Jahrgänge.«

»Hast du mir nicht erzählt.«

»Auch nicht, dass ich ihn, nach der Rückkehr aus der Heimat, vor seiner Ermordung noch getroffen habe?«

»Auch nicht.«

»Er sagte mir, er habe Lu gesehen, ich weiß nicht, ob er es dir erzählt hat.«

Das war mein letzter Köder. Gora zögerte, er wusste nicht, ob er lügen sollte oder nicht.

»Hat er mir nicht erzählt.«

»Im Theater. *Der Meister und Margarita.*«

»Hat er dir gesagt, wie sie gekleidet war?«

Wenn das ironisch gemeint war, dann nahm er den Frager selbst auf den Arm, und ich konnte ihn wohl nicht mehr aus der Reserve locken.

»Schwarzes, dekolettiertes Abendkleid? Oder Straßenkleidung? Hatte sie einen Haarknoten?«

Ich antwortete nicht. Steinhartes Schweigen. Plötzlich sprudelte es aus Gora heraus.

»Ein großer Doktor, der Australier. Ich bin repariert worden, wie neu! Ich kann ganz von vorne anfangen, alle alten Dummheiten noch einmal begehen. Bist du noch da, oder bist du müde?«

Er war in die Rolle des vertrottelten Alten geschlüpft, wahrscheinlich amüsierte er sich, während er sich Notizen machte.

»Ich bin noch da. Du hast recht, ich bin auch nicht mehr jung – der Sensenmann lauert unsichtbar in der Ecke des Zimmers, mit allerhand Gaben. Krebs, Herzschlag, Alzheimer, Seuchen. Brände, Terroranschläge. Zur Auswahl.«

»Ja, das Angebot ist groß. Es trifft einen, wenn man es am wenigsten erwartet. Nachts, wenn der Wald sich verfinstert. Er verfinstert sich, aber er schläft nicht. Auch hier, in der Stadt, sehe ich durch das Fenster den Wald. Einsiedelei. Dann, unvermutet, Gespenster.«

Lange Pause. Ich nahm meinen Mut zusammen.

»Wart ihr wirklich nicht in Verbindung?«

»Waren wir nicht. Ich habe ihm geschrieben, als er hier ankam. Er hat nicht geantwortet. Ich habe ihm wieder geschrieben. Er ist auch nicht ans Telefon gegangen. Dann habe ich nichts mehr unternommen. Und mit ehemaligen Mitbürgern habe ich mich auch nicht getroffen. Ich gehe ihnen immer noch aus dem Weg, das weißt du.«

»Aus diesem Grund?«

»Nicht nur.«

»Hast du nichts mehr von Lu gehört, seit du weg bist?«

»Ich habe die Vergangenheit rekapituliert, aber nichts Besonderes entdeckt. Nur Lappalien, kleine Merkwürdigkeiten, Widersprüche, kurze Unstimmigkeiten. Kleinkram. Vieles, was einen nachdenklich stimmt, ja. Aber nichts von Bedeutung, nichts Drastisches.«

»Und dann?«

»Ihr Kommen hat mich überrascht, aber ich habe sie nicht getroffen. Es hatte keinen Sinn. Wir treffen uns in der Vergangenheit. Der Eiserne Vorhang, ein guter Vorhang – er hat uns vor vielem bewahrt. Man sorgt sich um das, was man zurückgelassen hat, man erhält keine Nachrichten. Man kann nicht einfach in den Flieger steigen, um am Ort der Geheimnisse zu landen und mit eigenen Augen zu sehen, was einem verwehrt ist. Besser so, oder? Vor jeder Schuld geschützt, nicht wahr? Was meinst du? Du bist doch Experte in Sachen Schuld, ob sie nun glücklich oder unglücklich oder nicht mehr existent ist, was meinst du?«

Jetzt griff er direkt an, er fragte und hatte keine Zeit für Antworten, nur für zornig gestammelte Fragen.

»Nun, ich verstehe. Ich bin frisch armiert, ich bin wie neu. Die Durchblutung von Herz und Hirn ist wiederhergestellt, und ich verstehe. Sie sind schon ein Segen, diese Stents! Sie haben die Durchblutung meiner großen und kleinen Organe gerettet, sie haben mir eine zweite Chance gegeben.«

Er redete schnell, mit zorniger Hast.

Er war ein Sieger neben seiner bleichen Andalusierin, unter ihrem jungen Blick, bei der Berührung ihrer Handschuhe und ihrer jungen Hände. Augenblicklich, eh man sich's versieht, ist die Haut faltig, der Körper ausgezehrt, die Arme welk. Die langen alten Hände, die langen alten Beine. Die zerbrechlichen Knochen zerbröseln bei der ersten Berührung. Die Brösel des Skeletts, das die Jugend war. Doch Gora konnte nicht enterbt werden, was immer ich mir ausdenken mochte.

»Ich bin am Himmelstor abgewiesen worden! Aufschub. Ich bin zurückgekommen, um zu erfahren, was ich noch zu erfahren habe. Danach nehmen sie mich vielleicht auf. Und jetzt muss ich Schluss machen. Entschuldige, aber Boltanski wartet auf mich.«

»Der Russe?«

»Der Ukrainer. Der Sowjetmensch. Kennst du ihn?«

»Ja, ich kenne ihn. Der Fahrer der Exilanten aus dem Osten. Wo fährst du hin?«

»Er bringt mich zum Bahnhof, Penn Station.«

»Wohin geht die Reise?«

»Ich besuche Avakian. Ich habe endlich einen Termin bei Bedros Avakian. Der Vielbeschäftigte, der sich um alles kümmert, er erweist mir die Gunst. Ich habe Fragen zu Peter und Tara. Und zu Deste. Die hat wohl eine Modeboutique in Sarajevo eröffnet. Wie ich höre oder träume, das weiß ich gar nicht, ich werde alt. Senilitis. Die abgerissene Geschichte. Interessant, oder?«

»Kann man so sagen.«

»Wie du siehst, beschäftigt mich die Neue Welt.«

Ich blieb am Apparat, die Zeit verging, dann hörte ich ihn wieder reden, als wäre alles, was bis dahin durch den Hörer gegangen war, zerstoben oder von keinerlei Bedeutung.

Es blieb mir nichts anderes übrig, als ihn zu fragen, welches Buch er gerade las.

»Welches Buch? Ich lese nichts. Ich kann mich nicht konzentrieren.«

»Kein Buch auf dem Tisch? Das kann ich nicht glauben.«

»Zeitungen, Papiere, Akten. Kein Buch.«

»Aber auf dem Nachttisch?«

»Auf welchem Nachttisch?«

»Was weiß ich. Auf dem Nachttisch am Bett.«

»Ach so, Rilke. Die Sekte der Leser wird kleiner, aber sie stirbt nicht aus. Gott sei Dank.«

»Rilke? Lyrik? Du liest noch Lyrik?«

»Nicht allzu viel. Eine Auswahl. Kleine Essays, vereinzelte Verse. Über die Liebe. Schonung für des andern Einsamkeit und Schonung für die eigene! Wenn man die Einsamkeit des anderen besitzen oder ihm die eigene antragen will, geht alles zum Teufel. Das ist der Grundgedanke. Erinnerst du dich? Eine gute Ehe ist die, ›in welcher jeder den anderen zum Wächter seiner Einsamkeit bestellt‹. So etwa.«

»Da geht es um die Ehe, nicht um Liebe.«

»Manche behaupten, die Liebe sei ein Zuordnungsirrtum, der Dichter versucht, Anleitungen zu einem Liebesvertrag zu geben. ›Ob man an der Einsamkeit eines Menschen Wache halten mag, und ob man geneigt ist, diesen selben Menschen an die Tore der eigenen Tiefe zu stellen, von der er nur erfährt durch das, was, festlich gekleidet, heraustritt aus dem großen Dunkel.‹ Nicht schlecht gesagt … War er jung, der alte Dichter?«

Er schien den Text unlängst wieder gelesen zu haben und unzufrieden mit dem, was er entdeckt hatte.

Er war ein Sieger, er hatte Lu und seine Freunde im Regal, sie sicherten ihm seine aristokratische Einsamkeit durch ihre zivilisierte Heuchelei.

»›… alle Gemeinsamkeit kann nur im Erstarken zweier benachbarter Einsamkeiten bestehen … Denn wenn ein Mensch sich verlässt, so ist er nichts mehr …‹ Jung, oder? Rilke war jung damals.«

Er hielt inne, wahrscheinlich hatte er einen der bunten Aktenordner vom Tisch genommen, sich über ihn gebeugt, wie man das Ohr an die Gleise hält, um den tödlichen Zug näher kommen zu hören, hatte einen Augenblick dem Notturno der Mondsüchtigen gelauscht und dann den Ordner sorgfältig an seinen Platz zurückgelegt und den Kontakt mit dem Erdboden der Eitelkeiten wiederaufgenommen.

»›Wenn zwei Menschen beide sich selbst aufgeben, um zueinander zu treten …‹«

Er las, ich merkte es, er las aus dem Buch oder aus einem Notizheft vor.

»›Wenn zwei Menschen beide sich selbst aufgeben, um zueinander zu treten, so ist kein Boden mehr unter ihnen und ihr Beisammensein ist ein fortwährendes Fallen.‹ Fortwährendes Fallen, was meinst du?«

Er las nur, weil er gebeten worden war, und wandte sich wie gewöhnlich an eine abwesende Instanz. Seine Stimme war normal, ruhig.

* * *

Ich habe mit Augustin Gora in den folgenden Wochen und Monaten lange über das Alter gesprochen.

Das Thema erschien ihm nicht düster, selbst nachdem aus ungesicherter Quelle die Bestätigung für den Tod unseres jüngeren Freundes Peter Gaşpar gekommen war. Er hielt auch nicht dagegen, als ich meine Vermutung äußerte, er werde jetzt nach dieser jüngsten und so späten Nachricht seinen eigenen Nekrolog verfassen, dessen Nähe zur Biographie ungewiss sein würde. Es wäre vermessen zu glauben, fügte ich hinzu, dass jetzt, in der Folge unserer seit Peters Verschwinden immer häufigeren Gespräche, ich selbst zum Helden eines ähnlichen Textes würde. Er antwortete nicht und kam auf das Thema Alter zurück.

»Bis zum Schock der Gefäßerweiterung habe ich das Alter nicht gespürt. Da ich keine Kinder habe, achtete ich nicht darauf, wie schnell die Jahre vergingen. Ich registrierte den vierzigsten und den fünfzigsten Geburtstag und vergaß sie wieder. Die Begegnung mit den Ärzten, mit ihren Gerätschaften und mit den Krankenzimmern hat mich wachgerüttelt. Es folgte ein schweres, ein sehr schweres Jahr. Der Hurenbock, wie der Verstorbene ihn nannte, führte mich dauernd in Versuchung, ich lebte in ständiger Anspannung. Die Krankheit habe ich dann als Mahnung begriffen. Das ist doch das Alter, oder? Das immer akutere Bewusstsein der Zerbrechlichkeit, die Initiation in die Erschöpfung, ins Finale, die beschleunigt davoneilende Zeit, die uns mit jedem Tag und mit jeder Nacht näher an jenes Ferne heranführt, vor dem wir uns fürchten. Als wäre das Leben nicht immer das eine. Jeder Morgen ist eine Schwelle zum Unbekannten, das alles sein kann, auch das Ende.«

Er hatte recht, die Krankheit bereitet einen auf das Sterben vor. Gäbe es diese Präliminarien nicht, würde man glauben, man könnte den Schwebezustand beliebig verlängern.

»Melancholie und Abgrund? Man sieht den Horizont, wo man im Nichts aufgehen wird, als hätte es einen nie gegeben, doch die Routine ist stärker. Sie holt einen zurück ins Unmittelbare. Die

Instinkte sind noch lebendig. Man kehrt zurück in das Chaos, das die Zeit unmerklich und gnadenlos aufzehrt.«

»Erst wenn das Urteil klar ausgesprochen wird, ändert sich unsere Wahrnehmung. Es wird einem das Ende des Weges angekündigt. Das Verfallsdatum. Wie bei jedem Produkt. Gültigkeitsdauer: 23 Jahre, 34 Jahre, 61 Jahre, drei Monate, zwei Wochen und fünf Tage. Der Tumor ist unheilbar, Sie haben noch sechs Monate zu leben. Letzter Aufschub. Die Ärzte haben heute nicht mehr das Recht, einen in Terminfragen zu belügen.«

»Ja, und jeder Tag wird zum Geschenk, das man bis dahin geringgeschätzt hat. Man achtet auf jeden Augenblick, auf jedes Blatt, jeden Hauch, jede Buchseite, man möchte sie aufsaugen, sie für immer behalten. Hattest du Angst? Hast du jetzt Angst? Vor dem Nichtsein, vor dem Nichts, das du sein wirst?«

»Damals ja. Die Überraschung traf mich unvorbereitet, sie fuhr mir in die Eingeweide. Jetzt weniger. Weniger. Ich bin ganz ruhig.«

»Hilft am Ende die Bosheit? Wut, Enttäuschung, Überdruss, Ekel vor allem, einschließlich des widerlichen Todes?«

»Vielleicht. Aber Wut ist vital, sie ist kein Hinnehmen.«

»Und die Güte? Abgeklärtheit und Dankbarkeit. Resignation, Schicksalsergebenheit.«

»Gleichsam eine Erleuchtung? Verklärung, Selbstaufgabe? Wie der Glaube?«

»Der Glaube verheißt eine Hoffnung. Nicht zu überprüfen. Vielleicht wird der Punkt erreicht, an dem man die Verheißung überprüfen kann.«

»Palade war nicht gläubig, aber er glaubte an die Seelenwanderung. An eine Folge von Wiedergeburten.«

»Er ist nicht der einzige. Er hat behauptet, verschlüsselte Zeichen zu empfangen. Dem können jene, die keine empfangen, nicht widersprechen.«

Ich bat Gora, mir zu sagen, was er durchs Fenster sieht. Zuerst sagte er mir die Uhrzeit an: acht Minuten nach vier, nachmittags.

»Wir dürfen die Uhrzeit nicht vernachlässigen. Wir sprechen über Alter, Tod, also über die Zeit. Die Ablauffrist.«

Nach einer Pause fügte er hinzu: »Juli. 19. Juli.«

Ich wartete, dass er das Jahr ansagte, doch er tat es nicht. Wie sah er aus in seinem Fenster, der Tag des 19. Juli, an dem so viele Menschen geboren werden und sterben wie an jedem anderen Tag?

Er schilderte mir den Garten, dann das grünende Tal, ein vitales, kräftiges Grün, dann weiter hinten den hohen grünen Wald. Im Garten unter seinem Fenster eine Familie wilder Truthühner. Die Mutter und neun Küken, der Vater abwesend, in der Bibliothek. Eichhörnchen. Zwei scheue junge Rehe. Eine faule fette Katze.

»Ein Paradies! Ein Paradies, oder?«

»Ja, aber ich finde es nicht langweilig. Ich habe die Bücher im Regal und die Worte in mir.«

»Sie werden verschwinden.«

»Es werden nicht mehr meine Bücher sein, ich werde nicht mehr unter ihnen sein, willst du das sagen?«

»Beneidest du jene, die bleiben? Tut dir der Abschied weh?«

»Beneiden? Jene, die bleiben, sind nicht unsterblich. Sie bleiben im Vorläufigen. Wenn sie verschwinden, wird auch ihrer eine Weile gedacht. In der Erinnerung von Verwandten und Freunden, in Büchern und Fotografien. Bis auch die letzte Spur getilgt ist. Wann, das spielt keine Rolle. Ja, es wird einem schwindlig, man ist der Ohnmacht nahe, wenn man an die Lieben denkt. Selbst wenn man sie schon lange nicht mehr gesehen hat. Man wusste, sie sind da, noch sind sie da, irgendwo. Wird auch unser müder Planet verschwinden? Furchtbar, nicht?«

»Möchtest du drüben jemandem wiederbegegnen?«

»O ja. Den Eltern. Hin und wieder. Und anderen Geschöpfen – ebenso, hin und wieder. Es reicht, wenn wir sie im Gedächtnis bewahren, und es ist sicherer. Keine deprimierenden Veränderungen.«

Ich fragte ihn, wie er sich den letzten Augenblick vorstellte. Unendlich gedehnt oder kurz, ganz kurz, ein Zucken?

Ich hielt mich selbst für gelassen, ruhig, von einer biologischen

Ruhe, wie irgendwann ein Gesprächspartner in jenem fernen Land gesagt hatte, aber es kam vor, dass der Gedanke ans Ende mich überwältigte. Die Ohnmacht, das Bedauern, das Unausweichliche raubten mir mit einem Mal alle Kräfte wie bei einem Sühneopfer, sinnlich und fluchbeladen, vor dem es kein Entkommen gab.

»Ich weiß nicht, ich habe mir diesen Augenblick nicht vorzustellen vermocht, es ist ein unerträglicher Gedanke«, antwortete Gora zögerlich.

Eigentlich sprachen wir nicht über das Alter, sondern über das Leben. Das Alter war verlangsamtes Leben, aber immerhin Leben. Zerbrechlich, gemindert, aber Leben. Ohne Leben gab es keinen Tod.

»Der Tod der Materie? Des Vergänglichen, des Organischen. Was ist denn mit der Transzendenz? Gebete, Bücher, Manuskripte, Partituren, Zeichnungen, die sich über die Materie hinwegzusetzen suchen, selbst wenn sie sie darstellen. Vergeblichkeit?«

»Intensität. Nicht vergeblicher als andere Vergeblichkeiten. Unsere privilegierte Intensität. Unsere Gabe und unsere Hingabe.«

»Wie die Liebe?«

Die Frage ärgerte ihn, das merkte ich daran, dass er nervös mit Papieren raschelte und die Brille auf den Tisch knallte.

Mit kindlicher Trauer zog ich mich aus dem Nekrolog zurück.

Im Gespräch mit Gora spürte ich einen zehnjährigen Jungen in mir, vielleicht einen etwas älteren Jugendlichen, obwohl ich mich genau an die Verzagtheiten und Exaltiertheiten und die Niederlagen erinnerte, die ich mit achtzehn, mit fünfundzwanzig Jahren und später, viel später erlebt hatte. Bestand hatte immer noch der Junge oder Jugendliche, wenngleich in einem anderen Körper, der derselbe war, und mit einem anderen Verstand, der ebenfalls derselbe war. Als wäre alles gestern gewesen. Wann war es zerstoben? War es wirklich zerstoben, ohne jede Fristverlängerung?

Als Lu mich vor einer Woche fragte, ob ich testamentarisch verfügen will, dass die Geräte abgeschaltet werden, die mein Leben notfalls künstlich verlängern würden, wie sie selbst es vorhat, sagte ich nein, auf keinen Fall. Sie sollte ihr letztes Opfer nicht von den unheimlichen Geräten abkoppeln können, die die Qual verlängerten, mein Testament sollte diese Art der Erlösung untersagen. Nicht weil ich auf ein Wunder hoffte, darauf, dass dank eines neuen, wunderbarerweise über Nacht aufgetauchten Medikaments oder wer weiß welcher unwahrscheinlichen natürlichen Selbstheilung des Organismus der Tod verhindert würde, sondern weil die Krankheit mir selbst in ihrer extremen Form der Bewusstlosigkeit als Leben erschien. Wer vermöchte mit aller Gewissheit zu sagen, wie absolut die scheinbar totale Amnesie des Todgeweihten ist? Palade würde mir recht geben, er glaubte wirklich an eine verschlüsselte Welt, an Geheimformeln, offene, nicht abgeschlossene Übergänge, unvorhersehbare magische Metamorphosen. Recht gäbe mir auch Izy Koch, er bestand darauf, dass es kein anderes Leben als dieses gibt, dieses eine ist nach dem Glauben der Alten alles, unsere Unruhe, unsere Neurosen liegen auch darin begründet, dass uns keine zweite Chance gegeben ist, dass wir ohne Gnade und ohne Recht auf Einspruch in eine vorhersehbare Richtung gejagt werden.

Lu schien verwirrt von meiner Bestimmtheit, allerdings beharrte sie kategorisch auf den von ihr gewählten Umständen des eigenen Verschwindens, wann und wo immer es eintreten würde. Beide akzeptierten wir den Wunsch des anderen, in juristische Begriffe gefasst, mit notariell beglaubigten Unterschriften.

Gleich am nächsten Morgen zeigte ich ihr die Spuren, die unsere Köpfe auf dem nächtlichen Kissen hinterlassen hatten, und legte ihr nahe, sich das Kissen mit dem Abdruck dessen vorzustellen, der plötzlich gestorben und aus dem Zimmer getragen worden ist. Dessen, mit dem sie das Bett und die Zeit geteilt hat. Mit einem Mal ist die Zeit öde, das Zimmer öde, nur das Kissen bewahrt noch die Spur, die nicht zu bewahren ist.

»Kannst du dir das vorstellen?«

»Ich kann, aber ich will nicht. Zu lang war der Umweg, bis wir uns schließlich gefunden haben.«

Ihr Blick bestätigte dem Spätkömmling, dass er keinen Ausweg hatte, nein, ich hatte und ich wollte keinen Ausweg.

Sie war auch weiterhin empfänglich für konfuse Warnungen und wirre Ahnungen, dennoch durchlebte sie eine Verjüngung. Sie hatte die Krankheit und die Anfangskrankheiten des Exils hinter sich gebracht, eine Heilung nannte sie es. Die schönen Hände erwarteten den Spätkömmling, der ich war.

Frei von den barocken Ängsten, sich der Wirklichkeit nicht anpassen zu können, war sie wirklicher geworden in ihrem beständigen Verlangen, schöner geworden in ihrem unverkrampften Sehnen.

Die Zeit hatte Geduld gehabt mit uns auf unseren Umwegen und hatte jetzt sinnigerweise ihren Rhythmus verlangsamt. Wir scherten uns nicht um die Vereinsamung und fanden uns wieder in der Einsamkeit, die uns aneinander fesselte und uns belebte. Die einst bei jenem ersten und letzten Besuch in der Mansarde der Verdächtigen herbeigesehnte Gefahr hatte ihre Wirkung nicht verloren.

Das Vergängliche machte mir keine Angst. Auf dem Kissen sah ich den Abdruck der Nacht, die verblichen war. Lu zeigte mir unsere Schatten an der weißen Wand, beide freuten wir uns über die Sonne des Tages, die sie auslöschen würde. Ich zerwühlte das zerwühlte Kissen, damit die Spur verschwand.

Ich wünschte keine Abdrücke und keine Erinnerungen. Lu akzeptierte diesen Entschluss des Gefangenen, sich gegen sich selbst zu verteidigen, und sei es auch ohne Erfolg.